Knaur.

Knaur.

Über die Autorin:
Pascale Rey wurde in Périgueux geboren und hat in Bordeaux studiert. Sie hat sich in Frankreich bereits durch zahlreiche Romane einen Namen gemacht.

Pascale Rey

Der Kartograf von Palma

Roman

Aus dem Französischen
von Alexandra Baisch

Knaur Taschenbuch Verlag

Die französische Originalausgabe erschien 2004
unter dem Titel »Le Maître des Boussoles« bei JC Lattès, Paris.

Besuchen Sie uns im Internet:
www.knaur.de

Deutsche Erstausgabe Januar 2006

Ein Unternehmen der Droemerschen Verlagsanstalt
Th. Knaur Nachf. GmbH & Co. KG, München.

Redaktion: Ilse Wagner
Umschlaggestaltung: ZERO Werbeagentur, München
Umschlagabbildung: Getty Images / The Bridgeman Art
Satz: Ventura Publisher im Verlag
Druck und Bindung: Clausen & Bosse, Leck
Printed in Germany
ISBN-13: 978-3-426-62915-4
ISBN-10: 3-426-62915-1

2 4 5 3 1

In Erinnerung
an Léon Cohen

Wie soll man sich eine Welt vorstellen, die kugelförmig ist, wenn man lange Zeit geglaubt hat, dass sie flach sei und dass die von Gott befohlene Sintflut nur überflutete Flächen zurückgelassen habe?

Die Gelehrten des Mittelalters, die noch nichts von der Erdanziehungskraft wussten, glaubten, die bewohnten Flächen der Erde befänden sich auf einer leicht gekrümmten Bahn, deren Zentrum Jerusalem sein sollte. Das Wasser sollte den Rest der Erde bedecken, deren Durchmesser höchstens 30 000 Kilometer betrage, weshalb man die Küsten nicht verlassen könne, ohne das Risiko einzugehen, in den Abgrund gezogen zu werden.

Im XIV. Jahrhundert nehmen jüdische Astronomen die Berechnungen von Eratosthenes wieder auf, die nachweisen, dass sich der Durchmesser der Erde 39 000 Kilometern annähert und dass man weiter auf den Ozean hinausfahren kann. Die Boote wagen es also, sich von den Küsten zu entfernen, um eine Welt, auf die man neugierig ist, zu entdecken.

Die Meereskarte wird ab diesem Zeitpunkt zum unentbehrlichen Werkzeug. Auf Mallorca, der Zwischenstation zwischen Europa und Afrika, wird eine Kartografenschule gegründet, die im Zentrum dieser Wissenssuche steht. Die Kartografen dort sind Juden. Sie sind im XII. Jahrhundert aus Andalusien vertrieben worden, beherrschen die arabische Sprache genauso wie die lateinische und stellen die Verbindung her zwischen dem neu erwachten Forschungsdrang des Okzidents und dem alten beziehungsweise neu entdeckten Wissen. Ihre Karten sind es, die die Portugiesen zu den Westküsten Afrikas und dann auf die Inseln der Seligen des ozeanischen Meeres führen werden; es sind dieselben Karten, die Christopher Kolumbus ein Jahrhundert später mit sich führen wird.

Abraham und Yaffuda Cresques stehen im Zentrum dieser neuen Suche, die die ersten Schritte zur Erforschung des Ozeans ermöglichen wird. Dieser Roman möchte die Rolle jener unbeachteten Wegbereiter mit Hilfe der wenigen biografischen Elemente, die uns überliefert wurden, aufzeichnen, denn diese Zeit der Eroberung ist auch jene, in der die Verfolgung der Juden bis hin zu deren Vertreibung aus Spanien 1492 belegt wurde.

1

Abraham ging die Straße hinunter, ohne auf das trockene Geröll zu achten, das hinter ihm herrollte. Er ging wie ein Schatten, der vom Licht getragen wird, das auf der Stadt lag. Hinter ihm erwachte die Insel Mallorca aus ihrem täglichen Schlaf, eine träge Schönheit, deren sanfte Wölbung der Wind streichelte. Er allein hörte in der abgeschirmten Stille den Widerhall seiner Schritte, der von den hellen Mauern aufstieg. In gewohnter Manier drückte er seine Karte an sich, und der beruhigende Geruch von Leder begleitete ihn auf seinem Weg. Vom unbekanntesten Ankerplatz bis zum sichersten Hafen hatte er alles vermerkt, und obwohl er sich seiner Kenntnisse sicher war, konnte er seine Unruhe nicht besänftigen. Was bedeutete all das schon gegenüber dem Meer? Die Mauren hatten Menorca am Vorabend angegriffen, den Hafen geplündert, Frauen und Kinder entführt.

Er kam zur vertrauten Krümmung des steilen Abhangs und blieb stehen. Das Meer lag malvenfarben vor ihm. Es spiegelte das Licht wider und schaukelte geduldig die safranfarbenen Boote, die auf dem Horizont tanzten, die schweren Schiffe sowie die armseligen Boote, die vom Schaum der Gischt überflutet wurden. Er lächelte amüsiert über seine Ergriffenheit vor dieser riesigen Fläche, die sich scheinbar endlos dahinzog und die Boote sowie die Herzen der Menschen bewegte. Am Ende der Reede schienen die baskischen Frachtkähne sanft über die sich wellende Oberfläche einer klaffenden Wunde zu gleiten.

Er seufzte, setzte seinen Weg mit erhobenem Haupt fort und verbarg sowohl seine Zweifel als auch die Vorstellung seiner Überlegenheit.

Am Ende des Kais schaukelten die vorbildlich aufgereihten, schweren katalanischen Schiffe, die Körner, Eisen, Alaun und Weizen transportierten. Zu seinen Füßen stießen die neuen Türme der Kathedrale ihre gezackten und zitternden Spitzen ins Wasser. Er ging weiter durch das lärmende, dichte Gewühl, das wie ein unsteter menschlicher Fluss war, der ihn vorantrieb, denn der ganze Hafen drückte, zog und schrie in einer wütenden Besessenheit, in der sich die Angst auflöste. Die Seeleute, die in den Seilen hingen, verständigten sich lauthals miteinander und wirbelten die Seile, die wie Finger auf dem Kai lagen, durcheinander. Die Lastenträger liefen mit bronzefarbenem Gesicht und bloßen Beinen den Steg hinauf, Händler rannten mit schief sitzender Kappe und ausgestreckten Armen hin und her, während die Leinenballen und die Ölkrüge verladen wurden. Abraham machte einen so ruhigen Eindruck, als er durch die Menge lief, als ob nichts von dieser entfachten Unvernunft bis zu ihm vordringen würde.

»Ser Cresques …«

Der erste Konsul des Meeres, der sich aus einer Gruppe Wartender löste, die in flämisches Tuch gekleidet waren, wandte sich an ihn und fragte nach seiner Meinung. Die Mehrzahl der Händler hisse die Segel, denn es sei wieder einmal Freitagabend und die Mauren würden an diesem Tag nicht angreifen. Andere, nicht weniger Vernünftige warteten, da sie wussten, dass sie im Hinterhalt lagen. Abraham nickte und erklärte, dass es wichtig wäre, mehr

 darüber zu wissen. Die Mauren von Grenada haben angegriffen und den Hafen von Ciutadella unsicher gemacht, das sei sicher. Doch wie viele Boote hatten sie? Fünf, zehn, man wisse es nicht.

»Kennt man die Zahl der Gefangenen?«

Wenn die Mauren einen guten Fang gemacht hätten, würden sie ihre Fracht sofort verladen, denn der Menschenhandel brachte viel Gold ein. Dies könne einen zweiten Angriff beeinflussen und einen oder zwei Tage Fahrt retten. In diesem Fall dürfe man keine Zeit verlieren, um nach Barcelona zu fahren.

»Auf weitere Sicht weiß man nichts.«

Die Sachlage war beständig: Die Mauren beherrschten das Meer von Valencia bis hin zu den Toren des großen Ozeans. Ihre Boote mit flachem Kiel brauchten kein tiefes Wasser, und somit war jede Bucht ein möglicher Anlegeplatz für sie. Abraham wog die Worte seines Grußes und seines Vorschlags ab und entschuldigte sich für einen solch dürftigen Rat, bevor er seinen Weg fortsetzte. Mitten in der Kurve erwartete ihn ein gewaltiges Segelschiff, das von der Sonne überflutet wurde. Es war zwanzig Ellen hoch, hatte drei Masten, und so viele geschäftige Männer verteilten sich vom Bug bis zum Heck, dass er seine Karte erneut an sich drückte. Auf dem Meer würde dieses riesige Schiff nicht mehr als eine Nussschale sein.

Sobald er ihn sah, kam Giovanni Doria mit eiligem Schritt auf ihn zu. Der junge, hellblonde Reeder, der ebenso lang war wie ein Fastentag, sah trotz des purpurfarbenen Scheins seines Gewands blasser aus als gewöhnlich. In seiner Stimme lag so viel Hoffnung und er drückte den Arm des Kartografen mit so viel Vertrauen, dass Abraham das ganze Gewicht seiner Verantwortung auf sich spürte.

»Ich danke Euch, dass Ihr gekommen seid.«

Er habe so früh wie möglich nach ihm geschickt und entschuldige sich dafür, aber er könne das Risiko nicht auf sich nehmen, länger zu bleiben. Das Segelschiff habe eine Tonnage von fast dreihundert Tonnen. Falls es angegriffen würde, wäre es verloren.
»Wir legen mit der Flut ab.«
Abraham nickte. Obwohl die Stimme des jungen Genuesers zitterte, wollte er sich nicht in diese Entscheidung einmischen. Unter dem Vorwand, mit Leinen zu handeln, fuhr das Segelschiff nach Tlemcen, wo die Mauren das Gold von Guinea zum Vierfachen des inländischen Kurses verkauften. Die Genueser hegten den Wunsch, einen neuen Handel in Sijilmassa zu eröffnen, einem Karawanenhafen, in dem das Gold der Länder der Schwarzen zusammenkam. Wenn sie dies erreichen würden, könnten sie unglaubliche Gewinne einstreichen. Also hatten die Dorias Ser Cresques, der diese Erde besser als jeder andere kannte, darum gebeten, ihnen den Landweg aufzuzeichnen, der sie zu dieser Oase bringen würde. Im Gegenzug für dieses streng gehütete Geheimnis hatten sie sich dazu verpflichtet, ihm den kleinsten Ort, den Namen des bescheidensten Dorfes zu offenbaren. Jedem die eigene Suche, die eigene Illusion auf Erden.
»Werdet Ihr beschützt?«
Giovanni Doria machte eine hilflose Geste. Man würde ihre Anwesenheit dulden, aber die Galeeren des Tempels wollten den genuesischen Booten keine Hilfe anbieten. Sie würden die Boote von Aragon, und nur diese, eskortieren.[1]
»In diesem Fall müsst Ihr einen anderen Weg wählen.«
Und sie müssten die Balearen so schnell wie möglich verlassen. Der Reeder verstand nichts von den Angelegenheiten des Meeres und führte Abraham auf die Brücke.

Der Kapitän erwarte ihn, um eine sichere Route aufgezeigt zu bekommen. Ob sie das sein würde? Der Kartograf lächelte bezüglich dieser Naivität, denn das Schicksal war viel bestimmender als die Vernunft.
An Bord brüllten die Männer einander Anweisungen zu, während andere in der Takelage arbeiteten. Mit lautem Lachen, schief sitzenden Mützen, geöffneten Hemden und barfüßig trotzten sie den Mauren und dem Leben. Sie verließen die feste Erde und hatten sich bereits ihrem Schicksal zugewandt. Auf ihren gebräunten Gesichtern konnte man so viel Hoffnung sehen ... Ein heftiges Schwanken erfasste das Schiff, als die Bündel in einer verschwenderischen Fülle des Elends aufeinander gestapelt wurden. Die letzte Stunde des Verladens hatte geschlagen, und die getauschten Lebensmittel, die Behelfsladung, die der Besatzung bewilligt worden war, kamen an. Über den wackeligen Kochern an Steuerbord hingen Zwiebeln, und die in Käfigen eingesperrten Hühner gackerten aufgeregt. Fast schon amüsiert von alldem folgte der Kartograf seinem Führer, als plötzlich ein Schrei von der Want erschallte.
»Die Galeere des Königs!«
Am Ende der Reede, an der Stelle, an der das Wasser sich mit den Wolken vereinte, bewegte sich ein Segel, ein weißer Flügel, der den Himmel zerschnitt. Die goldene Flagge mit den blutroten Streifen des Königreichs von Aragon teilte den Horizont. Die Galeere war zu weit entfernt, als dass man ihre Ruder hätte sehen können, aber sie zog souverän vorbei, und ein langes, beruhigtes Aufseufzen ertönte im Hafen. Der König schickte seine Boote, er streckte seine Hand zu ihnen aus.
»Hier entlang, Ser Cresques.«

Der Reeder trat zur Seite, damit er eine winzige Kabine betreten konnte, die sich in den vorderen Bugaufbauten befand. Zwei Männer erwarteten ihn dort: Baptiste Giordano, der Logbuchschreiber, und Guillermo Solleri, der Kapitän. Sie verbeugten sich und empfingen ihrerseits diesen etwas kurzen Gruß. Es war nicht angebracht, die Zeit mit unnötigen Höflichkeiten zu füllen. Abraham öffnete die Rolle auf gewohnte Weise am oberen Ende und legte ein glänzendes Gehäuse frei. Er hielt den warmen und runden Kompass einen Moment lang in seiner Hand. Dann, als er die Karte auf einer Holzplanke entrollte, die den spärlich eingerichteten Raum teilte, setzte er ihn auf die Windrose, die das Blau wie eine Blume aus Dreiecken zierte.

»Ihr müsst die Inseln so schnell wie möglich verlassen ...«

Der Sultan von Grenada herrschte über das Meer. Im Westen besaß er Ceuta, Tanger, und er weitete seine Macht unablässig nach Osten aus. Es war unmöglich, dem Weg zu folgen, der Mallorca direkt mit Tlemcen verband, ohne Gefahr zu laufen, gefangen genommen zu werden. Die Karte zeigte das Mittelländische Meer von den Balearen bis nach Sizilien in der Länge und den Golf von Lyon bis zu den maurischen Küsten in der Breite. Sie war von genauen Strichen übersät, von Strömungen, die den vorgegebenen Winkel wiedergaben, um das Ziel und die zu bewältigende Strecke einzuhalten.

»... und diesem Weg folgen ...«

Abrahams Hand wies auf die dritte Vertikale im Zentrum der Karte, die an den Inseln vorbeilief. Sie kreuze das Mittelländische Meer in einer feststehenden Achse, die sich von Marseille nach Algier erstrecke. Man müsse drei

Tage lang mit vollen Segeln und beständigem Kurs nach Osten fahren. Dieser Achse könne man folgen, indem man den Winkel gemäß dem vorgegebenen Plan durch den Kompass und den Horizont korrigiere. Nach diesen drei Tagen treffe die Strecke auf die Gerade, die im 56-Grad-Winkel auf der Karte eingezeichnet sei und es ermögliche, den Hafen von Tlemcen innerhalb von zwei Tagen zu erreichen, ohne an der Küste entlangfahren zu müssen. Dies sei der schwierigste Teil der Strecke, denn man müsse mehr als sechsmal täglich Geschwindigkeit zulegen und Kurs halten, ohne die Strömung, die einen an Land trug, aus den Augen zu verlieren. Wenn sie dieser Strecke folgen würden, erreichten sie ohne Zwischenfall die Staaten des Wesirs von Bougie, der sie aufnehmen würde. Die Überfahrt dauere eine Woche, also müssten Nahrung und Wasser für zwei Wochen ausreichen.[2]

Als Abraham schwieg, schien sich der Widerhall seiner Stimme in den Holzplanken festzukrallen. Mit einem Lächeln reichte der Maître der Karten dem Kapitän den Kompass. Das polierte Kupfer beschrieb einen perfekten Kreis, den ebenso viele Dreiecke aus Ebenholz wie Elfenbein zierten. Dieser Kompass, der von einer Hand in die andere übergeben wurde, war mehr als ein Geschenk, er war fast schon ein Versprechen, und sie waren ergriffen, während die Nadel auf dem Magneten hüpfte.

»Wir sind Euch zu Dank verpflichtet, Ser Cresques.«

Abraham lächelte. Mehr als Dankbarkeit erwarte er von ihnen Präzision, denn er wolle alles über das Land, das sich am Rande der Wüste befinde, wissen, von den Orten und Plätzen, von den Städten und Mauern bis hin zu den Gebräuchen der Bewohner. Wenn die *Santa Marco* zurückkommen würde, würde er viel für diese Auskünfte bezahlen. Die Augen des Kapitäns überflogen die Karte, während er den Kompass nachdenklich schloss. Auf der afrikanischen Karte von Ser Cresques waren so viele Städte und Häfen vermerkt, dass er sich über diese Bitte wunderte.

»Aber Ihr kennt das maurische Land besser als jeder andere, Ser Cresques …«

Der Kartograf hatte sich aufgerichtet. Er war sehr groß, und er musterte die drei Männer mit seinem unergründlichen Blick.

»Ich kenne es nur aus Erzählungen, deshalb ist es nötig, mich mehrerer Quellen zu bedienen.«

Sie gingen hinaus aufs Deck, wo der Wind an ihnen zerrte, und waren überrascht von den Schreien, dem Schlingern des Bootes und den Menschen. Alle waren beschäftigt, der Wind nahm zu, die Zeit verflog, denn der Sonne nach zu urteilen war die dritte Stunde bereits vorbei. Abraham wollte sich gerade verabschieden, als sich ein Matrose dem Logbuchschreiber näherte. Er wies in die Richtung eines kräftigen Jungen ohne Bart, der sich in die Liste einschreiben lassen wollte. Abrahams Blick folgte der Geste ohne großes Interesse, als ihm plötzlich der Atem stockte.

»Nathan!«

Der Name klang wie eine Beleidigung. Mit drei Schritten war der Kartograf die Stufen hinuntergeeilt. Unbeweglich und wie versteinert wartete der junge Mann darauf, dass sich der Himmel öffnete, was er aber nicht tat. Alle Männer waren näher getreten, und der Gefreite protestierte, der Rotzbengel gebe vor, Ramon zu heißen, Pater Ramon.

»Ihr kennt das Geschöpf, Ser Cresques?«

»Er gehört zu den Meinen.«
Es handle sich um seinen Neffen, den Sohn seiner Schwester, der vor ihm stehe. Er konnte es immer noch nicht glauben, geschweige denn diesen Gedanken akzeptieren. Ein Jude auf dem Boot? Ein Flüstern erreichte die Brücke, welches der Kapitän mit einem Blick zum Schweigen brachte. Alle starrten den Jungen an, der den Kopf senkte. Er war schön, sein Haupt war mit einer Lockenpracht gekrönt, er hatte eine glatte Stirn und eine gerade Nase. Giovanni Doria, den dieses Missgeschick von seinen eigenen Sorgen ablenkte, wandte sich an den Kartografen.
»Seid nicht zu streng, Maître Cresques. Er ist in dem Alter, in dem man das Meer liebt.«
Ohne zu antworten, gab Abraham dem Jungen ein Zeichen, ihm zu folgen. Das Großsegel wurde gehisst und flatterte im Wind, und die Genueser begleiteten ihren Gast ohne all die überflüssigen Sätze, die die Menschen an Land benutzten. Sie schüttelten einander die Hand, um das starke Vertrauen, das sie von nun ab verband, zu besiegeln.
Der Kartograf verließ, begleitet von Worten, die vom Wind davongetragen wurden, das Schiff. Neben ihm atmete Nathan mühsam, und die Steine des Kais zitterten unter seinen Schritten. Er wagte es nicht, seinen Onkel anzuschauen, seinem eisernen Blick zu begegnen. Abraham lief im Sturmschritt, und sein Mantel wehte wie eine dunkle Flamme um ihn herum, der der junge Mann kaum folgen konnte. Wortlos durchquerten sie den Hafen und liefen im selben Tempo die Straße hinauf, um im Schatten des ersten Portals anzuhalten.
»Bist du verrückt geworden?«

Der junge Mann konnte nichts sagen, seine Kehle war wie zugeschnürt, und er war niedergeschlagen, weil er kein Glück gehabt hatte.

»Weißt du, was sie mit dir gemacht hätten, wenn sie das entdeckt hätten?«

Sein Onkel streckte den Arm aus und zerrte an Nathans kurzem Umhang, der die mit einem blutroten Zeichen verzierte Schulter verdeckte. Er trage das Zeichen, der rote Kreis zeige an, dass er Jude sei, dass er durch seine alleinige Anwesenheit die unbedeutendste Reise gefährde. Nathan senkte den Blick. Er war so jung und so naiv, und Abraham spürte eine Welle des Mitleids in sich aufwallen. Er solle gefälligst nicht so traurig sein! Wenn die Schiffsjungen auf den Handelsschiffen starben, hatten ihre Finger keine Nägel mehr.

»Wir werden im Atelier darüber sprechen.«

Hier war nicht der Ort, und genug Menschen hatten sie am Hafen gesehen – alles Juden, die für die Ladungen verantwortlich waren, alle Schreiberlinge des Magistrats.

2

Abraham hatte wenig Zeit und ging daher mit weit ausholenden Schritten, während Nathan an seiner Seite wie ein blasses Abbild der Jugend schwebte. In stummem Einverständnis nahmen sie die erste Gasse, um die Straße des Hafens zu meiden. Sie liefen einen steilen Hang hinauf, zu dem sich kleine Gärten öffneten. Eine Horde Kinder lärmte hinter diesen Kalkmauern, und manchmal hob ein vorwitziger Wind das Tuch einer Tür und verbreitete den Geruch von Brot. Dieser sanfte Duft folgte ihnen von einem Haus zum anderen. An diesem Abend war Sabbat.
Abraham blieb erneut abrupt stehen.
»Magst du Fisch?«
Er wusste nicht, warum seine Frau es sich in den Kopf gesetzt hatte, am Abend des Sabbats Fisch zu machen, da er doch Fleisch liebte.
»Onkel Abraham …«
Der Kartograf setzte die Kippah, die auf den Locken des Jungen herumtanzte, wieder gerade und gab ihm zu verstehen, still zu sein. Sie seien noch nicht angekommen, und Blicke verfolgten sie durch die engen Spalten der geschlossenen Fensterläden.
Das leise Geräusch vom Hämmern der Goldschmiede begleitete sie und ertönte immer lauter, wurde aber dennoch von einem Meer der Stimmen, der Zurufe und des Lachens überdeckt. Als sie auf den Platz kamen, wurden sie von einem starken Strom erfasst, von einer wogenden Menschenmenge, die sich hin und her bewegte und

darauf gierte, zu kassieren und zu besitzen. Ein brauner, mit Weidenruten beladener Esel versperrte ihnen den Weg. Abraham konnte noch so ungeduldig sein, es blieb ihm nichts anderes übrig, als inmitten dieser Hände zu warten, die sich erhoben und Gott zum Zeugen nahmen, den einen gemeinsamen Gott der Juden, Araber und Christen, den Gott des Handelns.

»Eine halbe Krone! Das ist das feinste Pulver des gesamten Orients!«

Kleine Kupferbecher gingen von einer Hand zur anderen, und der Duft von Zimt überzog die Menge. Die Worte vermischten sich mit den Gewürzen, weise, etwas fatalistisch und unerschütterlich in ihrer gewohnten Gleichgültigkeit. Die Mauren hatten die kleine Insel angegriffen, doch was könne man schon machen, wenn das Schicksal über sie herfiel und der Krieg im Frühling zurückkam?

»Einen schönen Abend, Maître Cresques!«

Zwei Bürger verbeugten sich nach Art der Christen, ein Gruß, der erwidert werden musste. Die Blicke der Gewürzhändler ruhten auf Nathan, der hinter Ser Cresques herlief. Was machte Abraham Cresques zu dieser Stunde auf der Straße mit Hayyim ibn Richs Sohn? Sie mussten stehen bleiben, sich angemessen mit ihnen unterhalten, ohne wirklich etwas zu sagen, bevor sie sich damit abfanden, der langsam dahinschreitenden maurischen Leibeigenen, die einen Tonkrug auf dem Kopf trug, zu folgen.

Die beiden Männer erreichten endlich den Platz, auf dem selbst der Schatten der Synagoge keine Erleichterung bot. Matrosen bevölkerten den Platz, und ihre Stimmen vermischten sich zu einem tosenden Donner. Die Kartenmacher standen auf der Schwelle ihrer Türen, wo sie sich ebenfalls unterhielten und vorübergehend den Kompass vergaßen. Mehr als zwanzig Ateliers öffneten sich zum Platz hin, dunkle Geschäfte, in denen man Karten für zwei Kronen finden konnte, geräumige Läden, in denen das Meer im Goldstaub erstrahlte. Abraham hatte diesen beachtlichen Weg nach und nach hinter sich gebracht, diese Strecke der unsicheren Seefahrt. Er gehörte, zusammen mit Isaac Bellshons, zur Oberschicht der Kartografen von Mallorca, einer unbeständigen Oberschicht ... Er lächelte bei diesem Gedanken, warf einen kurzen Blick auf seinen Neffen und straffte die Schultern, als sie am Atelier entlangliefen, das von einem Stimmenkonzert widerhallte. Man sprach laut miteinander, verstand sich mit Blicken und Gesten. Ganz egal, ob es Italiener, Katalanen oder Basken waren, alle hatten sie wettergegerbte Gesichter, und es war unglaublich, wie sehr die Seefahrer einander ähnelten.

»Maître Cresques!«

Sie hatten ihn gesehen, umringten ihn und bedrängten ihn mit Fragen, denn die meisten wollten mehr wissen, bevor sie ablegten. Ohne Umschweife teilte er ihnen seine Unsicherheit mit, dann nahm er den Jungen bis zur Tür seines Hauses mit.

Der Schatten war mild, und eine süße Frische lag in der Luft. Der einfache Eingang war blau gekalkt, und er teilte seine Welt in zwei Bereiche: auf der einen Seite das Atelier und die Zeichensäle, auf der anderen die Wohnung. Etwas versteckt in einer Nische öffnete sich eine beschlagene Tür in das bescheidene Zimmer, das von Büchern verschlungen wurde und das seines war. Das Fenster zeigte auf einen quadratischen Hof, eine eingefriedete Welt voll beschaulicher Harmonie, in der ein

Brunnen floss. Auf dem Zeichentisch wartete ein mit zusammenhanglosen Zahlen beschriebenes Pergament, der Kalender des Jahres 1375 nach der christlichen Zeitrechnung.

»Nathan, ich würde gerne verstehen …«

Der junge Mann sagte, dass er nicht antworten könne, weil er einen bitteren Kloß im Hals habe. Abraham verkniff sich ein Lächeln, denn der Junge schien überaus bedrückt zu sein. Er setzte sich, und obwohl er sich etwas abgespannt fühlte, erfüllte er den Raum dennoch derart mit seiner Gegenwart, dass diese die Luft zurückzudrängen schien.

»Du wirst mir jetzt erzählen, was mit dir los ist, mein Junge.«

Nathan stand unsicher vor ihm und glaubte nicht, das Ausmaß seiner Schande und das Gewicht seiner Verachtung ausdrücken zu können, doch nach und nach flossen die Worte aus ihm heraus. Es sei zur zweiten Stunde gewesen, die Tücher, die die Kupfergeräte verschleierten, hingen träge und reglos neben ihm. Er musste das Gehäuse eines Kompasses polieren, aber er habe auf die Stille geachtet, die von einer Stimme herrührte, die man nicht mehr hören konnte. Seine Mutter sei seit dreißig Tagen tot, und ihre Abwesenheit bedrücke ihn besonders am Freitagabend. Er habe versucht, sich an ihr Gesicht und an ihr Lächeln zu erinnern, als er Schritte vernommen habe. Ohne an irgendetwas zu denken, habe er sich über den Kompass geneigt, als sein Vater sich über ihn gebeugt habe.

»Das ist gut.«

 Normalerweise sei er geizig mit Komplimenten, er sei ein anspruchsvoller Meister, den man nur schwer zufrieden

stellen könne. Nathan sei so überrascht gewesen, dass er aufgeschaut habe.
»Ich muss mit dir reden.«
Und er habe etwas von einer Frau erzählt, von all dem, was eine Frau in ein Haus bringe, von einer noch jungen, netten und sanften Frau, der Tochter des Tuchhändlers Saportas. Hinter dem Kompass auf der Holztheke sei das Gefäß leer gewesen, und jemand habe es mit Minze aufgefüllt, um den talgigen Geruch zu vertreiben.
»Ich kann dort nicht bleiben.«
Nathan errötete und war den Tränen nahe. Er erwartete einen Tadel, aber Abraham lächelte, als er ihn anschaute. Was sollte er nur mit ihm machen? Das war eine merkwürdige Begegnung. Wenn es nicht die mütterliche Hand gewesen war, dann hatte ihn ein unwahrscheinlicher Zufall auf die *Santa Marco* geführt. Der Gedanke an seine Schwester erfüllte ihn und war schmerzhaft und zärtlich zugleich. Hatte sie ihn auf dieses Schiff geführt, um ihr Kind zu retten? Er glaubte es nicht und dachte es dennoch.
»Du kannst hier bleiben, solange du willst.«
Nathan schaute ihn mit bebenden Lippen an, und Abraham war unangenehm berührt, dass er so bewegt war.
»Geh zu Yaffuda. Das wird ihn freuen …«
Der Junge gehorchte, erleichtert und glücklich darüber, seinen Cousin aufsuchen zu können, und der Maître der Karten lauschte einen Moment lang seinem leichtfüßigen Schritt auf den Fliesen. Was wäre aus diesem Kind geworden, wenn er den Genuesen nicht diese neue Strecke vorbeigebracht hätte? Dumm, wie er war, hatte der Junge noch nicht einmal seine Kleidung gewechselt. Da er das Zeichen trug, wäre er niemals zurückgekommen. Abra-

ham stand auf und betrachtete den schmalen, in Sonne getauchten, friedlichen Hof. Ein Jude fährt nicht zur See, am ehesten noch weist er anderen einen Weg, den er selbst nicht nimmt. Dieser Hohn des Schicksals, der ihm im Normalfall egal gewesen wäre, lastete mit seiner ganzen Traurigkeit schwer auf ihm. Er dachte an seine Schwester, hörte den einst so klaren Klang ihres Lachens. Der Brunnen im Hof plätscherte, und Abraham war in Gedanken versunken. Ohne Überzeugung betrachtete er die nüchterne Berechnung, die auf seinem Tisch lag. Er dachte an seinen Neffen, an seine Schwester, an die Menschen von Ciutadella, die als Sklaven verkauft wurden. Seine Gedanken führten ihn zu diesem so wenig bekannten Afrika. Wie groß war der Küstenstrich, der vom ozeanischen Meer umspült wurde, was war der genaue Umfang dieses Landes? Ein dicker Schleier aus Unkenntnis und Zufriedenheit umgab die Welt. Wer war er schon, dass er seine Seele mit einem so geringen Wissen peinigte, er, ein einfacher Jude von Mallorca? Er dachte an diese schwarzen, unbekannten und fremdartigen Menschen, die an mysteriösen Orten Gold gegen raue Stoffe, grob gearbeitetes Kupfergeschirr, Glasschmuck und Muscheln tauschten. Waren sie verrückt, oder waren sie weise? Diese Frage quälte ihn unerwartet.

Er musste in sein Atelier und raffte sich dazu auf, die Ruhe seines Zufluchtsorts zu verlassen. Als er den geräumigen Saal betrat, dröhnte dieser in einem Konzert von Stimmen. Ungefähr zwanzig Lotsen und Kapitäne suchten ihr Glück am Ladentisch, vertieft in Karten und gewöhnliche Kompasse. Sobald sie ihn erblickten, stürzten sie sich auf ihn und bedrängten ihn mit Fragen, denen er auswich, da er nichts oder nur sehr wenig wusste. Er suchte mit Blicken nach Unterstützung. Salomon ging lächelnd von einem zum anderen und beantwortete die kleinste Anfrage mit einer Geduld, die Abraham nicht hatte. Er betrachtete plötzlich seinen Schwager, den Bruder seiner Frau, der so bescheiden und vertraut war, dass er manchmal seine angenehme Anwesenheit vergaß. Salomon Corchos arbeitete seit zehn Jahren mit ihm zusammen und war zehn Jahre jünger als er. Er war von kleinem Wuchs, etwas gebeugt und noch keine dreißig Jahre alt. Er schien zeitlos zu sein, unveränderlich in seiner Freundlichkeit und seinem gestreiften Tuch, denn er trug den Gebetsmantel ständig, ohne Zurschaustellung, mit der Würde eines reinen Glaubens. Er kümmerte sich um das Atelier, den Nachlass und die Rechnungen, zeichnete Karten und erhob keinen Anspruch auf Wissen, und der Maître der Karten beneidete ihn im Innersten seines Herzens um seine einfache Dankbarkeit. Der Hochbetrieb flachte langsam ab, die Seeleute gingen zur Stunde, zu der das Meer wieder anstieg, zurück an Bord, und Abraham konnte endlich erzählen, wie er Nathan entdeckt hatte, als er an Bord gehen wollte. Salomon hörte mit gesenktem Kopf zu, nichts schien ihn zu überraschen.

»Der Allmächtige hat deine Schritte geführt.«

Abraham lächelte amüsiert, denn er war kurz davor, es selbst zu glauben.

3

Die Sonne durchflutete den Raum, in dem Abraham arbeitete, wie heißer Regen, der sich bewegende Furchen auf den Boden zeichnete. Der Kartograf stand abseits dieses Staubtanzes und war in das Schreiben seiner Zahlen vertieft, als Salomon eintrat. Er hatte gerade das Atelier geschlossen, denn die fünfte Stunde war vorbei. Er wartete gleich einem ruhigen Schatten, bis Abraham geruhte, mit ihm zu sprechen.

»Ich werde heute nicht fertig werden!«

»Nein, das wirst du nicht, das ist wohl wahr.«

Salomon lächelte, es war ein nachsichtiges Lächeln, das besonders ärgerlich war.

»Warum hast du ihm gesagt, dass er bleiben kann?«

Salomon habe die Jungen gesehen, Nathan habe ihm alles erzählt. Abraham glättete sein Pergament mit einer unwirschen Bewegung.

»Weil er bleiben wird.«

»Hast du seinen Vater vergessen?«

Abraham spürte Wut heiß in sich aufwallen. Er hatte nichts von der hinterlistigen Schäbigkeit oder der feigen Nachrede, die seine Schwester nach und nach von seinem Haus entfernt hatten, vergessen. Genauso wenig, wie er das junge, schöne und fröhliche Mädchen vergessen hatte, dem er beim Verblassen zusah, wie einer Blume beim Verwelken.

 »Glaubst du, dass er dir seinen Sohn, seinen einzigen Sohn, überlassen wird, nur weil du so entschieden hast?«

Abrahams Faust fuhr mit einer solchen Kraft auf die Sonnenkarte nieder, dass der Kompass hochhüpfte.
»Weißt du, dass sein Vater am Ende des Monats heiraten wird? Er hat seinen Trauerbart noch nicht abrasiert und öffnet bereits sein Bett!«
»Das ist erlaubt, Abraham. Vierzig Tage sind dann vorbei. Das Gesetz besagt, dass es nicht gut ist, dass ein Mann allein bleibt.«
»Bist du es denn nicht geblieben?«
Salomon war Witwer, und es schmerzte ihn, dies zu hören, aber wenn Abraham sich gehen ließ, hörte er nur auf sein wütendes Herz.
»Und wen heiratet er so überstürzt? Die Tochter eines Tuchhändlers, der mit Gold bestückt ist.«
»Es ist nicht an dir, darüber zu urteilen …«
Müde von diesem Gerede und dem nicht enden wollenden Tag, legte Abraham seinen Kompass nieder, und seine Wut ließ unvermittelt nach. Er fuhr mit ruhigerer Stimme fort: Er könne den Sohn seiner Schwester keine solchen Dummheiten begehen lassen, und Salomon stimmte zu.
»Behalte ihn jetzt bei dir, das ist weise. Aber sprich mit seinem Vater darüber und finde eine Einigung mit ihm.«
»Es wäre besser, ich würde nicht mit ihm sprechen!«
Das Verhältnis zwischen Hayyim und ihm war ausgesprochen gespannt.
»Dann musst du mit dem Moreh sprechen. Nathan hat genug gelitten, er soll nicht zwischen euch wählen müssen.«[3]
Abraham schwieg, betroffen von der Richtigkeit dieser Aussage. Das war es, was ihn bei Salomon am meisten störte, diese Leichtigkeit, mit der er Recht hatte. Er

seufzte, setzte eine ergebene Miene auf und rollte sein Pergament zusammen. Da dem so war, würden die Sonne wie auch der Mond warten müssen.

»Ich werde zu ihm gehen, aber nur wegen dieses armen Jungen ...«

Um den Rabbiner zu sehen, musste man nur den Platz überqueren, der von der alles versengenden Sonne angestrahlt wurde. Doch da er auf seinen Status achten musste, nahm er den Mantel und trat zur blauen Tür hinaus, wo er von der blendenden Kraft der Sonne, die die Straße überflutete, überrascht wurde. Er begegnete einigen Männern, die ihn grüßten, ohne jedoch deshalb seinen Weg zu unterbrechen. Die Synagoge stand wie ein vertäutes Schiff ohne Masten mitten auf dem Platz. Als er am Haupteingang vorbeikam, warf er einen Blick auf die ineinander verschlungenen Dreiecke, die einen Stern formten. Sie wurden vollständig von der Sonne beleuchtet, was bedeutete, dass er noch Zeit hatte. Er ging an dem Gebäude entlang und trat durch die seitliche Tür ein. Sie führte zu dem kleinen Raum, der morgens als Schule diente und abends für Versammlungen genutzt wurde. Wie er es vorhergesehen hatte, war Isaac da, zum Glück allein, und las. Er zog eine Augenbraue hoch, war aber kaum erstaunt, ihn zu sehen.

»Es tut mir Leid, dass ich dich stören muss.«

Der Rabbiner zeigte auf den Riegel an der Tür und dann auf die Bank neben sich. Der Kartograf setzte sich auf seinen Ärmel, wie in alten Zeiten, als sie Kinder waren und sich über die Heilige Schrift und ihre Schwierigkeiten gebeugt hatten. Sie wussten alles voneinander, denn da sie gleich alt waren, hatten sie gemeinsam in Saragossa studiert. Dort hatten sich ihre Wege dann getrennt, der eine hatte den Himmel, der andere die Sterne gewählt.

»Du kommst, um mit mir wegen Nathan zu sprechen, nicht wahr?«

Abraham nickte amüsiert. Ohne die dicken Mauern zu verlassen, ohne sich auch nur die Mühe zu machen, dies zu tun, wusste Isaac alles. Alle Augen und alle Ohren des *Calls*[4] arbeiteten für den, der mit Bestimmtheit sagen konnte, was gut und was schlecht war.

»Er wollte gerade vorhin auf der *Santa Marco* anheuern. Glücklicherweise haben wir ihn rechtzeitig aufgegriffen.«

Nichts erstaunte Isaac Nifosi. Seine grauen Augen strahlten von der Weisheit der Erfahrung und blickten, im Rahmen des Gesetzes, nachsichtig.

»Ich kann ihn so nicht lassen. Ich werde ihn zu mir nehmen.«

Dieser Satz schien keinen Widerspruch zu dulden, doch der Gedanke an eine kürzlich verstorbene Frau mäßigte ihn. Isaac nickte zögernd und dachte an den wilden Jungen, der gerade sein erstes Familienband verloren hatte. Er schwieg, denn er ahnte bereits, was Abraham ihn fragen wollte, und ließ ihn fortfahren.

»Ich möchte, dass du mit Hayyim darüber sprichst.«

»Kannst du das denn nicht selbst tun?«

Abraham machte eine hilflose Geste. Er befürchte, dass er aufbrausen könne, wenn er an seine so schnell ersetzte Schwester denke. Für den Jungen sei dies ein schmerzlicher Moment, der so schwer zu tragen sei, dass man ihm zutrauen könne, dass er bei der erstbesten Gelegenheit mit demselben Unsinn weitermache. Nathan ginge es bei ihm, zusammen mit Yaffuda, besser, denn auch wenn die

Väter sich so gut wie nicht verstünden, so sei dies bei den Söhnen ganz anders. Isaac lächelte, als er sich daran erinnerte, wie die beiden vor Freude kreischend durch die von der Sonne aufgeheizten Straßen rannten. Nathan brauche tatsächlich etwas Zeit, um diese erneute Heirat zu akzeptieren. Er würde mit seinem Vater darüber sprechen.

»Bis heute Abend …«

Abraham überließ seinen Freund der Lektüre und trat durch den Raum mit den Bögen hinaus. Er ging mit beruhigtem Herzen die gepflasterte Gasse entlang, als er einen schwachen und schmerzerfüllten Schrei vernahm. Eine Frau war im Schatten einer Säule, für ihn kaum wahrnehmbar, gestürzt. Er sah nur ihre feingliedrigen weißen Hände, die verloren auf dem Stein lagen.

»Die Tür war verschlossen …«

Sie hatte eine Kinderstimme. Er lächelte, als er sich zu ihr beugte.

»Das Übel geht vorbei, meine Schwester!«

Er nahm ihre kleine Hand und zog sie nach oben, um der Frau aufzuhelfen, als sie sich ruckartig gegen ihn warf.

»Mein Fuß!«

Sie schwankte vor Schmerzen. Er hielt sie fest und spürte einen verwirrenden Moment lang, wie eine fremdartige Sanftheit seine Schultern ergriff. Sie lehnte sich an ihn, und er sah von ihr nur eine Krone aus rotem Haar.

»Entschuldigt bitte!«

Sie stützte sich ab, schaute ihn mit vertrauensvollem Blick, etwas lange, unerwartet und sehr sanft, an und rückte dann, immer noch gestützt von seinem Arm, von ihm ab. Da erkannte er sie erst. Es war Myriam Mosconi, die Frau des Arztes. Er wusste kaum etwas über sie, nur dass sie Frauen bei der Niederkunft half. Sie war bei Salomon gewesen, als der kleine Samuel geboren worden und die arme Judith gestorben war. Die dunkle Traurigkeit dieser Erinnerung konnte die überraschte Ergriffenheit seines Herzens nicht vertreiben.

»Ich glaube, dass ich laufen kann.«

Abraham sah sie schon seinen Arm loslassen und spürte, wie sich ein Gefühl der Leere und der Enttäuschung in seiner Seele breit machte. Myriam hüpfte auf einem Fuß bis zur Holzbank, die an der Mauer stand. Sie setzte sich und sah ihn an. Die offene Rosette in der Wand ihr gegenüber beleuchtete ihre Jugend. Sie lächelte ihn freundlich an und berührte den Fuß, der ihr wehtat, mit der Hand. Er war sehr weiß, und Abraham konnte seinen Blick nur auf ihre Sandalen aus rotem Leinen senken.

»Was ist passiert?«

In einer Synagoge war der Rabbiner niemals weit weg. Myriam stellte ihren Fuß auf den Boden, während Maître Cresques wieder zur Vernunft kam.

»Na Mosconi ist gestürzt. Ich fürchte, dass sie sich am Fuß verletzt hat.«

»Die Tür war abgeschlossen.«

Es war unnötig, mehr zu sagen. Gewöhnlich traten die Frauen durch die Seitentür ein, wo ihnen ein Vorhang die Gesamtheit des Gebäudes während der Gebete verbarg. Sie wurden aufgrund einer alten Vorsicht, die zwar nicht vom Gesetz, aber von der Weisheit vorgeschrieben wurde, von den Männern getrennt, und Isaac sagte sich, dass dies vernünftig sei, als er die junge Frau betrachtete, die entschleiert und mit offenen Haaren auf der Bank saß. Glücklicherweise waren sie, Abraham und er, zwei reife Männer, die einzigen, die sie so sahen.

»Ich wusste nicht, dass es so viele Stufen sind.«
Isaac lächelte, als er erklärte, dass diese Stufen aus den alten Zeiten stammten, als die Mauren die Stadt besaßen und kein Gebäude die große Moschee überragen durfte. Die Erde abzutragen war ein Trick, mit dem man vortäuschen konnte, dass sich die Säulen der Synagoge etwas mehr erhoben.
»Es tut mir Leid …«
Myriams Blick war beschämt, doch Isaac machte eine abwehrende Geste. Das sei kein schlimmer Verstoß.
»Die große Tür ist nicht verboten, Myriam.«
Sie sei unter dem Dach des Allmächtigen, und *Er* wolle nicht wissen, was die Menschen in *Seinem Namen* alles machten. Die Tür der Frauen sei nichts weiter als ein Brauch, eine Tradition. Ermutigt durch diese Antwort oder verlegen durch ihre Blicke, betrachtete sie die schweren Pfeiler, die das Gewölbe trugen. Sie waren gewaltig am Sockel und rankten sich zu feingliedrigen Säulen auf, die der Krümmung des Gewölbes folgten und regelmäßige Blumenkronen auf die Decke zeichneten. Ein Zierstreifen aus rosa Marmor schien die Kuppel zu tragen. Die in Stein gehauenen Sätze, die Moses vom Allmächtigen erhalten hatte, zogen sich über die Wände.
»Ser Cresques hat mir aufgeholfen …«
»Gesegnet sei derjenige, der dem aufhilft, der gefallen ist!«
Der Rabbiner machte sich über Abraham lustig, der sich bereits ausreichend dumm vorkam. Vor ihm saß Myriam, bezaubernd mit zerzausten Haaren, und sah ihn an.
»Ich hoffe, dass es nichts Schlimmes ist. Es tut mir sehr Leid …«
Er log natürlich, dieser alte Mann, der diesen sanften

weiblichen Körper an sich gedrückt hatte. Der Schleier der jungen Frau lag auf dem Boden, einer ihrer Zöpfe hatte sich gelöst, und die Sonne, die durch die steinerne Rosette fiel, ließ ihr Haar golden schimmern. Ihr zitternder Mund war weich, die Unterlippe etwas fülliger. Der Rabbiner schaute Myriam auch an, doch er sah nur ihre traurige und verzweifelte Miene.

»Maître ...«

Sie war kurz mit schmerzverzerrtem Gesicht aufgestanden. Isaac lächelte, bat sie, sich zu setzen, und setzte sich selbst an die Mauer gelehnt neben sie.

4

Abraham überquerte den Platz mit festem Schritt, aber sein Herz war ergriffen, denn ihm war bewusst, dass etwas Fremdes und Unbekanntes in ihm vorging. Nur eine gewisse Ironie mäßigte seinen Zustand. Er hätte dieser Frau niemals aufgeholfen, wenn ein leicht verrückter Junge nicht von einer unmöglichen Reise geträumt hätte. War er denn in diesem Moment mit seinen vierzig Jahren weniger verrückt als dieser Junge? Die Glocken ertönten in der nahe gelegenen Kirche Santa Eulalia. Das leise Glockenspiel kündigte an, dass der Tag vorangeschritten war, und der Platz leerte sich langsam. Die Geschäfte schlossen nach und nach, und die schweren Fensterläden aus Holz wurden, ungeduldig wegen der verdienten Ruhe, aufgestellt. Die Schar der Christen ging in die Oberstadt zurück, die maurischen Sklaven gingen hinunter, um ihr Dorf aus Abfällen und Holz außerhalb der Mauern aufzusuchen. Der Call zog sich sanft zurück.

Als er zu sich nach Hause kam, genoss Abraham einen Moment lang die Frische des Ortes. Ein einfacher Friede, genährt vom Alltäglichen, erwartete ihn. Unter dem blauen Türsturz berührte er flüchtig die Mezuzah[5] und betete im Stillen, ohne einen Blick auf das kleine Zedernholzetui zu werfen. Aus der Küche duftete es nach frischem Brot, und er ließ auf der häuslichen Schwelle die bezaubernde Erinnerung, die nicht für ihn bestimmt war, hinter sich. Er hatte wenig Zeit, um seine Karte fertig zu stellen. Er stieß die beschlagene Tür kräftig auf, nahm eine Feder von dem Tisch, auf dem die Berechnungen lagen, und zeichnete die wenigen notwendigen Ziffern auf. Die im Zenit stehende Sonne ermöglichte es ihm, die Position zu ermitteln und sich eines Winkels oder eines Kaps zu versichern. Es gab keine andere Möglichkeit. Um ihn herum lagen die hebräischen, arabischen oder griechischen Bücher. Die Mathematik war seine wirkliche Leidenschaft, seine einzige Leidenschaft. Er betrachtete einen Moment lang seine Ziffern, war erneut abgelenkt, unbeweglich und verträumt, fast schon amüsiert über den Zwischenfall, der sein Innerstes überrascht und in ihm die Illusion der Jugend erweckt hatte.

Er ging am Atelier vorbei, das ihm ohne die Besucherschar sehr groß vorkam. Der Lichtschein, der durch die vergitterten Bogenfenster hereinfiel, warf kreuzförmige Schatten auf den Boden. Die hohen Kartografentische standen gegenüber der Tür, entfernt von diesem Lichtspiel, das den Kompass täuschen konnte. Auf dem langen Tisch, der den Raum zweiteilte, waren die gebräuchlichen Karten aufgerollt und die Kompasse sauber aufgereiht. Regale standen an die Wand gedrängt, und in ihnen lagen die Quadranten, die gewöhnlichen Astrolabien und die Pigmenttöpfe. Alles war sauber, aufgeräumt, und die Fensterläden waren geschlossen, als ihn das geduldige Geräusch eines regelmäßigen Knirschens auf den letzten Arbeiter hinwies. Das Kind beugte sich über eine Holzplatte und hatte ihm den Rücken zugewandt. Es schabte vorsichtig das Velin, weich geripptes Pergament, und war so eifrig, dass es ihn nicht gehört hatte. Man sah seinen Schatten und sein goldenes Haar kaum.

»Das reicht für heute.«

Die Stimme war nicht streng, aber der junge Bedienstete

zuckte zusammen. Er stand aus Respekt für den Maître mit gesenktem Blick auf, während ein flaumiger Regen von seiner Tunika fiel. Das Velin zu schleifen war eine ausgesprochene Geduldsaufgabe, doch Joan war bereits sechs Jahre alt.

Abraham wollte in den Kartenraum gehen, ohne sich länger mit dem Kind abzugeben, um zu sehen, wie weit sein Sohn und der andere Bengel waren, als er Salomon mit verärgertem Gesicht eintreten sah.

»Messire de Perellos lässt dich rufen.«

Der Kartograf starrte ihn überrascht an. Gewiss kannte er Messire de Perellos, den Kammerherrn und königlichen Maître der Navigation. Er war ein gelehrter Mann, den mit Isaac Nifosi eine Freundschaft unter Astrologen verband, denn der Rabbiner war als hervorragender Uhrmacher und Meister der Astrolabien der Sprache der Gestirne verfallen.

»Sobald es dir möglich ist, sollst du zu ihm …«

Die Formulierung milderte die Bestimmtheit der Aufforderung nicht. Verstimmt nahm Abraham seinen Mantel vom Nagel an der Tür und ging, Salomons sorgenvollen Blick im Nacken. Ging es um eine ungenaue Karte, ein verloren gegangenes Schiff? Handelte es sich um einen neuen Angriff? Hatte der königliche Maître der Navigation von der Karte gehört, die er für die Genuesen gezeichnet hatte? Der Kartograf ging voller Sorge und zutiefst beunruhigt in die Oberstadt hinauf. Nach und nach verbreiterten sich die Straßen, und die Häuser schmückten sich mit anmutigen Fenstern und hohen Eisenbalkonen. Er traf auf gut gekleidete Bürger, die ihn mit einem kurzen Nicken grüßten und ihm dann instinktiv aus dem Weg gingen. Egal, wie fein das Tuch war, aus

dem Abrahams Mantel gewoben war, es war grau mit einer Kapuze. Diese Kleidung ersparte es den Juden von Mallorca, auf der Straße das Zeichen sichtbar zu tragen. Abraham hasste diese für das Stallvieh geeignete Kennzeichnung, diese ständige Erniedrigung. Ohne es zu wissen, straffte er bei jedem Aufeinandertreffen in einem Auflodern von verletztem Stolz die Schultern.
Die Straßen stiegen stark an, und es sah aus, als klammerten sich die Häuser der Oberstadt an den Stein des Felswalls. Abraham musste innehalten, um Atem zu schöpfen, und war gleichzeitig sehr verärgert darüber, dass dem so war. Er war alt, wurde von Bräuchen und Bitterkeit erdrückt. Schließlich kam er vor einem Portal mit römischem Giebeldreieck an und betrat einen gepflasterten Innenhof. Der Palast, der von Messire de Perellos bewohnt wurde, wenn er nach Mallorca kam, brachte seinen Ruhm zum Ausdruck. Ein Schwarm von Bediensteten lief aufgeregt hin und her, und junge Pagen in azurfarbener Livree stießen sich mit dem Ellbogen an, als sie den grau gekleideten Mann vorbeigehen sahen. Abraham stellte sich einen Moment lang sein krähenhaftes Aussehen im Vergleich zu den versammelten Täubchen vor. Vom Balkon des ersten Stocks drang ein Lachen herunter, ein weibliches, klares Lachen. Er nahm eine junge Frau wahr, deren Zöpfe unter einem Seidentuch aufgerollt waren. Er hing einen Moment lang zärtlichen und flüchtigen Gedanken nach, die in diesem lärmenden Durcheinander von Eitelkeit und Putz beruhigend wirkten. Er ließ sich ankündigen, erklomm die Doppeltreppe, die sich zu einer Tür, die ein Page geöffnet hielt, hinaufwand, und betrat einen mit Wandbehängen und Teppichen geschmückten Raum. Er nahm den jungen, dunkelhaarigen

und schlichten Ritter mit der Tunika, auf der das Wappen von Aragon abgebildet war, kaum wahr, als dieser die Tür schloss. Ein Mann, bekleidet mit einem weißen Mantel und einem Kettenhemd, stand mit dem Rücken zum Fenster. Die schweren Schuppen des Panzerhemds glänzten in der Sonne und waren durchtränkt vom Licht, ähnlich einer Schlangenhaut, und das schwarze Kreuz von Montessa vierteilte seine Brust.[6] Um die Tonsur ergraute das Haar des Tempelritters, der die blauen Augen der Franken und einen stählernen Blick hatte, dem Abraham ohne weiteres standhielt. Abraham war ein außergewöhnlicher Jude, ohne Bescheidenheit, ohne Furcht, mit dunklen Augen.

»Tretet bitte ein, Maître Cresques.«

Der freundliche Ton enthielt einen Anflug von Gönnerhaftigkeit, als Francech de Perellos sich näherte und ihn in übertrieben zeremonieller Form und mit hochtrabenden Worten als den besten Kartografen Aragons präsentierte. Gekleidet nach der Art des französischen Hofs, schien der königliche Maître der Navigation nichts von jenen Klippen des Lebens zu kennen, die einen bescheiden machen.

»Messire de Montferrat wünscht eine Karte in Auftrag zu geben …«

Abraham verbarg seine Erleichterung und nickte.

»Man sagt Euch am Hof des Königs sehr viel Gutes nach, Maître Cresques.«

Abraham brachte seinen Dank mit einer kurzen Geste zum Ausdruck, denn er wollte sich nicht erdreisten, das erste Kompliment aufzugreifen. Noch wartete er ab, da er eine Vorahnung bezüglich der Schwierigkeit des Unternehmens hatte. Ihm war der Ruf des großen

Meisters des Ordens von Montessa, dem Herrscher des Tempels, einem Mann von edler Herkunft und außerordentlicher Macht, bekannt. Eine Stille setzte ein, die vom Tempelritter mit seiner tiefen Stimme unterbrochen wurde.

»Was ich Euch mitteile, muss unter uns bleiben.«

Die Luft war drückend, der junge Ritter, der bei der Tür stand, schien eine Statue aus Stein zu sein. Der Kartograf nickte, denn es war selbstverständlich, dass er die Geheimhaltung wahren würde.

»Unser König möchte König Karl von Frankreich eine Karte schenken, die schönste, die es gibt.«

Abraham wartete ab, seine Augen verhüllten die unbändige Freude, die ihn plötzlich erfüllte.

»Eine Landkarte vom Okzident bis zum Orient.«

Sein Herz schlug wie eine Trommel, die den Angriff ankündigte, aber er durfte dieser Freude kein Gehör schenken und schaute den Tempelritter mit seinem leicht bleiernen Blick unverwandt an.

»Ich zeichne Seekarten, Messire.«

Um feinsinnig vorzugehen, war diese Unterscheidung wichtiger als alles andere. Eine Landkarte stellte ein Bild des Raums und der Gestirne dar, was von der Theologie herrührte. Denker von Salamanca oder der Sorbonne sowie viele Kardinäle lehnten die Idee einer Erdkugel ab, und die Kirche bestimmte mit ihrem erdrückenden Gewicht die Vorstellung der Welt. Er konnte sich dem nicht widersetzen, er war Jude. Montferrat lächelte, sein Blick verstand, was der Kartograf nicht sagte, während Messire de Perellos, der sehr eng mit ihm befreundet war, sehr gefällig vom König von Frankreich sprach. Karl V. liebe die Karten mit einem außergewöhnlichen und sich ständig erneuernden Interesse, denn er wolle diese Welt so begreifen, wie sie wirklich sei.

»Deshalb wünscht unser König, ihm eine neue Karte zu schenken, eine Karte der Welt, auf der die Menschen wandeln.«

Er musste dieses brennende Feuer beruhigen, es verstecken, es vergraben. Abraham erwartete den Hieb schon fast, als er endlich kam.

»Aber er möchte sie noch vor dem Sommer.«

Das Frühjahr hatte bereits begonnen. Was könnte er in so kurzer Zeit zeichnen, das nicht nur einer ungenauen Kopie gleichkam? Er konnte eine Geste der Enttäuschung nicht vermeiden, die sofort vom Höfling bemerkt wurde.

»Der König hat Euch erwählt, um diese Karte zu zeichnen, Maître Cresques.«

Es sei eine ungeheure Ehre, ein Befehl, dem man sich nicht widersetzen könne. Die wohlwollende Stimme des Maître der Navigation hatte sich mit einer verschleierten, unbestimmten Drohung verfärbt. Dank seiner Fürsprache und Isaac Nifosis Empfehlung hatte Abraham Cresques das Privileg erhalten, das »Buch der Wunder«[7] zu konsultieren, und es war ihm genehm, zu hören, dass diese Forderung nun ihre Begleichung verlangte. Der Maître des Tempels beugte sich lächelnd, aber mit kühlem Blick, nach vorn.

»Unser König kann sich sehr großzügig zeigen. Nur Zeit kann er nicht gewähren.«

Abraham hatte keine andere Wahl, als dies zu akzeptieren. Er blickte mit einem Ausdruck verdrängter Wut nach oben.

»Ich brauche nicht zu betonen, dass ich mein Bestes geben werde, um unserem König zu gefallen; ich kann

Euch aber dennoch nicht verheimlichen, dass zwei Monate nicht ausreichen, um eine neue Karte vom Orient bis zum Okzident zu zeichnen.«

Dies sei keine Frage des Interesses, sondern der Genauigkeit und der mühsamen Berechnungen, denn für eine Karte, auf der sowohl das Meer als auch die Erde abgebildet werden sollten, müsse man die zurückzulegenden Distanzen bestimmen. Als der Kartograf schwieg, trat eine vielsagende Stille ein. Perellos, der sich in diese Angelegenheit gemischt hatte, errötete und gestand sich die Unverfrorenheit dieser ungewissen Zustimmung kaum ein. Der Tempelritter betrachtete den Holztisch, der im Licht glänzte.

»Ser Cresques, ich muss Euch darauf aufmerksam machen, dass unser König den Infanten Don Juan damit beauftragt hat, als Abgesandter zum König von Frankreich zu reisen, und dass dieses nicht länger aufgeschoben werden kann.«

Frankreich, das seinen nicht enden wollenden Krieg mit den Engländern überstanden habe, blicke erneut nach Süden. Man erinnere sich dort plötzlich daran, dass die Frau des Herzogs von Anjou, dem älteren Sohn des fränkischen Königs, das kleine Königreich der Balearen, das König Pierre von Aragon – ohne sich um die Erbfrage zu sorgen – annektiert hatte, als Aussteuer mitgebracht habe. Der Adel der Inseln sei in Unruhe versetzt worden, spreche von Treuepflicht und Versprechen und bevorzuge einen König auf der anderen Seite der Pyrenäen weit mehr als einen auf der diesseitigen Seite. Der Oberstallmeister von Frankreich lasse Truppen unweit von Narbonne an- und abrücken, und es sei gut, dies zu unterbinden. Man müsse die einen daran erinnern, wer der

König sei, und den anderen klar machen, dass ein Land, das keinen Hafen habe, dem Verbündeten Treue schulde, der ihm Seide, Gewürze und Gold garantiere.[8]

»Unser König legt großen Wert auf diese Karte als Geschenk.«

Eine Karte ermögliche es, in aller Freundschaft daran zu erinnern, dass Aragon die Sardaigne und die Hälfte von Sizilien besitze und dass es das Mittelländische Meer von Barcelona bis nach Messina beherrsche.

»Es ist wichtig, dass der Infant dem König seine Aufwartung vor der großen Julihitze macht.«

Das war ein zusätzlicher Monat, die gewagte Sache konnte in Angriff genommen werden, und Abraham stimmte mit einem Blick zu. Auch wenn er den Grund für diese Reise kannte, so erahnte er, was nicht gesagt wurde. Um sicherzustellen, dass er treu war, musste er Jude sein, denn dadurch, dass er direkt von einem König abhängig war, waren er und die Seinen dessen Gnade und Schutz ausgeliefert.

»Es erübrigt sich, darauf hinzuweisen, dass wir auf äußerste Geheimhaltung Wert legen.«

Das war eine allgemein gültige Regel, die alle Karten betraf. Der Kartograf verpflichtete sich mit seinem Leben dafür: Niemand durfte etwas wissen, und niemand würde etwas erfahren.

»So, wie es aussieht, haben wir wenig Zeit vor uns, Messire.«

Montferrat stand auf, und das schwere Kreuz seines Ordens auf seinem Umhang entfaltete sich. Jeder ahmte ihn nach und teilte seine Eile, diese Unterhaltung zu beenden. Abraham verbeugte sich und erhielt im Gegenzug einen merkwürdigen Blick, warnend und misstrauisch zugleich, und er wusste nicht, was er davon halten sollte.

»Der König legt Wert auf die schönste Karte, die es je gab.«

Dieses Wohlwollen war nicht ohne Gefahr.

»Die Großen lieben Eure Kunst, Ser Cresques.«

Es sei äußerst einfallslos, zu behaupten, dass derjenige, der das Bild der Welt betrachte, sie auch besitze. Das sei eine leichte Eroberung, die niemandem schade. Abraham lächelte, als ihm der Tempelritter als Zeichen des Abkommens die Hand schüttelte. Ein unbestimmtes Verständnis verband sie, während Perellos große Reden über die Notwendigkeit des Stillschweigens führte. Auf jeden Fall müsse die Abordnung von Juan von Aragon Barcelona vor der hochsommerlichen Hitze des Sommers verlassen.

5

Abraham ging triumphierend durch die Straßen der Oberstadt. Er hatte den grauen Umhang, der seinen Status markierte, vergessen, er wurde von einem Traum getragen. Wenn es ihm gelang, diese Weltkarte zu zeichnen, dann würde sie an den Hof von Frankreich kommen, und er würde endlich für das gehalten werden, was er war. Sein Sohn würde dieses erniedrigende Elend, das zum Los eines Kaufmanns gehörte – versuchen zu gefallen und sich einzuschmeicheln – nicht kennen. Abraham sah sich plötzlich beim Arbeiten im staubigen Atelier des Vaters von Hayyim ibn Rich wieder, sah, wie er einfache Karten zeichnete, wie er die Striche der Meeresströme wie Fäden auf ein Papiermeer brachte. Ein mittelmäßiges Leben, ungewisse Aufträge. Nach dem Tod des alten Mannes war Abraham seinen Weg gegangen … Eine Unzahl von Erinnerungen stieg in ihm hoch. Er hatte verbissen die Karten studiert und sehr viele Bücher auf der Suche nach reinen Quellen des Wissens gelesen. Zu jener Zeit hatten seine Nächte die Tage verschlungen. Doch wie viele durchwachten Nächte, wie viele Sorgen und Nöte waren in dieser Minute wie weggewaschen? Er würde eine so schöne Karte zeichnen, dass sie der Zeit trotzen würde.

Als er bei sich zu Hause ankam, sah er, dass die Straße leer war. Es war also schon spät! Er ging durch den Eingang, streifte die kleine, im Zedernholz versteckte Rolle und war sehr ergriffen. Voller Ungeduld und mit brennendem

Herzen stürzte er in das verlassene Atelier, sah einen schmächtigen, mit einem Besen versehenen Schatten und hatte Lust, diesen kleinen Jungen an sich zu pressen. Er musste befremdlich aussehen, denn der Junge wirkte beunruhigt.

»Ich putze, Maître.«

Am Sabbat musste alles sauber und aufgeräumt sein, das wusste selbst dieser kleine Christ. Der Maître ging mit einem verlorenen Lächeln im Gesicht durch den langen Gang, der den reinen Bereich des Handels von der Welt der Kugeln trennte. Die Tür zum Kompasssaal stand offen, ein kahler, heller Raum ohne jeglichen Metallgegenstand, in dem Salomon die Rollen aufräumte. Sobald er Abraham sah, kam er, besorgt wie immer, nach vorne. Warum hatte Francech de Perellos ihn in solcher Eile zu sich rufen lassen? Hatte man schlechte Neuigkeiten erhalten? Salomon brannte darauf, all das zu erfahren, aber er wollte nicht danach fragen, so sehr fürchtete er, das Übel ins Leben zu rufen, wenn er nur seinen Namen aussprach.

»Ist alles in Ordnung?«

»Bestens.«

Aber Abraham vermied es, seinem Blick zu begegnen, und Salomon betrachtete seinen Schwager und die gekrümmte Vene, die auf seiner Stirn hervortrat, und war betrübt darüber, dass er ihm etwas verschwieg.

»Wo ist Yaffuda?«

»Er muss bereits fertig sein …«

Salomon war so aufgewühlt, dass Abraham sich auf die Lippen beißen musste, um nichts zu sagen. Sie gingen durch die zweite Tür und trafen auf die beiden Jungen. Der Zeichensaal wurde vom Licht des Innenhofs überflutet, von einem Duft nach Heidelbeere und Thymian parfümiert und vom frischen Plätschern des Brunnens belebt. Nathan beugte sich über die Schulter desjenigen, der zeichnete. Er war groß, schlank, und das sanfte Gesicht versteckte sich hinter schwarzen Haaren. Man sah kaum mehr als den Flügel der Hakennase, denn Yaffuda arbeitete angestrengt und besorgt mit gesenktem Haupt. Eine kleine Falte teilte seine Stirn. Er hob einen kurzen Augenblick den vertrauensvoll strahlenden Blick und senkte ihn dann wieder auf seine Arbeit. Bevor der erste Stern am Himmel aufgehen würde, musste er seine Linie fertig gestellt haben. Abraham wollte seinen Sohn nicht durcheinander bringen, aber dann begegnete er einem anderen, besorgten Blick und sah ein trauriges Gesicht.

»Du kannst deinen Vater besuchen, mein Junge.«

Nathan brauche nun nichts mehr zu befürchten. Der junge Mann zögerte einen Moment lang und ging dann, begleitet von einer Bemerkung, die wie ein Versprechen im Raum schwebte, hinaus.

»Bis nachher, Nathan …«

Yaffuda hatte sich nicht bewegt. Er zog seinen feinen und exakten Strich mit einer Gewandtheit, die die Frucht der totalen Perfektion war. Ein Schwall Liebe, Stolz und Freude, eine Mischung aus alldem, ließ Abrahams Herz vor Freude schneller schlagen. Diese Weltkarte, dieser Ehrgeiz, das war für ihn.

»Ich glaube, dass ich fertig bin.«

Yaffuda legte seinen Zeichenstift weg und lächelte seinen Vater an. Die Karte stellte einen vom himmlischen Rad umschlossenen Mann dar. Die Tierkreiszeichen umringten seine Arme und Beine, die die Speichen dieses Rades darstellten. Lange braune Haare bedeckten die Nacktheit seines griechischen Körpers. Um ihn herum wurde die Welt von Schriftzeichen animiert, als ob das Bild das Wissen ausstrahlen würde, dessen Überbringer und Objekt es war. Der Teil der Seite, der unbeschrieben geblieben war, wartete auf die Zahlen der Sonnentabelle. Es war eine Arbeit von ergreifender Schönheit. Der junge Mann hoffte auf Zustimmung, aber sein Vater hatte ein Lächeln aufgesetzt, das sich unverzüglich über sein ganzes Gesicht ausbreitete.

»Nein, Yaffuda, du fängst gerade erst an.«

Abraham lachte ein hohes und helles Lachen, das alle verwunderte.

»Wir haben einen Auftrag des Königs. Er möchte eine Weltkarte! Die schönste, die es gibt!«

Sie schauten ihn an, ohne zu verstehen, was er sagte, bis die Nachricht endlich zu ihnen durchdrang.

»Eine Weltkarte, vom Orient zum Okzident!«

Abraham lachte, und sie sahen, wie glücklich er war, und konnten es nicht glauben. Salomon öffnete den Mund und wollte gerade etwas sagen, als ein Blitz ihm das Wort abschnitt. Das Knallen eines Donners erschütterte die Erde, ein Krachen von Metall, auf das ein langes Heulen des Schreckens folgte. Sie rannten ins Atelier. Der kleine Juan saß auf dem Boden, inmitten einer Staubwolke von grünem Pulver. Überrascht und erschrocken, war sich das Kind unschlüssig, ob es weinen sollte oder nicht, und seine Schultern zuckten. Zu seinen Füßen lag der große Sternhöhenmesser, das Astrolabium, dessen Räder noch immer quietschten. Er hatte sehen, verstehen wollen und sich dem zu hohen Regal genähert, um ihn mit den Fingerspitzen zu berühren, und so war das Farbpulver heruntergefallen. Maria kam mit schief sitzender Haube im Laufschritt an. Das Dienstmädchen schaute ihren Sohn an, wagte aber nicht, sich ihm zu nähern, so sehr war sie von der Ungeheuerlichkeit dieses Vergehens betroffen. Er hatte dieses komplizierte, zerbrechliche und außerordentlich geheimnisvolle Ding zerbrochen.

»Entschuldigt, Maître!«

Sie konnte nur diese Worte wiederholen, während das Teufelsinstrument hämisch lachend auf dem Boden wippte. Es war fast fünf Pfund Silber wert.

»Weine nicht, Janito …«

Yaffuda hatte das Sternhöhenmessgerät wieder aufgestellt, und die sieben Räder, die die Welt bildeten, hatten in die himmlische Ordnung zurückgefunden. Er lächelte das Kind an, das ihm nicht gehorchen konnte, das Tor der Tränen war weit geöffnet.

»Man sollte dich nicht Janito, sondern *Ranito* nennen!«

Ranito, der kleine Frosch, denn er war von Kopf bis Fuß mit grünem Pulver bedeckt. Abraham beugte sich über das zusammengekauerte Kind, das einer kleinen Kröte ähnelte, die sich im schlüpfrigen Nebel verirrt hatte.

»Warum hast du ihn angefasst, Joan?«

Abrahams Hand zeigte auf das Messgerät, und der Kummer des Kindes wurde wieder größer. Es war, als hätte er den Himmel selbst verdreht.

»Weil es so schön ist …«

Es war schön für den kleinen Leibeigenen, der das Pergament allein im Atelier polierte, am Rand einer Welt, von der er nichts verstand und in der er nichts war. Abraham sah sich plötzlich am Hof des Stadthauses von Messire de Perellos, ein Jude unter Christen, ein Nichtadliger unter dem Adel. Er griff zum Kind hinunter, und seine Hand verlor sich in dessen schmutzigen Haaren. Er begegnete Salomons Blick und den hellen Augen von Yaffuda.

»Es ist an der Zeit, dass er es lernt …«

6

Der Tag verblasste, die Straße füllte sich mit Lärm, und sie hatten gerade noch die Zeit, sich die Hände am Brunnen zu waschen. Es war heiß in dem kleinen Innenhof, in dem Yaffuda stand und aus dem Staunen nicht herauskam und immer noch mehr wissen wollte. Die Idee der Weltkarte versetzte ihn in einen Taumel.

»Diese Karte ist ein großes Geheimnis, Yaffud …«

Als er dies abwog, schwieg der junge Mann. Sie gingen durch die Küchentür, wo alles vom Duft nach Brot erfüllt war. Der Raum war leer, das Feuer erlosch, und der Tisch war gedeckt. Stimmen verloren sich eine Etage weiter oben, ein heftiges Getuschel und Kinderlachen. Man musste warten, bis Cédatar fertig war, doch als sie dann schließlich erschien, gab es nichts zu bedauern. Granatrot gekleidet, mit einem Bauch, der über ihr Alter triumphierte, ähnelte sie einer mit Licht aufgeblasenen Kirsche. Sie war rund, ohne plump zu sein, lebhaft und gesegnet mit einer natürlichen Würde, die nicht von der Kleidung abhing. Sie liebte es dennoch, sich festlich zu kleiden, und machte daraus ein Muss, obwohl es sich um ein Vergnügen handelte. Sie wusste, dass man alles sah: Stoffe, Schmuck, Frisur und Farben. Abraham war erfolgreich, er hatte ausgesorgt, und das sollte man an der Kleidung seiner Frau sehen. Deshalb trug sie ein schwarzes, sehr feines Hemd, das durch ineinander verschlungene blaue und grüne Stickereien zur Geltung gebracht wurde. Ein grauer Übermantel bedeckte ihr Kleid und verbreiterte sich unterhalb der Brust, wo eine silberne Hand an einer Kette hing. Sie trug keinen Schleier, aber einen Umhang, dessen Borte von kleinen Gagatperlen geschmückt war, und dieser wenig gewöhnliche Aufzug überraschte doch sehr. Wenn Frauen aus dem Haus gingen, sollten sie bescheiden gekleidet sein, so wollte es die Tradition, aber es gibt keine schlimmere Lüge als aufgesetzte Bescheidenheit, und keiner konnte sie einer solchen Sünde anklagen. Sie hielt Salomons Söhne, sauber und gekämmt, an der Hand, und sie waren so schön anzusehen, dass ihr Vater ihr dafür sehr dankbar war.

Dies war wirklich ein Abend, an dem man Gott danken konnte. Abraham und sein Sohn gingen vorneweg. Damit Cédatar den Saum ihres schönen Kleides würdig tragen konnte, hatte Salomon Samuel an die Hand genommen und ihr Joshua als Begleiter überlassen. Eine anständige Frau geht nicht zwischen zwei Männern, nicht wahr? Die Menge begrüßte sich freudig, als sie sich am Gemeindehaus traf. Von weitem ähnelten sich die Männer, der Bart und das Haar fielen bis auf die Schultern herab, und das Gesicht wurde von einem Hut verdeckt, dessen breite Krempe die Augen beschattete. Sie trugen alle dieselben weiten dunklen Kleider mit wenigen Stickereien am Kragen und an den Ärmeln. Nur der Stoff konnte den armen Schuhmacher von der oberen Straße vom reichen Kartografen, der vom Infanten von Aragon gerufen wurde, unterscheiden. Dies war übrigens ziemlich unwichtig, denn die Gleichheit der Menschen ist das Gesetz der Kinder Israels.

Für die Frauen war dies natürlich anders, denn die Töchter Evas hatten nicht wirklich Angst vor der Schlange. Sie kamen fröhlich zusammen, ähnlich wie Vögel, und bildeten ein gesprächiges und buntes Gefolge, das durch die Seitentür eintrat. Sie versteckten ihr Gesicht unter einer Haube oder hinter einem Schleier, aber sie hatten ihre schönsten Kleider angezogen, die entweder tailliert und mit bunten Bändern zur Geltung gebracht wurden oder aber mit einer kurzen Schleppe versehen und mit leuchtenden Stickereien besetzt waren. So hatte Gott sie gemacht. Sehr viele Dinge waren ihnen durch die Regeln der Älteren verboten, aber sie waren Frauen bis in die Fingerspitzen.

Myriam wartete sitzend auf einer Steinbank in der Nähe der Tür. Der Schmerz, den ihr Knöchel verursachte, ließ langsam nach. Sie hatte getan, was sie tun musste, aber sie spürte in ihrem Inneren das schmerzliche Gefühl des Verrats. Eine bittere Beklommenheit verschleierte ihre Augen mit Tränen.

»Geht es dir nicht gut, meine Tochter?«

Die alte Leah Saportas beugte sich zu ihr und musterte sie mit ihrem Elsterblick. Sie hatte Myriam ohne Korb zum Call kommen sehen.

»Doch, doch. Ich habe mich am Fuß verletzt.«

»Wie ist denn das passiert?«

Die kleinen scharfen Augen glitten über sie und blieben an ihrem Schleier hängen.

»Auf ziemlich dumme Weise, als ich eine Treppe hinunterging. Ich hatte keinen Safran mehr, um die Mücken zu vertreiben.«

»Ich habe noch niemals so viele Mücken gesehen wie in diesem Frühjahr.«

Durch einen barmherzigen Zufall wurde gerade die kleine Tür geöffnet. Die Frauen traten ein und zogen Myriam in einem Rascheln von Stoffen und unter unbeschwerten Äußerungen mit sich mit. Sie setzten sich, indem sie ihre Röcke ausbreiteten, und ähnelten dabei Hühnern, die ihre Flügel spreizten. Es war auch ein richtiges Gegacker. Man lachte, umarmte sich oder setzte sich bequemer hin. Sie kosteten diesen Moment aus, denn sie fühlten sich sehr wohl hinter dem schweren Vorhang, der sie vor den Blicken der Männer schützte. Die besten Plätze waren die hinteren.

»Du wohnst weit weg, da oben. Wenn dir dein Fuß wehtut, kannst du den Sabbat auch bei uns verbringen.«

Leah herrschte über diesen Hühnerhof durch die Zahl ihrer Lebensjahre und durch den Schrecken, den ihre Zunge verbreitete. Sie sah alles, wusste alles, erfand, was sie nicht wusste, und lag dabei mit der Scharfsichtigkeit eines Frettchens meist richtig. Myriam murmelte einen Dank. Sie müsse den Sabbat mit der alten Rachel verbringen, die leicht erkrankt sei. Leah betrachtete sie einen Moment lang. Sie wollte gerade den Mund aufmachen, schwieg dann aber. Die Männer hatten stehend das Gebet begonnen, und die Frauen standen ebenfalls auf. Sie hörten den Rabbi, den regelmäßigen Singsang seiner Stimme und die Antworten der Anwesenden. Eine andächtige Stille legte sich über die Versammlung, jeder schien zu beten, und Myriam hatte das Gefühl, als würde sie gleich fallen. Ihr Fuß schmerzte, und ihr Herz zersprang vor Bedauern. Sie hätte nicht mit dem Moreh sprechen sollen, aber sie wusste nicht, was sie sonst hätte tun können, sie fühlte sich so schwach ... Dieses quälende Bedürfnis hatte sich nach und nach in ihr ausgebreitet, ein Schmerz der Abwesenheit, der sich in ihrem Herz einnistete, seitdem ihr Mann abgereist war. Die Wunde schmerzte beim bloßen Gedanken daran. Léo hatte kein

einziges Mal geschrieben. Er hatte sie niemals wirklich abgewiesen. Als er ging, hatte er gesagt, dass er die Augenkrankheiten in Lérida studieren wollte, aber ein Mann, der seine Frau liebt, verlässt sie nicht.
Das Stoffrascheln teilte den Frauen mit, dass die Männer sich gesetzt hatten und dass sie es ihnen gleichtun und erneut miteinander sprechen konnten.
»Fußschmerzen sind unerträglich. Mir tun die Beine weh, und die Hitze hilft dabei auch nicht gerade. Trage nichts Schweres, meine Tochter! Vor allem kein Wasser! Ich kann es dir bringen lassen, wenn du welches brauchst.«
»Das ist nicht nötig, für den Sabbat habe ich welches …«
Leah nickte und wandte sich ihrer Nachbarin zu. Cédatar sei noch dicker geworden. War es wirklich möglich, dass sie solche Stickereien trug? Und dann diese lächerliche Haube. Nun ja, man müsse ihr dennoch ein Kompliment machen.
Myriam lehnte sich an die flache Bank, gegen die Mauer, und schloss die Augen. Um sie herum wurde das Geschwätz wieder lebhaft fortgeführt. Man sprach vom neuesten Mittel für einen weißen Teint und von der Hitze, die den Teig zu schnell zum Gären brachte. Die Kuchen für das Erntefest würden trocken werden, wenn das Wetter so blieb. Hast du das gestickte Muster auf Rebeccas Kragen gesehen? Es ist wirklich sehr schön. Ja, aber wie hässlich sie doch ist! Wusstest du, dass sie endlich heiraten wird? Gelobt sei Gott! Hayyim ibn Rich in zweiter Ehe. Man sprach mit leiser Stimme, damit Rebecca und vor allem Leah nichts davon hörten. Myriam war bedrückt. Ihre Gefährtinnen schienen alle ähnlich geschwätzig, gefräßig und indiskret. Alles Frauen, die nicht verlassen wurden.

»Du hast gesagt, dass Rachel krank ist? Nichts Ernstes, hoffe ich!«
»Ich denke nicht. In ihrem Alter, bei der Hitze …«
»Ich sollte vorbeigehen, um sie zu besuchen.«
Sie hatten sich alle zu ihr umgedreht. Ihre argwöhnischen Blicke musterten ihr Gesicht, den sanften Bogen ihrer Augen. Man wusste nicht, wo ihr Mann war.
Ein Duft nach Leinen schwebte über den Frauen. Die Männer öffneten den Vorhang. Sie standen auf, während sich der Moreh vor der Bundeslade verneigte.
»Gott sei mit euch!«
Die Lampe leuchtete sanft und erinnerte an diese Gegenwart. Zwei auf den purpurfarbenen Vorhang genähte Sterne erzitterten im Kerzenlicht. Die Worte des Gebets ergossen sich über die gebeugten Männer, die mit einem wohlwollenden Blick von den Frauen bedacht wurden. Jener dort wäre ein möglicher Schwiegersohn, ein vorzeigbarer Verlobter. Myriam schaute auf die versammelten Männer, ohne sie wahrzunehmen. Sie wollte gerade den Kopf senken, als sie einem freundlichen Blick, der auf ihr lag, begegnete. Sie verständigten sich über die anderen hinweg, sie waren durch eine seltsame Komplizenschaft miteinander verbunden. Ein plötzliches Gefühl der Schande ergriff die junge Frau. Sie richtete ein Lächeln an denjenigen, der sie anschaute, und senkte den Blick. Abraham spürte, wie sich eine federleichte Sanftheit auf ihm niederließ. Sie war so schön, und ihr Blick ähnelte dem eines verlorenen Kindes. Als sie ihn anlächelte, wurde er von einem heftigen, unerwarteten Feuer ergriffen, das er in einer schmerzhaften Anstrengung des Verstandes zurückdrängte. Sie war jung, er war alt.
Der Gesang ging zu Ende, die Stimme der Männer war

tief, fröhlich und erfüllte den Raum mit Vertrauen und Liebe. Als das Gebet beendet war, konnte der Festtag der Ruhe beginnen. Das Gemeindehaus leerte sich nach und nach, die Frauen gingen zur einen, die Männer zur anderen Seite hinaus.

»Verbringt einen friedvollen Sabbat!«

»Friedvollen und gelobten Sabbat!«

Auf dem Platz wartete Abraham auf seine Frau, das Herz erfüllt von Unsicherheit. Was war nur mit ihm los? Yaffuda stand neben ihm, so rein, dass ihn ein Gefühl der Schande ergriff.

»Schönen Sabbat, Ser Cresques!«

»Friedvollen und gelobten Sabbat!«

Er antwortete aus Gewohnheit, aber mit bedrückter Seele. Frauen liefen auf dem Weg zu ihren Männern vorbei, und Myriam ging allein zu ihrem Haus hinauf. Er wollte nicht an sie denken, aber er suchte ihre Silhouette in der Menge, ein undeutlicher Schatten, der von Hüten verdeckt wurde. Plötzlich sah er sie, sah, wie sie beim Laufen ihren Schleier zusammenraffte. Ein zartes Gefühl strömte aus seinem Herzen. Als einziger von all diesen Männern hatte er ihre Haare gesehen.

7

Es scheint, dass ich mich bei dir bedanken muss.«
Abraham schreckte auf, als er diese Stimme hörte. Hayyim ibn Rich war groß und von dieser sehnigen Magerkeit, die ein inneres Feuer zu verzehren schien. Seine Lippen umspielte ein Lächeln, weil er wusste, dass man sie beobachtete, aber sein Blick war kalt. Er hatte graue, vom Kerzenlicht erloschene Augen.
»Nicht der Rede wert …«
Die Bedeutung von vergangenen Momenten und nahen Erinnerungen vertiefte das Schweigen. Yaffuda hatte sich aus Taktgefühl zurückgezogen. Er ging zu Nathan, der inmitten einer Gruppe von jungen Leuten lachte. Sie waren zwei so unterschiedliche Cousins, und das Schicksal hatte sich einen Spaß daraus gemacht, jedem Vater genau den Sohn zu geben, der ihm am wenigsten ähnelte. Ibn Rich fixierte seinen Sohn einen Augenblick. Ein bitteres Brennen zerriss sein Herz. Während des Gottesdienstes zum Sabbat hatte sich Nathan neben Abraham auf die Bank der Männer gesetzt.
»Der Moreh hat mir von der Heldentat meines Sohnes erzählt.«
»Er ist in einem schwierigen Alter.«
»Derart, dass es weise erscheint, dass du dich um ihn kümmerst.«
Die Ironie, die sich hinter diesem gemäßigten Ton verbarg, war bissig und konnte nur schlecht seine Kränkung verbergen. Abraham hätte zu ihm kommen sollen, um

selbst mit ihm darüber zu sprechen, aber seine Verachtung war zu groß. Er hatte die Zeit, als er bei seinem Vater gearbeitet hatte, vergessen, das erste schwer verdiente Geld und die Freude, es auszugeben. Hayyim verdrängte diese Erinnerung und streckte seinen Kopf schroff in die Höhe.

»Das ist eine sehr großzügige Einladung, aber ich möchte nicht, dass mein Sohn eine Last darstellt.«

»Er wird das, was er benötigt, abarbeiten.«

»Sag mir dennoch, wie viel es ist.«

Abraham machte eine gleichgültige Geste, die zum Ausdruck brachte, dass es sich um eine sehr geringe Summe handelte. Diese Erniedrigung brachte das Blut von Hayyim zum Kochen, aber der gesamte Call beobachtete sie. Die Anstrengung, die er aufbrachte, um sich zu beherrschen, fraß ihn innerlich auf.

»Ich nehme deinen Vorschlag an, Abraham. Nathan kann während des Trauerjahres wegen seiner Mutter bei dir bleiben.«

Hayyim schwieg, wartete auf ein einfaches Wort, das verband, auf einen Wunsch für seinen baldigen Ehebund, doch Abraham sagte nichts.

»Es ist mir wichtig, dass er den Sabbat unter meinem Dach verbringt.«

Das war verständlich. Abraham nickte, war aber trotz allem gekränkt.

»Nächstes Jahr, wenn er alt genug ist, wird Nathan zum Studieren nach Saragossa gehen.«

Hayyims Stimme war jetzt kalt und unnahbar. Sie hatten einander nichts mehr zu sagen.

»Verbringe einen friedvollen Sabbat!«

Mit diesen Worten ging er zu seinem Sohn, der nun nicht

mehr lachte. Der Schatten, der sich im Call ausbreitete, verschluckte sie alsbald, während sie nach Hause gingen. Die Nacht nahte, am Himmel leuchtete der erste Stern, der schöne unter den schönen.

»Kannst du denn bereits in den Sternen lesen?«
Isaac lächelte über seinen ewigen Scherz, denn während der eine die dunkle Sprache des himmlischen Gewölbes liebte, hegte der andere großen Argwohn dagegen. Der Rabbiner beugte sich vor und sagte mit leiser Stimme:
»Das Beth Din muss sich morgen, nach dem Sabbat, versammeln.«[9]
Das Gericht hielt im Normalfall nur einmal im Monat eine Sitzung ab. Etwas Schlimmes musste sich ereignet haben. Abraham wollte die Frage stellen, doch er glaubte, dass Isaac in seinem Herzen lesen konnte.
»Der kleine Rat, für Na Mosconi.«
Er spürte, dass er grundlos erblasste, und konnte nur mit einem Nicken zustimmen. Seine Frau kam mit wallendem Tuch auf ihn zu, nachdem sie endlich die Güte gehabt hatte, das Gespräch mit Leah Saportas zu beenden. Die Verlobte von Hayyim stand neben ihrer Mutter. Der Himmel hatte sie nicht sehr verwöhnt, das arme Ding war sehr hässlich.
»Das hättest du mir sagen sollen!«
Cédatar hielt ihren Kopf schief, und ihre Gagatperlen klirrten einfältig.
»Bei uns wird es ihm bestimmt besser gehen! Wir werden das alte Zimmer herrichten. In der Zwischenzeit schläft er bei Yaffuda.«
Er brauchte einen Augenblick, um zu begreifen, dass sie von Nathan sprach. Sie lächelte ihn wie ein launisches

Kind mit leicht vorwurfsvoller Miene an, und als sie sich bei ihm einhakte, war sie ihm unendlich lästig.

An diesem Freudentag fühlte sich Abraham vor dem weißen Tischtuch sehr unruhig. Er atmete tief ein, um den Druck, der ihm den Atem nahm, zu lösen, aber die Beklemmung verschwand nicht. Was konnte der Beth Din von dieser jungen Frau wollen? Warum war sie auf dem Weg zum Moreh, als sie stürzte? Die Erinnerung an ihren Körper im Schatten ließ ein unbestimmtes Feuer in seinen Lenden aufsteigen. Es war verrückt und irrsinnig, aber er musste ständig an ihr nettes Lächeln denken. Er betrachtete unvermittelt seine Frau, die mit ihm sprach, ohne dass er auch nur im Mindesten zuhörte, denn die Worte flossen genauso beständig aus ihrem Mund wie das Wasser aus dem Brunnen. Cédatar war gealtert, ihre Haare wurden grau. Sie war niemals hübsch gewesen, die Beine waren etwas plump, die Nase etwas lang, aber man konnte sich auf sie verlassen. Eine gute, anständige Frau. Er war nicht in sie verliebt gewesen, bevor er sie heiratete. Sie wurden einander versprochen und dann miteinander verheiratet, so war das damals. Dennoch liebte er sie mit einer stillen Zärtlichkeit, so dass er niemals daran gezweifelt hatte, dass die Liebe diesem Gefühl ähneln musste. Sie hatte ihm an einem Herbsttag, an dem es stark regnete, einen Sohn geschenkt. Diese Erinnerung war wie Balsam für ihn.

Cédatar deckte ihren Tisch und zündete eine Kerze an. Als sie aufschaute, begegnete sie dem auf sie gerichteten Blick und lächelte ihn an. Abraham lächelte zurück, zu mehr war er nicht in der Lage. Er konnte kaum noch atmen, denn im Raum, der von schweren Düften – Olivenöl, Brot und Fisch – angefüllt war, war es sehr heiß. Das Feuer in der Küche hatte den ganzen Tag gebrannt und ging jetzt langsam aus. Alles war in Ordnung, die abgenutzten Mosaiken auf dem Boden rochen nach Wachs, an den rosafarbenen Kalkwänden leuchteten einige Kupfer- und Silberteller.

»Was für eine Hitze!«

Cédatar leuchtete wie ein kleiner rotbäckiger Apfel. Ein Lufthauch wehte vom Hof herauf, die Nacht würde ihnen etwas Abkühlung bringen. Sie schwiegen beide. Das sanfte Geräusch von Wasser erklang im Hof. Abraham schaute auf die beiden Brotlaibe, das Salz, den Kelch, aus dem der gesegnete Wein getrunken wurde, und auf seine gesamte Familie, als ob er sie noch nie zuvor gesehen hätte. Endlich gab er den Wink, auf den alle warteten, und sie stimmten das fröhliche Lied an, das den Frieden für die ganze Welt, den Frieden für alle herbeirief.

Als das Lied endete, fühlte er sich besser, obwohl eine unbestimmte Angst noch immer sein Herz erfüllte.

»Salomon, möchtest du den Segen sprechen?«

Geschmeichelt von dieser Ehre, segnete Salomon den Wein und trank einen Schluck, und der ziselierte Silberkelch, auf den Cédatar so stolz war, machte die Runde um den Tisch, bis er bei ihr ankam. Sie vergewisserte sich, dass die beiden Jungen nur einen Tropfen davon tranken, bevor sie ihn behutsam vor dem Teller des fehlenden Gastes, des Propheten Elias, abstellte. Joshua betrachtete den Kelch, der nicht ganz leer war, und den Teller, der leer bleiben würde.

»Aber er kommt nie …«

»Falls er doch kommt, soll er wissen, dass er willkommen ist.«

Dies überforderte den fünf Jahre alten Jungen. Nachdem er sich die Hände gewaschen hatte, segnete Salomon die beiden Brotlaibe, und das darauf folgende Essen verlief fröhlich. An diesem Abend lachte er vertrauensvoll und vergaß die Unsicherheit, die ihn fast immer beherrschte. Er frohlockte, wenn er an die große Ehre dachte, diese Karte zeichnen zu dürfen, die wunderschön sein würde. Er zog seine Schwester damit auf, dass der Fisch, den sie aßen, seinem Geruch nach vor dem Exodus aus Ägypten gefangen worden war. Yaffuda erklärte den beiden Kleinen mit leuchtenden Augen, dass dieses Meer, das sie auf den Karten rot malten, in Wirklichkeit genauso blau war wie die anderen. Alle Kartografen machten aus Respekt dasselbe. Er lächelte, als er das sagte, und schaute seinen Vater an. Dann sprachen sie von anderen Meeren, von fernen, unvorstellbaren Reisen auf dem unermesslichen Ozean. Ihre Augen leuchteten im Kerzenschein, während sich das Bild der Welt die weiße Tischdecke eroberte.
Die Nacht senkte sich herab, und es war spät, als sie sich anschickten, Cédatars mandelgefüllte Makronen zu essen, die laut Salomon härter waren als Stein und sich Davids Schleuder würdig erwiesen hätten. Die Kinder lachten, als sie die Grimassen ihres Vaters sahen. Sie kannten die Geschichte bereits, dennoch musste man immer wieder vom Hirten, der zum König wurde, erzählen. Schließlich fielen ihnen die Augen zu, und es war Zeit, zu schlafen. Salomon nahm die beiden auf den Arm und wickelte sie in seinen Mantel ein. Yaffuda bot ihm seine Hilfe an, aber er lehnte ab. Sie seien nicht schwer, und er wohne doch ganz in der Nähe. Der Junge wollte ihn aber dennoch begleiten. Sie sprachen von der Welt-

karte, dem großen Bild … Cédatar war müde und würde schlafen gehen. Sie stieg schwerfällig die Treppe hinauf, die zur oberen Etage führte. Abraham hörte ihre Schritte durch die Deckendielen. Sie war in ihrem Zimmer, und er stellte sich vor, wie sie ihre weichen Röcke einen nach dem anderen ablegte. Wenn er jetzt gleich zu ihr gehen würde, würde sie noch nicht schlafen. Er würde sich ihren Fragen stellen müssen: Sei ihr Fisch gut gewesen oder nicht, und habe man ihre Makronen essen können oder nicht? Er hatte keine Kraft dafür. Er wollte allein sein, um über diesen außergewöhnlichen Tag nachzudenken. Er ging in den Hof hinaus und stellte fest, dass er zweigeteilt war, die Tore am Ende führten zum Garten. Ein zweigeteiltes Leben, ein zweigeteilter Garten, er glaubte, zum ersten Mal diese vielen Trennungen zu entdecken. Er schritt langsam über den mit Steinplatten ausgelegten Boden und wurde im Dunkeln vom Plätschern des Wassers geführt. Der Brunnen flüsterte, und Abraham berührte den Wasserstrahl, der von einer Quelle am Ende des Gartens gespeist wurde. Er fühlte sich glücklich, aber abgespannt, oder war er vielleicht einfach nur alt? Seine Augen waren müde, er konnte die großen glasierten Krüge, die an den Ecken des Hofs standen, trotz des Mondscheins kaum noch sehen. Sie enthielten Lorbeer, Thymian und Myrte. Dieser betäubende und sanfte Duft blieb einen Moment an ihm hängen. Er sah weder den alten Mandelbaum, der an den Toren erzitterte, noch den zweiten Garten mit den verkümmerten Obstbäumen und dem Gitterwerk auf den Mauern. Er hörte kaum das sanfte Rauschen der Olivenbäume, die in ihrem silberfarbenen Gewand dort standen. Der unangenehme Südwind hatte sich mit Einbruch der Nacht gelegt, alles war ruhig und ausgeglichen, alles lud dazu ein, es auch selbst zu sein. Er hob den Blick zu den ersten Sternen, die wie Diamantpunkte auf dem Leintuch des Himmels angebracht waren. Er konnte sich kaum vorstellen, dass er sie am Abend zuvor mit leichtem Herzen betrachtet hatte. Venus leuchtete immer weißer als jeder andere Stern. Sie war weiblich, nächtlich, und ihr Tag war der Freitag. Sie war schön und sanft, aber laut den Astrologen drängte sie die Menschen in Leidenschaften und Qualen.

8

An der Gipswand erbebte sachte das Bild, das von einer diskreten Helligkeit gestreift wurde. Yaffuda erwachte abrupt und warf einen Blick auf das mit Goldpuder versehene Gemälde, das schwach leuchtete. Ein grauer Lichtstrahl auf dem Boden beruhigte ihn endgültig. Der Tag brach an, er hatte die ausgemachte Stunde nicht verpasst. Der Junge strich seine Haare zurück, stützte sich einen Moment lang auf sein Bett und betrachtete den ungenauen Strich auf den Linien des Holzbodens, der im leichten Wind, der durch die Vorhänge strich, erzitterte wie das Kielwasser eines Bootes. Der junge Mann lächelte bei diesem Gedanken, dem ersten eines nicht enden wollenden Tages. Es war Sabbat, doch er brannte darauf, zu arbeiten. Die neue Karte erfüllte seinen Geist mit freudiger Sehnsucht. Es war eine Herausforderung, ein Kampf, denn es handelte sich nicht ein weiteres Mal darum, die Umrisse des Mittelländischen Meeres abzuzeichnen oder den Weg eines Hafens darzustellen. Der Infant hatte eine Karte bestellt, die die Welt in ihrer Gesamtheit darstellte. Yaffudas Seele war voll kreativer Ungeduld. Man wusste so wenig über die Gebiete, die aus dem Wasser herausragten … Er träumte von Afrika, von Asien und sprang aus seinem Bett, da es ihm unmöglich war, länger untätig zu sein.

Er seufzte, besann sich und ergriff seine Beinkleider, die er flink anzog. Er zog seine lange Tunika über, griff im Vorbeigehen nach seinem Umhang, nahm seine Stiefel in die Hand und schlich auf Zehenspitzen durch den Gang. Es war gut, seine Eltern an diesem Ruhetag noch schlafen zu lassen, und er wollte sich vor allem ihren Fragen nicht stellen. Das Morgengrauen des Sabbats gehörte Nathan. Seit drei Jahren, seitdem sie beide bei seinem Vater arbeiteten, trafen sie sich jeden Samstag am Ufer. Das war ihr Geheimnis, eine kindliche Komplizenschaft, die sie Woche um Woche vereinte. Sie mussten zusammen sein, weit weg vom Call, ohne Erwachsene, die über ihre Träume Wache hielten. Sie mussten allein sein, um sie davonfliegen zu sehen.

Auf leisen Sohlen stieg er die alte knarrende Treppe hinunter – was für eine schlechte Komplizin sie doch war! –, ging durch die Küche, zog seine Stiefel an und schlüpfte durch das schmale Fenster in die kleine Gasse. Mit seiner Hand wischte er den Staub ab, der sich auf seinen Umhang gelegt hatte, und verschwand im Laufschritt wie ein Dieb, mit leichtem Herzen. Die Nacht hatte sich noch kaum aufgelöst, und der Call schlief noch. Die Schritte des Jungen hallte auf den Pflastersteinen der Gassen wider. Als er bei Nathans Tür ankam, sah er, wie sich eine Silhouette von der Mauer löste. Sein Freund wartete bereits auf ihn. Der Schatten verbarg ihre Augen, sie sagten nichts und verschwanden Seite an Seite. Obwohl Nathan ein Jahr jünger war als Yaffuda, war er einen halben Fuß größer. Er war groß wie fast alle der Cresques' und klapperte mit den Absätzen, ohne es zu bemerken. Mit erhobenem Haupt betrachtete er die Welt in der Stille des Morgens so, als gehöre sie ihm.

 In beidseitigem Einverständnis gingen sie wortlos zum Hafen hinunter. Sie folgten dem Ufer eines kleinen Flusses, der neben ihnen entlangfloss. Sie kamen am Arc de La Mar vorbei und erreichten das Hafentor, als das Angelusläuten einsetzte. Die Sonne war aufgegangen, und die Morgendämmerung löste sich bereits auf. Die Befestigungsmauer zeichnete sich vom strahlenden Himmel ab. Wachen bezogen ihre Posten am Tor, das soeben geöffnet wurde. Ihre Waffen glänzten, ihre Kettenhemden schienen ein einziges Lichtspiel zu sein. Sie sahen die beiden Jungen vorbeigehen und streiften mit ihren Blicken eine Schulter, die nicht von einem Mantel verdeckt wurde.

Als sie durch das Tor hindurchgegangen waren, schien sich die Freiheit vor ihnen auszubreiten. Die auf das Wasser strahlende Sonne, der Schrei der Möwen und der abgeschwächte Hauch des Windes, das alles überflutete sie mit Liebe. Langsam schlenderten sie am Kai entlang. Sie schauten die katalanischen Schiffe an, die regelmäßig nach Barcelona übersetzten. Yaffuda betrachtete ihre Takelage mit den zwei Masten, die Höhe ihres Rumpfes und schätzte mit bloßem Auge ihre Balance ab. Nathan hielt sich damit nicht auf. Sein Blick blieb einen Moment lang an einem schwarzen, lang gezogenen Fischerboot hängen. Es kam aus den bewegten Wassern der Gascogne, hatte das Land von Andalusien umfahren und die Meerenge umschifft. Dieses Boot kannte den Seegang des großen Ozeans. Es gab andere Schiffe, kleine oder große, auf denen Männer an Bord umhergingen, laut miteinander redeten und Netze auftürmten. Das war alles. Nathan zuckte mit den Schultern, er war einmal mehr enttäuscht worden. Der Hafen war angefüllt mit Masten, doch ihm kam er leer vor.

»Sie ist nicht da …«

Er hatte gehofft, dass die Galeere des Königs den Anker im Hafen ausgeworfen hatte, da sie von der Nacht eingeholt worden war, und dass sie sich ihr nun nähern könnten. Diese Hoffnung hatte seinen Schmerz im stickigen Zimmer beruhigt. Sobald Nathan zu Bett gegangen war, wartete er auf Schritte, eine Hand, die seine Decke hochzog, einen sanften Gutenachtgruß. Er zuckte mit den Schultern, um den Schmerz, der sich auf ihn legen wollte, zu verjagen. Die Stimme, die sich an seiner Seite erhob, war weise und versöhnlich.

»Am Erntedankfest haben wir genug Zeit, um bis zum Hafen von Pi zu gehen. Vielleicht können wir sie dann sehen.«

Yaffuda hatte ein sanftes Lächeln aufgesetzt und wandte ihm sein Gesicht zu.

»Sie werden uns niemals drauflassen!«

Die ständige Demütigung machte Nathan wütend. Er beugte sich vor, griff nach einem Stein und warf ihn ins Wasser. Er wollte diesen Hafen, an dem er dazu verdammt war, zu warten, nicht länger sehen.

»Wir werden sie von weitem sehen ...«

Yaffuda begnüge sich mit allem und akzeptiere alles. Nathan begegnete seinem grauen Blick, und die Worte entschlüpften ihm, um denjenigen zu verletzen, der alles hatte und nichts davon wusste.

»Gestern hätte ich gehen können.«

Das Segelschiff von Gênes hatte ohne ihn abgelegt. Sein Platz in der Bucht des Hafens war noch immer leer. Nathan bückte sich und warf einen zweiten Stein ins Wasser. Das Loch, das er auf der Oberfläche hinterließ, schloss sich sofort wieder. Yaffuda wusste nicht, was er zu dem Schmerz seines Freundes sagen sollte. Doch dann

kam ihm eine Erleuchtung, die seiner Zuneigung entstammte, die vor nichts zurückschreckte.
»Wenn du willst, können wir nach Santa Catalina gehen. Vom Hügel oben können wir sie vielleicht sehen.«
Der Hafen des Königs liege nicht weit weg, kaum eine Viertelmeile, aber sie müssten zum Morgengebet zurück sein. Nathan betrachtete Yaffuda, den weisen Yaffuda, und war ratlos vor Überraschung.
»Meinst du? Wir haben nicht genug Zeit …«
Doch dann lachte er und überschüttete Yaffuda regelrecht mit seinem schallenden Gelächter. Er rannte bereits voraus und teilte die Menge der Träger, die nach und nach den Kai füllte.
»Wir hätten früher losgehen sollen.«
»Nachts sind die Tore geschlossen, Nathan.«
Er wusste es, er lebte in einem Gefängnis! Eines Tages würde dennoch der Tag kommen, an dem die Mauern, die ihn umgaben, einstürzen würden. Sie liefen nach Westen, an der Stadtmauer des maurischen Dorfes entlang und bogen, immer noch rennend, zum Strand ab. Die Wellen zu ihren Füßen plätscherten sanft, ohne dass sie sie wahrnahmen. Vor ihnen in der Felswand führte ein staubiger und von wildem Fenchel überwucherter Maultierpfad nach oben. Mit eroberungslustigem Schritt nahmen sie diesen Pfad. Yaffuda folgte seinem Cousin. Es war nicht sehr vernünftig, hier zu sein. Die Sonne wärmte bereits ihren Rücken, es blieb ihnen also kaum eine Stunde, und sie mussten auch noch zurücklaufen! Aber er bereute dieses verrückte Rennen nicht, denn Nathan warf ihm von Zeit zu Zeit einen glücklichen Blick zu.
Endlich kamen sie oben auf dem Felsen an. Die Sonne stand noch höher am Himmel, die Berge versanken im

morgendlichen Rosa, bevor sie im stillen Meer auftauchten, das so blau war wie auf den Karten. Die beiden Jungen rannten weiter, dem erwachenden Mallorca, das vor Frische strahlte, den Rücken zugewandt. Eine zweite Reede zeichnete sich unter ihnen ab.

»Schau, da ist sie!«

Die königliche Galeere lag wie ein Vogel mit angewinkelten Flügeln auf dem Wasser. Sie konnten sie nur schlecht sehen, aber sie war es. Die Sonne brach sich am Bugaufbau, während eine große rotgoldene Flamme im Wind flatterte. Nathan zeigte auf den Deckaufbau, wo der helle Lichtschein die Bronze der Kanonen feuerrot färbte. Sie ließen sich glücklich und außer Atem im Schatten einer Pinie auf den Boden fallen.

»Eines Tages werde ich in See stechen, Yaffud.«

Yaffuda antwortete nicht. Er kannte die Kraft dieses Traumes.

»Ich werde über den großen Ozean segeln und die Seligen Inseln sehen ...«[10]

Die Inseln, von denen die Alten sprachen, sollten so weit draußen im Ozean liegen, dass sie dem Abgrund nahe waren.

»Das kannst du mir glauben, Yaffud. Eines Tages werde ich das alles hier verlassen!«

Er machte eine ausladende Bewegung mit dem Arm, die der eines Königs ähnelte und die Größe seines Königreichs aufzeigt. Nathan war ergriffen, in seinem Blick lag ein Drang nach Freiheit. Sein Vater würde nicht für ihn entscheiden, er würde sein Leben nicht damit verbringen, über einen Tisch gebeugt Litaneien abzuschreiben. Er würde die Welt und ihre Wunder kennen lernen. Er habe dies bereits seit langem beschlossen, seitdem er heimlich das Buch von Marco Polo gelesen habe, welches Yaffud seitenweise aus dem Hebräischen übersetzt habe. Sein Leben würde nicht engstirnig, borniert verlaufen und von Atelier und Synagoge bestimmt sein.

»Stell dir die Frauen vor, die nackt auf diesen Inseln leben, Yaffud …«

Er sah seinen Cousin erröten und brach in schallendes Lachen aus, das kaskadenartig wie ein Fluss über Felsen floss. Und er ließ sich, endlich glücklich, nach hinten sinken. Der schon fast zu blaue Himmel wurde von den Ästen der Pinie, deren Rinde einen Panzer mit ineinander verflochtenen Gliedern bildete, unterteilt. Das Licht glitt über die Nadeln und die dunklen und langen, bauchigen Früchte.

»Wir müssen zurück.«

Nathan antwortete nicht. Er hatte die Augen geschlossen. Das Geräusch des Meeres weiter unten ähnelte dem Tosen des großen Ozeans. Ob er auch nur einen Moment lang glauben konnte, dass er sich auf einer unbekannten, freien und wilden Insel befand?

»Wir werden zu spät kommen …«

Nathan schaute seinen Cousin an, sah die Unruhe, die seinen Blick erfüllte. Er stand auf und blickte ihn strahlend lächelnd an.

»Na dann, lass uns gehen!«

Sie eilten den Maultierpfad hinunter, ließen ihre Umhänge an den Dornen der Sträucher hängen, rannten den Strand entlang, so dass sie ganz außer Atem waren, und liefen schließlich an der Stadtmauer entlang. Sie würden gleich beim Fischerdorf ankommen. Der morgendliche Wind wehte ihnen ins Gesicht. Als sie die ersten Häuser erreichten, verlangsamten sie ihre Schritte. Vor den dürftigen Lehmwänden trockneten Sardinen in runden Körben. Die Luft roch nach Fisch, nach Ebbe und Flut, nach einer Mischung aus Erde, Meer und Schweiß. Sehnige, schlanke Frauen mit sonnengegerbter Haut sahen sie an ihren Türen vorbeigehen. Sie waren staubig, doch nichts konnte den kleinen roten Kreis verdecken, der ihre Schultern kennzeichnete. Zwei Kinder spielten am Straßenrand, als eine Hand sie hochzog und ins Innere stieß. Als die Kleinen ihre Mutter verständnislos ansahen, fiel als einzige Erklärung der Satz: »Das sind Juden!«

9

Langsam wurde es Abend, der Wind strich die Hügel hinunter und trug einen Duft nach Blumen mit sich, das Versprechen eines schönen Sommers. Er brachte die Blätter des Mandelbaums über Abraham zum Rascheln. Ihr gebrochenes Rauschen ähnelte dem von Wellen, die die Erde streichelten. Der Kartograf genoss diesen ruhigen Moment auf der Steinbank zwischen dem Hof und dem Garten. Er war allein, aber die Kinder von Salomon spielten in der Nähe, und wenn er sie lachen hörte, fühlte er sich alt wie ein Patriarch, der im Schatten saß und seine Gedanken ordnete.

Er dachte mit all seiner Willenskraft an die Karte der Erde. Er musste sie von Ost nach West zeichnen, damit sie sich vom Orient bis zum Okzident erstreckte, und der Pfeil der Windrose würde den Süden anzeigen. Die größten Veline würden allerhöchstens drei Hand breit messen, denn er wollte sie nicht zu sehr auseinander ziehen, damit sie strapazierfähig blieben. Der Maßstab der Karte hing von ihrer Größe ab … Wie sollte er die Erde auf so kleinem Raum zeichnen? Ein genähtes Pergament bot keine große Strapazierfähigkeit. Er würde also Tafeln erstellen, so dass die Welt sich wie ein Buch öffnen ließe, und auf jeder Seite würde er den Rahmen der vorhergehenden übernehmen. Schon am nächsten Tag sollte Salomon die reinsten Veline beim Pergamentmacher bestellen. Schritte lenkten einen Moment Abrahams Gedanken ab. Salomon kam und setzte sich. Das Ende des Sabbats nahte.

»Wir werden sechs große Veline brauchen. Die besten. Du wirst sie paarweise bestellen.«
Salomon lächelte. Das Unternehmen musste geheim bleiben, und das war das Schwierigste daran. Um diese Karte zu zeichnen, benötigte man Erde von Siena, Elfenbein, nicht gestoßene Tinte, Graphit und mehr als eine Unze Lapislazuli. Ohne von den anderen Edelsteinen oder von Silber- und Goldstaub zu sprechen. Ihre Vorräte würden nicht ausreichen. Die Käufe dieser Luxusartikel würden nicht unbemerkt vonstatten gehen, und die Goldschmiede des Calls waren so geschwätzig wie Waschweiber.
»Lassen wir sie glauben, dass wir für die Kastilier arbeiten.«
Jedes Jahr zur gleichen Zeit träumte Kastilien davon, die Meerenge hinter sich zu lassen und in das Land der Mauren einzufallen. Keiner kannte ihr Land besser als Abraham, der Arabisch lesen konnte, wie ein Genuese Gold abwiegt. Sie würden nicht lügen, sie würden nichts sagen. Es reiche, sie in dem Glauben zu lassen. Abraham lächelte amüsiert über Salomon und seine feinsinnigen Schlussfolgerungen.
»Wir fangen im Morgengrauen an.«
Salomon nickte lachend. Er wusste, dass Abraham bereits diese Nacht zu seinem Lineal greifen würde. Schon lange, seit mehr als drei Jahren, stellte er seine Berechnungen nachts an, über eine Kerze gebeugt und in seinen Notizen verloren. Sein Traum würde Form annehmen und sich von Seite zu Seite entfalten, doch noch musste all das geheim bleiben.

Sie waren allein und ungestört und begannen dennoch mit leiser, verschwörerischer Stimme zu sprechen. Sie würden also zu viert sein, wenn man Nathan mitzählte, um dieses wahnsinnige Unternehmen durchzuführen. Salomon würde sich, wie gewohnt, um den Laden kümmern. Er würde die einfachen Tabellen von dem jungen Mann fertigen lassen, die Berechnungen der Winkel zur Geraden, in die sein Vater ihn bereits eingewiesen hatte. Der Junge war geschickt, intelligent und dürstete nach Wissen. Er könnte ihm helfen, die Linien der Meerwege so schnell wie möglich zu zeichnen. Zur Stunde waren sie mit einigen gewöhnlichen Karten gut eingedeckt. Sie hatten die des Mittelländischen Meeres, der Küsten von Aragon, des Levantinischen Stiefels und des Königreichs von Sizilien. Es bliebe dennoch die Bestellung einer genauen Karte des Tyrrhenischen Meeres.

»Bitte Isaac Bellshons um Hilfe.«

Er war ein angesehener Kartograf und der einzige Konkurrent, den Abraham als solchen anerkannte. Salomon konnte sich noch nicht einmal darüber wundern, als eine noch größere Überraschung auf ihn zukam.

»Gib ihm meine Berechnungen.«

Bis zu jenem Tag waren die beiden Ateliers in heftigem Kampf miteinander gelegen, und jeder hielt sein Wissen ängstlich zurück. Salomon schaute seinen Schwager verblüfft an, was von diesem mit einer Handbewegung quittiert wurde.

»Wir begeben uns auf eine andere Stufe.«

Salomon antwortete nicht. Er glaubte an die Philosophie, die besagte, dass jener, der aufsteigt, eines Tages auch wieder absteigt, aber Abraham träumte laut vor sich hin. Sie würden die Grenzen der Welt aufzeichnen, und bis dies geschehen sei, würden sie jegliche Bestellung aufschieben. Alle Horoskope müssten warten.

»Ist es weise, den Himmel für die Erde liegen zu lassen?« Abraham zog eine Braue hoch, denn er war nicht zum Scherzen aufgelegt. Er würde den Himmel nicht aufgeben, ganz im Gegenteil. Nur der Himmel ermögliche es, die Zeit zu erfassen, und mit Hilfe der Zeit könne man die Entfernungen bestimmen. So viele Nächte habe er im Verborgenen seines Zimmers an diese Karte gedacht, an ihre Größe und an ihre Genauigkeit. Er würde ihr, gemäß des Verlaufs der Sonne, die genauesten Linien geben, um die Oberfläche der Erde in korrekten Proportionen zu berechnen. Laut den Griechen und den Arabern handle es sich um eine Kugel mit einem Umfang von zehntausend Meilen. Er glaube dasselbe, auch wenn diese Berechnung umfassender war als die von Aristoteles. Seine Karte würde dennoch flach sein. Er würde das Ganze mit Yaffudas Hilfe zeichnen und daraufhin überprüfen, dass man nichts – weder das Bekannte noch das Gedachte und Erzählte – vergessen hatte. Wirkliche oder erdachte Berichte würden sich im Gedächtnis eines Menschen oft miteinander verweben. Zum Schluss würden sie die Figuren der Könige, die Fahnen der Stadtstaaten und der Städte und den Verlauf der Flüsse kolorieren, ohne sparsam mit Gold und Silber umzugehen, denn die Karte war das Geschenk für einen König. Nachts, wenn man nicht zeichnen konnte, würden sie Punkt für Punkt die Berichte von arabischen Reisenden durchgehen, den von Ibn Said für das Land der Schwarzen und den von Al Kibdjâki für den Orient. Sie besaßen eine Kopie des *Buchs der Wunder*, in dem Marco Polo vom Land der Cathay erzählte. Mit dieser Karte würde er alles, was man wusste, und alles, was man glaubte, zum Ausdruck bringen, sie würden den Menschen die unendliche Schönheit

der Welt aufzeichnen. Salomon stand auf, denn der Tag neigte sich seinem Ende zu, und es war Zeit für das Gebet. Er lächelte Abraham an und auch darüber, was er an Stolz, aber auch an Größe in dessen Worten vermutete.
»Mit der Hilfe des Allmächtigen werden wir es schaffen.«

Der Weihrauch verbrannte, und die Laterne schien vor dem Bogen. Die Worte des Abendgebets waren sanft, doch Hayyims Seele glühte gegen seinen Willen, und es war ein Brennen mit feuriger Glut. Nathan saß neben ihm, aber nachher würde er zu Abraham gehen. Der Junge hatte zwar nichts zu ihm gesagt, doch er war den ganzen Tag ungeduldig von einem Fuß auf den anderen getreten und hatte darauf gewartet, endlich gehen zu dürfen, denn er ertrug es unter seinem Dach nicht mehr. Dieser Schmerz peinigte ihn wie ein heißes Eisen. Von Zeit zu Zeit begegnete er Moïse Saportas' neugierigem Blick und konnte seine Ungeduld erahnen, seine Begierde, mehr zu wissen. Der kleine Rat setzte sich nach dem Gebet zusammen.
»Ich wünsche eine schöne Woche!«
»Einen friedlichen Abend für alle!«
Die Männer gingen und ließen die Richter allein. Diese folgten dem Rabbiner in den kleinen Raum und setzten sich zwanglos. Es ging nicht darum, feierlich zu sein, sondern nützlich. Isaac betrachtete sie einen Moment lang und dachte daran, wie sehr sie sich alle unter ihren Bärten und Gebetsmänteln ähnelten und wie verschieden sie doch waren. Der große Rat hatte Ser Cresques für sein unendliches Wissen ausgewählt. Er berechnete den Kalender des Jahres, sagte gute und schlechte Tage voraus, konnte unter den Tieren jenes herausfinden, das heilig

und somit würdig war, um als Nahrung zu dienen. Hayyim ibn Rich, der zweite Richter, war ein gelehrter und frommer Mann, der häufig auf die Arbeit mit den Karten verzichtete, um sich dem Studium der Heiligen Schrift zu widmen. Moïse Saportas war ein von allen anerkannter Tuchhändler, der geschickt und besonnen in seinem Rat war. Was Jacob Bellshons betraf, so war er ein junger Schneider ohne andere positive Eigenschaft als seine schlichte Güte, die so natürlich war, dass er von allen geliebt wurde.

»Unsere Schwester Myriam hat mich aufgesucht.«

Der Rabbiner stellte in wenigen schnellen Zügen die Situation der jungen Frau dar. Léo Mosconi, ihr Mann, der Arzt, den sie alle kannten, sei im letzten Frühling nach Lérida gereist, um die Erkrankungen an den Augen zu studieren. Seine Frau sei beunruhigt, denn seit einem Jahr habe sie keine Nachrichten von ihm erhalten.

»Sie bittet den Rat darum, sich bei der Gemeinde dieser Stadt nach Neuigkeiten zu erkundigen. Unsere Schwester möchte sich nicht direkt an ihren Mann richten, denn sie fürchtet, ihn in seinem Studium zu stören, und sie möchte nicht, dass er sich dazu verpflichtet fühlt, zurückzukommen.«

Sie war eine besonnene Ehefrau. Die Richter gaben auch sogleich ihr Einverständnis, damit man dem Rat von Lérida schreibe.

»Es wäre sehr unklug, jetzt zu reisen …«

Die Straßen Spaniens waren unsicher, seit die Pest wieder aufgelebt war. Im gesamten Königreich Aragon war das Elend so groß, da die Pest mehr Menschen ins Jenseits befördert habe, als Wölfe es je getan hätten. Moïse Saportas war der Meinung, dass die Briefe von Ser Mosconi verloren gegangen sein könnten, denn das käme häufig vor. Es sei sicherlich auch gut, wenn man ebenfalls an den Rat von Barcelona und Saragossa schreiben würde. Der kleine Mann strich sich über seinen Bart, Hayyim wischte sich die Augen, und Abraham dachte an die junge Frau, an die warme Farbe, die ihre Haare auflodern ließ.

»Na Myriam hat mich um etwas anderes gebeten. Sie besitzt die Bücher ihres Vaters und bittet uns darum, ihr zu helfen, sie in einer Auktion zu verkaufen.«

»Braucht sie Geld?«

Moïse Saportas hatte überrascht aufgeschaut. Léo Mosconi war wohlhabend, er kaufte immer reines und gutes Tuch. Der Tuchmacher gab sich einen Moment lang seinen drei Schnurrbarthaaren hin, bevor er das Thema anbrachte, das ihm auf den Lippen brannte.

»Simon Mosconi arbeitet doch bei seinem Bruder, oder?«

Der Rabbiner seufzte leicht. Er hatte befürchtet, dass ihre Unterhaltung eine betrübliche Wendung nehmen würde.

»Na Myriam würde gerne ihren eigenen Besitz veräußern.«

Dieses Mal hob Hayyim den Kopf und fixierte Isaac.

»Und warum?«

Es war selbstverständlich, dass Simon Mosconi für die Bedürfnisse seiner Schwägerin aufkommen musste, denn der junge Arzt vertrat seinen Bruder und kümmerte sich um dessen Patienten. Irgendetwas stimmte nicht mit dieser Geschichte.

»Na Mosconi ist abhängig von Simons Güte. Sie möchte nicht, dass ihn diese Situation belastet.«

Die Richter schauten den Rabbiner äußerst betreten an. Ein Verdacht schlich sich in ihre Gedanken und war in ihren Augen zu lesen. Abraham sah wieder Myriams

Gesicht vor sich, die einfache Bitte, die darin lag. Er machte eine Geste des Überdrusses, die Geste eines Mannes, den das leere Geschwätz mit seinen geringen Auswirkungen langweilte.

»Simon Mosconi ist jung, er möchte vielleicht heiraten.«

Ein Seufzer huschte über den Tisch. Vielleicht war es das.

»Will er wirklich heiraten? Wisst ihr etwas?«

Moïse streckte seinen Hals, wie ein angeketteter Hund, der einen Knochen riecht. Der Rabbiner schüttelte den Kopf, er wisse nichts davon, aber möglich sei es natürlich schon. Der junge Arzt sei fünfundzwanzig Jahre alt, ein Alter, in dem ein Mann nicht allein bleiben sollte. Er habe ein Zimmer bei Mosse Rimos, dem Pergamentmacher, gemietet. Das wusste jeder.

»Sie hat mir gesagt, dass sie ihrem Schwager nicht zur Last fallen möchte, wenn sie diese Bürde nicht zeitlich beschränken kann. Und das ist mehr als verständlich.«

Nach den Mienen der Anwesenden zu urteilen war es das wohl doch nicht. Hayyims Mund war verächtlich zusammengepresst, Jacob senkte seinen Blick, Moïse malträtierte sein Kinn, und Abraham schämte sich abgrundtief. Die Stille hielt einen Moment an, dann nahm der Schneider das Gespräch behutsam wieder auf.

»Wir müssen so schnell wie möglich schreiben.«

Sie alle dachten dasselbe. Ihr Geist war von hässlichen und unzweideutigen Gedanken erfüllt. Eine junge und schöne Frau allein, ein junger Mann allein ... Myriam hatte sich glücklicherweise nicht über Simon beschwert, denn jeder Mann, der eine Frau seiner Familie nicht achtete, verstieß gegen Gottes Gebote.

 »Myriam Mosconi bittet uns um ihr Recht.«

Doch warum bat sie darum? Wenn sie Barschaft benötigte, konnte sie einige Schmuckstücke stillschweigend verkaufen. Der Platz quoll über von Goldhändlern und Pfandleihern, den einzigen Bewohnern des Calls, die diskret waren. An dieser Geldangelegenheit stimmte etwas nicht. Ein Zweifel schwebte im schwachen Kerzenlicht über dem Tisch. Der Rabbiner schaute die Richter an, die genauso betreten waren wie er selbst.

»Sie ist eine ehrliche Frau, die um unseren Beistand bittet. Es ist unsere Pflicht, ihr zu helfen.«

Isaac hatte sich ganz offensichtlich bereits entschieden. Hayyim starrte auf den Tisch, sein Atem ging stoßweise und schien schmerzhaft zu sein.

»Welche Bücher möchte unsere Schwester verkaufen?«

»Alte Bücher. Soweit sie weiß, gehörten viele davon bereits ihrem Großvater. Sie kennt ihren Wert nicht. Ich würde gerne deine Meinung dazu einholen, Abraham. Du bist derjenige unter uns, der am ehesten dazu in der Lage ist, ihren Wert festzulegen.«

Abraham verkündete, dass er dies gerne tun würde, sobald er die Zeit dazu habe. Momentan habe er zu viel Arbeit.

»Das eilt nicht. Sobald es dir passt, bestimmst du ihren Wert. Wir werden ihr helfen, ihre Bücher zu verkaufen, und sie wird die Rückkehr ihres Mannes ehrenvoll abwarten können.«

Die Augen Isaacs hatten im Schein der Kerze eine warme Farbe. Sie waren klar und blickten aufrichtig, und die vier Männer konnten darin das Gewicht der alten Weisheit ablesen. Wozu nutzte es, mehr darüber zu wissen? Die Bitte der jungen Frau alarmierte sie derart, dass ein sehr viel größeres Übel verhindert werden konnte.

»Sind wir damit fertig?«

Abraham schien es eilig zu haben und ungeduldig zu sein. Hatte er so viel zu tun, das nicht warten konnte? Moïse zog an seinem Kinnbart. Abraham war reich, er war ein guter Kunde, aber man konnte nicht die ganze Zeit schweigen.

»Du wirst also Hayyims Sohn bei dir behalten …«

Er lächelte geheuchelt väterlich. Jacob richtete sich überrascht auf. Er wisse nichts davon.

»Nathan geht nicht nach Saragossa?«

»Er wird nächstes Jahr dorthin gehen. Er bleibt das Trauerjahr seiner Mutter über bei Abraham.«

Es folgte eine kurze Stille, und dann erklang die Stimme Jacobs.

»Sie war eine sehr gütige Frau.«

»Ich danke dir, dass du dich daran erinnerst.«

Der junge Schneider errötete, denn ihm war bewusst, dass man nicht mit ihm sprach. Moïse wurde einen Moment lang unruhig und glaubte, gut daran zu tun, so fortzufahren, als sei nichts geschehen: »Das ist eine weise Entscheidung. Meine Tochter Rebecca ist ein gutes Mädchen, aber ihr wisst ja, wie die Frauen sind …«

Abraham war aufgestanden, entschuldigte sich mit wenigen Worten und ging, und sie blieben regungslos zurück. Seine Machtlosigkeit und seine Wut nahmen ihm den Atem. Sie hatten Myriam mit ihren Gedanken und ihren Andeutungen in den Schmutz gezogen. Er sah ihre traurigen Augen wieder vor sich, ihre offenen Haare, ihr inniges, liebevolles Lächeln. Sie gehörte ihnen nicht, hatte nichts mit ihnen zu tun. Er überquerte den Platz mit großen Schritten, öffnete seine Tür mit einer wütenden Bewegung, als ein Gedanke ihn überkam, ein stechender Schmerz. Sie war auch nicht für ihn bestimmt.

10

Er ist vielleicht reich und geht zum königlichen Maître der Navigation, wann er will, aber das ist immer noch kein Grund!«

Obwohl er rot vor Wut war, war Moïse derjenige unter ihnen, der am wenigsten aufgebracht war. Hayyim presste seine Hände derart heftig zusammen, dass die Knöchel weiß hervorstachen, deshalb versuchte Isaac, sie zu besänftigen.

»Er leidet, weil er seine Schwester verloren hat.«

Als ob Hayyim nicht darunter litt, seine Frau verloren zu haben! Der kleine Tuchhändler wurde hochrot.

»Ich weiß nicht, wer er glaubt zu sein!«

Der Rabbiner ging nicht auf diese Aussage ein, er starrte Hayyim an, der den Blick senkte. Dann stand er auf, nahm den Kerzenleuchter, begleitete die Richter ins Freie und verließ sie mit dem Wunsch, sie mögen eine schöne Woche haben. Er war verärgert und besorgt. Er musste die Einheit der Seinen bewahren, die Garbe gebunden halten, doch das war ein schwieriger Weg.

Sein Haus lag ganz in der Nähe. Es war groß und kahl. Das Erdgeschoss war mit Astrolabien, Uhren und Sanduhren gefüllt. Esther und er wohnten im ersten Stock. Er stieg die Treppe hinauf und betrat kurz den Raum, in dem sie nähte. Bei Kerzenlicht und mit gesenktem Kopf ähnelte sie so sehr ihrer Mutter, dass ein alter Schmerz an seinem Herz nagte. Er beugte sich vor und küsste sie mit

der beunruhigten Zärtlichkeit von Vätern, deren Töchter erwachsen werden, auf die Stirn.
»Ich muss noch einmal weg …«
Sie lächelte, ohne ihm zu sagen, dass sie in dem stillen Haus Angst hatte, wenn es Abend wurde. Ihr Vater hatte so viel zu tun.
Die Straßen waren hell, der Schatten der Nacht war nur ein leichter Schleier. Der Mond ging auf, rund und weiß wie das Versprechen einer Geburt. Alles war ruhig, und Isaac hörte nur seine Schritte auf den Pflastersteinen. Friede herrschte im Call wie auch auf der gesamten Insel. Er betete darum, dass er für immer bleiben würde, dachte an die unbesonnene Reise von Léo Mosconi, an die Briefe, die er schreiben musste, und an die Neuigkeiten, die Anfang des Monats aus Barcelona eingetroffen waren. Kastilien flammte erneut auf … Seit mehr als sechs Jahren, seit Henri de Trastamare, der die Juden hasste, den Sieg davongetragen hatte, mussten ihre Brüder dort leiden. Nach der Belagerung von Toledo waren viele gestorben. Einige hatten den schweren Weg des Exils gewählt, andere würden ihn noch nehmen. Navarra nahm sie mit offenen Armen auf, Aragon beschränkte sich darauf, sie durchreisen zu lassen. Isaac überquerte den Platz der Aljama,[11] wo die Feigenbäume im Schatten säuselten, und er hatte das Gefühl, dass der Friede, der sie noch umgab, genauso zerbrechlich war wie ihre Zweige, die anscheinend so dick und kräftig waren und dennoch leichter als Glas zerbrachen. Er nahm eine Straße mit starker Steigung und geriet etwas außer Atem. Er musste Vertrauen haben, er hatte keine andere Möglichkeit.
Atemlos und mit angsterfülltem Herzen kam er an das

Tor von Léo Mosconis Haus, ein kompliziert gearbeitetes Tor, das nichts mit der nötigen Bescheidenheit eines jüdischen Hauses gemein hatte. Es stand offen, und er trat in einen Hof ein, der von zwei riesigen Lorbeerbäumen bewacht wurde. Die Blätter verbreiteten einen bitteren Duft. Isaac stieg zwei abgerundete Stufen hinauf, klopfte an und wartete. Myriam öffnete ihm die Tür, einen Kerzenleuchter in der Hand. Ihr Teint ähnelte Wachs, das im Schatten der Tür flackerte.

»Tretet ein, Moreh.«

Sie führte ihn einen langen Gang entlang bis zu einem Raum, dessen Mitte von einem großen Tisch erdrückt wurde, bat ihn, sich zu setzen, und tat es ihm gleich. Ihre Hände waren klein und weiß und ineinander verschlungen.

»Wie geht es dem Fuß?«

»Viel besser …«

Er lächelte, er wollte sie nicht zu lange warten lassen.

»Der Rat ist dir wohlgesinnt, meine Schwester. Wir werden einen Brief an unsere Gemeinschaften in Aragon schicken, und du kannst deine Bücher verkaufen.«

Sie senkte ihren Kopf zum Dank. Der Rabbiner beugte sich etwas vor.

»Ich muss Simon davon in Kenntnis setzen.«

»Er ist gegangen …«

Ihre Stimme war hell, und sie presste ihre Hände schmerzhaft zusammen.

»Er macht die Runde der Kranken bis zur kleinen Insel.«

Unbehagen streifte den Eichenholztisch und die Kerzenflamme. Isaac seufzte mit erleichtertem Herzen. Dies würde die Zungen, die sich immer zu sehr ereiferten, zum Schweigen bringen. Er hatte kein übermäßiges Vertrauen

in einen bestimmten Tuchhändler. Er betrachtete Myriam, die ihren Blick noch immer gesenkt hielt.
»Ser Cresques wird dich besuchen kommen, um deine Bücher zu schätzen. Du kannst ihm vertrauen.«
Wie bleich sie war vor dieser Kerze …
»Sei unbesorgt, meine Schwester, wir werden für dich sorgen. Ich hoffe, dass dein Mann vor dem Winter zurück sein wird.«
Der Rabbiner stand auf, und Myriam nahm den Kerzenhalter, um ihn zu begleiten. Als sie nach vorn liefen, warf die helle Flamme einen zitternden Schatten auf die grünliche Mauer. Sie gingen über die abgelaufenen Stufen, durch den Hof mit den bauchigen Tonkrügen bis zum schönen Tor mit den fein gearbeiteten Arabesken.
»Vielen Dank für Euer Kommen.«
Die junge Frau senkte den Blick und schaute dann wieder nach oben. Sie hatte tiefgründige, unglückliche Augen, in denen er las, was er bereits geahnt hatte.

11

Die Nacht kleidete sich gemächlich in ihr seidenes Gewand, und das Licht um Abrahams Hände füllte sich mit blauem Schatten. Er sagte sich, dass er die Gewohnheit, bei Kerzenlicht zu arbeiten, verloren habe, und lächelte amüsiert über seine Erinnerungen und glücklich über die Ruhe, die den Augenblick durchflutete. Alles ruhte, alles war geschlossen. Es kam ihm so vor, als wache er über die schlummernde Welt, während seine Hände sich selbstständig bewegten. Er hatte das Silber ziseliert, das Metall geschliffen und die Nadel mit der Geduld eines Lehrlings blank gerieben, denn er wollte diese Arbeit keinem anderen überlassen. Der metallene Kreis leuchtete schwach in seiner Hand. Einen Moment lang betrachtete er die perfekte Rundung und dachte daran, dass dieser Kompass vielleicht nie das Meer sehen würde. Dies war nicht wichtig, genauso wenig wie sein mit Silberintarsien verziertes Gehäuse. Der Kompass musste sicher in der Hand liegen und den Norden anzeigen, ohne auch nur ein Grad davon abzuweichen. Er würde seine Karte nach diesen Maßen anfertigen. Er stand auf, streckte kurz seinen steifen Rücken und wechselte die Kerze, bevor sein Blick durch den kleinen Raum streifte, in dem die Kompasse ausgerichtet wurden, und versicherte sich, dass dort kein Metallstück, keine Metallspäne und kein Metallstaub vom Feilen waren. Dann nahm er die Nadel und befestigte sie mit geübter Hand genau im Mittelpunkt des Kompasses. Die leichten Schläge waren die einer so bemerkenswerten Gewohnheit, dass sie an die weit zurückliegenden Tage der Kindheit rührten. Der klare Ton des Hammers reichte aus, um ihm zu sagen, dass die Arbeit erledigt war. Der Pfeil vibrierte kurz, stabilisierte sich dann und bewegte sich kaum noch, erfüllt von einem sonderbaren Leben. Der Kartograf blickte auf und versicherte sich des genauen Maßes auf dem Holzkreis, der die vier Himmelsrichtungen anzeigte, und blies dann sachte auf die Nadel, so wie Gott dem menschlichen Ton Leben eingehaucht hatte.

Er betrachtete einen Augenblick den Kompass, bevor er ihn in sein rundes Gehäuse einschloss und mit großen Schritten durch die Tore des Gartens ging, um das freie Feld, auf das der Himmel herabsank, aufzusuchen. Drei Ellen vom Wagen entfernt leuchtete der Polarstern unbeweglich in stillem Einverständnis. Der Kompass pulsierte in seiner Hand und zeigte nach Norden. Er lächelte und fühlte sich plötzlich müde von der Last des Vortages. Beruhigt durch den Frieden, der mit der Nacht aufstieg, setzte er sich unter den alten Mandelbaum und hoffte darauf, in dieser Gesellschaft etwas Weisheit zu finden. Er konnte nicht schlafen, tausend Gedanken bewegten ihn, und ein Zittern der Ungeduld, das er nicht bändigen konnte, hatte ihn erfasst. Sein Geist hatte Feuer gefangen, und die ganze Karte war darin enthalten. Diese Karte beschäftigte ihn derart, dass er bei geschlossenen Augen die Wege der Wüste, der Flüsse, der Berge und dieses unendlich große Meer sehen konnte, das die Erde mit einer flüssigen Grenze umgab. Er wartete nachdenklich, umschloss den Kompass, der seine Hand leiten würde, fester, stand dann auf, um dieses irrsinnige Unternehmen abzuschätzen, da er unfähig war, etwas Besseres zu tun.

Im Zeichensaal lagen die Pergamentbögen auf dem Tisch. Er hatte die Maße genommen, den Maßstab kalkuliert, die Achsen skizziert, doch jetzt blieb ihm nichts anderes übrig, als das Tageslicht abzuwarten. Kein Kartograf zeichnete bei Kerzenlicht. Durch das Streicheln der Flamme verformte sich der Schatten, und ein bernsteinfarbenes Zittern lief über das noch unbeschriebene Pergament. Abraham betrachtete kurz dieses pulvrige Weiß und legte dann den Kompass unten auf die Seite.
Er war in die Zahlen vertieft, berechnete und verifizierte, als er plötzlich die Geräusche von sich öffnenden Fensterläden und Betten, die aufgeschüttelt wurden, hörte. Maria kehrte den Hof mit ausholenden Bewegungen und schüttete das Wasser des Brunnens auf den Boden, das als feiner Regen niederfiel. Abraham seufzte und legte seinen Kompass weg, überrascht, dass der Tag schon so weit vorangeschritten war. Er stand auf, sein Rücken war steif, und seine Seele fand sich damit ab, dass dieser Tag in der Erwartung einer anderen Nacht verbracht werden müsste. Fröhliche Stimmen drangen herauf, Türen öffneten sich und schlugen zu, und als er in den unteren Saal traf, ähnelte dieser einem Bienenstock. Seine Frau kam und ging, fachte das Feuer an, nahm den Milchkrug, das Brot und suchte den Honigtopf, den sie zunächst nicht finden konnte. Yaffuda, der noch vom Schlaf benommen war, ließ diesen mütterlichen Wirbel über sich ergehen, ohne ein Wort zu sagen.
»Da ist er ja! Ich weiß auch nicht, wo ich gerade den Kopf habe!«
Cédatar führte tadelnde Selbstgespräche, und ihre Blicke wanderten hin und her. Sie goss die Milch ein, schnitt breite Brotscheiben ab, bediente Abraham wie ein Kind

und schüttelte den Kopf mit einem stillen Vorwurf, ohne so weit zu gehen, ihm zu sagen, dass er zu alt war, um so wenig zu schlafen. Er lächelte, als sie ihm die Mandeln und die kandierten Trauben reichte, mit denen er sein Brot so gerne bestrich. Er nahm etwas Milch und trank sie lustlos. Seine Frau bot ihm mit Honig überzogene Äpfel an und entschuldigte sich dafür, dass sie nichts Besseres hatte. Es gäbe noch keine Früchte auf dem Markt, der Frühling fange gerade erst an. Sie würde nachher losgehen und die ersten dicken Bohnen einkaufen.

»Heute ist ein schöner Tag …«

Salomon trat mit seinen Kindern ein und begrüßte jeden mit einem Lächeln. Er setzte sich ungezwungen, während seine Schwester die Kleinen auf den Arm nahm, sie küsste und an den Tisch setzte. Ihre Hände wanderten von einem zum anderen, gossen heiße Milch ein und zuckerten sie mit Honig, als sie bemerkte, dass Samuel rote Wangen hatte.

»Geht es dir nicht gut, mein Schatz?«

Sie drückte ihn an sich, überschüttete ihn mit Liebkosungen, und der Kleine begann zu weinen, als müsse er so viele Liebkosungen rechtfertigen. Es kratze ihn beim Trinken im Hals. Er hatte eine geschwollene Lippe und glasige Augen. Ob er denn husten müsse? Cédatar legte ihre Hand besorgt auf seine Stirn.

»Das geht vorbei … Das Übel ist am Abklingen!«

Sie schaute zu ihrem Bruder und zu ihrem Mann auf, aber diese waren weit entfernt von ihren Sorgen und beschäftigten sich nur mit dieser neuen Karte. Sie verließen den Tisch und hatten es eilig, den Kompass in die Hand zu nehmen. Sie würden vor der zweiten Stunde zu einem sehr einfachen Essen zurückkommen. Im Sommer

bestand dieses Essen aus Frischkäse und einigen Früchten, im Winter war es eine Suppe. Man aß nur abends etwas Warmes, bevor man im Garten verweilte, wenn die milden Tage zurückgekehrt waren.
Im Atelier war alles ruhig, und ein bläulicher Dunst zog an den Fenstern auf. Als Salomon die schweren Holzläden öffnete, kam Nathan, um ihm zu helfen. Seine fröhliche Stimme hallte in der Straße wider, das Holz knarrte, und Yaffuda betrachtete seinen Vater, der ruhig in der Mitte des Raumes stand.
»Guten Tag, Onkel.«
Nathan nahm sein Barett ab, und wirre Locken kamen zum Vorschein. Abraham betrachtete den jungen Mann. Es war an der Zeit, sich zu überlegen, was er mit ihm machen sollte! Er zeigte auf den Ladentisch mit den Kompassen. An diesem ersten Tag würde er Salomon im Laden helfen. Danach würde man sehen … Sollte er etwas anderes erhofft haben, so zeigte der junge Mann dies nicht. Abraham begegnete dem erwartungsvollen Blick seines Sohnes. Er lächelte und gab den beiden ein Zeichen, ihm zu folgen.
Im Zeichensaal beleuchtete die Sonne den langen Tisch, auf dem sechs nebeneinander liegende Pergamente warteten. Sie würden eine einzige Karte bilden, eine Karte der Erde, vom Okzident bis zum Orient. Nathan betrachtete sie, erstarrt vor Überraschung.
»Eine Karte der Erde …«
»Sie ist ein großes Geheimnis, Nathan.«
Zu bewegt, um sprechen zu können, blickte der junge Mann zu seinem Onkel auf. Abraham deutete auf den Maßstab, den er ausgewählt hatte. Er zeigte, ausgehend vom Kompass, alle Richtungslinien, und seine Hand

wies auf diese Fata Morgana, zeichnete im Geist die Länder des blauen Dunstes und die Ufer auf. Nach und nach wurde die Erde von den Bergen von China bis zu den Inseln des ozeanischen Meeres. Sie würden das Bild dieser Welt genau so anfertigen, wie man sie kannte. Und dafür hatten sie nur drei Monate Zeit.

»Deshalb brauchen wir dich sehr!«

Nathan errötete dieses Mal. Er war eingewiesen worden in die Kunst der Kompasse, und sein Vater hatte ihm die Arbeit mit dem *Marteloire*, einem Netz aus geometrischen Linien, deren Anordnung der einer Windrose ähnelt, beigebracht. Er konnte einfache Karten zeichnen, aber er wusste nicht viel.

»Ich habe noch nie eine Karte erstellt, Onkel Abraham.«

Dieser nickte, denn das hatte er sich bereits gedacht.

»Wer spricht von Karten? Du wirst die Tinte und die Färberröte zerstoßen.«

»Und auch die Edelsteine zu feinem Pulver ...«

Salomon hatte sich zu ihnen gesellt und mischte sich mit großer Selbstverständlichkeit in die Unterhaltung ein. Die Veline polieren, das Schwarz oder das Rot zerstoßen, das waren Aufgaben eines Lehrlings, aber der Junge wagte nicht, etwas zu sagen. Er sah so enttäuscht aus, dass die beiden Männer gleichzeitig in Lachen ausbrachen, ein kaskadenartiges Lachen, in das Yaffuda nicht einstimmte. Fassungslos hob Nathan den Blick zu seinem Onkel. Machte er sich über ihn lustig? Abraham ging auf seinen Neffen zu und legte eine Hand auf seine Schulter.

»Du wirst sehr schnell lernen, mein Junge, und du wirst sehr bald deine eigenen Karten zeichnen. Aber das musst du allein lernen, wir haben keine Zeit, dir dies beizubringen.«

Die Zeit verfloss, und während die Hitze sich langsam ausbreitete, füllten sich die Seiten nach und nach mit Strichen. Dies war die erste Skizze, jene, die besonders gelingen musste. Yaffuda beugte sich schräg darüber, seine Haare verdeckten seine Augen, und er war dermaßen konzentriert, dass er nicht bemerkte, dass sein Vater ihn beobachtete.

»Ich fürchte, dass es Zeit ist, mein Sohn …«

Die Sonne stehe hoch am Himmel, und man warte bestimmt schon auf sie. Der junge Mann gab durch ein kurzes Nicken zu verstehen, dass er kommen würde, er wolle nur noch diesen Strich beenden. Abraham seufzte. Er war nicht mehr in dem Alter, in dem man sich durch so große Entschlossenheit auszeichnete. Er legte das Lineal und den Kompass nieder und ging in den Hof, um sich die Hände zu waschen. Im unteren Saal war der Tisch wie üblich mit geflochtenen Körben gedeckt, in denen runde Brotlaibe, frische Saubohnen, Oliven, getrocknete Früchte und Frischkäse lagen. Eine Schale Milch prangte in der Mitte des Tisches, ebenso ein Krug Wasser. Nathan und Salomon standen abwartend herum, Joshua bewegte sich nicht vor seinem leeren Teller, er hatte den Kopf gesenkt und stützte das Kinn auf dem Tisch ab. Der Raum war derart ruhig, dass Abraham sofort wusste, dass etwas nicht stimmte.

»Mein kleiner Bruder ist krank.«

Sie hatten keine Zeit, sich zu beunruhigen, denn ein Stoffrascheln deutete an, das jemand die Treppe herunterkam.

»Es ist nicht schlimm, er hat einen Zug bekommen.«

Cédatar trat zur Seite, um eine schwarze, schmale und sehnige Silhouette durchzulassen, ein gebrechlicher

Körper, dessen Stimme man kaum hören konnte, kam zum Vorschein.
»Der Allmächtige möge dich beschützen, Abraham.«
Die alte Rachel lächelte, als sie seine Hand drückte, ein geistreiches Lächeln, das ihr Gesicht überzog, bevor es sich in ihren strahlenden Augen verlor. Er war glücklich, sie zu sehen, sie war die Cousine seiner Mutter und die Einzige, die von seiner Familie noch übrig war. Doch es sei an der Zeit, dass sie gehe, sie wolle keine Umstände machen und zum Essen bleiben. Sie esse so wenig …
»Vielen Dank fürs Kommen!«
Cédatar reichte ihr einen Korb, in dem ein Glas Honig, eine Schale Butter, Eier, Mandeln und getrocknete Feigen waren. Rachel lehnte es ab, etwas für einen so kleinen Dienst zu nehmen, denn dem Kind fehle nichts, und wenn der Allmächtige es wolle, sei das Übel in zwei Tagen vorbei. Cédatar drängte darauf, man habe sie gestört, und das sei das Mindeste, das man ihr anbieten könnte.
»Myriam konnte nicht kommen. Sie hat sich am Fuß verletzt.«
Die alte Frau starrte Abraham mit ihren durchdringenden Augen an. Jetzt, wo sie alt war, war Myriam ihre Vertretung, die Frauen und Kinder bei all den Krankheiten, die man eines Arztes nicht für würdig hielt, pflegte.
»Ich danke dir …«
Aber er wusste nicht, was er sagen sollte, und hielt den Korb, den seine Frau ihm gegeben hatte, im Arm.
»Ich bin diejenige, die dir dankt, Abraham …«
 Er begleitete sie bis zur Tür, öffnete diese für sie und reichte ihr den Korb.

»Ich weiß, dass ihr Myriam helfen werdet, der Moreh und du. Das ist eine gute Tat, denn sie verdient nicht, was ihr passiert.«
Als sich der Flügel der blauen Tür schloss, sah er sie zuversichtlich weggehen.

12

Das schwere Stampfen von Pferdehufen erfüllte den Platz und versetzte sie in Furcht. Juden durften nicht reiten, doch Reiter näherten sich. Sie kamen die schmalen Straßen herunter und wirbelten Staub auf, der sich über die Stände legte. Es waren Krieger, mehr als dreißig Reiter, die mit dem Geräusch eines unterirdischen Gewitters über die Pflastersteine stampften. Sie kamen am Platz der Feigen vorbei, während das ganze Viertel in Aufruhr geriet. Die Mütter brachten ihre Kinder ins Haus, die Fensterflügel und die Türen wurden hastig geschlossen, die Väter blieben hinter ihnen stehen, die Axt, mit der man das Kleinholz spaltete, in der Hand.

Die Reiter näherten sich dem Gemeindehaus, ohne sich um die Blicke, die ihnen durch die Holzschlitze folgten, zu kümmern. Die Soldaten trugen die gelbe Tunika mit den roten Streifen der Farben Aragons. Die Helme, die Kettenhemden und die schweren Schwerter zogen die morgendliche Sonne an und störten die ruhige Harmonie des Tages. Sie begleiteten drei Männer, gewiss adlige Herren, die im Passgang ritten. Derjenige, der in der Mitte war, trug einen purpurfarbenen Umhang, der in dicken Falten auf sein Reittier fiel. Er war leicht bewaffnet, sein Kopf war unbedeckt, und seine außergewöhnlich hellen Haare wippten auf und ab. Zu seiner Linken ritt ein prächtiger Herr, der in feuerroten Brokat gehüllt war, während ein Reiter von Montessa, dessen Schulter mit einem Kreuz bedeckt war, stolz und aufrecht auf der rechten Seite ritt.

Als die Ritter auf dem Platz der Snoga[12] abstiegen, hielt die ganze Straße den Atem an. Sie gingen geradewegs auf Ser Cresques' Atelier zu. Der rot gekleidete Ritter lief voraus, der adlige Herr im Gefolge wies seinen Begleiter zurück, und dann erst erkannte man ihn. Es war Messire de Perellos, der königliche Maître der Navigation, ein Ehrenmann und ein Freund des Morehs. Ein Aufseufzen ging durch die Straße und glitt unter den Türen hindurch. Noch nie war die Luft auf Mallorca sanfter gewesen.

Im Atelier verbeugten sich Matrosen wie Kapitäne sehr tief. Der junge Ritter Llobera schickte sie mit einer Handbewegung, mit der man Vögel verscheucht, hinaus.

»Macht Platz für den gnädigen Herzog von Gerona!«

Salomon war außer sich und flüsterte Joan zu, Meister Abraham zu holen, dann verbeugte er sich ungeschickt so wenig wie möglich und wusste nicht, ob sein Gruß ehrerbietig genug war.[13]

»Seid willkommen, Eure Durchlaucht. Wie auch Ihr, meine Herren ...«

Sagte er das, was er sagen musste? Er stammelte vor Überraschung und vor Angst. Francech de Perellos stellte ihn freundlich dem Infanten von Aragon vor.

»Maître Corchos kümmert sich um das Atelier von Ser Cresques.«

Ein kurzes zustimmendes Nicken folgte. Pflegte Ser Cresques den Sohn des Königs warten zu lassen?

»Sind dies die Seekarten?«

Der Prinz zeigte mit dem Handschuh auf die entrollten Pergamente auf dem Tisch, nahm eines von ihnen, las es und legte es zurück. Er beobachtete den erstarrten Salomon, den gesamten Raum, die Zeichentische, den jungen Mann mit dem gelockten Haar, der sich mit einem Pinsel in der Hand vorbeugte. Der Infant näherte sich und entdeckte eine bekannte Kurve, jene, die von Barcelona nach Montpellier führte, was an sich nichts Beeindruckendes war. Eine etwas niedrige, mit Nägeln verzierte Tür öffnete sich schließlich, und ein ziemlich großer Mann mit dunklen Augen und Haaren trat ein.

»Es ist mir eine große Ehre, Euer Gnaden.«

Abraham verbeugte sich sehr viel tiefer als sein Schwager, bevor die üblichen Förmlichkeiten ausgetauscht wurden, die einer ungeduldigen Seele mehr als ungelegen kamen.

»Wie weit seid Ihr mit unserer Karte, Maître Cresques?«

Der Kartograf schaute den Mann, der diese Frage gestellt hatte, an.

»Sie ist noch nicht fertig, gnädiger Herr. Ihr habt uns drei Monate gegeben.«

»Wirklich? Man kann aber leider nicht immer die Zeit vorhersehen, die man haben wird.«

Im Norden des Königreichs würde die Situation gefährlich, und es sei notwendig, das Unternehmen zu beschleunigen, und von den nötigen Geschenken fehle noch die Karte. Der Infant habe folglich beschlossen, selbst nachzusehen, wie weit die Karte gediehen sei, und wolle ihre Vollendung beschleunigen.

»Wann gedenkt Ihr, sie uns zu liefern?«

»Vielleicht in einem Monat.«

Der Herzog zog eine Augenbraue hoch. Über wen machte man sich lustig?

 »Man brauchte nur sechs Tage, um die Welt zu erschaffen, nicht wahr?«

Abraham begegnete seinem gebieterischen Blick, ohne seine schwarzen und tiefgründigen Augen auch nur im Geringsten zu senken. Er bat den Prinz, ihm zu folgen, was dieser tat, indem er den Boden mit seinem roten Umhang kehrte, während Perellos und der Templer ihnen auf dem Fuß folgten, und Llobera das Ende der Kette bildete. Die Sporen der vier Ritter klapperten auf den Steinfliesen des Flurs. Als sie den kleinen Raum betraten, in dem Yaffuda zeichnete, wurde dieser durch ihre Gegenwart noch kleiner. Dann plötzlich tat sich die Welt vor ihnen auf, mit Meeren und dem Ozean, Hügeln und Bergen, Städten und Menschen.

Drei lange Blätter lagen, die Enge der Mauern missachtend, nebeneinander. Der Prinz ging mit nervösem Schritt an ihnen vorbei und hielt ergriffen vor dem letzten Blatt an. Der unendliche Ozean erfüllte es von Irland bis zu den Inseln von Septentrion im Norden, während unbekannte Länder seinen Rücken streiften. Feine Goldstriche kreuzten sich auf dem Meer, liefen aufeinander zu und trennten sich, gemäß einem sonderbaren und genauen Raster. Unten auf der Karte war die afrikanische Küste, unbekannt und gewölbt, abgebildet, von der der Kartograf alles zu wissen schien und deren Tor das Mittelländische Meer am Cap von Buyetter vom Schwarzen Meer abgrenzte. Maurische, blau gekleidete Prinzen schienen die große Wüste zu bewachen. Unten auf der Seite riss eine Windrose den Ozean auf.

»Wissen wir darüber genau Bescheid?«

Der Prinz zeigte auf die Kanarischen Inseln, die zahlreicher waren, als er gedacht hatte. Er hatte sich an den jungen Mann gewandt, der seinen Zeichenstift niedergelegt hatte. Es war der Sohn von Maître Cresques.

»Keiner weiß es ganz gewiss, aber Ptolemäus beruft sich darauf. Er beginnt hier seine Rechnung der Vertikalen.«[14]
Der Prinz betrachtete kurz den ruhigen Jungen. Im Westen, auf dem offenen Ozean, war eine Insel eingezeichnet, deren genauen Winkel den Zusammenstoß erahnen ließen. Der Infant wandte sich an den Kartografen, der auf die stille Frage antwortete.
»Die Griechen haben von einer grünen Insel gesprochen, die den Phöniziern bekannt war.«
Der Prinz machte unter dem Lichtbogen einen Schritt nach vorn. Das Zentrum der Karte, das die christliche und mediterrane Welt darstellte, war viel bekannter. Man konnte leicht die verlängerte Nase von Frankreich erkennen, das komplizierte Muster der bretonischen Inseln, die Umrisse der nordischen Länder, die Flüsse, die sich verbreiterten, die an Tuch oder Alaun reich gewordenen Städte, die Häfen, ihre Buchten, die feststehenden Windungen und die schattigen Klippen. Das unendlich weite Afrika breitete sich unterhalb des Mittelländischen Meeres aus, mit seiner Sandwüste, den Kamelen und den Sklavenkarawanen. Ein schwarzer König, der Zepter und Krone trug, schwenkte triumphierend Gold. Noch keiner hatte jemals diese Strecke gewählt, aber allein aufgrund der Tatsache, dass sie aufgezeichnet war, schien sie denkbar zu sein. Das kleine Königreich von Aragon bog sich gegenüber den Balearen, von wo aus alle Meeresstraßen sich sternförmig ausstreckten und so gespannt waren wie Fäden auf dem Meer.
Dieselbe Stille setzte ein, als er einen weiteren Schritt zur zweiten Karte machte. Sie stellte den Stiefel von Italien und die Welt des Okzidents dar. Das überaus reiche Venedig hatte keinen Wimpel. Hasste Maître Cresques,

ein Freund der Genueser, die Durchlauchtigste Republik derart? Der Prinz betrachtete die griechischen Inseln, das geschlossene Ufer des Mittelländischen Meeres und das Zentrum der Welt in dicken und schwarzen Buchstaben: Jerusalem. Der gesamte Orient war mit Legenden übersät, die Weisen aus dem Morgenland, Königin Saba, der Berg Sinaï und der Berg Ararat, der babylonische Turm und der Herrscher Christus in seiner ganzen Herrlichkeit … Arabien setzte sich im Süden fort, elfenbeinfarben, mit dem Sand der großen Wüste, dem fabelhaften Fluss, dessen Quelle sich zu Füßen eines orientalischen, mit einem Krummsäbel bewaffneten Königs verlor. Unten auf der Karte eröffnete ein merkwürdiges Tier, das man Elefant nannte, den parfümierten Weg der Eroberung und des Ruhmes, die Straße der Gewürze …

Als Maître Cresques ein Tuch anhob, entblößte er eine Himmelskarte mit einem nackten Mann, der so weiß war wie der Himmel und der auf seinem Körper die Tierkreiszeichen trug. Er schien ein Rad aus Zeichen zu betrachten, mit allen Gestirnen, ihrem besonnenen Verlauf, der in tausend Zahlen festgehalten wurde, und der Zeit, die von Menschen festgesetzt und ihrem Gesetz unterworfen war.

»Das hier ist die erste Seite.«

Der Prinz labte seine Augen mit geneigtem Kopf und nachdenklich gerunzelter Stirn daran. Er war der Infant von Aragon und würde eines Tages herrschen, aber er wusste so wenig über diesen Mann. Don Juan verließ den großen Kalender und näherte sich der ersten, unvollständigen Karte, jener der Städte mit den Kuppeln, den großen Karawanen, den Toren der Seide, dem Orient des

Landes von Cathay, das in einem unbekannten Meer badete, das von bunten Inseln bedeckt war. Der Meister hatte die Namen von vielen Punkten noch nicht eingetragen, die Kartuschen, die das älteste und das neueste Wissen miteinander vermischten, waren leer. Eine Karte der Erde, vom Okzident zum Orient, vom Traum zur Wirklichkeit der Dinge.

»Ich habe noch nie eine so schöne Karte gesehen.«

Maître Cresques sprach mit Begeisterung von einem Kalender mit den Gezeiten des großen Ozeans, den er gerade fertig stellte, aber der Infant hörte kaum zu, er konnte sich nicht von der Betrachtung der Karte losreißen. Die Welt pulsierte in Reichweite auf diesem Tisch. Als er sich davon abwendete, zeigte ihm der Kartograf die unvollendeten Aufstellungen, den Verlauf der ungewissen Küsten, alle Notizen, die sie gesammelt hatten, um die Häfen zu finden. Sie kennzeichneten diejenigen schwarz, die wenig bekannt waren, und diejenigen, die man besser kannte, rot. Der Infant kam sich unvernünftig vor. Es gab Dinge, die Zeit brauchten, auch wenn andere sie nicht hatten. Was war schon ein Monat? Karl V. würde warten müssen.

»Nehmt Euch die Zeit, die Ihr braucht, um sie fertig zu stellen. Sobald diese Karte fertig ist, bitte ich Euch darum, eine andere für mich selbst zu zeichnen.«

Er warf einen letzten Blick auf die blauen, perlmuttfarbenen Blätter und drehte sich um.

»Die Welt, die uns erwartet, ist dieser hier nicht ebenbürtig.«

Als sie zurück im Atelier waren, sprach Messire de Perellos von der Fülle, als sei er der Künstler dieses Wunders.

War nicht er derjenige, der zu diesem Kartografen geraten hatte? Der Befehlshaber der Ritter von Montessa blieb nachdenklich. Er hatte nicht geglaubt, dass so etwas möglich war, und hatte nicht erwartet, was sie vorgefunden hatten. Es war das Werk eines Meisters, eines sehr großen Gelehrten. All seine Vorurteile waren mit einem Schlag verflogen.

»Es wird mir schwer fallen, das Vorhaben geheim zu halten.«

Der Kartograf zeigte auf die Straße, auf der die Menschenmenge beträchtlich gewachsen war. Matrosen und Kapitäne, Kartografen, Lederer, Goldschmiede, Tuchhändler, Schneider und Schuster, alle standen sie auf Zehenspitzen. Der Infant Don Juan selbst bei Ser Abraham? Stimmte das wirklich? Man behauptete doch, dass die Cresques für den König von Kastilien arbeiteten.

»Es ist wichtig, dass der Empfänger geheim bleibt.«

Wenn Friede mit Frankreich geschlossen wäre, könne die Faust des Königs die Anhänger des Herzogs von Anjou niederschmettern. Doch vor diesen dunklen Augen, die ihn betrachteten, wurde Montferrat plötzlich die unendliche Eitelkeit dieser Winkelzüge des Hofes bewusst. Der lächelnde Infant legte einen schwarzen Lederbeutel zwischen die Seekarten, die Kartografen verbeugten sich, und er wollte gerade mit einigen Worten der Zufriedenheit gehen, als er bemerkte, dass er den Vater, nicht aber den Sohn bezahlt hatte. Keiner wusste es besser als er, dass es von einem zum anderen einen gewissen Unterschied gibt. Er drehte sich zu dem jungen Mann um, der sich im Hintergrund hielt, und begegnete der klaren Reinheit seines Blicks.

»Ihr seid derjenige, der zeichnet, nicht wahr?«

Yaffuda nickte.
»Nach den Vorgaben meines Vaters.«
»Ihr macht mir eine große Freude, und ich würde Euch diese gerne zurückgeben. Gibt es einen Wunsch, den ich Euch erfüllen kann?«
Der junge Mann war so überrascht, dass er nicht wusste, was er sagen sollte, und er hätte es niemals gewagt, zu antworten, wenn er nicht Nathans Blick begegnet wäre.
»Es wäre eine große Ehre, Eure Durchlaucht, wenn wir den Hafen des Königs besuchen könnten.«
Erstaunt sah der Infant den jungen Mann an, der errötete.
»Mein Cousin und ich … um die Galeere des Königs zu sehen.«
Diese Bitte hatte etwas Kindliches, und der Prinz lachte schallend. Was für ein Wunsch! Sie könnten als seine Gäste nach Pi gehen, wann immer sie wollten.
»Ihr sorgt dafür, Llobera.«
Der Infant grüßte den jungen Kartografen, der das Bild eines klaren blauen Blicks zurückbehielt. Die adligen Herren gingen hinaus, teilten die zurückweichende Menge und kehrten zu ihren Leuten und zu ihren Reitpferden zurück. Sie wandten sich wieder der Oberstadt zu, ohne sich für die Aufregung, die ihr Kommen ausgelöst hatte, zu interessieren. Doch vom niedersten Schuhmacher bis zum größten Goldschmied sprach die ganze Straße der Juden nur noch davon. Diese Gunst hätte es noch nie gegeben, sie sei überwältigend, kurz gesagt, unglaublich. War dies nicht nur eine Fabel, ein haltloses Gerücht? Die Alten schüttelten den Kopf unter den Feigenbäumen von Aljama, sie glaubten nicht daran. Aber die Worte verbreiteten sich, und die Neuigkeit ging von Haus zu Haus. Ser Abraham sei vom Sohn des Königs

besucht worden. Er habe eine Geldbörse erhalten, die so groß sei wie ein Sack Walnüsse, und der gesamte Call sei zugleich am unteren Teil der Straße zusammengekommen.
»Der Infant ist zu Ser Cresques gekommen! Ich habe ihn gesehen!«
Er sei in einen großen roten Mantel gekleidet gewesen.
»Was gut für ihn ist, ist gut für uns! Gesegnet sei er!«
Beim niederen Volk der Schuhmacher, Spinner und Schneider waren die Leute voller Bewunderung, stolz und ergriffen. Einer von ihnen, ein Jude des Calls, hatte den Infanten empfangen.
»Was gut für ihn ist, ist gut für uns!«
Dies sei besser als irgendein Schutz, dies sei eine Anerkennung.
Neuer Stolz leuchtete in ihren Augen.

Die Reiter erreichten die Befestigungsmauer. Sie kamen durch das Tor, ritten an der Almudaina entlang, der alten maurischen Zitadelle, deren spitze Zinnen in das Blau des Himmels stachen. Sie kamen zurück zum Schloss, in dem der Prinz residierte, und ritten in einem Trommelwirbel der Hufe über die Zugbrücke. Es würde heute wieder heiß werden. Als sie abstiegen, legte der Infant seinen Umhang um seinen Arm und hielt betroffen und leicht verärgert inne, denn er fürchtete, sich leichtfertig auf etwas eingelassen zu habe.
»Wir müssen reden ...«
Er hatte sich an Montferrat gewandt, der ihm ohne ein weiteres Wort in den schmalen Ratssaal folgte. Das Licht, das die Spitzbögen durchdrang, überstrahlte den Raum in

einer goldenen Flut. Das Meer spielte auf der mit leichten Booten beladenen Reede.

»Was haltet Ihr von dieser Karte?«

»Ich habe noch nie etwas so Schönes gesehen!«

Der Spott war gemäßigt, und der Prinz nahm ihn nicht wahr. Er schaute den Tempelritter an, ohne ihn zu sehen.

»Wenn sie stimmt, dann besitzen wir die Welt.«

Aragon würde nicht länger ein kleines, schlecht mit den Pyrenäen verankertes Königreich sein. Ein Traum benebelte seine Sinne, pulsierte, war unendlich.

»Wenn sie stimmt, Euer Gnaden.«

Keiner hatte Gewissheit. Die Berichte der Griechen oder der Phönizier hatten sich noch nicht bestätigt, und sie lagen sehr weit zurück.

»Aber Ihr habt sie gesehen, wie ich auch!«

Er begeisterte sich, sprach von der grünen Insel, der Unbekannten,[15] und seine Seele riss ihn mit sich fort auf die Gischt- und Windstraßen. Er träumte von der Küste Afrikas, die befahrbar schien, und von dem Fluss des Goldes, der weiter unten vermerkt war.

»Wenn Maître Cresques sich täuscht, Euer Gnaden, dann ist das der sichere Tod.«

Der Prinz ging auf und ab, er war nachdenklich und verärgert über diese Ansicht und wegen der Ungewissheit gereizt.

»Er kann sich täuschen, ohne es zu wissen. So etwas kommt häufig vor.«

Als der Infant mit seinem hektischen Hin-und-Her-Laufen aufhörte, starrte er den Maître des Tempels furchtlos an, der in seiner Ruhe enervierend war.

»Wozu ratet Ihr?«

»Mehr in Erfahrung zu bringen, bevor Ihr Eure Männer und Eure Boote aufs Spiel setzt.«

Der Prinz war allein und hörte die Meute gedämpft am Fuß des Turmes murren. Seine Männer, seine Pferde und seine Hunde warteten auf ihn. Er setzte sich, dachte kurz nach, klatschte in die Hände und rief den Einzigen, der seinen Schritten nicht mit feuchtem Blick und einfältigem Lächeln folgte. Als dieser eintrat, beobachtete er den jungen Mann lange, sein altes Schwert, sein schlechtes Wehrgehänge, ein dunkler Ritter von niedriger Herkunft, wie es so viele in wichtigen Positionen gab.
»Ihr habt die Karte gesehen, Llobera.«
Der junge Mann verneigte sich etwas steif. Er war nicht sehr beredt, und das war beruhigend.
»Wie kostbar sie auch sein mag, diejenigen, die sie entwerfen, sind noch kostbarer.«
Er richtete ein freundschaftliches und seltenes Lächeln an den jungen Mann.
»Ich vertraue Euch. Passt gut auf den Kartografen auf.«
Er sprach natürlich vom Menschen, aber auch von dessen Karten. Sobald das Ausmaß seines Wissens bekannt wäre, würde dieser Kartograf noch mehr hofiert werden als eine Geliebte. Der Infant war aufgestanden, und der junge Ritter verbeugte sich. Der Prinz wollte seinen Hofstaat aufsuchen, die Jagd und seine einfachen Vergnügungen, als ein Gedanke ihn innehalten ließ.
»Wenn diese Jungen zum Hafen kommen, dann veranlasst, dass man ihnen einen Mantel gibt.«

13

Die Worte flossen wie Sandkörner. Große Reseda- und Rosensträuße verbreiteten ihren Duft über den Gläubigen. Es war Erntedankfest, das Fest der Gesetzestafeln, die Segnung Israels durch Gott. Doch was interessierte es Nathan, dass die Moabiterin Ruth in den Feldern von Booz Ähren gesammelt hatte? Er konnte es vor Ungeduld nicht mehr aushalten. Gerade als sie zum Gebet aufbrachen, war ein Page in purpurfarbener Livree angekommen. Man erwartete sie zur zehnten Stunde im Tempel. Wie spät war es? Nathan hatte das Gefühl, dass seine Brust nicht groß genug war, um sein Herz zu beherbergen. Er lachte mitten im Gebet, ohne sich dessen bewusst zu sein, bis er dem strengen Blick seines Vaters begegnete. Wie lange sollte er sich noch dieselbe Geschichte anhören? Die einzige Sache, die ihm an Ruths Rolle gefiel, war, dass eine Moabiterin Davids Stammbaum vorstand. Früher war es einfacher gewesen, als Frauen von anderen Stämmen nicht tabu waren. Der junge Mann warf einen Blick auf die Schar der Frauen. Sie waren verschleiert, versteckt, und er fühlte eine gierige Lust in sich aufsteigen. Nachher, wenn sie von Pi zurückkommen würden, würden die jungen Mädchen tanzen, so war der Brauch. Vorher aber würde er zum Hafen des Königs gehen. Bei diesem Gedanken vergaß seine herumstreifende Seele die Mädchen. In seinem Innersten breitete etwas Größeres seine Flügel weit und weiß aus, wie neue Segel.

Die Lektüre war beendet. Die anderen würden später noch einmal Anspruch darauf haben, aber Nathan ibn Rich und Yaffuda Cresques würden dann weit weg sein. Eine königliche Einladung kann man nicht ausschlagen. Der Junge warf einen Blick auf seinen Cousin, der zu beten schien, und auf seinen Onkel, der über die Reihen der Frauen hinweg in die Ferne schaute. Eine Anwandlung von Stolz und Dankbarkeit ergriff Nathans Herz. Sie waren sein Vater und sein Bruder. Der Rabbiner wünschte allen alles Gute zum Fest, und der Junge sprang auf. Er fand Yaffuda am Ende der Reihe und nahm ihn am Arm.

»Kannst du das glauben? Also ich nicht!«

An einem anderen Ort und vor anderen Augen hätte er getanzt. Abraham kam zu ihnen, und sie gingen mit ihm nach draußen, wo sie ein strahlender Tag erwartete. Der warme Wind der letzten Woche war einem sanften Hauch, einem leichten Säuseln gewichen. Auf dem Platz unterhielt sich die fröhliche Menge, die Männer waren würdevoll, die Frauen ausgelassen. An ihre Mütter geschmiegt, lachten die Mädchen und verbargen nervös ihre Gesichter. Wie verwirrend sie doch waren.

»Verspätet euch nicht! Und sprecht nicht zu viel!«

Salomon war beunruhigt. Yaffuda versprach, dass sie vernünftig sein wurden, und Nathan brach in Lachen aus. Sein Vater sollte ruhig die Braue hochziehen, heute konnte ihm nichts die gute Laune verderben. Hayyim ibn Rich kam gerade mit mürrischem Ausdruck und müden Augen auf sie zu. Er hatte diesem verrückten Besuch zugestimmt, aber er dachte sich seinen Teil.

»Bleib korrekt, Nathan, und lache nicht so, wenn du unter den Heiden bist.«

»Es gibt keinen, der korrekter ist als ich.«
Der Junge nahm sein Barett ab und befreite so die Fülle seiner Haare. Er grüßte in die Runde, nahm seinen Cousin am Arm und zog ihn mit schnellem Schritt mit sich, weit weg vom Platz, weit weg von den Seinen.
Sobald das Haus außer Sichtweite war, begannen sie zu rennen. Die Straße des Tempels war steil und abschüssig, aber sie schienen zu fliegen, und ihre Umhänge flatterten um ihre Schultern. Die Menschen, auf die sie trafen, gingen die Straße glücklich lächelnd hinunter. Dieser Tag vereinte die beiden Religionen wie Zwillinge. Oben an der Straße hallte ein Glockenkonzert wider, ein nicht enden wollendes, fröhliches Glockenspiel. Die Messe war zu Ende, und Nathan gab vor, außer Atem zu sein. Er blieb im Schatten einer Säule stehen und betrachtete die, die vorbeigingen. Die christlichen Frauen waren nicht verschleiert, als sie herauskamen, und ihre Hauben ließen die Haare erahnen.
»Hast du gesehen, wie blond sie sind?«
Nathan sei völlig verrückt. Verrückt vielleicht, aber sie seien blond, und er habe sie gesehen! Der freche Junge löste sich von der Säule und zwang sich dazu, eine ernste Miene aufzusetzen, als er die Straße hinaufging. Bald darauf erreichten sie die Einfriedung des Klosters und hielten vor dem riesigen Tor des Tempels. Yaffuda wischte seinen Mantel wie gewohnt ab und wollte gerade anklopfen, als sich das Tor öffnete. Ein Tempelritter starrte sie wortlos an.
»Wir kommen ...«
Der Mönch im Kettenhemd trat zurück und ließ sie in ein dunkles Gewölbe, das auf einen viereckigen Innenhof führte, eintreten. Ihr Führer war traurig und jagte be-

stimmt keinem Angst ein, aber Nathans Lust, laut aufzulachen, verflog, als er die Pferde sah. Zehn Pferde und ebenso viele Ritter kamen in ihre Richtung. Ein Ritter kam geradewegs auf sie zu.

»Hernan de Llobera. Ich freue mich, Euch zu sehen.«

Er richtete sich an Yaffuda, der einen Dank stammelte. Hinter dem Ritter hielten zwei Tempelritter gefaltete Stoffe aus graubraunem Leinen im Arm. Llobera zeigte mit vager und bedrückter Geste auf die Hanfstoffe.

»Es scheint besser zu sein, wenn Ihr dies anzieht.«

Yaffuda errötete. Eine bleierne Stille legte sich über sie, bevor der junge Mann sich dazu entschloss, zu nicken. Der Pförtner nahm ihre Mäntel, während man sie mit Mänteln ohne Zeichen bekleidete. Man gab ihnen Pferde. Keiner sprach, und sie waren sich des sonderbaren Augenblicks bewusst: zwei jüdische Jungen standen in der Einfriedung eines Klosters vor Pferden.

»Habt keine Angst, wir reiten langsam.«

Sie wurden auf ihre Sättel gehoben, und die Tiere, die sie mit den Fersen antrieben, liefen los. Der Ritter führte sie an, gefolgt von einer kleinen Eskorte. Sie waren die Gäste des Infanten und ähnelten doch mehr zwei Gefangenen. Die Ritter waren an den Flanken ihrer Reittiere, etwa auf gleicher Höhe mit ihren Steigbügeln. Mit trommelnden Hufen ritten sie durch das Tor. Ein drängendes Verlangen ergriff Nathan, eine Art kriegerischer Begeisterung. Er fühlte sich wohl auf seinem Pferd, die Welt war schön, wenn man sie von weiter oben betrachtete. Er suchte den Blick seines Freundes, fand ihn und las in seinen Augen eine verschleierte, fast traurige Beklommenheit, die er nicht verstand. Die Befestigungsmauer der Stadt war nahe. Sie kamen durch das Tor der Stadt und ritten in langsamem Trab bis zum Meer hinunter, das aussah wie ein blaues Segel, eine Spiegelung von Sonne und Azur. In der Ferne läuteten die Glocken, am Himmel flogen und kreischten die Möwen, die Wellen tanzten unter ihren Schaumkronen, und Nathans Herz schien so weit zu werden, dass all das darin Platz fand.

Sie ritten lange schweigend dahin und kamen schließlich zu einer sehr hohen Mauer, die die Klippe verlängerte. Sie waren am Tor des Hafens von Pi, das sich wie durch ein Wunder öffnete und ihnen die Worte raubte. Wie oft hatten sie sich den Hals verrenkt, um durch das Fallgatter hindurch, das jetzt für sie aufgezogen wurde, in der Ferne die großen Boote tanzen zu sehen? Llobera stieg ab und hielt das Pferd des jungen Kartografen fest. Der andere Junge brauchte keine Hilfe. Der Kai war mit riesigen, unebenen Steinen gepflastert, die vom Meer und vom Seewind abgenutzt waren. Sie folgten ihm, ohne dies zu sehen. Die Galeere lag am Kai zwischen dem Meer und den Steinen, mit gestrichenen Segeln und mit Rudern, die in die Auszahnungen hochgeklappt waren. Die Galeere schwankte sanft, lag schwerfällig und abwartend da. Sie betrachteten den bauchigen Rumpf, die hohe Linie des Bugs. Sie wagten es nicht, weiterzugehen, während der Ritter mit dem Kapitän sprach.

»Nun kommt, Messires …«

Sie hatten kaum verstanden, dass sie angesprochen wurden. Sie gingen hinauf, wurden vom Glück nach vorn geschoben. Ihren Augen gelang es nicht, alles aufzunehmen. Die Matrosen, die ein Tuch umgebunden und ein Lächeln auf den Lippen hatten, grüßten sie mit einem kurzen Winken. Dieser so einfache Gruß war neu für sie. Die Männer der Besatzung kletterten den Großmast herunter, andere trimmten die Leinen, und die Soldaten waren mit den Kanonen beschäftigt. Nathan ging nach vorn zum Bug, zu der sich verjüngenden und harten Linie, die das Wasser durchbricht. Yaffuda betrachtete die Besegelung, das Gleichgewicht der Masten, die Höhe des Rumpfes und das gewaltige Volumen des Heckaufbaus. Er schaute Kapitän Borenas kurz an, einen braunhaarigen Mann mit Schnurrbart, dessen Gesicht ihm nicht unbekannt war. Er hatte bestimmt schon Karten im Atelier gekauft … Das gab ihm den Mut, die Frage zu stellen, die ihn sehr beschäftigte.

»Dieses Boot muss Probleme haben, bei Wind aufrecht zu bleiben.«

Der Kapitän schaute ihn an, zog die Augenbrauen hoch und brauste fast auf. Sein Boot würde dem Wind sehr gut standhalten. Der junge Mann lächelte ihn nur an.

»Die Wasserlinie liegt wegen der Ruder zu weit oben. Sie kommt nicht tief genug ins Wasser.«

Sie begannen eine der Unterhaltungen, die Nathan verabscheute, berechnend, kalkulierend, in der der Wind nur als Kraft und das Meer nur als Hindernis betrachtet wurden. Für ihn waren diese beiden lebende, bewegliche Wesen, die unbeständig und gefährlich waren. Sie waren Streitobjekt und Herausforderung. Die Zahlen verschwanden auf dem Meer in der blaugrünen Weite, die man wie eine Frau dominieren und seinem Vergnügen unterwerfen musste. Er nahm die salzige Liebkosung, der sich sein Traum hingab, tief in sich auf. Yaffuda, der Kapitän und der Ritter waren über den Rudersteven gebeugt und führten ihre vernünftige und belanglose Unterhaltung weiter. Der Mut und das Bedürfnis, fortzusegeln, der Drang der Menschen, das war etwas anderes. Nathan

überließ sie ihren armseligen Überlegungen, stieg die Treppen zum Bugaufbau hinauf, beugte sich über die Brüstung und gab sich einen Moment lang der unendlichen Gewissheit seines Schicksals hin.
Dennoch musste er seine Augen öffnen, zuhören und zustimmen, denn Yaffuda und seine Begleiter hatten zu ihm aufgeschlossen. Sie sprachen von der Strecke, die nach Barcelona führte, von einer Reise zur Insel von Sardinien. Sie begnügten sich mit so wenig. Die Küste tanzte vor ihnen, die Reede schloss sich kaum innerhalb einer halben Meile. Nathan musste seinen Blick plötzlich vom Meer lösen, so sehr schmerzte ihn die Lust, die ihn erfüllte. Sie war zu nahe gekommen, zu wahr. Er sah also ganz Mallorca, das ihm auf seiner Klippe so klein vorkam. Man konnte kaum die Spitzen der Kathedrale und die Türme der Zitadelle erkennen. Und doch lebten sie hier wie menschliche Ameisen. Nathan drehte sich zu Yaffuda, um ihm dies zu sagen, und sah, dass dieser sich ernsthaft mit dem Ritter unterhielt.
»Wenn der Vordersteven weniger hoch wäre, würde der Wind mit Leichtigkeit die Ruder ersetzen.«
»Warum sollte man sie ersetzen?«
»Mit einer kleineren Besatzung wäre die Ladung an Proviant nicht dieselbe, und man könnte weiter reisen …«
Nathan hörte nicht mehr zu. Die Sonne tauchte das Meer in ein weißes Licht.

Es war spät, als sie zurückkamen, nachdenklich und fast schweigend. Man hatte ihnen ihre Mäntel wiedergegeben.
»Hast du gesehen, wie sie uns gegrüßt haben?«
»Sie haben nicht uns gegrüßt …«

»Doch, das haben sie! Wir sind ihnen so ähnlich, dass wir das hier tragen müssen, damit sie uns erkennen.«

Als Nathan auf den roten Kreis, der seine Schulter kennzeichnete, schlug, stieg ein wildes Aufbegehren in ihm hoch. Mit welchem Recht verweigerte man ihm, ein Pferd zu reiten, den Hafen des Königs zu betreten oder Frauen anzuschauen? War er denn kein Mann? Diese Ungerechtigkeit empörte ihn. Er blieb stehen und sah Yaffuda mit einer solchen Wut in seinem Blick an, dass es diesen beunruhigte. Es war nicht ausreichend für Nathan, die Galeere des Königs betreten zu haben. Für ihn würde es niemals ausreichend sein.

»Sag mir die Wahrheit! Kannst du dies in deinem Innersten akzeptieren?«

Nathan zerrte so sehr an seinem roten Fleck, dass er ihn fast abriss.

»Wenn du alles akzeptierst, wirst du es niemals zu etwas bringen, Yaffuda.«

Er sah den verletzten Blick seines Cousins, und ein Gedanke beruhigte den Rest seiner Wut. Wenn er erst weit weg sein würde, weit weg von Aragon, auf einer unbekannten Insel oder bei dem großen Khan der Mongolen, jenseits aller Mauern, dann würde es keine roten Kreise mehr geben.

»Ich würde so gerne weggehen …«

Yaffuda antwortete nicht. Er wusste, dass dies ein Kindertraum, eine Hoffnung war. Juden sind keine Kapitäne, sie fahren nicht auf Entdeckungsreise um die Welt, am ehesten noch eröffneten sie einen kleinen Handel an den Toren des Orients. Aber er versteckte seinen Zweifel hinter einem Lächeln. Die Steine der Straße, die von der

Sonne erwärmt waren, verströmten heiße Luft, als sie zum kleinen Platz der Aljama hochgingen. Sie hörten Musik, bald aufdringlich mit einigen nasalen Noten verlängert, bald lebhaft und anregend. Nathan hob den Kopf und lachte wieder. Der Tanz hatte angefangen. Er schob seinen Cousin beiseite, nahm ihn am Arm und zog ihn hinter sich her.

»Komm schon, beeil dich!«

14

Die Kinder spielten in allen Straßen und waren glücklich, endlich der mütterlichen Überwachung entrinnen zu können. Ihre vogelähnlichen Schreie erfüllten die Luft mit Freude. Die Musik breitete sich leise über den jungen Menschen aus. Außer Atem und völlig erschöpft, kamen sie schließlich auf dem Platz an, wo der Schatten der Feigenbäume ihnen frisch und sanft vorkam. Die Blätter bewegten sich kaum und schützten die Menge hinter einem smaragdgrünen Schleier. Die Bänke, die an die Mauern gerückt wurden, bogen sich unter dem Gewicht der Matronen, deren ununterbrochenes Geflüster sanft wie Wasser rauschte. Keine Melodie brachte sie zum Schweigen. Dennoch stiegen die Noten auf, erhoben sich, schlugen Kapriolen und sanken in wellenartigen Bewegungen wieder herab. Vier Musiker spielten an der Ecke des Platzes und vereinten die Flöte mit der Viola, die Laute mit dem Tamburin. Die Musik erklang, spannte und verzerrte sich mit dem Klappern der Absätze. Die Jugend von Aljama tanzte in zwei Reihen, die aufeinander trafen, sich voneinander wegdrehten, sich kreuzten, sich teilten, um sich dann wieder gegenüberzustehen wie eine Welle, die abflacht und dann von der nächsten ersetzt wird. Eine Reihe Männer, dunkel wie ein Tintenstrich, und eine Reihe Frauen, die bunt wie der Regenbogen war. Ein in die Hände klatschender Kreis umgab sie und wiederholte den Refrain im Chor, ein weniger artiger Kreis von Älteren, in dem Männer und Frauen es wagten, ihre

Schatten miteinander zu vermischen. Das Lied war bekannt, ein traditioneller Gesang der Hoffnung und der Verlassenheit.
Nathan und Yaffuda durchbrachen unverzüglich die Schranke, die von einigen Männern gebildet wurde und die die Tänzer mit väterlicher Nachsicht betrachteten. Salomon schaute sie an und winkte ihnen zu, ohne jedoch die Erleichterung zu zeigen, die er über ihre Rückkehr empfand. Er klatschte am anderen Ende des Kreises in die Hände. Nathan fing sogleich dasselbe an, und Yaffuda verschränkte die Arme, etwas irritiert darüber, hier zu sein. Die Frauen, die sich mit kleinen Schritten bewegten und ihm den Rücken zugewandt hatten, drehten sich lebhaft in einem Wirbel der Röcke und warfen die Blumenkränze nach hinten. Sie traten genau in dem Moment zurück, als die Männer mit in die Hüften gestemmten Fäusten und klappernden Absätzen auf sie zukamen.
»Kommst du?«
Er antwortete nicht, es war auch kaum eine Frage gewesen. Nathan stürzte bereits nach vorn. Am äußersten Ende der Reihe der Männer tanzte er mit erhobenem Haupt, ein Lächeln auf den Lippen und mit einer solch glühenden Anmut und ohne die niedergeschlagenen Wimpern, denen sein Blick begegnete, wirklich zu sehen. Yaffuda bewunderte ihn: Er war so selbstsicher und so schön, dass ihn plötzlich eine ungewisse Traurigkeit überfiel. Er konnte nicht tanzen, und er wagte es nicht, die Mädchen anzuschauen.
»Du musst sterben vor Durst!«

Salomon flüsterte ihm ins Ohr und brannte darauf, zu erfahren, wie der Besuch gelaufen war. Yaffuda stimmte zu,

während die Noten aus einer Freudenquelle, die ihm verschlossen war, vor sich hin flossen.
Sie entfernten sich und suchten die lange Tischreihe auf, an der man leichten Wein, Minzaufguss und leckeres Gebäck, wie die sieben Himmel aus leichten, mit Honig vergoldeten Schichten, zum Fest servierte. Yaffuda trank, aß und erzählte. Die Galeere, vom Heck bis zum Bug, der Hafen, der Tempel. Und während er ein Stück Kuchen schluckte, spürte er, wie sich seine Kehle zusammenzog. Er würde Salomon nicht alles erzählen, würde ihm nichts von der Schande erzählen, die er empfunden hatte, als er seinen Mantel auszog. Sein Onkel zeigte auf einen blau gestreiften Stoff. Alle Häuser des Platzes waren am Erntedanktag offen, und man ging von einem zum anderen.
»Geh zu deiner Mutter, Yaffud ...«
Sie war beunruhigt. Für Cédatar, die niemals aus dem Call herauskam, war die Welt der Ungläubigen erschreckend.
»Sie ist bei Na Saportas.«
Der junge Mann hatte nicht wirklich Lust darauf, aber er gehorchte wie gewöhnlich. Dort, am anderen Ende des Platzes, tanzte Nathan immer noch. Er schob den dicken Vorhang beiseite, den rauen, staubigen Stoff, berührte die Mézouah des Hauses, dachte die heiligen Worte, küsste seine Finger und klopfte an den Türsturz. Umsonst. Sie waren alle im Garten. Er hörte von weitem Stimmen und erkannte das Lachen seiner Mutter. Er betrat einen Flur, der von der Tür an der anderen Seite beleuchtet wurde. Lichtkegel spielten auf dem Boden, den ein Schachbrettmuster bedeckte.
»Na Saportas ...«
Er hörte ein kaum wahrnehmbares Rascheln, ein Säuseln von Stoff. Nach der Tür zum Garten bog sich der

Flur um eine Steintreppe. Jemand war dort, auf den ersten Stufen, im Schatten der Mauer. Er sah nur den Saum des Kleides, ein blaues Band, das sich zwischen den Falten schlängelte.

»Na Saportas?«

Überrascht hatte er den Kopf gehoben. Ein Lachen antwortete ihm und löste sich in seinem Herzen in sanfte Noten auf.

»Das bin ich nicht.«

Er sah ein junges Mädchen, fast noch ein Kind. Ihr Schleier bedeckte ihre schmächtigen Schultern, und ihre Hände, die er nicht mehr vergessen sollte, stützten sich an der rötlichen Wand der Treppe ab. Er war sprachlos, stand wie erstarrt vor der Tür.

»Hallo, Yaffuda.«

Außer sich vor Erstaunen sah er, wie sie lächelte. Sie war dunkelhaarig, und das Licht der Tür ließ ihr Haar bläulich schimmern. Ihr Gesicht schien auf den Schatten gesetzt worden zu sein, es war bleich wie das Weiß der Orangenblüte. Er betrachtete ihre hohe Stirn, ihre leicht gebogene Nase, den verlängerten Bogen ihrer Augenbrauen. Sie ähnelte einer Prinzessin aus Ägypten, einem Tagtraum.

»Sag ihnen nicht, dass du mich gesehen hast …«

Und da er nicht verstand, was sie meinte, der arme Dummkopf, den die Schüchternheit verstummen ließ, kam sie zu ihm herunter. Sie war plötzlich so nahe, dass er den Jasminduft, der über ihrem Haar lag, riechen konnte.

»Sag mir, wie er ist.«

Er verstand nicht, was sie meinte, betrachtete die fröhlich gebogene Linie ihres Mundes und geriet leicht in Verlegenheit.

»Der Sohn des Königs.«

Und während er nach Worten suchte, fand sie, ungeduldig wie sie war, eine einfachere Frage.
»Und die Galeere im Hafen von Pi?«
Er schaute sie an, überrascht durch diese Frage, als ein leises Lachen aus ihrer Kehle drang, so weiblich und unvorhergesehen, dass ihm ein Schauder über seinen Rücken rann.
»Ich habe gehört, wie dein Vater mit meinem darüber gesprochen hat. Wart ihr deshalb nicht beim Gottesdienst, Nathan ibn Rich und du?«
»Ja.«
Sie lachte nochmals kurz auf, spöttisch und aufmunternd zugleich. Er habe ein Wort gesagt, also sei er nicht stumm!
»Sie muss sehr schön sein. Wirklich sehr schön!«
Sie war sehr schön. Und da er nichts sagte, verstand sie leicht verärgert plötzlich, warum dem so war. Er hatte sie ohne Schleier nicht wiedererkannt.
»Ich bin Esther, Esther Nifosi.«
Es war heiß, er zeichnete, ein kleines Mädchen spielte mit einem Stein im Hof beim Brunnen. Zwei glänzende Zöpfe, ein hübsches Aussehen. Sie hatte ihn hinter dem geschlossenen Bogengang gesehen und war näher gekommen. Lange hatte sie ihn still und aufmerksam angeschaut. Sie war damals fünf, vielleicht sechs Jahre alt gewesen und er acht. Das war Esther Nifosi.
»Aber wie alt bist du denn?«
Sie lachte laut auf, als er sich der Torheit seiner Frage bewusst wurde.
»Ich bin noch nicht so alt wie du!«
Sie hörten eine gebieterische Stimme, die nach dem jungen Mädchen rief. Man hatte sie gehört. Sie verzog den Mund, stand auf und äffte die Stimme nach.

»Warte kurz …«

Was würde man sagen, wenn man sie beide zusammen ankommen sehen würde?

»Esther, mein Täubchen, wo bist du?«

Leah Saportas' besorgtes Rufen reichte nicht aus, um diesen Augenblick des vergänglichen Glücks zu zerstören. Esther griff nach dem Türgriff und warf ihm ein letztes Lächeln zu.

»Du wirst es mir noch erzählen, Yaffuda, das von der Galeere …«

Sie öffnete die Tür, und der Stoff ihres blauen Kleides streifte einen Augenblick sein Knie. Er wartete, hörte die Stimmen der Frauen, ihr frisches kaskadenartiges Lachen, und fühlte sich zugleich glücklich und traurig, ohne eine Erklärung dafür zu haben. Ein Gewicht hatte sich in einer Ecke seines Herzens niedergelassen, etwas, das ihn schwanken ließ. Unfähig, sich zu bewegen, blieb er einen Moment lang im Schatten stehen und kam sich äußerst lächerlich vor. Dann dachte er an Nathan, an die unbarmherzige Art, mit der er sich über ihn lustig machen würde, wenn er wüsste, wie es ihm ging, und er machte die Gartentür auf.

Frauen saßen auf der Steinbank unter einem Mandelbaum. Die abgerundeten Blätter warfen spitze Schatten, die sich dunkel auf ihren Gesichtern abzeichneten. Er erkannte Na Saportas an der Seite ihrer Tochter Rebecca und seine eigene Mutter, die sich in der Mitte der Bank zur Schau stellte. Eine alte Frau saß zitternd neben ihr, die Hände auf die Knie abgestützt, sowie eine junge, dunkel gekleidete Dame, die aussah wie ein auf dem Stuhl sitzender Schatten. Esther saß zu ihren Füßen. Er sah ihre Haare, die sie bedeckt hatte, nicht mehr. Als sie den Jungen bemerkte, stieß seine Mutter einen kleinen Freudenschrei aus, und alle schauten sie an. Er wollte Esthers Blick nicht begegnen, wollte ihre großen, unschuldig blickenden Augen nicht sehen. Er fühlte sich linkisch und errötete jämmerlich.

»Endlich bist du da! Ist alles in Ordnung, mein Junge? War es schön …«

»Sehr schön.«

Er atmete tief ein, und ohne dass sie ihn darum gebeten hätten, begann er, ihnen den Rudersteven, die Masse des Rumpfes, die Takelage, die Segel, das unsichere Gleichgewicht, das eine zu hohe Linie einem solchen Boot gibt, zu erklären. Wenn ein Mann spricht, dann schweigen die Frauen, aber dieser hier hörte gar nicht mehr auf. Leah Saportas rührte sich als Erste.

»Jetzt steh doch nicht hier herum!«

Aber es gab keinen Stuhl, sie hatte sie verliehen, sie waren alle auf dem Platz, auf dem man immer noch tanzte. Die Musik spielte weiter, sie drang in kleinen Wellen zu ihnen vor, und Yaffuda war erstaunt, dass sie so fröhlich war. Die junge Dame stand auf.

»Nehmt meinen Platz, Ser Cresques!«

Sie beugte sich freundlich über die alte Frau, die Yaffuda anschaute, ohne aufzuhören zu zittern. Sie war so klein und so zerknittert, dass sie einem vom Mandelbaum gefallenen Blatt ähnelte.

»Es ist schon spät. Wir müssen nach Hause.«

Die alte Rachel stand mühsam auf und lächelte den Jungen an. Sie hatte ein schelmisches Schimmern in den Augen, ein so starkes Licht, dass jeder Funke Leben alten Körpers sich dorthin zurückgezogen zu haben schien.

»Du hast Recht, Myriam. Die Alten überlassen den Jungen den Platz, und das ist gut so.«
Der junge Mann begegnete einem Blick voll feiner Ironie, die ihn erröten ließ, und trat zur Seite. Rachel entfernte sich bereits, gestützt von ihrer Begleiterin. Er wusste nicht, was er jetzt tun oder was er sagen sollte. Die beiden Frauen, die gingen, hatten die Tür erreicht, als die Jüngere von beiden sich umdrehte, um ihnen zum Abschied zuzuwinken.
Leah Saportas seufzte mehrmals, schüttelte den Kopf und murmelte: »Wie traurig, eine unglückliche Braut.«
Aber das ist immer noch besser, als keinen Mann zu haben. Sie schaute ihre Rebecca an und lächelte. Cédatars Gedanken waren woanders, und sie stellte die Frage nur aus Höflichkeit: »Wie lange ist Ser Mosconi denn schon weg?«
»Seit mindestens einem Jahr. Die Ärmste! Wenn mein Moïse auf den Gedanken kommen würde, mir so etwas anzutun, wüsste ich nicht, was aus mir werden sollte.«
Niemals würde er sich so verhalten, er müsste schon verrückt geworden sein ... Der Wind der Abenddämmerung bewegte das Laubwerk des großen Baumes, und der Himmel war malvenfarben. Leah Saportas stand auf. Sie empfing den Rabbiner und seine Tochter am heutigen Festtag und wollte sich versichern, dass alles bereit war. Cédatar erhob sich mit einem tiefen Seufzen.
»Na Cresques, nehmt Esther doch mit! Diese Kleine ist alt genug, um zu tanzen!«
Einige höfliche Worte, ein Verneigen des Oberkörpers, ein kleiner Knicks, und sie machten sich auf den Weg.
»Wie alt bist du, Esther?«

Das junge Mädchen warf Yaffuda einen Blick von der Seite zu.

»Ich werde bald vierzehn.«

Sie stießen auf Salomon, der seinen Platz bei den Tanzenden wieder eingenommen hatte.

»Kommt schon, Kinder, tanzt! Man feiert nicht jeden Tag.«

Sie hatten kaum genug Zeit, um sich dem Reigen anzuschließen, als Nathans Hand auch schon Esthers ergriff, die überrascht auflachte und Yaffuda die andere hinhielt. Er nahm sie, klein und sanft wie ein Vogel. Er wusste nicht mehr, was er tat, und tanzte strahlend und mit fröhlichem Herzen.

15

Die Karten warteten im Halbdunkel ausgebreitet. Eine ruhige Frische durchflutete den Raum, eine Art Friede, der dem Refrain des Wassers im Steinbrunnen entstammte. Der Wind, der aufgefrischt war, trug das unerwartete Echo von fröhlichen, beinahe vertrauten Noten zu den beiden Männern herüber. Abraham drückte die geschlossenen Fensterläden auf, und die Karten erstrahlten im Sonnenlicht. Der Kommandeur betrachtete sie unbeweglich, wie eine Statue aus grauem Stoff. Die vier Holztafeln waren so weit, dass sie von Osten nach Westen aufgebaut werden konnten. Montferrat betrachtete das Bild der Anbetung Christi, der diese Welt am Ufer des unendlichen Meeres zu beschützen schien. Sein Blick entdeckte das Land von Cathay, so wie jene Männer, die es durchquert hatten – nämlich Marco Polo oder Mandeville –, es beschrieben hatten. Einen Moment lang blieb sein Blick in Asien hängen, bevor er das gesegnete Land von Palästina streifte. Die Berichte von Reisenden, Legenden und Glaube, es erschien ihm, als ob das Bild der Welt auch das des menschlichen Herzens sei. Er wandte sich nachdenklich ab und machte zwei Schritte bis zum Rand des Tisches. Die afrikanische Küste zeichnete sich vor seinen Augen ab, vom Mittelländischen bis hin zum Roten Meer, gesäumt von Häfen, Städten mit Zinnen, Kuppeln und Halbmonden, feinen und geradlinigen, roten und schwarzen Strichen. Unten in der großen Wüste, der Sahara, thronten fremde Könige, zu deren

Füßen kleine und große Städte, Menschen und Kamele, eine ganze Welt von Traditionen, Handelsverkehr und Pfaden dargestellt waren.

»Das ist eine beeindruckende Karte.«

Die mythischen Figuren Gog und Magog bewegten sich im Osten, riesige Kraniche oder Sirenen, die sich am Schwanz festhielten, aber im Westen, auf afrikanischem Boden, fehlten sie. Wo waren die üblichen Monster geblieben, die Äthiopien sonst bevölkerten, geflügelte Schimären und Basilisken mit rubinfarbenen Augen und dieser Feuerdrache, dessen Atem die Welle in Brand setzte? Die Realität trat hervor, pochend vor Leben und noch faszinierender.

»Ist dies das Land des Priesters Johannes?«[16]

Der Tempelritter zeigte auf ein goldenes Land an der Gabelung eines Flusses, mit einem unbekannten See und einem weißen und bärtigen Herrscher, der ein Kreuz trug. Wenn man glaubte, was geschrieben stand, dann waren der Eroberer Äthiopiens und der Priester Johannes ein und derselbe König. Ein Königreich öffnete sich vor ihm, es war unwahrscheinlich reich, christlich und auf islamischem Boden verloren.

»Ich sehe weder das irdische Paradies, das die Kirchenväter diesem Ort zuordnen, noch den Fluss Gihon, der dort fließen soll. Ist es jener, den sie Nil nennen?«

Der arabische Name hallte wie eine unbestimmte Drohung wider. Die Karte erzählte von Hochwasser und Fülle, aber sie vergaß den Garten Eden, der als erwiesen galt, und seinen Milchfluss. Der Kommandeur fuhr fort, ohne dem Kartografen Zeit zu lassen, dies zu erklären.

»Ihr gebt seine Quelle nicht an?«

»Sie ist nicht bekannt, gnädiger Herr.«

Montferrat wandte sich von der Karte ab und schaute seinen Gastgeber mit ernstem Blick an.
»Ihr verzeichnet nur, was bekannt ist, Ser Cresques?«
Leicht verletzt antwortete Abraham zunächst nicht und suchte nach den richtigen Worten. Er habe auf dieser Karte das aufgeführt, was die Geschichte und die Legende, die Orte, die in der Bibel und im Evangelium erwähnt werden, besagten, unter der Bedingung, dass sie einen bekannten Platz haben. Er zeichne eine Karte der Erde, das sei sein Ehrgeiz ... Der Kommandant unterbrach die Diskussion mit einem Lächeln und beugte sich erneut über das Bild der Welt. Seine Hand fuhr den großen Fluss entlang nach unten, folgte dem alten Weg des Goldes, jenen der Ägypter, der Griechen, der im Süden des Nils in unbekanntes Land eintauchte.
»Wenn ich das richtig sehe, dann kann man Nubien erreichen, wenn man diesem Weg folgt ...«
Das könne man vielleicht. Aber von all jenen, die dieses Abenteuer versucht haben, sei keiner zurückgekommen.
Das Schweigen lastete einen Augenblick auf ihnen und wurde kaum vom Plätschern des Brunnens und einem flüchtigen und fernen Tanzschritt gestreift. Der Tempelritter richtete sich auf, warf dem Kartografen einen Blick zu und beugte sich über die ozeanische Küste, die Kanarischen Inseln, die Grüne Insel, das zierliche Boot von Jacme Ferrer, das im Wind segelte.
»*Per anar al riu del oro*, Ser Cresques?«
Er las die Legende in gemäßigtem, ironischem Ton, aber jeder auf Mallorca wusste, dass die Genueser dieses Boot dafür ausgestattet hatten, um auf dem Fluss des Goldes zu fahren. Abraham richtete sich mit gerunzelter Stirn auf und versteckte nur schlecht den Ärger, der ihn nach

und nach ergriff. Messire de Montferrat hatte ihn darum gebeten, seine Karte allein, im Geheimen, anschauen zu dürfen, aus reinem Interesse. Was hatte es damit wirklich auf sich? Der Tempelritter deutete jetzt auf den König Mussé Melly, der Reisenden einer Karawane einen Klumpen Gold reichte, und dann auf eine Stadt zu Mellys Füßen, die Tenbuch[17] genannt wurde. Eine andere Stadt befand sich an der Mündung des Flusses, der sich von der Küste bis ins Landesinnere schlängelte und der so lang war, dass er aussah wie ein Weg, ein offener Pfad. Über das Meer und den Fluss schien es möglich, die Wüste zu umfahren und das Land der Schwarzen zu erreichen.

»Es gibt genügend, um die ganze Christenheit zu entfachen. Die Gierigsten werden dort ihre Seele und die Verrücktesten ihr Leben lassen.«

Montferrat starrte den Kartografen mit seinen klaren Augen erneut an. Hin- und hergerissen zwischen Angst und Wut hielt Abraham dem Blick stand.

»Wenn sie nicht in diesem Wahn leben würden, würden sie nicht nach solchen Karten fragen.«

Der Tempelritter lächelte müde, ein überraschender Ausdruck der Machtlosigkeit bei einem so mächtigen Mann.

»Bis jetzt hat sie die Angst davor bewahrt. Die Angst und der Glaube.«

Diese Karte von Afrika breche mit den konventionellen Äußerungen, sie stelle eine genaue, physische Welt dar, eine Welt des Handels, des Verkehrs, eine menschliche Welt, in der es keine andere Gefahr gebe als die Grausamkeit der Völker, die sie bewohnten. Doch waren sie wirklich so grausam? Denn wenn man diese bunten Bilder betrachtete, schienen sie fast schon kindisch und fröhlich. Die Hand des Tempelritters fuhr dicht an der Wüste vorbei und am Ozean entlang nach oben und hielt am Ende der Kurve bei zwei roten Punkten an. Der Kartograf konnte die Frage mit klopfendem Herzen voraussehen, noch bevor sie gestellt wurde. Von seiner ganzen Karte war dies der gefährlichste Punkt.

»Das sind Sandbänke.«

»Wer hat sie entdeckt?«

»Jene, die in diesem Gewässer gefahren sind.«

Es war riskant, mehr zu sagen. So viele Boote hatten ihr Glück versucht und gingen dabei verloren. Der Tempelritter gab zweifelsohne vor, den schroffen Ton nicht zu hören.

»Welches ist das Cap von Buyetter, das sie so präzise beschreiben und an dem noch keiner vorbeikam?«

Mit gemäßigter Stimme erklärte Abraham, dass es sich um das Cap der Bäume[18] handle. Dies sei ein wichtiger Punkt an der Sandküste, denn die Stämme ermöglichten es, den Mast und eine Havarie zu reparieren. Soweit er wisse, seien diese Küsten bekannt, ihre Sandbänke erwiesen, und viele Matrosen gingen dort auf Fischfang.

»Ist das dort ihr Lager?«

Der Tempelritter zeigte auf ein Zeltlager mit maurischen Zelten, schaute dann auf, und Abraham sah seine Missbilligung. Es war offensichtlich, dass er seine Kenntnisse von den Arabern bezog, von ihren wunderlichen und gefährlichen Berichten. Woher sollten sie auch sonst kommen, wenn sie die Einzigen waren, die die Füße auf diesen Boden setzten und die sich einen Weg durch dieses Gewässer bahnten? Als er antwortete, war seine Stimme genauso schwer wie seine Augen.

»Ihr habt mich um eine Seekarte, um eine Karte der Welt, auf der die Menschen wandeln, gebeten.«

»Die Mauren lügen uns aus purem Vergnügen an, und Ihr wisst es.«

Der Kartograf betrachtete den Kreuzritter mit seinem Misstrauen und seinen Vorurteilen. Man sagte von ihm, dass er ein sehr gelehrter Mann war, der eine ganze Flotte kommandierte und die Gefahr von der Insel und den aragonischen Küsten fern hielt, doch was wusste er schon vom ozeanischen Meer, von seinen hundert Klafter hohen Wellen, von seinen stürmischen Winden?

»Ihre Seefahrer sagen die Wahrheit, wenn sie für diejenigen schreiben, die den gleichen Weg wählen werden.«

Die Stille war bedrückend und wurde auf sonderbare Weise von einer Musik unterstrichen, einem Wasserstrahl des Brunnens. Wozu diente es, den Weg des Wissens und der Unkenntnis zu erklären, den der Kartograf abwägen musste im Bewusstsein der Schwäche seines Urteils, der möglichen Fehler und des Irrsinns, der darin bestand, die Welt nach Worten zu zeichnen? Er hatte nach allen Quellen gesucht, nach neuen und alten, hatte festgehalten, was die Phönizier laut den Griechen oder den Karthagern sagten, hatte die Messungen von Aristoteles, Ptolemäus und die großzügigeren von Eratosthenes wieder aufgenommen, und sie mit den Aufstellungen der Erdkarte von Al Idrisi verglichen. Er hatte Al Fatimas zehn Reiseberichte, die von Ibn Sayd verfasst worden waren, gelesen, bis ihm die Augen brannten. Bestimmt waren sie gewagt und trügerisch, dennoch waren diese Berichte die einzigen, die darauf hinwiesen, dass eine Schifffahrt auf afrikanischem Kurs möglich war. Als festsitzender Reisender hatte er keine andere Wahl, als das zu glauben, was die anderen ihm erzählten, egal, wer sie waren. Er war enttäuscht und fühlte sich in seiner unermesslichen Arbeit hinters Licht geführt, als ein Satz widerhallte, ein moduliertes Pfeifen, das kurz gesagt einfach merkwürdig war.

»Allah, gib mir die Kraft, die Welt zu verstehen, wie Du sie geschaffen hast.«

Montferrat sprach arabisch, den Al Koran. Abraham hatte keine Zeit, sich zu wundern und sich wie ein Kreisel zu fühlen, mit dem ein Kind spielte.

»Wenn ich Euch gekränkt habe, dann entschuldigt bitte, Ser Cresques. Ich habe nur das getan, was einige tun werden, wenn sie Eure Karte sehen werden. Euer Wissen ist sehr groß und vielschichtig, und die Karte steht im Gegensatz zu der Meinung vieler Menschen, Richter und Kirchenmänner, die Euch umso mehr dafür hassen werden, als dass man befürchten muss, dass viele Euch glauben werden.«

Der Tempelritter lächelte mit verschwörerischer Miene.

»Keiner kann die Menschen daran hindern, dorthin zu gehen, wohin ihre Schritte sie tragen, weder Ihr noch ich.«

Der Tempelritter hatte sich von der Karte abgewandt.

»Ich weiß, dass Ihr einen möglichst sicheren Weg sucht, der sie wieder zum Hafen zurückbringen kann.«

Sie schauten einander an, waren bewegt und sonderbar vereint. Montferrats Blick streifte den kleinen Hof, den Steinbrunnen, bevor er sich erneut auf den Kartografen konzentrierte.

»Wenn ich Euch belästigt habe, so ist das nicht aus unbegründeter Neugier geschehen. Es wäre mir wichtig, dass Ihr unser Maître der Karten werdet.«

Die Worte wogen schwer, ohne dass es nötig gewesen

wäre, mehr zu sagen. Es handle sich um ein klares, geheimes Bündnis, das nur mit dem Hof von Aragon zu tun hatte. Der Kommandeur habe so viele Männer auf seinen Booten auf Kriegsmission und würde überhäuft von einem Durcheinander an italienischen Karten, die sich uneinig darüber waren, wann man die Meerenge umfahren, sie hinter sich lassen und in den Westen vordringen sollte. Der Orden von Notre-Dame-de-Montessa war der bewaffnete Arm Gottes, aber seine Mission war es vor allem, die Christen aufzukaufen, die auf Beutezügen gefasst wurden, Frauen und Kinder, die zur Sklaverei gezwungen und auf dem Menschenmarkt verkauft wurden.
»Wir brauchen mehrere Navigationskarten von Valencia bis zum Cap von Buyetter, an dem, praktischerweise für uns, Bäume wachsen.«
Der Kartograf lächelte. Er akzeptiere es, diese Karten zu zeichnen, sobald es ihm möglich sei, und der Tempelritter drückte ihm, wie es beim Handel unter Seeleuten üblich war, den Arm. Das war ein unerwartetes, fast schon aufdringliches Aufeinandertreffen von Männern, ein heimliches Einverständnis, dessen sie sich beide verwahrten, indem sie so schnell als möglich zu einer vernünftigen Unterhaltung übergingen. Es würden noch andere Karten nötig sein, Karten von der Küste und dem Land Afrikas.
»Um nicht in die maurischen Fallen zu tappen, brauche ich verlässliche Punkte …«
Montferrat wusste, dass seine Männer ebenso dazu in der Lage waren, das Meer zu vermessen, die Winde und die Strömungen zu notieren, wie die Genueser, vielleicht konnten sie es sogar noch besser. Ein kurzes Zögern erfasste ihn, das er mit einer Handbewegung wegwischte.

»In der Bibliothek des Tempels gibt es Bücher, die Ihr vielleicht gerne konsultieren möchtet, Berichte auf Arabisch, die Euch nützlicher sein werden als meinen Mönchen. Ich werde veranlassen, dass Euch die Bibliothek offen steht.«

Die Musik wurde schwächer, das Fest ging dem Ende zu, und alle Straßen des Calls würden bald wieder voller Menschen sein. Montferrat hüllte sich in die Falten eines grauen Umhangs, den er nicht aus Bescheidenheit trug, und es war befremdend, ihn so umhüllt zu sehen.

»Es wäre gut, wenn Ihr bei Nacht kämt.«

Abraham nickte. Er wollte seinen Besucher zur Tür bringen, als der Tempelritter sich nach dem Garten hinter dem Hof, der ihm ansteigend vorkam, erkundigte. Er würde zum oberen Ende des Calls führen, nicht weit weg von der christlichen Stadt.

»Wenn es Euch nicht missfällt, dann ist dies ein Weg, den ich wählen werde.«

Er wollte nicht, dass man ihn sah, was der Kartograf verstand, ohne dass Worte nötig gewesen wären. Abraham führte seinen Besucher bis zur Mauer, die seinen Garten begrenzte, und sie verabschiedeten sich vor der Tür, die vom zerfließenden Schatten eines Olivenbaums versteckt wurde.

16

Aufgeregte Schläge erschütterten das ganze Haus.
»Na Mosconi! Ihr müsst kommen!«
Jacob Bellshons war aschgrau und sein Blick schmerzerfüllt.
»Hannah …«
Besorgnis zeichnete das runde Gesicht des jungen Schneiders. Myriam nahm ihre Leinentasche für die Niederkunft mit angstvollem Herz. Hannah war erst seit kurzem schwanger. Während sie die Straße hinunterliefen, sah sie Männer und Frauen mit angespannten Gesichtern an den Türschwellen.
»Man hat sie fast getötet!«
Das Gerücht erfüllte die Straße. Jacob lief ohne Hut, immer noch aschfahl, und war unfähig zu verstehen, wie man seiner so sanften und netten Frau etwas zuleide tun konnte. Er führte Myriam durch sein Atelier, ohne sich um die Stoffe zu sorgen, auf die er trat. Die Schneider saßen vor Stoffen, die keiner nähte, und schauten sich schweigend an.
Jacobs Haus war bescheiden, er war nicht so reich wie sein älterer Bruder. Es hatte eine Küche, einen großen Raum, der geteilt werden musste, wenn die Kleinen kommen würden, und einen winzigen Garten. Das Zimmer war geräumig, aber angefüllt mit Frauen, Geschwätz und spitzen Klagen, so dass Myriam Hannah nicht sofort sah. Umgeben von Waschweibern erzählte Leah Saportas mit schief sitzendem Schleier und vor Wut blitzenden Augen,

was genau passiert war. Sie seien sehr früh am Morgen losgegangen, schon als die Tore geöffnet wurden, und sechs Frauen haben Rebecca begleitet, die sich für ihre Hochzeit reinigen musste. Als sie am Bad angekommen waren, flickten Fischerfrauen Netze am Strand. Sie seien daran vorbeigegangen, und man hatte wie gewöhnlich nichts zu ihnen gesagt. Die jungen Frauen haben sich ausgezogen, als die Megären angekommen seien, richtig aufgebrachte und verrückte Furien, die gerufen haben, dass sie verflucht seien, dass sie den Fischfang verdarben. Sie haben sich eilig bei den Felsen versteckt, aber die arme Hannah sei bereits im Wasser gewesen.

»Hannah …«

Myriam beugte sich über einen in Laken gewickelten und der Wand zugewandten Körper. Mit geistesabwesendem Blick, verschlungenen Armen und zum Bauch hochgezogenen Knien ähnelte Hannah einem Neugeborenen.

»Sie braucht Ruhe.«

Leah nickte, und die Frauen verließen eine nach der anderen den Raum und zogen die Menge Neugieriger hinter sich her. Ganz sachte, so wie man ein Kleinkind verarztet, entfernte Myriam den Schleier, der die junge Frau einschnürte. Ihre Arme, ihre Stirn, ihr Hals waren von Wunden bedeckt.

»Sie haben Steine geworfen.«

Erfasst von einem heftigen Krampf, schluchzte sie laut auf. Ihr sei kalt, so unendlich kalt. Sie sei nackt im eisigen Wasser gewesen, und die Frauen haben auf ihren Bauch und auf ihre Brüste gezeigt. Wie hässlich sie doch sei, die Jüdin! Die brutalen Bilder kamen eines nach dem anderen zurück, wie auch die Beleidigungen, die noch schlimmer als die Schläge gewesen waren.

»Es waren auch Kinder dabei, weißt du …«
Hannahs Stimme war ein Murmeln. Jacob blieb regungslos und bedrückt vor dem Bett stehen. Was wolle man mit ihnen machen? Wohin sollten sie gehen? Sie haben keine andere *Mikwe.*[19] Das Parlament der Stadt hatte den Juden den Zugang zum alten maurischen Bad verboten, das sie einst mit den Christen geteilt hatten.
»Es ist nicht schlimm. Beweg dich nicht …«
Mit ruhigen Gesten strich Myriam eine Honigsalbe auf die Wunden, die das Gesicht der jungen Frau anschwellen ließen. Dann zerstieß sie ein Mohnkorn und mischte etwas Milch dazu.
»Du wirst dich ausruhen …«
Mit geübter, zarter Hand untersuchte sie den Bauch der Kranken, teilte aber ihre Besorgnis nicht mit.
»Alles wird gut.«
Jacob beließ es dabei, er wusste nicht, was er sagen oder was er Na Mosconi für ihre Behandlung geben sollte, als er aufgeregte Stimmen vernahm. Er war überrascht und wollte nach draußen gehen, kam aber nicht hinaus. Männer füllten sein Atelier, andere schrien an seiner Tür, darunter Moïse Saportas, rot vor Wut, und Noah Vidal mit einem Knüppel in der Hand.
Sie kamen die Straße der Juden herunter, und ihre Gruppe vergrößerte sich wie ein reißender Fluss. Die Männer des Calls drängten nach vorn, getragen von ihren dunklen Umhängen und ihren wehenden Mänteln. Es war ein dumpfes, wortloses Grollen, ein in der Luft hängendes Gewittermurmeln. Wie lange könne man das noch ertragen? Ständig dasselbe, es nehme kein Ende! Und dieses Mal seien sie zu weit gegangen! Sie hielten vor der Snoga an, sprachen sich gegenseitig Mut zu,

schwiegen dann aber, als der Rabbiner herauskam. Isaac war aschfahl und warf ihnen vernichtende Blicke zu. Er machte einen Schritt, vielleicht zwei, ergriff den Knüppel des Metzgers und warf ihn auf den Boden.
»Bist du verrückt geworden?«
Jegliches Schwert, jegliche Waffe war ihnen verboten. Was beabsichtigten sie, mit diesen Knüppeln bewaffnet, zu tun?
»Du würdest anders sprechen, wenn dies deiner Tochter zugestoßen wäre, Isaac.«
Der Moreh betrachtete Ibn Rich ohne jegliche Wärme. Um ihn herum erhoben sich die befreiten Stimmen, denn es sei wahr. Was würde der Rabbiner sagen, wenn man seine eigene Tochter gesteinigt hätte?
»Wir können diese Mauern nicht mehr verlassen, ohne dass ihre Kinder uns mit Steinen bewerfen.«
»Der arme Morderaï ben Saïd war durchgeprügelt worden, als er die Steuern des Königs erheben wollte! Er kann kaum noch laufen! Ist es denn unser Fehler, dass der König Geld braucht?«
Als er auf die Männer zuging, durchbrach Isaac die erste Reihe. Er betrachtete sie lange, einen nach dem anderen.
»Bis jetzt ist keiner gestorben.«
Wie viele kräftige Männer waren sie? Kaum hundert. Wollten sie sich wirklich mit den Christen messen? Es stimme, der Hass schwele, und ein Funke würde ausreichen, ihn auflodern zu lassen. War es aber gut, selbst das Feuer zu entfachen, das sie zerstören würde? Sie sollten sich beruhigen und lieber an ihre Frauen und an ihre Kinder denken. Die Männer zögerten, ihr Herz lehnte sich auf, sie waren wütend darüber, dass sie so machtlos waren.

»Was unternehmen wir in diesem Fall?«
Hayyim ibn Rich sah den Moreh ohne falsche Hoffnung an. Nichts würden sie unternehmen, wie immer, sie können nur endlos darüber debattieren. Isaac antwortete nicht, er war verärgerter, als er sich anmerken lassen wollte. Wenn er den großen Rat zusammenriefe, dann könnten sie eine Klage an das Parlament der Stadt richten, wo man sich über sie lustig machen würde. Und wenn man ihnen Gerechtigkeit widerfahren ließ, dann könne das Gute sich als schlimmer herausstellen als das Übel.
»Wir brauchen eine Mikwe.«
So war das Gesetz. Ein Jude kann nicht zu Gott beten, wenn sein Körper nicht rein ist. Die Alten hatten viel für das Recht bezahlt, ein Stück aus dem Felsen herausgraben zu dürfen, ein sehr kleines Stück, denn man brauchte reines Wasser, damit das Bad heilig war. Israels Gesetz war alt, es stammte aus der Zeit, als die Juden ein Land, einen Fluss und Wasser hatten. Seitdem lebten sie auf fremdem Boden, und ihr Leben war ein Kampf, ein trauriges Arrangement.
»Der Statthalter kann uns helfen. Wir sind im Recht.«
»Zunächst müssen wir eine Audienz erhalten!«
Hayyims Blick war bitter vor kalter Ironie, als Jacobs Stimme sich voll kindlicher Hoffnung erhob, Jacob, dessen Frau man verletzt und den man vergessen hatte.
»Wir müssen Ser Abraham holen.«
Der Statthalter würde es nicht ablehnen, ihn anzuhören. Jeder erinnerte sich an den Besuch des Infanten. Der ganze Hafen, die ganze Stadt sprach nur von dieser neuen, wundervollen Karte, die noch nicht fertig war …

Als Isaac das Atelier betrat, war er erstaunt über die tiefe Ruhe, die in dem in Schatten getauchten Raum herrschte. Ein blondes, auf dem Boden kauerndes Kind zerstieß die Wurzel der Färberröte, und seine Hände waren rot bis zum Handgelenk. Am Ende des Raumes sah er, wie Salomon sich hinter dem Zeichentisch über Nathan beugte. Nathan hielt den Kompass und war so konzentriert, wie er ihn noch nie gesehen hatte.

»Man zeichnet die Linie der zweiunddreißig Windstriche gemäß der Entfernung der großen Horizontalen. Jede Windstrichlinie folgt den Berechnungen der Sonne. Wenn das Boot mit konstantem Kurs fährt, dann erhält der Lotse seinen Breitengrad, indem er ihn mit der Sonne vergleicht. «

Salomons Stimme war geduldig, und die beiden Jungen nahmen sie wie Wasser auf, der große wie der kleine.

»Um ihren Kurs zu halten, haben die Kapitäne nur die Sonne, ihren Kompass und die Berechnungen der Karten.«

Isaac kam näher. Vertieft in ihre geometrischen Zahlen, hatten die Kartografen ihn nicht gesehen, aber der kleine Junge war aufgestanden. Er wartete, den Mörser in der Hand, und es war das Fehlen dieses zarten Geräusches, das ihnen seine Gegenwart ankündigte.

»Ist Abraham da?«

Die beiden Männer gingen wortlos hinauf. Sie hatten keinen Atem zu verlieren. Die Zugbrücke war unten, die Zitadelle offen. Soldaten beschäftigten sich damit, ihre Spieße zu fetten, Stallburschen trugen Heu und Eimer hin und her. Einige maurische Leibeigene warfen mit gesenktem Kopf parfümierte Kräuter auf die Türschwellen. Als die Wache diese Juden vorbeikommen sah, wollte keiner wissen, wohin sie gingen, denn überall auf dem Platz gab es welche von ihnen. Sie führten Verzeichnisse, zählten, schrieben, waren eifrige Ameisen, deren Augen sich auf Pergamentpapier abnutzten. Aber der Größte, der auf sie zukam, erdreistete sich, sie anzusprechen.

»Wir müssen den Statthalter sprechen.«

Spöttisch betrachteten ihn die Soldaten. Ein überheblicher Jude wolle den Statthalter sehen.

»Dies ist nicht möglich, wenn ihr nicht um eine Audienz gebeten habt, gnädige Herren …«

Abraham musterte den Kerl. Er würde nicht hier im Hof stehen bleiben, die Füße in abgestandenem Wasser, umgeben von Reisigbesen. Er richtete sich auf, hielt seinen gerafften Mantel in der Hand, als ihn etwas, das sich in seinem Rücken bewegte, vom Reden abhielt. Diener kamen näher, und ein Duft von dickflüssigem Essen stieg aus den Speckkesseln, die man zu den Männern trug. Die Soldaten lachten hämisch im fettigen Rauch, als ein Ritter den Hof überquerte und plötzlich seinen Weg änderte.

»Es ist mir eine Ehre, Ser Cresques.«

Er verbeugte sich tief vor dem Juden und fragte besorgt nach seiner Karte. Ob sie schon fertig sei? Llobera war zwar kein Seemann, aber er träume jede Nacht von ihr.

»Um sie fertig zu stellen, müsste man mir die Möglichkeit dazu geben.«

Eine Geste, ein Blick und einige Worte hatten ausgereicht, um Llobera in die Sachlage einzuweisen, während die soldatische Versammlung überrascht und mit weit aufgerissenem Mund dastand. Llobera verbeugte sich erneut und bat die beiden Männer, ihm zu folgen. Sie liefen durch einen riesigen Saal, in dem Gruppen, die miteinander murmelten, sie vorbeigehen sahen.

»Einen Augenblick, bitte.«

Es schien viel Zeit zu vergehen, bevor der Ritter zurückkam. Er führte die Besucher über eine enge Treppe, trat zur Seite, und sie kamen in den Saal, in dem der kleine Rat tagte, ohne dass sich ihnen die Gelegenheit bot, überrascht zu sein. Der Raum war lang gestreckt und vom Boden bis zu den Wänden mit grünen und weißen Mosaiksteinen gefliest. Das Kinn auf die Faust gestützt, um die Gewohnheit des Prinzen, so gut er konnte, zu imitieren, saß der Statthalter auf einem hohen Eichenstuhl und sah die merkwürdige Abordnung auf sich zukommen.

»Ich habe kaum Zeit.«

Er hatte den gewöhnlichen Rat ohne ihn weitermachen lassen. Ser Cresques wünschte, ihn zu sprechen, und er hatte ausdrückliche Anweisungen erhalten, wie er mit dieser besonderen Situation umzugehen hatte.

»Ich habe auch nicht sehr viel zu sagen.«

Der Statthalter lächelte gnädig.

»Nun, ich höre.«

»Keiner kann ohne Ruhe tätig sein, und der Call dieser Stadt hat seinen ganzen Seelenfrieden seit heute Morgen verloren, gnädiger Herr. Ser Nifosi, der Moreh der Aljama, wird Euch dies besser erklären können als ich.«

Der Statthalter warf Llobera einen gelangweilten Blick zu. Er hatte von Ser Cresques gesprochen, nicht von einem Rabbiner des Calls. Nichtsdestotrotz stimmte er zu, denn die Juden des Calls beschwerten sich nur selten.
 Sie kamen einmal im Jahr, um den Zehnt zu bezahlen, der ihnen abverlangt wurde und der höher war als jeder

andere, weshalb die Herrschaft von Aragon sie sehr schätzte. Isaac schilderte kurz das Geschehen, und der Statthalter hörte geduldig zu, bevor er ihn unterbrach. Es sei ärgerlich, ohne wirklich schlimm zu sein, eine Geschichte von bösen Lausbuben. Die Frauen von Aljama haben Steine abbekommen, ohne wirklich gesteinigt worden zu sein.

»Müssen wir warten, bis es so weit ist?«

Ser Cresques starrte den Statthalter mit seinen tiefblauen Augen an.

»Die Regierung des Königs sichert uns das Recht zu, unsere Religion nach unserem Gesetz auszuüben.«

Der Statthalter zog die Augenbrauen mit einem Ausdruck völligen Unverständnisses hoch. Was genau erwarte man von ihm?

»Möchtet Ihr Soldaten, die Eure Absolution bewachen?« Sollten sie einem auch das Handtuch zum Trocknen reichen?

»Wenn es sein muss.«

Der Statthalter betrachtete den Kartografen ohne besondere Zuneigung. Dieser gebieterische Mann gefiel ihm überhaupt nicht, aber Llobera war deutlich gewesen. Ser Cresques stand in der Gunst des Infanten, und er beharrte darauf, dass der König seinen Juden die Hand ausstreckte. Auch wenn sie von geringer Bedeutung war, konnte diese Angelegenheit mit dem Baden nicht ignoriert werden.

»Wir werden dieses Bad beschützen.«

Die beiden Juden verbeugten sich so zögerlich, dass es den Statthalter leicht irritierte. Er würde sein Bestes tun, aber er hatte nicht vor, seine Tage damit zu verbringen, die Probleme der niederen Polizeiaufgaben zu lösen.

»Mir fehlen Männer, deshalb kann dieses Bad nur an den heiligen Tagen Eures Glaubens beschützt werden.«
Isaac nahm sich zusammen und sagte nicht, dass man sie aus dem Bad der Stadt vertrieben hatte, weil die Christen ihre Knochen nicht in dasselbe Wasser tauchen wollten, das von Juden verunreinigt worden war. Abraham verabschiedete sich auf eine ihm eigene Art, die weniger die Achtung als den Abstand zum Ausdruck brachte.
»Wir danken Euch, gnädiger Herr, und bitten Euch die Freiheit, die wir uns genommen haben, hierher zu kommen und mit Euch zu sprechen, zu entschuldigen.«
Ein Kopfnicken, ein kühles Lächeln, und die Unterredung war beendet.
Als sie aus der Zitadelle hinaustraten, gingen sie mit gemäßigtem Schritt und verbargen den errungenen Sieg, der in ihren Augen aufblitzte. Wenn das Volk sehen würde, dass Soldaten das jüdische Bad beschützten, dann würde es wissen, dass ein jeder großes Risiko einging, der sich mit ihnen anlegte. Der Hass würde sich zurückziehen wie ein hinterhältiges Tier, und sie hätten ihre Ruhe. Sie erreichten den Call, ohne mehr als drei Worte zu wechseln, aber sie kamen nicht sehr weit. Die Männer erwarteten sie auf dem Platz der Feigenbäume und hörten die Neuigkeit mit Erleichterung. Soldaten würden das Bad beschützen, alles würde von jetzt ab gut werden und in Ordnung kommen. Kleine Gruppen bildeten sich im Call und kommentierten diese bedeutsame Begünstigung. Die Straße der Juden beruhigte sich nach und nach; auf den Bänken schüttelten die Alten den Kopf, die Männer gingen ihrer Arbeit wieder nach, und die Frauen suchten den grünen Krug auf, der am Rand des Brunnens auf sie wartete.

17

Die schönen Majestäten ritten im Schritt vorwärts und teilten die dichte Menge. Ein Tempelritter, ein bewaffneter Ritter, ein Kapitän des Königs, Soldaten, ein Maultier. Der Tag nahm seinen Lauf, und in diesem heiß gewordenen Sommer war dies die angenehmste Stunde. Die Reiter durchquerten den Call, getragen von einem Traum, denn das Bild der Welt war fertig. Ser Cresques hatte dem königlichen Maître der Navigation eine Nachricht zukommen lassen. Francech de Perellos hatte gemäß den ausdrücklichen Anordnungen des Infanten sogleich den großen Tempelmeister und Ritter Llobera davon unterrichtet. Man hatte einen Boten zum Hafen von Pi geschickt, wo eine Galeere wartete, und die Matrosen des Königs waren zusammengeeilt. Jeder kannte seine Aufgabe, keiner sprach, Staub stieg von den Holzschuhen auf, zwei Lederkoffer schaukelten mit einem glockenartigen Klimpern, und die gesamte Straße berechnete ihren Inhalt. Es könnten hundert Pfund darin enthalten sein. Waren sie voller Gold oder voller Silber? Der Bienenstock brummte eifrig, Worte flogen in der heißen Luft hin und her. Die Männer des Infanten kamen, die Karte von Ser Cresques abzuholen.

»Er arbeitet seit drei Monaten daran!«

Man mutmaßte und berechnete. Eine gewöhnliche Karte koste zwanzig bis zweiundzwanzig Gulden. Wie viel könnte diese hier dann wert sein? Wie viele Personen hatte Ser Cresques abgebildet?[20] Die Besucher ritten im

Passgang, ohne auf die Blicke zu achten, die ihrem Zug folgten. Das Treiben im Call, das fröhliche Durcheinander des Handelns, alles amüsierte sie. Tücher wehten im Abendwind, die Goldschmiede ziselierten, die Schuhmacher hämmerten, die Lebensmittelhändler wogen, die Tuchhändler nahmen Maß, Kunden kauften und flanierten. Alle drückten sich an die Mauer, wenn die Pferde ihren Weg kreuzten, und hinter ihnen schloss sich die Menge wieder wie Wasser, das vom Bug eines Schiffes auseinander getrieben wurde. Die Reiter erreichten endlich den Platz der Kartografen. Jeder Kartograf stand auf der Schwelle seines Ateliers, und diejenigen, die Ser Cresques untertänigst grüßten, ärgerten sich, dass sie nicht ausgewählt worden waren. Sie waren gute Kartografen, die für ihre geschätzten Kompasse und ihre geraden und feinen Astrolabien bekannt waren. Heftiger Groll stieg in ihren Herzen auf. Wenn Er den Neid verbietet, so verlangt Gott sehr viel.

Die Reiter stiegen ab. Salomon öffnete eine Tür, die den ganzen Tag geschlossen gewesen war, und Abraham trat auf die Straße, um seine Gäste zu empfangen.

»Was für ein schöner Tag, Maître Cresques!«

Messire de Perellos sprach und ging hin und her, während seine Männer die Koffer, die die Matrosen je zu zweit tragen mussten, leerten. Sie mussten schwer sein. Der Ritter de Llobera stand wartend da und hatte die Hand aus Gewohnheit auf dem Heft seines Schwertes liegen.

»Sie ist also fertig …«

Francech de Perellos' Blick war voll verliebter Ungeduld.

Abraham gab zwei Jungen ein Zeichen.

»Ich habe geglaubt, dass es gut sei, diese Arbeit, so wie es üblich ist, für eine Reise auf hoher See zu schützen.«

Die beiden Jungen kamen zurück, die Arme beladen mit einem dicken, in Leder eingewickelten Rahmen.
»Wir werden sie gar nicht sehen?«
Der Maître der Navigation ähnelte einem Kind, dem sein Spielzeug entzogen wurde. Ser Cresques lächelte, als er auf den Tisch zeigte, der normalerweise mit Pergamenten und Rollen bedeckt war. Er war leer und glänzte wie ein Spiegel. Die beiden Jungen legten den Rahmen ab und entfalteten das Leder, das nicht zusammengebunden war. Als Francech de Perellos das sonderbare Buch öffnete, waren alle näher gekommen, um über seine Schulter zu schauen. Die Welt erbebte von Seite zu Seite, vom Orient zum Okzident, auf dem der Kompass sternförmig abgebildet war. Die Offiziere der Marine des Königs sahen mit weit aufgerissenen Augen, wie sich Küsten, Häfen und Flüsse abzeichneten und wie sich die mysteriöse Unermesslichkeit ausbreitete, die Staaten von Tartarie, die Insel von Trapobane, das Reich der Schwarzen von Guinea. Blatt um Blatt leuchtete die Karte faszinierend und strahlend. Auf der ersten Seite schienen bunte Inseln im äußersten Osten golden und leuchtend auf sie zu warten. Keiner bewegte sich, keiner sprach. Der Tempelritter schloss schließlich das Buch der Welt, und die jungen Kartografen machten sich daran, es wieder in Leder zu verpacken. Kapitän Borenas kam näher. Er war für das Schiff verantwortlich, das die Karte nach Barcelona bringen würde.
»Passt gut darauf auf …«
»Das ist es, was ich vorhabe!«
Der Offizier warf Salomon vernichtende Blicke zu. Salomon konnte ihm nicht erklären, dass das Wetter im August um den neunten Tag schlecht war, da Abrahams

Blick ihm befahl, zu schweigen. Ganz egal, wie der Kalender aussah, der Infant hatte es eilig, und die Karte war fertig. Montferrat bedeutete den Soldaten, die Truhen auf den Tisch zu stellen. Ein Silberschatz beleuchtete das Holz mit einem hellen Schein.

»Ich danke Euch.«

»Wir sind es, die danken müssen.«

In diesem Satz schwangen Respekt und Achtung mit. Salomon wickelte den Atlas in ein weiteres Leder ein, ohne die Kordel zu sehr zusammenzuziehen, während Messire de Perellos sich in nicht enden wollenden Bemerkungen verlor.

»Bis bald, Ser Cresques.«

Der Maître des Tempels lächelte, was für sie beide ein Versprechen war. Kapitän Borenas verbeugte sich. Er hatte es eilig, seine Mission zu Ende zu bringen, und die Kartografen folgten ihm bis zur Schwelle des Ateliers. Dies war der Moment der Beteuerungen des guten Willens und unendlicher Komplimente. Im Haus hörte Salomon den Nachhall dieser leeren Worte. Mit aufgewühltem Herzen nahm er die schweren Silbersäcke, trug sie in den Schuppen und legte sie in den Schrank, ohne seine Angst beruhigen zu können. Abraham hätte warten sollen, die Zeiten waren nicht gut. Am neunten Tag des Monats Av hatten die Römer den zweiten Tempel von Jerusalem zerstört. Es war eine Zeit der Traurigkeit und des Fluchs. Draußen hielt Guillaume de Montferrat die Karte senkrecht auf dem Sattel fest an sich gedrückt, und der Geleitzug setzte sich langsam in Bewegung. Alle Kartografen, die Bellshons, die Ibn Richs, die Sollers standen vor ihren Türen und schauten zu, wie die Reiter mit leeren Truhen wegritten. Leichter Staub stieg von den

Hufen auf. Sie wagten es, näher zu kommen, als nur noch ein Echo der Hufe zu hören war.

»Es ist eine große Ehre, dem Infant zu dienen.«

Gegen seinen Willen war Isaac Bellshons neiderfüllt.

»Es ist eine große Ehre, das ist wahr.«

Abraham wollte nicht mehr dazu sagen, als er eine sich erhebende und vor Stolz schmetternde Stimme hörte.

»Es ist eine Weltkarte, eine neue Karte!«

Nathan schüttelte seine Locken im Staub, der noch immer in der Luft tanzte. Die Worte, die in seiner Kehle rollten, eilten schneller durch die Straße nach oben als der Blitz.

»Der Allmächtige möge dich beschützen, Abraham!«

Dies war kein Wunsch, sondern eine Feststellung. Er hatte Glück, und Glück war ein flüchtiges Ding. Der Kartograf schaute seine Kollegen an, und ihm wurde plötzlich das Ausmaß ihrer Bitterkeit bewusst. Diese dort würden ihn nicht schonen, sie würden ihn einen Zehnt bezahlen lassen, der genauso schwer auf ihm lasten würde wie ihre Blicke. Er ging zurück in sein Atelier. Salomon hatte einen Ausdruck ewiger Qual auf seinem Gesicht, aber die Säcke waren nicht mehr auf dem Tisch.

»Wo ist unser Schatz? Hast du ihn etwa bereits ausgegeben?«

Abraham machte sich über ihn lustig, über diesen Schatten des beständigen Kummers, der sich in seinen Augen verlor.

»Es war nicht der richtige Moment, ihnen diese Karte zu geben. In Ticha-be-Av ist es gerade ziemlich ungemütlich.«

Abraham zeigte das Ausmaß seiner Gereiztheit vor der Unsinnigkeit dieses Aberglaubens nicht. Er hatte nur ein müdes Lächeln im Gesicht. Seit drei Monaten hatte er kaum geschlafen, und die Schatten unter seinen Augen waren schon tiefe Brunnen.

»Wir haben es geschafft, Salomon. Mit der Hilfe des Allmächtigen und der deinen.«

Sie schauten sich an und waren so ergriffen, dass sie nicht wussten, was sie sagen sollten. Um etwas Vernünftiges zu tun, machte sich Salomon deshalb daran, das Atelier abzuschließen. Abraham ging mit müdem Schritt zurück in sein kleines Zimmer und blieb am Fenster stehen. Die Luft, die von den Steinplatten des Hofes aufstieg, war stickig, das Wasser des Brunnens reichte nicht aus, um die Hitze zu besiegen. Er setzte sich erschöpft hin und schob mit der Hand die langen, mit Zahlen bedeckten Pergamente von sich weg. Er fühlte sich leer. Er hatte diese Karte fertig gestellt, er hatte das Unmögliche möglich gemacht. Was blieb ihm jetzt noch zu tun? Andere Karten würden folgen, aber sie wären nicht mehr die erste. Er sah seine Hand an, die dicken Venen, die unter seiner dunklen Haut verliefen. Seine Hände hatten den Kompass gehalten, bis sie vor Erschöpfung zitterten. Den ganzen Sommer hatte er nichts anderes gemacht, er hatte nichts gesehen und war nur am Sabbat aus dem Haus gegangen. Er hatte sich in diesem Ozean aus Papier kaputtgemacht, hatte seine Seele dieser Aufgabe verschrieben. Jetzt schienen ihm diese Berechnungen, die die Blätter schwärzten, nicht mehr von Interesse. Er hatte diese Art von Erschöpfung nach dem verbissenen Fertigstellen einer Arbeit bereits früher empfunden, aber noch nie so stark wie jetzt. Es war, als hätte die große Karte sein Leben verschlungen. Er musste nach draußen, frische Luft schnappen, wie seine Frau in einem Ton sagte, der anderen Sterbenden vorenthalten werden sollte. Er seufzte vor Überdruss und war erstaunt, dass er nicht glücklich war. Er war reich, geachtet. Was wollte er mehr? Er stand auf, nahm seinen grauen Judenmantel und ging, um das Versprechen zu halten, das er gegeben hatte.

Tag für Tag, Nacht für Nacht hatte er es hinausgeschoben, daran zu denken, und die blauen Gewässer der Karte hatten dieses Gefühl ertränkt. Warum beeilte er sich dann jetzt so sehr, die Straße hinaufzulaufen? Er begegnete Menschen, sah sie lächeln und sah sich selbst so, wie sie ihn sich vorstellten: ein wichtiger Mann, ein alter Mann. Die drückende Hitze klebte an seiner Haut und ließ sein Herz zu schnell schlagen. Die Karte war fertig, er konnte sich nicht länger belügen. Myriam war an jedem dieser Freitagabende schön. Er schaute sie an, sie richtete ein kurzes Lächeln an ihn, immer dasselbe, das sich in seinem Herz rund wie die Sonne einnistete. Er hatte ihr durch Isaac Nifosi sagen lassen, dass er den Wert ihrer Bücher schätzen würde, sobald er Zeit hätte. Jetzt musste er es tun. Er ging über den Platz, wurde von einigen gegrüßt, und fühlte sich belästigt von den Blicken, die sich darüber erstaunt zeigten, ihn hier zu sehen. Er, der die Erde zeichnete, lebte in einer geschlossenen, erstickenden und mittelmäßigen Welt ohne Hoffnung und Ausweg. Er verspürte kurz eine Verachtung für sich selbst, denn Tag für Tag akzeptierte er diesen Zustand selbstgefällig. Er wälzte unklare, fast schon zwanghafte Gedanken, als er Myriams Haus erreichte. Die Sonne sank langsam tiefer. Er suchte eine Glocke, fand keine und stieß das quietschende Tor auf. Rosenblüten fielen auf die Steinplatten eines kleinen Hofs und verbargen den Stein unter einem blutroten Blumenteppich. Die Luft war beißend und schwer, und der Abendwind verschaffte kaum Linderung. Er klopfte, hörte das Rascheln von Stoff. Dann stand sie klein und erstaunt vor ihm.

»Friede sei mit dir, meine Schwester.«

»Friede sei mit Euch, Ser Abraham.«

Sie blieb vor ihrer Tür stehen, und er wagte es nicht, einen Schritt auf sie zuzumachen. Der starke Duft des Lorbeerbaums erfüllte den Augenblick.

»Ich komme wegen der Bücher, die du verkaufen möchtest.«

Sie trat leise zur Seite, und er trat ein. Wie alle Häuser des Calls war dieses hier kühl, dunkel und ruhig. Er nahm die geschlossenen Türen entlang des langen, nicht enden wollenden Flurs wahr. Sie ging vor ihm her, das Schwingen ihres Kleides schnürte seine Brust ein. Sie betraten einen angenehmen, mit dunkler Eiche möblierten Raum, der zu einem kleinen Garten führte. Eine alte Frau saß an einem Tisch und lächelte, als er eintrat.

»Gesegnet sei der, der kommt! Wie geht es dir, Abraham?«

Rachel fixierte ihn mit ihrem tiefen Blick, einem Blick, den er bereits als Kind gefürchtet hatte.

»Und deine Frau? Stört die Hitze sie nicht allzu sehr?«

Ohne eine Antwort abzuwarten, bedeutete Rachel Myriam, einen Stuhl heranzurücken, während die alte Frau sich in einem Schwall von Worten ereiferte. Sie habe erfahren, dass er eine schöne Karte fertig gestellt habe.

»Das ist eine große Ehre für uns.«

Sie sei daran beteiligt, schließlich sei sie die Cousine seiner armen Mutter.

»Und Yaffuda! Mein Gott, was für ein hübscher Junge! Und so gelehrt!«
Sie ließ die Worte fließen, erklärte, dass sie seinen Sohn beim Erntefest gesehen und ihn fast nicht wiedererkannt habe, so groß sei er geworden. Wie alt er denn jetzt sei?
»Sechzehn Jahre alt.«
»Hörst du das, Myriam, sechzehn Jahre! Wie schnell die Zeit vergeht ...«
Er wusste nicht, wie er ihrem Blick, der geradezu auf ihn lauerte, standhalten sollte. Er war nur ein alter Tor oder eben einfach ein Mann. Was hatte er befürchtet oder gehofft? Myriam stand auf, ohne seinem Blick zu begegnen, und er zwang sich dazu, den Blick auf Rachels Gesicht, mit den braunen Altersflecken, durchzogen von blauen Adern und bedeckt mit einem Netz aus Falten, zu richten. Er hatte sie mit rundem und glattem Gesicht gekannt, früher, als sie seine Mutter besuchte.
»Möchtet Ihr etwas Thymianaufguss?«
Myriam beugte sich zu ihm. Er würde alles nehmen, was sie wollen würde. Er vertrieb diesen Gedanken und stellte fest, wie sie ihn im Sturm, auf lächerliche, ironische Weise, eroberte. Im tiefsten Inneren seines Herzens drängte ihn die Lust, die Ungewissheit. Sie war so schön, gerade vorher, vor der Tür, und er, er war verrückt. Sie ging hinaus, um frische Kräuter zu holen, und er lauschte ihrem Schritt auf den Steinplatten.
»Sie ist ein gutes Kind ...«
Rachel sprach in einem Ton der Vertrautheit.
»Glücklicherweise habe ich sie. Sie kommt morgens zu mir, und ich komme abends zu ihr. So sind wir nicht allein.«

Abraham wusste nicht, was er sagen sollte, es war ihm so unangenehm, dass er kurz davor war, loszulachen.
»Das alles ist nicht ihr Fehler. Der Bauch gehört den Frauen nicht.«
Eine bedrückende Beklemmung ergriff ihn, während die alte Frau ihre welken Hände auf den Tisch legte. Sie nickte, wie um zu beteuern, dass sie wusste, wovon sie sprach. Rachel hatte keine Kinder bekommen, aber sie hatte bei der Hälfte aller Kinder im Call Geburtshilfe geleistet. Die junge Frau kam zurück, einen duftenden Topf in der Hand.
»Wäre Euch Wein lieber gewesen?«
Sie habe keinen, und Thymianaufguss sei kein Männergetränk. Er verneinte mit einem Blick und trank bedächtig das geschmacklose und mit Honig gesüßte Gebräu, das sie aufgetischt hatte.
»Das ist erfrischender.«
Rachel nickte zufrieden.
»Diese Hitze wird nicht andauern. Bald schon kommt der Herbst.«
Regen würde der Erde gut tun. Myriam setzte sich einen Moment, trank einen Schluck und ging erneut nach draußen. Sie würde einige Bücher holen, damit er eine Vorstellung davon bekäme, was sie verkaufen wolle. Die alte Rachel beugte sich zu Abraham.
»Sei gedankt für das, was du tust!«
Myriam kam zurück, die Arme beladen mit Büchern, die sie so trug, wie man ein Kind trägt. Sie legte sie auf einen viereckigen Tisch, und er stand auf, um sie anzuschauen. Es waren alte Bücher, deren Umschlag die Farbe von Rinde angenommen hatte. Die Ränder waren leicht beschädigt, die Ecken abgestoßen, sie rochen nach Tinte

und Wachs. Kein einziges Staubkorn beeinträchtigte ihren Glanz.
»Sie gehörten meinem Großvater.«
Der alte Mann habe früher, als die Zeiten noch einfacher waren, an der Schule von Miramar gearbeitet. Abraham öffnete die Bücher mit dem unendlichen Respekt, den er für die Intelligenz der anderen empfand. Bei den meisten handelte es sich um religiöse Bücher auf Hebräisch, bei anderen, sehr bekannten, um eine Übersetzung des Alfragan auf Katalanisch, um ein Buch von Kalonymos ben Kalonymos, um die astronomische Abhandlung von Ramon Lull, sein berühmtes Buch über die Seefahrt.[21]
»Ich habe noch viele andere Bücher, Ser Abraham, aber ich kann sie nicht alle herbringen. Sie sind etwas schwer.«
»Führe Abraham zu deinen Büchern, mein Kind! Seine Zeit ist wertvoll. Er wird sich nicht zwanzigmal bemühen.«
Rachel beteuerte, dass sie nicht so alt sei, dass sie nicht kurze Zeit allein bleiben könne. Er stand erst unbeweglich und mit klopfendem Herzen da und lief dann erneut den langen Flur hinter ihr her. Sie stieß eine grüne Rundbogentür in der Mauer auf und erklärte, dass die anderen Bücher im Praxiszimmer ihres Mannes lagen. Sie sprach hastig, um die Befangenheit des Schweigens zu durchbrechen. Das Zimmer war klein und wurde von einem etwas weiter oben liegenden Fenster beleuchtet. Zwei Truhen waren an eine Mauer gerückt worden, die eine war riesig und offen, die andere schwer mit Eisen beschlagen. Zwischen beiden Truhen stand ein kleines Bett, das mit gesponnenem Hanf bedeckt war. Myriam glaubte sich dazu verpflichtet, sein Vorhandensein zu erklären.

»Wenn Léo nachts außer Haus musste, schlief er hier, um mich nicht zu wecken.«
Warum hatte sie ihm das gesagt? Warum sollte er wissen, dass sie im Stich gelassen wurde, dass sie allein schlief? Sie zitterte vor Schande, ohne zu bemerken, dass Abraham nichts sah, weder die Bücher noch die Truhen und am allerwenigsten dieses kleine Bett.
»Hier sind sie.«
Sie öffnete eine Truhe, beugte sich darüber und zeigte ihm die ordentlich aufeinander gestapelten Bücher. Myriam griff nach einem und reichte es ihm. Es war ein rot eingebundenes Buch, ein sehr alter Aristoteles. Abraham wendete die ganze Kraft seiner Seele auf, um nicht nach ihrer Hand zu greifen, und da er schwieg, lächelte sie ihn verlegen an.
»Es ist schon etwas spät, um alle herauszuholen. Ich weiß, dass Ihr sehr viel Arbeit habt, Ser Abraham, aber wenn es Euch nichts ausmacht, dann könnt Ihr wiederkommen, wenn ich die Truhe ausgeräumt habe. Ihr könntet die Bücher dann besser sehen.«
Er nickte. Er war so groß in diesem kleinen Zimmer, dass er den Raum in sich aufzunehmen schien. Sie stand wieder auf, schloss die Truhe und schaute ihn kaum an. Er gab ihr das Buch zurück und achtete darauf, ihre Finger nicht zu berühren, er streifte nur einen Moment lang die sanfte Wölbung ihrer Augen mit seinem Blick. Ein Stock klopfte auf die Steinplatten des Flurs, Rachel kam lächelnd auf sie zu und zerstörte den Augenblick.
»Das sind gute Bücher, nicht wahr, Abraham?«
Natürlich seien sie das, aber ohne eine bessere Begutachtung könne er ihren genauen Wert nicht festlegen. Die alte Frau schüttelte den Kopf. Sie zweifle nicht daran,

dass sie sich mit seiner Hilfe und der des Rabbiners gut verkaufen würden. Myriam könne so die Rückkehr ihres Ehemannes unbesorgt abwarten. Abraham war ihrer Meinung, was er deutlich machte, ohne genau zu wissen, wie. Es sei an der Zeit für ihn, zu gehen. Er grüßte Rachel, die ein warmes, freundschaftliches Lächeln an ihn richtete, und begegnete mit Mühe Myriams Blick. Er würde den Wert ihrer Bücher abschätzen, wann immer sie es wünschen würde.

»Ich danke Euch.«

Sie lief bis zur Tür vor ihm her, öffnete sie und ging hinaus, um ihn zu begleiten. Der Tag neigte sich zu Ende, bald würde es Nacht sein. Das kleine Gatter quietschte, als er hindurchging. Er verbeugte sich, und sie lächelte ihn an.

»Friede sei mit Euch, Ser Cresques.«

Sie ging zurück ins Haus, und er machte sich auf den Weg zu seinem, das Herz von Zweifeln und Zärtlichkeit aufgewühlt. Noch nie war der Friede so weit von ihm entfernt gewesen.

18

Als er über die Schwelle seines Hauses trat, bedrängte ein neuer Schmerz sein Herz, ein Leiden, das er nicht kannte und dessen Existenz er noch nicht einmal vermutet hatte. Er wollte diese Frau mit all seiner Kraft, nichts anderes zählte mehr, sein ganzes Leben war von dieser Verrücktheit wie hinweggefegt. Wenn es ihm vorher möglich gewesen wäre, hätte er ihre Hand genommen und wäre in der Nacht verschwunden. Er musste dieses Übel aus seinen Adern vertreiben, aber er war zu kraftlos. Unablässig sah er sie im Schatten ihrer Tür vor sich. Eine unbeholfene Sanftheit ließ ihn seine Arme anwinkeln. Er war wütend darüber, dass sie verboten war. Diese Eindeutigkeit, die weit entfernt war, ihm Vernunft einzuflößen, schürte seine Lust, wie der Wind das Feuer schürt.

In der Küche verbreitete ein Erbsenragout einen süßlichen Geruch. Die Kinder spielten im Hof, und ihre Schreie erfüllten den Raum mit einer frischen Unschuld.

»Heute ist der Abend des Mondes, Abraham. Der Moreh erwartet dich.«

Er hatte es vergessen, er vergaß alles. Wenn der Mond voll war, dann gingen die Männer zum Beten auf den Hügel von Santa-Catarina. Es war ein Moment der leeren Gespräche, ein Moment in seinem Leben. Abraham nickte, zu mehr war er nicht in der Lage. Nachdem alle da waren, segnete er das Brot, und sie verschlangen schnell das dickflüssige Gericht. Er stand auf, wollte gerade gehen, als Yaffuda ihn zurückhielt.

»Kann ich mit Euch kommen, Vater?«

Der junge Mann war eigentlich beim Gebet nicht dabei.

»Du möchtest zum Mond beten, Yaffud?«

Nathan schaute ihn mit großen Augen an. Dies war die Aufgabe der ältesten Männer der Gemeinschaft, genauso sehr ein Ritual wie ein Gebet. Der junge Mann errötete, ohne zu antworten, während Cédatar, ohne aufzublicken, lächelte.

Sie gingen gemeinsam hinaus, eingehüllt in den gleichen Mantel, so unterschiedlich und doch so ähnlich. Als Abraham an die Tür des Hauses klopfte, drangen die Schläge ins Herz des Jungen. Isaac kam, um zu öffnen. Es war noch etwas zu früh für den Mond, und er ließ sie eintreten. Isaacs Raum enthielt weder beschlagene Truhen noch Silberteller, seine Helligkeit kam einzig und allein vom Lächeln eines jungen Mädchens. Esther las im Licht einer Kerze, und der Schein der Flamme überflutete ihr Gesicht. Ihre Zöpfe waren auf dem Rücken zusammengebunden und legten die Zartheit des Halses frei, um den als einziges Schmuckstück das doppelte Dreieck eines kleinen Sterns hing. Ihre Hand griff nach der Kette, als sie mit unsicheren Bewegungen aufstand.

»Gesegnet sind die, die kommen …«

Yaffuda murmelte die übliche Antwort. Seine Verlegenheit war so groß, dass sein Vater darüber lächelte. Er verstand endlich, warum der Mond eine so große Anziehungskraft auf seinen Sohn hatte. Isaac näherte sich Abraham und zeigte auf die Treppe.

»Ich muss mit dir reden.«

Sie gingen hinaus und ließen die beiden in einer förm-

lichen Atmosphäre zurück. Isaac begegnete Abrahams Blick, ein Lächeln umspielte seine Augen.
»Sie spricht viel von Booten in letzter Zeit.«
Abraham nickte mit demselben Lächeln. Ihre Kinder zu verheiraten war eine Idee, die sie schon immer gehabt hatten, aber sie seien noch so jung, es sei denn, sie seien weniger jung, als sie geglaubt haben. Die beiden Männer schwiegen, amüsiert über dieses väterliche Einverständnis. Der Flur führte vom Eingang aus zu einem schmalen Garten, in dem sich wilde Pflanzen verbreiteten sowie ein Rosenstrauch und Geißblatt. Der tiefe und runde Mond, der so nah war, beleuchtete sie. Sie setzten sich auf eine Bank, und Isaac vertraute sich seinem Freund an. Nach ihrer Beschwerde haben sich die Soldaten des Statthalters auf das Fischerdorf gestürzt und es zur Hälfte zerstört.
»Wir haben nichts dergleichen verlangt.«
Abraham wurde bei so viel Nachlässigkeit wütend. Welches seien die Absichten des Statthalters? Wolle er auf diese Weise den Frieden zurückbringen? Wenn man sie für immer vom Volk trennen wolle, dann hätte man nicht anders gehandelt! Isaac dachte dasselbe wie er: Öl sei auf das Feuer gegossen worden.
»Du kennst das Sprichwort: Der Hund hasst den Knüppel, der ihn schlägt, nicht denjenigen, der den Knüppel hält.«
Für diese einfachen Menschen kam das ganze Übel von ihnen, von diesen Juden, die der König beschützte, weil sie ihm Steuern entrichteten. Wenn sie zur Mikwe gingen, war kein Schatten in den Straßen des Dorfes zu sehen, aber der Hass verfolgte sie durch die Mauern und lastete schwer auf ihren Schultern.

»Die Frauen haben Angst. Sie wollen nicht mehr zum

Bad gehen, und die Männer werden unruhig. Du weißt, wie das ist, Abraham …«

Sich vor den Feiertagen zu baden sei vielleicht nicht das Wichtigste. Aber die Ehemänner dürfen ihre Frauen nicht anfassen, wenn sie sich nicht vom monatlichen Blut gereinigt haben. Ja, Abraham wusste dies. Auch wenn er alt war, so hatte er die Sanftheit eines weiblichen Körpers noch nicht vergessen.

»Im hinteren Ende deines Gartens fließt Wasser, so glaube ich.«

»Ich sehe, worauf du hinauswillst, Isaac.«

Er lächelte amüsiert über diesen Hinweis, der so auffällig war, dass er ihn unmöglich nicht sehen konnte. Hinter seinem Haus bei den Nebengebäuden war eine Treppe in den Stein gemeißelt. Sie führte zu einem gewölbten Saal, in dem früher Becken ausgegraben worden waren. Sie waren grünlich, von Moos zerfressen, aber selbst bei heißestem Wetter rann ein dünner Wasserstrahl unerlässlich über den Stein. Diese Quelle nährte den Brunnen im Hof.

»Man braucht eine Genehmigung des Königs, um ein Bad eröffnen zu dürfen.«

»Ist das für dich eine so große Schwierigkeit?«

Der Ton war spöttisch. Würde Ser Cresques nicht das erhalten, was er wünschte?

»Und die des Parlaments der Stadt.«

Das würde bestimmt mehr Zeit benötigen. Um ein Bad eröffnen zu können, musste man ein freier Bürger der Stadt sein, und das war er nicht. Isaac lächelte im Schatten.

»Wenn die Stadt einverstanden ist, bezahlt jeder das Wasser und das Holz.«

»Und was den Rest anbelangt, so bin ich reich …«

Jetzt war Abraham an der Reihe, sich lustig zu machen, aber Isaac lachte nicht.
»Ich glaube, dass du das bist.«

Die Nacht wurde tiefschwarz, und die Männer erwarteten sie auf dem Hügel. Sie waren auf dem Weg in den großen Raum, als Isaac auf der Treppe innehielt.
»Hast du Na Mosconi gesehen, Abraham?«
Wenn er es wusste, warum sollte er fragen? Abraham war verärgert und hatte das Gefühl, als ob er in eine Falle gegangen wäre. Er war aufgebracht wegen dieser Überwachung. Ja, er habe sie gesehen und auch die Bücher, die er für sie schätzen solle.
»Ich mache mir sehr große Sorgen um sie. Die Gemeinden haben uns geantwortet, dass keiner Léo Mosconi in Lérida oder anderswo gesehen hat.«
Mehr musste er nicht sagen. Léo Mosconi war also fort, hatte sie verlassen, weil sie ihm kein Kind geschenkt hatte. Die Stille war bedrückend, als sie die letzten Stufen nach oben stiegen. Im Raum schwebte ein sanfter Schatten. Esthers Kerze, die fast schon heruntergebrannt war, warf flackernde Schimmer in den Raum. Das junge Mädchen saß da, das Kinn auf die Handfläche gestützt. Sie sprach mit leiser Stimme, und derjenige, der ihr gegenübersaß, sprach in demselben Ton mit ihr. Sie schwiegen, als ihre Väter hereinkamen, die beide ein Lächeln hinter einem bedeutungslosen Gesichtsausdruck versteckten.
»Es ist so weit.«
Yaffuda stand linkisch auf, und zu dritt gingen sie hinaus, wo sie von der Nacht erfasst wurden, die so sanft war wie weiches Haar. Als sie den Hügel hinaufliefen, trug der junge Mann Esthers Bild mit sich, ihre geflochtenen

Zöpfe, ihre Nase, die sie rümpfte, wenn sie lachte, das Grübchen auf ihrer Wange, ihre mandelförmigen Augen. Sie gingen in aller Eile am Tor der Stadt vorbei, denn sie hatten nicht viel Zeit. Nach der neunten Stunde waren die Tore geschlossen. Oben auf dem Hügel warteten acht Männer darauf, zehn zu werden, und wunderten sich nicht darüber, dass sie elf waren. Da die notwendige Anzahl vorhanden war, begannen sie, bescheiden zu beten, ohne es zu wagen, das milchige Gestirn anzuschauen, das den Horizont erleuchtete. Sie beteten zu Gott, der ihnen so viele Geschenke gemacht hatte, eine Sonne, um den Tag zu erhellen, einen Mond, um ihnen bei Nacht beizustehen, und so viele Sterne, um die Hoffnung zu bewahren.[22]

Abraham und Yaffuda gingen die Straße der Juden hinunter, die leer und seltsam in diesem vom Himmel erleuchteten Licht aussah. Eine Frauenstimme begleitete sie, die eine alte Weise von einem im Meer verlorenen Turm sang. Sie kamen durch ihre Tür, berührten die Mezuzah mit den Fingern. Das leise, nahe Flüstern des Brunnens ähnelte einem anderen Lied. Abraham litt, und Yaffuda sagte nichts. Er wollte allein sein und an jene denken, die seine Seele mit Erwartung und Erstaunen füllte. War das, was er fühlte, Liebe? Esther hatte ihm mit geneigtem Kopf zugehört. Wann würde er sie wiedersehen? Würde er den ganzen Monat bis zum nächsten Vollmond warten müssen? Die Last eines so langen Zeitraums erschien ihm wie ein Abgrund.

»Vater …«

Doch was sollte er sagen, und wie? Sie hatten noch niemals wirklich miteinander gesprochen. Ein Schamgefühl hielt sie unablässig davon ab, eine Art, die Männern zu Eigen ist, um ihre Gefühle zu verstecken. Abraham betrachtete seinen Sohn, der etwas verwirrt und so jung war, und er fühlte in sich einen unbändigen Neid auf diese Jugend, diese Unwissenheit aufsteigen. Ein neues Leben, tausend Wege.

»Es ist angenehm draußen, lass uns hinausgehen.«

Sie durchquerten den Hof, und Abraham stieß das Gatter zum Garten auf. Sein Sohn folgte ihm, die niederen Äste des Mandelbaums streiften ihre Arme. Er musste daran denken, sie im Herbst zurückzuschneiden. Sie liefen an den an der Mauer entlang angelegten, ordentlichen Reihen mit gemeinschaftlichem Gemüse und Weintrauben vorbei und kamen zu den Olivenbäumen. Die Bäume leuchteten sonderbar im Mondlicht, verzerrte Stämme und Blätter aus Silbertropfen.

»Der Moreh hat mich darum gebeten.«

Mit müder Geste zeigte er auf die Nebengebäude.

»Er möchte, dass ich das alte Bad restauriere, um daraus ein Mikwe zu machen. Es ist mir wichtig, mit dir darüber zu sprechen, bevor ich zustimme, denn es bedeutet, einem jeden unser Haus zugänglich zu machen. «

Yaffuda hörte ernst zu, nachdenklicher als ein alter Mann.

»Die Unseren können durch die Straße ein und aus, wenn wir die Mauer öffnen.«

»Ja, aber man müsste sie öffnen. Das bedeutet Lärm, ein ständiges Kommen und Gehen. Du bist jung, Yaffud, und weißt nicht, wie erdrückend die anderen werden können. Nun ja, es ist ja noch nicht so weit …«

Da er müde war, setzte sich Abraham ungeachtet seines Mantels auf das trockene Gras. Sein Sohn tat es ihm nach. Eine tiefe Stille hüllte beide ein.

»Wenn ich nicht mehr da sein werde, wird alles dir gehören.«
»Aber Ihr seid da!«
»Das ist der Lauf der Welt. Die Väter gehen.«
Abraham lehnte sich an einen Baum. Der Junge schaute ihn an, und der Mond erhellte sein mageres und zu sanftes Gesicht.
»Mein Vater, ich glaube, dass wir zustimmen müssen.«
Abraham betrachtete seinen Sohn im Schatten, ergriffen von der Ironie der Situation. Sie saßen da, wurden von mehr als zwanzig Jahre voneinander getrennt, und der Jüngere war der Vernünftigere. Die Olivenbäume erzitterten, die Sterne glitzerten kaum.
»Der Himmel heute Abend ist schön.«
»Er ist wie wir, er versteckt seine Geheimnisse.«
Abraham sah nicht, wie sein Sohn errötete. Er war verliebt, aber er war noch so jung … Die Stille floss zwischen ihnen, selten und vertraut. Um jegliche Verlegenheit zu unterbinden, drehte sich Abraham erneut dem Himmel zu. Besiegt vom Strahlen des Mondes, leuchteten die Sterne nur schwach. Wie weit weg sie doch waren! Dienten sie dazu, den Lauf aller Dinge auf Erden zu regeln, den ungeduldigen und flüchtigen Lauf des menschlichen Lebens?
»Wir wissen so wenig, Yaffuda.«
Der junge Mann schaute ihn, überrascht über so viel Traurigkeit, an. Normalerweise wurde sein Vater von einer Welle getragen, doch heute Nacht schien sie gebrochen zu sein.
»Wenigstens wissen wir dies …«
Aber zu wissen, dass man nichts weiß, sei eine armselige Befriedigung.

»Wir zeichnen nach Erzählungen, wir zählen Rauch.«
Die Worte flossen, und Abrahams Stimme schien die Nacht zu erfüllen, sich an den freundlichen Mond zu wenden. Mit dem Geld für die Weltkarte würde er Kapitäne, Lotsen bis hin zum einfachsten Matrosen bezahlen können, um mehr zu erfahren, um von einem Geheimnis zum nächsten vorzudringen, um den dichten Schleier, der sie umgab, durchbrechen zu können.
»Der Tag wird kommen, an dem wir endlich wissen werden.«
Abraham begann über seine Verrücktheit, seinen Stolz unter diesem unendlichen Himmel zu lachen.
»Aber das wird nicht heute Abend sein!«
Es war schon spät, und morgen würde er den Kompass mit sicherer Hand führen müssen. Er stand auf, und sein Sohn machte es ihm sogleich nach. Sie hatten dem gewöhnlichen Ablauf lange getrotzt, jetzt war es an der Zeit, schlafen zu gehen.

19

Das macht vierzig Silbermark. Ich bin mir sicher, dass dein Mann zurück sein wird, bevor sie ausgegeben sein werden, aber es stimmt auch, dass ich keine Frau bin …«
Isaac lachte, als er seine Feder absetzte, und legte einen Frohsinn an den Tag, den er überhaupt nicht verspürte. Er hatte der jungen Frau die Antwort der Gemeinden übermittelt und wusste nicht, wie er die Bürde ihrer Demütigung verringern konnte. Nichts von alledem war sicher: Léo hatte sich dazu entschließen können, nach Salamanca oder Montpellier zum Studieren zu gehen. Die Bücher stapelten sich, füllten den Schreibtisch des Arbeitsraumes, ein großes viereckiges Zimmer, das mit grünen Holztäfelungen, die stark nach Kampfer, Rhabarber und anderen Kräutern rochen, verkleidet war. Von der Sonne angestrahlt, warfen sonderbare Phiolen bunte Farben an die Wand.
»Wir sind bald damit fertig.«
Isaac, der Abrahams Gesuch angenommen hatte, fungierte als Notar, aber wie geschwätzig war er doch, um Himmels willen! Abraham blätterte in den Werken des letzten Stapels, griechische Bücher mit runden Buchstaben.
»Dreißig Gulden für diese hier. Für weniger darf man sie nicht hergeben.«
Er konnte den zierlichen Schatten am anderen Ende des Tisches nicht ansehen, deshalb starrte er den Rabbiner an, als ob er der Besitzer dieser Bücher wäre. Die Luft war

bleiern, der Herbst kam mit heftigen Gewittern, die dennoch die Hitze nicht milderten.

»Und diese hier? Möchtest du sie nicht auch verkaufen, meine Schwester?«

Isaac zeigte auf die zweite Truhe, die sie über den Boden gezogen hatte. Sie verneinte.

»Mein Vater hat mir eines Tages erzählt, dass sie von weither kämen.«

»Dann sind sie nur umso wertvoller.«

Sie antwortete nicht sofort und schaute den Rabbiner an, bevor sie den Blick vor Abraham senkte.

»Ich dachte, dass … wenn ich ein Kind bekommen würde, dann wären sie für mein Kind.«

Das Geständnis war so schmerzhaft, dass es sie mit Beklemmung erfüllte. Abraham verging vor Lust, sie in seine Arme zu schließen, ihr die Kraft zu geben, die in ihm war, die ganze Liebe, auf die sie ein Recht hatte, doch Isaac sprach ohne Unterlass, und Abraham hatte gute Lust, ihn zu erwürgen. Es sei gewiss, dass sie ihre Bücher nach dem Versöhnungsfest am besten verkaufen könne und dass sie so keine Not leiden müsse. Ihr Mann würde bestimmt bald wiederkommen, da sei er sich sicher. Isaac lächelte väterlich und suchte nach Abrahams Zustimmung. Myriam war näher gekommen. Er spürte, wie ein schwaches Parfum ihn umhüllte, als sie die Bücher der zweiten Truhe, die in einen alten Stoff gewickelt waren, vor ihm ablegte.

»Ich weiß nicht, ob ich sie verkaufen werde, aber vielleicht brauche ich es …«

Abraham betrachtete diese wundervollen, seltenen Bücher, mit denen er im Moment nichts anzufangen wusste.

»Wenn es nicht eilt, dann ist das für ein anderes Mal.«
Isaac war aufgestanden, plauderte immer noch und war dadurch erdrückender als eine Tonne Wasser. Das Fest war nahe, er müsse noch die Schlachter besuchen.
»Sie möchten nichts, nicht einmal etwas Wein?«
Sie hatte einen Krug vorbereitet, auf den sie mit bittender Hand zeigte, sowie eine Fülle von Kuchen. Abraham stand auf, sein Herz brach bei dem Gedanken, dass er gehen musste. Und dennoch musste er sie zurücklassen, lächeln, seinen Mantel nehmen. Myriam begleitete sie bis zu dem kleinen Gatter und zog ihren Schleier fest um sich. Große Tropfen fielen auf die Lorbeerblüten.
»Der Allmächtige beschütze dich, meine Schwester.«
Das Gatter quietschte, als Isaac es öffnete. Abraham murmelte ein paar Worte, ohne die Kraft zu finden, ihrem Blick zu begegnen.
Er verließ Isaac auf dem Platz, auf dem die Feigenbäume das belebende und sanfte Wasser des Himmels empfingen. Er müsse die Karte des Infanten fertig stellen, das war zumindest der Vorwand, den er seinem Freund genannt hatte, um ihn nicht zu den Schlachtern begleiten zu müssen. Er hatte bereits das zu schlachtende Vieh bestimmt und fühlte sich nicht in der Lage, die unzähligen Schmeicheleien zu ertragen, die ihm diese Aufgabe einbrachte. Die Straße, die er nehmen musste, die einen und die anderen gemäß dem Gesetz der Gemeinschaft grüßend, war abschüssig. Er brannte vor dumpfer Wut, vor Verdruss, der noch viel lächerlicher wurde, da er selbst Isaac gebeten hatte, zu kommen. Er verwünschte diese Torheit, konnte aber nichts gegen sie unternehmen.
Sein Atelier war voller Menschen, weshalb er die blaue

Tür nahm, um sich zurückzuziehen. Aber ein Posten hielt Wache, auf dem Boden sitzend, klein und blond.
»Der Maître des Tempels lässt ausrichten, dass er Euch erwartet, Maître.«
Obwohl er müde war, schlug er den Weg zur Oberstadt ein. Er zwang seine Seele, beugte sie, damit sie weise, vorsichtig und traurig blieb.

Montferrat las im Stehen, er tat zumindest so, als ob er lesen würde. Um ihn herum strichen Federn mit regelmäßigem Knistern über Pergamente. Die Kopisten sagten kein Wort, sie waren gemäß ihrem Gelübde so schweigsam, dass er ihre unterwürfige Anwesenheit vergaß. Sein Blick flog über einen maurischen Text, dessen feine und sichere Linien er bewunderte. Laut Ser Cresques handle es sich um die Arbeit eines persischen Höflings, eine Kopie, die er für äußerst eigenwillig hielt. Auch wenn Montferrat die arabische Sprache ausreichend beherrschte, so fehlte es ihm dennoch an intuitivem Wissen, an stillschweigender Perfektion, die die Änderungen eines Wortes je nach unterschwelliger Betonung, Vokal oder dem Einatmen der Luft kannte. Arabisch war, und in diesem war es dem Hebräischen ähnlich, eine Sprache des Mysteriums, der Anspielungen. Der immer stärker werdende Regen plätscherte draußen, und die Kopisten schlossen ihre Seiten in einer einheitlichen Bewegung, denn die Feuchtigkeit war verhängnisvoll für die Tinte. Der Maître des Tempels tat es ihnen gleich, bevor er die weitläufige Bibliothek verließ, die so bedeckt mit Leder war, dass es aussah, als quelle es aus den Steinen hervor. Als er an der Galerie entlangging, erfüllte ein Grollen die Luft und hallte an den Mauern wider. Ein Gewitter brach los, heftig, überstürzt, Blitze zerrissen den Himmel mit einer blauen Wunde, und er dachte daran, dass es sehr anmaßend war, diese Welt verstehen zu wollen, wenn keiner erklären konnte, woher dieses Feuer stammte. Aber das Übel lag genau da, diese Zeit wollte verstehen. Alles wäre so einfach ohne diesen Traum, der ihm nicht mehr aus dem Kopf ging ... Die Kirche sprach von einem Fieber der Überheblichkeit, von einer Sünde des maßlosen und vergeblichen Stolzes. Die Welt sei das Werk Gottes, und es sei angebracht, sie so zu verehren, wie sie war. Aber andere glaubten, dass es dem Menschen gottgegeben war, dass er sie verstehe, denn er sei nur ein Teil der Schöpfung, der Beweis der unendlichen Liebe des Allmächtigen für seine Geschöpfe. Wenn man sich in diesem Fall der Schöpfung nähere, so nähere man sich Seinem Licht; jede Wissenschaft, jede Forschung erlaube es, den Teil des Göttlichen auszuüben, den Gott dem Menschen gegeben habe. Diese gefährliche Philosophie, die Spiegelung der Gedanken Aristoteles', gab sich durch Averroes Vermittlung der Suche der Mauren hin und durch Maïmonides Fürsprache jener der Juden. Sie öffnete eine Tür, die für viele Christen verschlossen blieb. Nichts verändern, blind glauben, dass das, was geschrieben stand, der endgültige Ausdruck von Gottes Willen war. Dies war das Dogma, das sie einsperrte.[23]

Verloren in diesen Gedanken und seinen Aufstand abwägend, erreichte der Maître des Tempels seine Tür. Seine Kammer war in den Fels gegraben, eine Felsader diente ihm als Bett, aber der Rest seines Gemachs hatte nichts von dieser Entsagung. Er verabscheute die erzwungene Bescheidenheit, die Scheinheiligkeit des Auftretens, und er blieb, was er war, ein großer Herr unter seinen Büchern, seinen Wandbehängen, seinen purpurfarbenen Teppichen und den Zedernholzstühlen aus Syrien. Ein Feuer brannte im Kamin, um die Kühle des Regens zu vertreiben. Draußen beruhigte sich das Gewitter, es war kaum mehr als ein fernes Grollen zu vernehmen.

»Wenn Ihr bitte eintreten möchtet, gnädiger Herr ...«

Der alte, bartlose und zitternde Bruder Thomas verschwand mit schlurfenden Schritten. Montferrat öffnete seine Tür weit und nahm Abrahams triefenden Mantel an sich.

»Es tut mir Leid, mein Freund!«

Es tat ihm weniger Leid, als er sagte, selbst wenn der vom Schauer durchweichte Kartograf nässer als ein Jagdhund bei ihm erschien. Es war zu einem großen Vergnügen geworden, Woche für Woche gemeinsam bei Kerzenlicht zu lesen und bis spät in die Nacht zu plaudern. Mit einer freundlichen Geste der Vertrautheit deutete er auf einen Stuhl vor dem Feuer, und der Kartograf setzte sich und streckte seine Hände zur Flamme hin, die seine von Müdigkeit verschleierten Züge und seine abgespannten Augen mit den dunklen Schatten beleuchtete. Jeglicher Stolz, jegliche Überheblichkeit schien daraus gewichen, war wie verloren, und es erstaunte Montferrat, ihn so trübe vorzufinden. Er setzte sich seinerseits ohne Panzerhemd und Tunika. So als Mönch gekleidet schien er ein Kostüm geborgt zu haben.

»Ich muss morgen in aller Frühe aufbrechen.«

Ein Brief sei angekommen, um genau zu sein, ein Befehl, der ihn nach Avignon zitiere. Ohne von der Karte zu sprechen, ohne auch nur die leiseste Andeutung zu machen, brachte er dennoch die Ungeduld zum Ausdruck, wo denn der Papst sei, um ihn zu sehen, aber Montferrat zweifelte daran, in angenehmer Gesellschaft zu sein.

»Unser Papst ist Franzose …«

Gregor der XI. warte sicherlich brennend darauf, mehr über diese Karte zu erfahren, von der jeder am Hof von Frankreich spreche. Seit Karl der V. dieses beeindruckende Geschenk erhalten habe, höre man nur noch vom Fluss des Goldes sprechen. Das Fieber nehme zu, quäle das Rittertum wie ein loderndes Übel, eine fleischliche Lust. Diese Welt würde eng, erdrückend und mittelmäßig im Vergleich zu jener, aus der Seide, Gewürze und die Quelle unendlicher Vergnügen stammte. Die Türken und die Mauren bewachten das Tor zum Orient, aber es gäbe einen anderen Weg, ein anderes, nahes, wildes Land, dessen Frucht die wertvollste war.

»Man sagt, dass noch nie so viel Hanf auf den Werften gesponnen wurde.«

Man schlug so viele Bäume, dass man ganze Wälder rodete und die Flüsse mit Stämmen bedeckt waren. Wie viele würden sich im Frühjahr aufmachen, mit gieriger Seele und nackter Klinge, um ihr Glück zu suchen, um ein anderes Schicksal zu erzwingen?

»Ich bin nicht der Erste, der von diesem Fluss spricht. Maître Dulcert hat ihn bereits erwähnt.«

Seine Weltkarte, die ein halbes Jahrhundert alt war, spreche davon. Habe sie nicht dieselben Auswirkungen gehabt? Ferrer, Vallers und viele Genuesen, Katalanen, die in die dicke Bitterkeit des großen Ozeans getaucht seien. Sie haben den Weg des Goldes nicht gefunden, sie haben das Land der Schwarzen nicht erreicht. Das Fieber, das jetzt, ähnlich wie die Pest, wieder auflodere, habe sich gelegt gehabt. Montferrat lächelte und zeigte auf das Pergament, das vor ihm lag.

»Wenn sie ablegen, dann möchte ich wetten, dass sie nicht allein an Bord sind.«

Man spreche von Kreuzzügen, von Kriegen gegen das Vermögen der Mauren. Das Interesse und die Lust ducken sich unter den Mantel der Frömmigkeit, und der Papst gebe vor, den besten Nutzen daraus zu ziehen. Da er diesen Irrsinn nicht besänftigen könne, beabsichtige Gregor der XI. ihn, so gut es ging, einzuschränken, und schreibe auf jedem Boot eine Armee von Franziskanern vor.

»Ich weiß nicht, was daraus werden soll.«

Der Kartograf schien in Gedanken versunken, bedrückt von einer Traurigkeit, die gewiss private Ursachen hatte. Der Tempelritter tat, als bemerke er nichts, und lächelte.

»Das bedeutet viele Karten für Euch, befürchte ich!«

Ihm sei zu Ohren gekommen, dass König Karl von Frankreich mit ungetrübter Bewunderung von seiner Karte spreche, und dieser ganze Lärm gefalle dem Hof von Aragon überhaupt nicht. Ein höflicher Brief habe den Kartografen daran erinnert, dass er König Pierre und dem Infanten gegenüber verpflichtet sei, da er zu ihnen gehöre. Er dürfe nicht die geringste Karte zeichnen, wenn sie nicht von ihnen beauftragt sei.

»Seid unbesorgt. Unsere Prinzen wissen dies nicht.«

Er schien seine Gedanken lesen zu können, denn Montferrat zeigte auf die afrikanische Karte, die mit anderen zusammen ordentlich aufgerollt war und die in der Reisetruhe bei den anderen Pergamenten einen Platz finden würde. Abraham nickte, sein Herz war erfüllt von Bitterkeit. Sie wussten es momentan noch nicht, doch eine

Kompasskarte wies denjenigen aus, der sie gemacht hat. Er lächelte und war gegen seinen Willen amüsiert darüber, dass er ein solches Risiko einging, um den Kreuzträgern zu helfen. Eine Glocke läutete, und die Mönche eilten in die Kapelle. Als der Tempelritter aufstand, um seine Brüder aufzusuchen, tat es ihm sein Gast gleich, und sie drückten einander lange den Arm.

»Ich weiß nicht, wann ich wiederkommen werde. Sollte es eine Gefahr geben, wie gering sie auch immer sein mag, so möchte ich, dass Ihr wisst, dass Euch dieses Haus offen steht.«

Abraham lächelte zum Dank, berührt von der Ehrlichkeit dieses Angebots, obwohl er ihm nicht den leisesten Glauben schenken konnte. Er war Jude, er gehörte dem König von Aragon, und die Gitter seines Käfigs zeichneten sich schon seit langem ab.

20

Der neue Raum der Börse des Hafens war riesig und schien dennoch klein für so viele Menschen. Myriam saß beim Fenster am Ende der ersten Reihe und schaute oft nach draußen. Der Herbst war regnerisch, und die Alten sagten, dass der Winter nass und kalt werden würde, aber sie würde genügend Holz haben, um ihr Haus zu heizen. Ihre Bücher waren fast alle verkauft. Heiden waren gekommen und hatten die schönsten Bücher mitgenommen, zurück blieben die anderen. Der Moreh hatte ihre Situation in wenigen Worten erläutert, und keiner wollte sie im Stich lassen. Nach dem Versöhnungsfest, wenn die Herzen besänftigt waren, zeigten die Menschen sich von ihrer besten Seite. Wenn ein Buch keinen Abnehmer fand und der Preis zu tief sank, hob sich ein Ärmel aus feinem Stoff, ohne dass jemand etwas daran auszusetzen gehabt hätte.

Der Rabbiner stand auf, der Verkauf war zu Ende. Jeder ging mit gemessenen Schritten hinaus und mit der angenehmen Gewissheit, die einem eine gute Tat gab. Na Mosconi würde es an nichts fehlen, wenn sie ihren weiteren Weg allein würde gehen müssen. Köpfe wurden zueinander gebeugt, um mit leiser Stimme dem Mitleid Ausdruck zu verleihen, ohne jedoch zu viel Kummer zu verspüren.

»Was für ein böser Blick sich jetzt von dir entfernt, meine Schwester.«

Einer nach dem anderen gingen sie an ihr vorbei, die an der Mauer der Tür stand. Sie lächelte und bedankte sich bei jedem.

»Alles wird gut. Ser Mosconi wird zurückkommen …«

Obwohl er sehr verlegen war und kaum las, war es Jacob Bellshons wichtig gewesen, ein Buch zu kaufen. Auf dem Platz erhob sich ein aufgebrachter Wind in zornigen Böen. Man musste sich in seinen Mantel hüllen und den Hut tief ins Gesicht ziehen. Die Insel würde bald den Fluten übergeben werden, und kein Boot würde sie erreichen können, das Exil des Winters würde beginnen.

»Friede im Überfluss …«

Ser Cresques kam mit beladenen Armen an ihr vorbei, begleitet von seinem Sohn und seinem Neffen. Sie lächelte ihn dankbar an und spürte, wie sie errötete, als sie seinem Blick begegnete.

»Was sollen wir damit machen?

Viele Bücher bedeckten den Tisch des Ateliers. Abraham gab zu verstehen, dass es noch Platz auf einem Regal gäbe. Nathan betrachtete Salomon, ein Lachen in den Augen.

»Wenn du gekommen wärst, würdest du das nicht sagen.«

»Und warum nicht?«

»Weil Na Mosconi sehr schön ist!«

Er lachte blasiert.

»Meine Stiefmutter behauptet, dass sie von ihrem Mann verlassen wurde. Wenn er nächstes Jahr nicht zurückkommen wird, dann bedeutet das zehn Jahre verheiratet ohne Kinder. Er wäre dann frei und sie auch.«

»Ich sehe nicht, warum dich das interessieren sollte.«

Der Junge lachte und warf seinen Kopf nach hinten, um seine nassen Locken auszuschütteln.

»Mich interessiert das gar nicht.«

»Und wen dann?«
Yaffuda mischte sich nun auch ein.
»Einige Männer, denke ich.«
Daraufhin zog der kleine Dummkopf eine verschwörerische Grimasse, so übertrieben und so voller Andeutungen, dass Abraham kurz davor stand, ihn zu erwürgen.
»Das reicht!«
Sie schwiegen, befremdlich ergriffen. Joan schabte in seiner Ecke das Velin ab. Diese tote Haut quietschte unerträglich.
»Wir haben Besuch gehabt …«
Salomon hatte keine Zeit, mehr zu sagen, denn Abraham war hinausgegangen und hatte die Tür hinter sich zugeschlagen.

In seiner kleinen Kammer sitzend, wusste er nicht, wie er seine Wut zähmen sollte. Nathan erzählte nur weiter, worüber der ganze Call lästerte, nicht mehr und nicht weniger. Wenn ihr Mann sie verlassen hatte, dann würde sie bald frei sein. Was ging das ihn an? Wann würde dieser Schmerz vergehen? Im Lauf der Tage glaubte er sich geheilt, doch ein Blick, ein armseliges Lächeln der Freundschaft reichte aus, dass sein Herz von neuem entflammte. Jähzornig und verärgert über sich selbst, hatte er keine Lust mehr, zu kalkulieren oder zu zeichnen. Er beugte sich aus dem Fenster und atmete den Wind und den Regen ein, als jemand an die Tür klopfte. Mit der Stimme eines abrupt geweckten Wachpostens befahl er, einzutreten.
»Vater …«
 Abraham wollte dem Blick, der auf ihm ruhte, nicht begegnen.

»Nathan wollte Euch vorher nicht verletzen. Wir wissen, dass Na Mosconi eine von Euren Freunden ist.«
Der junge Mann suchte etwas verwirrt nach Worten.
»Und dass Ihr ihr helft, weil sie gut zu Eurer Cousine ist.«
Ein Trommelfeuer hämmerte auf Abrahams Schläfen ein. Wie lange würde er das noch ertragen können?
»Sag Nathan, dass alles in Ordnung ist.«
Yaffuda blieb unbewegt vor ihm stehen, und seine Jugend ließ ihn erstrahlen.
»Ein Boot ist im Hafen eingelaufen. Es kommt aus der Gascogne.«
Abraham bemühte sich, wenigstens zuzuhören.
»Bei diesem Wetter?«
»Es hat auf dem großen Ozean die Richtung verloren. Die Männer an Bord behaupten, merkwürdige Dinge gesehen zu haben.«
»Blaue, Feuer speiende Drachen?«
Um von der Gascogne hierher zu kommen, musste man Portugal umfahren und in moslemischen Gewässern segeln, und die Mauren von Grenada verstanden sich darauf, haarsträubende Geschichten zu verbreiten.
»Sie sprechen von einer waldbedeckten Insel mitten im Ozean.«
»Wirklich ...«
Seit er konnte, bezahlte er den kleinsten Hinweis, die inhaltsloseste Auskunft, und es waren bereits zwei Männer bei ihm gewesen, die von einer unbekannten Insel auf dem ozeanischen Meer sprachen, die für eine biskayanische Schute zugänglich war. Er spürte, wie seine Gedanken ihn weit aus diesem winzigen Raum forttrugen, hinaus aus seinem eingeschlossenen Leben. Er stand mit fieberhaftem Herzen auf.

»Es ist bestimmt eine von den Kanarischen Inseln.«
»Sie haben davon gesprochen, acht Tagesfahrten mit dem Boot von Cadiz aus mit Kurs nach Westen gefahren zu sein.«
Es war also weiter oben, weiter draußen im Meer. Eine der Seligen Inseln? Das Wort, das sie nicht auszusprechen wagten, ging ihnen durch den Kopf.
»Wir werden sehen!«
Als er hinausging, um seinen Mantel zu holen, dachte er an Myriam, hübsch, nett, und hatte sie auch schon wieder vergessen. Diese unsinnige Liebe war nichts als ein Spiel, das seiner Langeweile als reifer Mann entsprungen war, eine Herausforderung des Übermuts. Die Zeit war gekommen, weise zu sein.

Sie gingen hinunter zum Hafen, und der heulende Wind riss an ihren Mänteln. Die beiden Jungen begleiteten ihn, waren ungeduldig und sprachen ohne Scheu. Eine Insel, bedeckt mit Wald, verloren auf dem ozeanischen Meer – weniger hätte ausgereicht, um ihre Hoffnung zu beflügeln.
»Acht Tage bei starkem Wind …«
Eine mögliche Reise, die fast in Reichweite war.
»Vielleicht ist es eine von den Seligen …«
»Eines Tages werde ich dorthin fahren!«
Nathan träumte mit lauter Stimme, und Abraham lächelte.
»Und wann möchtest du an Bord gehen?«
»Am Ende des Jahres, wenn ich Tabellen erstellen kann.«
Das konnte er bereits ganz gut. Amüsiert über so viel Selbstsicherheit, begegnete Abraham Yaffudas traurigem Blick. Um in See zu stechen, brauchte Nathan eine

Zustimmung, die er nur schwer erhalten würde. Hayyim mit seinem eisigen Blick erfüllte Abrahams Gedanken, aber er sagte nichts. Es war nicht seine Aufgabe, diesen Traum zu zerstören.

Sie kamen am Hafen an. Die Felsen, die sich in einem grauen Nebel verloren, bildeten ein Kästchen, in dem die Jade sich mit dem Smaragd vereinte. Das Wasser war grün, stürmisch und genauso bewegt wie ein menschliches Herz. Die vertäuten Fischerboote kämpften und knarrten, aber der Hafen war leer, die großen Boote fehlten. Nur eine schwarze Schute schien zu warten, mit grauen Masten und aufgerollten Segeln. Ein paar Männer bewachten den Hafen, und Abraham sprach sie in reinstem Kastilisch an.

»Ich bin Ser Cresques. Ihr Kapitän hat nach mir geschickt.«

Ein Matrose antwortete ihm, dass dieser nicht an Bord sei. Er kletterte behände das Tau herunter und führte sie zu den Freudenhäusern, die den Kai im Osten verlängerten. Es waren baufällige Häuser, die das Parlament der Stadt jeden Frühling zu zerstören drohte, die man aber besser beibehalten sollte. Die Häuser des Weins, der Mädchen und des Vergessens.

Die Taverne war niedrig, und obwohl sie der Seebrise ausgesetzt war, roch sie nach Knoblauch und altem Fett. Um einzutreten, musste man den Kopf einziehen und riskieren, dass man die braunfarbigen Eingesalzenen, die an Nägeln hingen, berührte. Zu dieser Zeit des Herbstes war die Herberge fast leer, und eine Bedienung eilte zu den gut gekleideten Ankömmlingen. Ein gesponnener Faden schaute unter ihrer Hanfhaube hervor, ihre Brust war entblößt und die Hüfte schön rund. Nathan zwinkerte Yaffuda zu, der sich unwohl fühlte. Am Ende des Raumes, unweit des bullernden Feuers, zeigte der Matrose auf zwei Männer, die sogleich aufstanden. Alle, die im Hafen von Mallorca vor Anker gingen, kannten den Juden der Kompasse.

»Es scheint, ihr wolltet mich sprechen.«

Sie verbeugten sich, und ein jeder setzte sich. Das Mädchen umkreiste sie, Nathan sah sich an ihrem prallen Leib satt, und Ser Cresques wies sie mit einigen Münzen ab. Sie seien nicht gekommen, um zu trinken. Die beiden Basken ähnelten einander, sie waren stämmig, hatten eine raue Stimme und trugen einen kurzen Umhang mit flacher Kapuze und einen Dolch am Gürtel. Als er sie abschätzte und auf ihrem Gesicht die Spur der Wahrheit suchte, begannen sie von der Strecke und von ihrer Ladung zu erzählen. Sie brächten Leder und Wolle aus Bayonne. Sie seien bei Palos ausgelaufen und hätten die Strecke von Spanien eingeschlagen. Die Küste sei unter maurischer Bewachung, die unerbittlich räuberten, also hätten sie sich entfernt. Eine Unterströmung habe sie auf die Passagen der großen Meerenge getrieben, und dann habe ein Sturm sie erfasst, überrollt und fünf Tage lang auf hoher See entlang der ersten Vertikalen getrieben. Sie seien mit Gegenwind gefahren und hätten eine bewaldete, bergige und grüne Insel gesehen. Sie seien dort vor Anker gegangen, um ihre Segel zu reparieren, und hätten sie dann umfahren.

»Sie hat vielleicht sieben Meilen Umfang.«

»Ist sie allein in diesem Teil des Meeres?«

 Das glaubten sie. Sie wüssten mehr, hätten diesen Punkt der Erde nach dem Sonnenstand, die Tiefe des Meeres und die Bänke ihrer Küste notiert und warteten ruhig darauf, welchen Preis sie dafür erzielen könnten.

»Ich gebe euch zweihundert Gulden.«

Das war eine riesige Summe, der Preis einer größeren Schute, eines ansehnlichen Stück Landes. Wenn sie dies annehmen würden, dann dürften sie dem Kartografen nichts verheimlichen und keinem anderen etwas davon sagen, bis er eine Karte davon erstellt habe. Ihre Ehre ersetzte alle Worte. Sie streckten die Hand aus, um den Handel zu besiegeln, denn sie wussten, dass keiner ihnen mehr bezahlen würde.

»Ihr werdet zur fünften Stunde zu mir kommen, solange ihr hier sind.«

Sie würden Tag für Tag bezahlt werden, was nicht nur die Vorsicht gebot, sondern auch so üblich war. Abraham streckte ihnen einen Beutel hin, der wie von Zauberhand verschwand. Er stand auf, alle anderen taten es ihm gleich, verabschiedete sich und ging nachdenklich davon, eskortiert von den beiden Jungen. Nathan zögerte, bevor er sprach. Er würde viel Geld für wenig bezahlen.

»Ihr kennt diese Insel, Onkel. Ich habe sie auf Eurer Karte gesehen.«

»Natürlich. Aber ich möchte mich von der Wahrheit überzeugen.«

Der Schatten war schwer, der üble Wind peitschte ihre Gesichter, und Abraham sah den Blick nicht, den sein Sohn ihm zuwarf.

21

Der Bote reichte dem Kartografen den rot versiegelten Brief. Als er den Brief aufriss, entdeckte Abraham das Datum des Jahres 1381. Er las den Auftrag und seufzte. Er hatte nicht einmal einen Monat Zeit, um ihm nachzukommen. Hernan de Llobera verbeugte sich und ging mit klappernden Sporen nach draußen. Abraham folgte dem scharlachroten Umhang, dem fein gearbeiteten eisernen Kettenhemd, das vom Licht bunt gefärbt wurde, mit Blicken. Wo war der bescheidene Ritter von einst, jener, der kein Wort sagte, aus Angst, dass man seinen wilden Akzent hörte, den seine Stimme verriet?

»Der Infant möchte eine afrikanische Karte …«

Eine weitere geheime Karte, ohne sich um die Miniaturen zu kümmern. Yaffuda lächelte und suchte unter den Pergamenten nach der letzten Skizze, die nur ein Jahr alt war.

»Ich weiß nichts Neues …«

Er hatte alle maurischen Bücher gelesen, die im Tempel aufbewahrt wurden – umsonst. Der Schleier ließ sich nicht lüften, und er stieß an eine Mauer.

»Nach dem, was man von der Reise von Al Fatima erzählt, ist sein Boot bei den Sandbänken aufgelaufen, als es den Fluss hinauffuhr. «

Abraham schüttelte den Kopf. Er hatte den ersten Text dieser Reise überall gesucht, ergebnislos. Der Seefahrer habe Kurs auf den Fluss Draa genommen und war ihn durch das Land Noun bis zu den Berbern von Gondola hinaufgefahren, das war zumindest das, was Ibn Sayd sagte. Aber der Bericht sei gefälscht und verschleiert, also ganz gewiss falsch.

»Nach den Berichten der Karthager ist der Ozean hier nicht sehr tief, aber er ist gefährlich, wenn die Flut einsetzt.«

»Sie wollen Gold, Yaffud, und ganz egal, wie gefährlich es ist, sie werden es suchen.«

Der Krieg von Granada ließ Aragon bluten, die Truhen des Königs waren leer, und der Infant bat um eine Karte. Sie hatten keine andere Wahl, als dem Befehl nachzukommen.

»Ich spreche nicht von Karten, Vater, ich spreche von Booten.«

Der junge Mann dachte laut nach. Wenn Al Fatima den *riu del oro* hinauffahren konnte, dann mit einem maurischen Boot, schmal und mit flachem Boden. Er konnte kampieren, von den Seinen aufgenommen werden und Wasser auf dem Weg finden. Denn es sei ja ganz schön, auf dem Ozean zu fahren, zu den Kanarischen Inseln, das Kap von Buyetter zu umrunden, den Fluss des Landes der Schwarzen hinunterfahren zu wollen, aber wie sollte es ohne starke Besegelung, ohne mächtige Boote, die dem Seegang und dem absteigenden Wind trotzen konnten, wieder zurückkommen?

»Wir zeichnen eine Karte, Yaffud, ohne von Booten zu sprechen. Wenn ihre Boote sich auf dem Meer verlieren sollten, weil sie zu leicht und zu stark besegelt sind, dann höre ich jetzt schon, was sie sagen werden.«

»In diesem Fall werden sie das goldene Land nicht finden.«

Die Mauren wähnten es oberhalb des Flusses, auf einer

Insel, die nicht weit entfernt von der Insel des Salzes, die seit grauer Vorzeit bekannt war, liegen sollte. Abraham betrachtete seinen Sohn einen Moment lang. Sein Bart war dichter, seine Schultern breiter, aber seine Augen waren immer noch die eines Kindes.

»Das alles geht uns nichts an. Wir zeichnen eine Karte. Es stört mich nur, dass sie immer noch ähnlich ist.«

Gegen seinen Willen aufgewühlt, griff Abraham nach seinem Mantel. In der Bibliothek des Tempels, in der Kopie des Berichts von Al Fatima lag, gab es vielleicht ein winziges Detail, das ihm entgangen sein könnte. Er lief, in seine Gedanken versunken, als ihn eine Erinnerung überfiel, die ihn derart aufwühlte, dass er mitten auf der Straße stehen blieb. Er hatte einst ein Buch gesehen, ein Buch, dessen purpurfarbener Umschlag und runde Buchstaben ihm plötzlich keine Ruhe ließen. Er nahm seinen Weg wieder auf und erreichte den oberen Teil des Calls, als er wusste, dass es sich um eines von Myriams Büchern handelte. Er lächelte, das Herz ergriffen von der ungewissen Zärtlichkeit, die in seinem tiefsten Inneren geblieben war, wenn er an sie dachte. Seine Liebe hatte sich nach und nach beruhigt, von einem Lächeln zum nächsten, an jedem Abend des Sabbats, und er spürte nunmehr nur noch eine leidenschaftslose Freundschaft. Er zögerte einen Moment lang, amüsiert bei dem Gedanken, dass Rachel bestimmt da sein würde und dass er Thymianaufguss würde trinken müssen. Er musste wissen, welches dieses Buch war, das in seiner Erinnerung aufleuchtete, und er schlug ruhig den unschuldigen Weg ein, der zu ihrem Haus führte.

Als er an die Tür klopfte, war sein Herz ruhig. Myriam öffnete ihm, erstaunt und mit zerzausten Haaren. Sie befestigte ihren Schleier eilig, um ihn eintreten lassen zu können. Er sah ihre Haare, ihr überraschtes, vielleicht sogar freudiges Lächeln, und spürte, wie sich ein undeutlicher Schmerz in seinen Armen ausbreitete. Er streifte ihr Kleid nicht, suchte nicht nach ihrem Blick, aber als er eintrat, wusste er nicht mehr, warum er hergekommen war. Er folgte ihr in die Küche, der Raum war still und leer.

»Ist Rachel nicht da?«

Warum musste er diese Frage stellen?

»Sie ruht sich aus. Sie ist leicht erkrankt.«

Sie wartete, den Blick auf ihn gerichtet, so schön, dass er sich beeilte, etwas zu sagen.

»Ich komme, um dich um einen großen Gefallen zu bitten, meine Schwester. Es handelt sich um deine arabischen Bücher, die deinem Großvater gehört haben. Ich würde sie gerne lesen, wenn du damit einverstanden bist.«

Sie nickte leicht, ihr Schleier verrutschte. Ihre Haare mussten unglaublich weich sein.

»Ich weiß, dass du sie nicht verkaufen möchtest. Wenn du damit einverstanden bist, gebe ich dir dafür den Preis, aber ich bringe sie dir zurück, sobald ich sie gelesen habe. «

»Ihr habt so viel getan …«

Ihre Stimme zitterte, er sah Tränen in ihren Augen und wusste nicht, was er tun sollte, so hilflos war er.

»Ich habe noch etwas Geld.«

Sie irrte sich. Er war nicht gekommen, um ihr zu helfen. Er dachte plötzlich daran, dass sie seit langem von dem Verkauf ihrer Bücher lebte und sich bestimmt deswegen genierte. Er trat einen Schritt auf sie zu, eine jämmerliche Geste.

»Das ist es nicht.«
Sie wandte sich ab, und er sah, dass sie mit kleinen, beherrschten Schluchzern weinte. Plötzlich war etwas stärker als er selbst, stärker als alles andere. Nichts konnte seine Arme daran hindern, sich zu öffnen und sie, an seine Brust geschmiegt, festzuhalten. Sie blieben lange so stehen, ohne sich zu bewegen, versteinert, weil sie einander so nahe waren, weil sie so lange darauf gewartet hatten. Abrahams Hand ließ endlich die zitternde Schulter los und legte sich auf den Schleier. Er berührte sachte ihre Haare, genoss die Berührung, strich über ihre Wange bis zu ihrem Hals und hob das kleine Gesicht an, das ihn mit großen, angstvollen Augen und zärtlichem Blick fixierte. Als er sie küsste, hatte er das Gefühl, dass es sein erstes Mal war.
»Komm …«
Das war kaum ein Wort, eine Bitte. Sie hatte seine Hand genommen und zog ihn hinter sich her. Sie brauchte ihn so sehr, seine Hände auf ihrem Gesicht, auf ihrem Hals, auf ihren viel zu lange vernachlässigten Brüsten, die ihr wehtaten, so grausam war das Warten. Sie wusste nicht mehr, was sie war, was sie tat, unterworfen und dominiert von einer Flamme, die sie entfacht hatte. Er presste sich an sie, fast schon grob, und küsste ihre zarten und sanften Lippen hingebungsvoll. Sie stöhnte, als sie die Schleier, die sie verhüllten, wegschob, so viel Stoff, der sie erdrückte, so viele Verbote, die sich mit ihr auf dieses kleine Bett fallen ließen. Sie brauchte einen Mann, wollte ihn auf sich spüren und in ihrem Körper hören, dass sie eine Frau war. Ihr Mund, ihr Bauch und ihre Hände öffneten sich. Sie wurde zu einer Quelle, sie war ein Brunnen. Ihr Herz ertönte von Liebe und Hass. Sie gab sich einem anderen

hin, sie gehörte einem anderen, sie vergaß endlich denjenigen, der schon zu lange weg war.
Sie lagen ausgestreckt beieinander, ohne etwas zu sagen, ohne es zu wagen, sich anzuschauen. Sie waren beide Ehebrecher und würden von allen verdammt werden. Sie wussten, dass sie nun nichts tun konnten. Ihre Körper hatten sich vereinigt, nichts anderes zählte mehr. Eine wilde Sanftheit verband sie. Er stützte sich auf einen Ellbogen und schaute sie an, wie sie mit zerzausten Haaren unter ihm lag. Sie hielt seinem Blick nicht stand, als sie die Frage stellte, die sie quälte.
»Wirst du nicht gehen?«
Er drückte sie so, dass er ihr kaum Luft zum Atmen ließ. Niemals würde er gehen.
Dennoch ging er etwas später. Sie hatten Schritte gehört und waren mit zerzausten Haaren und halb nackt aufgestanden, die Angst im Bauch und ein Lachen im Herzen. Es war nichts, die Schritte kamen von der Straße, aber die alte Rachel, die sie vergessen hatten, könnte kommen. Abraham grüßte Myriam vor dem Gatter förmlich und gequält, weil er sie zurücklassen musste. Wie sehr ihre Augen sich verändert hatten! Sie suchten einander, schöpften neue Kraft, wenn sie einander betrachteten. Nur die Gegenwart zählte für sie, so schön und unerwartet war sie. Sie würden sich morgen wiedersehen, nachts, wenn Rachel zu Hause wäre. Wie wenig Zeit die Liebe doch braucht, um sich einzunisten!

22

Abraham war zwanzig Jahre alt, als er die Straße hinunterging. Eine rege Kraft floss in seinen Adern, eine heftige Freude umschloss sein Herz. Er empfand weder Schande noch Schuldgefühle, nichts von all den traurigen Gedanken, die ihn Tag für Tag verfolgt hatten. Kein Bedauern konnte sein Selbstvertrauen erreichen. Sie hatte sich ihm ganz hingegeben, die Grenzen seines Herzens durchbrochen. Er liebte zum ersten Mal, und nichts und niemand würde ihm dies nehmen können. Die Straße der Juden erwachte erst nach und nach von der Siesta, und er begegnete kaum jemandem. Er schlich in sein stilles Haus, schlüpfte in sein kleines Zimmer und setzte sich. Er musste nachdenken, konnte es aber nicht. Eine Unzahl ungeordneter Gedanken bewegte ihn. Ein einziger leuchtender und brennender Gedanke behielt die Oberhand: Morgen würde er sie wiedersehen. Er empfand nichts Sündhaftes, er spürte, dass er ganz einfach wieder auflebte. Eine Frau hatte gereicht. Es war nicht seine, aber das bereitete ihm nicht die geringste Sorge. Cédatar war eine Ehefrau, eine Hausfrau, er liebte sie nicht weniger als vorher. Er hatte sie nicht verraten, denn ihr Eheleben war schon seit langem tot. Er würde bei ihr bleiben, ihr würde es an nichts fehlen, und sie würde nicht leiden. Diese Entscheidung fiel ihm nicht schwer und beruhigte seine nicht vorhandenen Gewissensbisse. Er richtete sich auf und versuchte, die Arbeit an der Himmelskarte wieder aufzunehmen, die er am Vorabend begonnen hatte.

Merkwürdigerweise gelang es ihm, die Zahlen sprudelten schnell und exakt aus seinem Gedächtnis. Er hatte fast schon Lust, darüber zu lachen. Er arbeitete so vor sich hin, als eine lästige Hand an seine Tür klopfte.
»Abraham ...«
Salomon stand mit bleichem Gesicht vor ihm. Er sah sehr bestürzt aus, als er den kleinen Raum betrat.
»Was werden sie sagen, wenn sie davon erfahren?«
Er sprang auf, und das Pergament rollte auf den Boden.
»Wie bitte?«
Er dachte schon daran, ihn zu schlagen, als er eine Rolle in seiner Hand entdeckte.
»Llobera hat diesen Brief gebracht. Er kam mit dem Boot an.«
Abraham nahm ihn mit einer solchen Wut entgegen, dass der arme Mann einen Schritt zurückwich.
»Er hat gesagt, dass es eine außerordentliche Ehre, ein Dank sei, aber ich glaube es nicht. Abraham, du solltest nicht ...«
Er las ihn wieder und wieder und brach in Lachen aus. Auf Wunsch des Königs wurde Ser Abraham Cresques zum Maître des Kompasses des Infanten Don Juan von Aragon ernannt. Er erhielt mit diesem Amt alle Pfründe und Ehren, die einer solchen Stellung entsprachen.
Er ging aus seiner Kammer hinaus und lachte immer noch. Das Leben nahm manchmal unglaubliche Wendungen! Und das musste ihm genau heute passieren, genau an diesem Tag! Er hatte das Gefühl, dass Gottes Blick sich auf ihn gerichtet hatte. Er ging eilig ins Atelier, auf der Suche nach seinem zeichnenden Sohn und Nathan, der, sorglos auf den Fensterbogen gestützt, redete. Er war da,

wie immer, obwohl er den Weg zur väterlichen Behausung wieder gefunden hatte. Der junge Mann richtete sich mit einem Ruck auf, aber sein Onkel lachte laut, als er sah, wie erbärmlich er dies tat.

»Kommt mit mir, alle beide!«

Das war ein Befehl. Verdutzt folgten sie ihm und ließen Salomon, bedrückt von Vorahnungen, mitten im Atelier stehen. Wenn derjenige, der mächtig ist, diejenigen, die bescheiden sind, verlässt, wenn Unterscheidungen bei den Kindern Israels erlaubt waren, was sollte dann aus ihnen werden? Ehrlosigkeit über die einen, Missachtung über die anderen …

Auf der Straße mussten sie fast hinter ihm herrennen. Abraham lachte darüber, sie so erstaunt zu sehen, und sorgte sich nicht darum, dass ein schwerer Regen den Staub des Bodens vernichtete. Der starke Geruch des Regens stieg zu ihnen auf, sie hatten ihre Mäntel nicht mitgenommen.

»Ihr werdet andere bekommen!«

Der Maître hielt mit einem Ausdruck des Stolzes vor dem Stand von Moïse Saportas an. Die Lehrlinge räumten eilig die Stoffrollen ins Innere, und die Kunden liefen zu sich nach Hause. Das Wasser des Himmels rann über Abrahams Gesicht.

»Kommt doch herein, Ser Cresques!«

Moïse roch ein gutes Geschäft, und darin irrte er sich auch nicht. Abraham dachte an ein schwarzes, sehr feines Tuch, dessen Schuss für eine ferne Herkunft stand.

»Dieser Stoff kommt aus Flandern.«

»Sehr gut! Ich möchte das beste Tuch. Ihr könnt aussuchen, was euch gefällt, aber entscheidet euch schnell.«

Die beiden Jungen standen verblüfft da. Warum eine solche Eile? Moïse entfaltete die schweren Stoffrollen und verbarg dabei schlecht seine Neugier.
»Wird eine Hochzeit vorbereitet?«
Er schaute Yaffuda verlegen an. Der junge Mann war jetzt alt genug, aber seine Frau hatte ihm nichts gesagt ... Ohne zu antworten, warf Abraham einige Silberstücke auf die Theke. Die Jungen nahmen die Stoffballen und gingen geradewegs zu Jacob Bellshons.
»Gesegnet seien jene, die kommen ...«
»Mit vollen Taschen!«
Abraham lachte, und wenn man ihn so sah, hätte man ihn zwanzig Jahre jünger geschätzt.
»Nimm Maß von meinen beiden Jungen, Jacob! Sie wachsen noch. Meine Maße hast du bereits.
Der Schneider lächelte. Er hatte wache Augen und eine sichere Hand. Er maß den Arm von Nathan und fragte nach der Arbeit, die Ser Cresques ihm übertragen wollte.
»Drei Gewänder für jeden, einen Sommermantel und einen Wintermantel.«
Jacob war erstaunt, zum Versöhnungsfest fertigte man normalerweise keine Mäntel an, und es war auch nicht Ostern, so dass man sich neu einkleiden müsste.
»Ich werde nicht kleinlich sein, aber ich möchte sie noch in dieser Woche.«
»Diese Woche?«
»Du hast weniger Arbeit, als du glaubst. Auf unsere Mäntel muss nichts gestickt oder genäht werden.«
Weil alle drei ihn ansahen, lachte er, ein Siegesruf, anmaßend und übermütig.
»Auf Befehl des Königs sind wir davon befreit!«
Abraham schlug ihm zum letzten Mal auf die Schulter.

23

Nathan schlich vorsichtig in den Eingang, der das väterliche Atelier vom unteren Saal trennte. Er hörte Stimmen und erkannte die von Ser Saportas.

»Ich hielt es für richtig, mit dir darüber zu reden.«

Diese beiden hatten sich immer so viel zu sagen! In der Luft hing ein Geruch nach Kohlsuppe, ein schwerer, vertrauter Geruch. Der Junge hängte seinen Mantel vorsichtig an den Nagel und betrat dann den Saal. Er war niedrig und wurde von einem Reisigfeuer erhellt. Sein Vater und Moïse Saportas saßen vor der Feuerstelle, und Rebecca nähte am Fenster. Sie hob den Kopf, als sie ihn hereinkommen sah, wie ein verschrecktes Huhn und tauchte wieder in ihre Arbeit ab.

»Guten Abend …«

Er hatte keine Zeit, mehr zu sagen. Sein Vater war aufgestanden, die ganze Glut des Feuers in seinem Blick.

»Wo ist dein Mantel?«

Nathan erblasste. Sein Vater schob ihn zurück an die Tür und stürzte in den Gang. Er kam zurück, aschfahl, den Mantel in der Hand.

»Das ist doch dein Mantel?«

Der Junge nickte betroffen. Es war ein brauner Mantel ohne Kapuze. Er trug ihn seit zwei Tagen, der Stoff war warm und weich. Sein Vater ergriff ihn und riss ihn mit seiner ganzen Kraft und seiner ganzen Wut auseinander. Der Stoff widerstand kurz, während die entsetzte Stimme des alten Saportas sich erhob.

»Aber das ist ein schöner Stoff …«
»Ich kann ihn nähen. Ich brauche nicht lange dazu.«
Rebecca hatte es gewagt, aufzustehen und einen Schritt zu machen.
»Das mache ich mit ihm! Mit ihm und mit seinen Geschenken!«
Hayyim hatte den Mantel ins Feuer geworfen. Die Flamme erstickte einen Moment, der Stoff sank in sich zusammen, ein Höllenrauch erfüllte den Raum, bis sich das Tuch plötzlich aufbäumte, zerrissen von tausend Funken.
»Wie konntest du das nur tragen?«
Nathan schaute zu, wie sein Mantel verbrannte und dem Feuer und dem ganzen Raum eine neue Helligkeit verlieh. Verachtung und Abscheu zeichneten sich auf dem Gesicht seines Vaters ab.
»Wenn du das trägst, verleugnest du die Deinen!«
Der Junge schaute ihn an, las den Hass in seinen Augen und glaubte, dass er ihm galt. Plötzlich stieg Widerstand in ihm auf, sein Herz war von einer unbändigen Heftigkeit getroffen.
»Mein Onkel hat das Recht auf Geheiß des Königs für sich und die Seinen erhalten!«
»Du bist keiner der Seinen! Du trägst nicht seinen Namen! Sondern den meines Vaters und meinen!«
»Beruhige dich, Hayyim …«
Rebecca versuchte einzugreifen, schaute Nathan betrübt an und warf ihrem Vater, der nicht wusste, was er sagen sollte, einen flehentlichen Blick zu. Hayyim ibn Rich trat den Stoff mit dem Fuß, richtete sich auf und musterte seinen Sohn.

»Habe ich nicht genug getan? Du bist über drei Jahre bei

ihm geblieben, du hast das Studium der Karten allem anderen vorgezogen, mit ihm, und ich habe zugestimmt! Du treibst dich immer dort herum, wo dein Platz doch hier ist. Glaubst du, dass ich mir dessen nicht bewusst bin?«

Mit einer Geste der Verachtung und des Stolzes drehte er sich vom Feuer weg.

»Ein Jude ohne Zeichen ist ein Mensch ohne Glauben, der sein Volk verrät, und ich verbiete dir, hör mir gut zu, ich verbiete dir, erneut unter sein Dach zu treten!«

Aber Nathan bot ihm die Stirn. Er hatte ein bitteres Lächeln, von höchster Verachtung.

»Jetzt bist du zufrieden, oder?«

Und er ging hinaus, ohne zu verstehen, dass sein Name nicht nur vor Wut, sondern auch im Schmerz herausgebrüllt wurde.

Er lief ohne Mantel durch den Regen. Die Straßen waren leer, es war die Zeit des Essens, der Kerzen und der Freude, zusammen zu sein. Er dachte einen Moment lang an den Tisch, an dem Yaffuda saß, an das warme Leuchten eines mütterlichen Blicks, und fühlte sich erbärmlich und so allein, dass ihm die Tränen kamen. Er konnte nicht zu ihnen gehen und sie stören, denn er wollte die Schande nicht ertragen, ihnen alles erzählen zu müssen. Sein Onkel hatte ihn von diesem Makel befreien, ihn für immer von seiner Kleidung entfernen und aus ihm einen Mann wie alle anderen machen wollen. Er wusste, dass der Hass und die Eifersucht all die anderen Leute dieses Geschrei veranstalten ließen. Der Schneider, der geredet hatte, der Tuchhändler, der ihn verraten hatte, und sein Vater, der sein Leben verdammte. Nathan rannte, ohne sich darüber im Klaren zu sein. Er musste das Meer sehen, aber er wusste noch nicht, was er tun würde, wenn er es erreicht hatte. Sich hineinwerfen vielleicht. Dann wäre er endlich mit ihm vereint. Nichts und niemand könnte sie mehr trennen. Er rannte durch den Regen, der seine Augen füllte, als er eine Hand auf seiner Schulter spürte. Er schlug aufgebracht wie eine Katze um sich.

»Wohin läufst du?«

Durch das Wasser sah er die ruhigen Augen Salomons, und er brach zusammen.

»Mein Vater ... das Zeichen ...«

Mehr sagte er nicht.

»Komm mit mir mit.«

Nathan folgte ihm, unfähig, zu denken oder diese Ungerechtigkeit aufrechtzuerhalten. Was hatte er Schlimmes getan? Die Tür, an die Salomon klopfte, öffnete sich leise. Ein kleines Mädchen hielt eine Kerze in der Hand.

»Wir müssen den Moreh sehen.«

»Er ist in der Snoga ...«

Esther lächelte, als sie Nathan erkannte, der einem Hund, der in den Hafen gefallen war, ähnelte. Wasser rann aus seinem Haar, und er war total durchnässt.

»Du musst dich aufwärmen, sonst wirst du krank!«

Sie trat zur Seite, ließ sie eintreten und zeigte dabei auf das Feuer. Der junge Mann zitterte und sah aus, als ob er nicht wusste, was er dort tat.

»Ich werde ihn holen.«

Als Salomon weg war, waren sie allein, und Esthers Herz klopfte etwas schneller.

»Nimm das!«

Es war ein Laken, mit dem er sich abtrocknen sollte. Sie holte trockene Kleidung von ihrem Vater. Als sie hinausging, damit er sich umziehen konnte, umspielte ein Lächeln ihre Lippen. Das Schwingen ihres Rockes, ihre sanften Kurven, er sah nichts von alledem.

Als die Männer eintraten, saßen die beiden jungen Leute mit dampfenden Schalen am Tisch. Ein Duft von Thymian und Nelken erfüllte den Raum. Sie sprachen von der großen Weltkarte, den Gewürzen der Karawanenstraße. Nathan sprach vom Überfluss, und Isaac lächelte darüber, bei seiner Tochter so viel weibliches Geschick zu entdecken. Die beiden Männer nahmen von der heißen, gepfefferten Suppe. Nathans Augen waren auf den aufsteigenden Dampf der Suppe gerichtet und von Zweifel gepeinigt, aber Isaac lächelte ihm zu. Er habe nichts Böses getan, nichts, das vom Gesetz verboten wurde.

»Ich kann nicht dorthin zurück.«

Er konnte nicht zu seinem Onkel und dem Verbot seines Vaters trotzen. Und er wollte nicht zu sich nach Hause.

»Bis morgen bleibst du bei mir.«

Esther errötete vor Freude.

»Sorge dich nicht, mein Junge, das alles wird sich bald arrangieren.«

Salomon lächelte so gütig und so ruhig. Isaac segnete Nathan wie seinen Sohn, als er das Brot teilte.

24

Komm herein, mein Junge.«

Yaffudas Blick war unruhig. Als er morgens im Atelier eingetroffen war, hatte Salomon ihm alles erzählt, und er hatte sich beeilt, zum Rabbiner zu gehen. Nathan konnte nichts dafür, ob er nun das Zeichen trug oder nicht. Er war wie er. Hatten sie denn das Recht, eine gegensätzliche Meinung abzugeben, wenn ihre Väter etwas entschieden hatten? Der Moreh saß mit Nathan und Esther am Tisch. Yaffuda war beruhigt, nachdem Nathan ihm einen halb dankbaren, halb verschwörerischen Blick zugeworfen hatte. Es konnte ihm nicht so schlecht gehen.

»Setz dich …«

Esther war lächelnd aufgestanden, sie würde einen Teller für ihn holen. Er fürchtete sich davor, sie anzuschauen, und konnte doch nicht anders. Sie trug ein blaues Gewand, das ihre runde Brust und ihren gazellenartigen Hals zur Geltung brachte. Er hatte einen Kloß im Hals, so dass er nicht ein Stück des Apfels, den man ihm hinschob, hinunterschlucken konnte.

»Mein Vater hat nicht um dieses Vorrecht gebeten, Moreh.«

»Das weiß ich doch.«

Aber er hatte sich sehr beeilt, den roten Kreis, der sie vereinte, abzulegen.

»Weißt du, mein Junge, die Bürde ist leichter zu tragen, wenn wir sie alle tragen.«

»Das glaube ich nicht! Mein Onkel hat eine Bresche in die

Mauer geschlagen. Die Christen müssen uns als das akzeptieren, was wir sind, damit eines Tages keiner mehr ein Zeichen tragen muss!«

Nathan ereiferte sich, und Isaac lächelte über so viel Jugend, denn dieser Tag war noch weit. Er stand auf und holte die feinen Riemen heraus, die seine Finger für das erste Gebet umschließen würden.

»Yaffud, sag deinem Vater, dass ich ihn treffen möchte.«

Beim Hinausgehen vereinte er die drei jungen Leute in einem väterlichen Lächeln.

»Yaffuda, stimmt es, dass der große Khan der Mongolei tausend Pferde besitzt?«

»Das behauptet Marco Polo zumindest.«

Nathan hatte mit Esther über das *Buch der Wunder* gesprochen. Ihre Augen leuchteten, und sie schaute Nathan dabei zu, wie er die Äpfel und die Milch verschlang. Yaffuda spürte, wie ein schmerzhafter und hässlicher Sprung seine Seele zerriss, als ob sich eine Raupe in eine Rose geschlichen hätte.

»Yaffud hat es vom Fränkischen ins Katalanische übersetzt. Du kannst es lesen, wenn du möchtest.«

Esther konnte nur Hebräisch lesen, was sie Nathan mit einem Blick sagte, so dass Yaffuda erblasste.

»Ich kann nicht bleiben …«

Aufgewühlt ging er nach draußen.

Er dachte den ganzen Tag an dieses Apfelessen, und als er an diesem Abend des Sabbats auf dem Platz ankam, hatte er das Gefühl, allein unter vielen Leuten zu sein. Dennoch war sein Vater mit einem Ausdruck der Eroberung an seiner Seite. Jeder flüsterte, murmelte, und die Blicke wandten sich ab, um seinem Blick nicht zu be-

gegnen. Es war wahr, weder er noch sein Sohn trugen das Zeichen.
»Guten Abend zusammen. Guten Abend, Hayyim.«
Eine drückende Stille antwortete. Die beiden Männer forderten einander mit Blicken heraus.
»Man sagt mit, dass dein Sohn nicht bei mir bleiben können wird.«
»Ich gedenke, das Beste für ihn zu tun.«
Die Worte, die fielen, waren schwer wie Steine. Abraham wollte etwas erwidern, als Isaac einschritt.
»Friede sei mit euch.«
Er lächelte, aber sein Blick war klar und ohne die geringste Nachsicht für die menschliche Dummheit. Es war Zeit, an Gott zu denken, und jeder hielt sich zurück.
Das Gebet im Stehen war beendet. Der Vorhang der Frauen wurde geöffnet, Stille schwebte über der Gemeinschaft und wurde nur von den spielenden Kindern unterbrochen, die zwischen den Banken herumrannten, und da sie Kinder waren, alle Rechte innehatten und sowohl schreien als auch lachen durften. Isaac betrachtete die Seinen.
»Ich bitte jeden darum, für unseren Bruder Abraham zu beten.«
Ein verächtliches Schnauben war aus den Reihen der Männer zu hören. Die Stille war so dick wie ein von Schlamm durchsetztes Wasser.
»Wir müssen uns aus tiefstem Herzen bei Abraham bedanken, denn er bietet der Gemeinschaft ein neues Mikwe.«
Ein Murmeln der überraschten Freude stieg von den Bänken der Frauen auf und erreichte die der Männer.
»Abraham ist der Einzige unter uns, der eine Quelle be-

sitzt. Vor fünf Jahren hat er beim Parlament der Stadt eine Bitte eingereicht, um uns zu erlauben, sie zu nutzen. Heute kann sich dem keiner mehr widersetzen, denn sein Rang gibt ihm das Recht dazu. Heute Abend beten wir zu Gott für ihn und die Seinen.«

Erneut rollten die Worte, sie sprachen von Freude, von versprochenem Land, Vereinigung. Hatte Israel noch nicht genug gelitten, damit sie vereint blieben? Die Männer dachten dies, als sie zu Gott beteten. Auf der Bank der Frauen verstand man kein Hebräisch und flüsterte miteinander.

»Gesegnet seist du, meine liebe Cédatar.«

Und die rechtschaffene Frau, an die niemand ein Wort gerichtet hatte, seit sie sich gesetzt hatte, wurde zum Mittelpunkt einer neuen Zuneigung. Die alte Rachel sagte etwas sehr Weises.

»Das Herz ist es, das zählt, nicht der Mantel.«

Ser Cresques war ein guter Mann, was Na Saportas mit belehrender Miene bestätigen konnte. Hatte sie das nicht schon früher gesagt? Seit drei Tagen verbreitete dieses Klatschweib ihr Gift. Esther dachte so sehr an Nathan, dass sie errötete, aber niemand beachtete sie. Sie sah Na Mosconi, die sie bewunderte und die den Kopf gebeugt hielt, und das junge Mädchen tat es ihr gleich.

»Er weiß, was er tut, und das macht das andere wieder gut …«

Leahs böses Gemurmel verhinderte jegliche Träumerei und holte sie zurück in die Gegenwart.

Das Gebet war zu Ende, und die Männer umringten Abraham und drückten seinen Arm.

 »Sei stark und mutig!«

Er schaute sie einfach nur an, denn das war er. Der

Schatten überwog, als sie sich einen friedvollen Sabbat wünschten. Isaac kam auf ihn zu.
»Ich dachte, ich hätte etwas Zeit in dieser Angelegenheit …«
»Welcher Mensch weiß schon, wie viel Zeit er hat?«
Dann war es an den Frauen, hinauszugehen, und der Rabbiner wandte sich an Myriam, die Rachel stützte.
»Ich freue mich, dich zu sehen.«
Er sprach mit der alten Frau, und Myriam senkte den Blick. Wie schön sie war! Abraham konnte nicht umhin, sie zu betrachten, er erahnte die runde Brust unter dem Hemd, das Bein, das dort, wo sein Mund es berührt hatte, so weich war. Selbst dieser Schleier konnte sie nicht entstellen. Und sie gehörte ihm. Ein männlicher Stolz, triebhaft und gewaltig, drängte ihn zu ihr hin.
»Ich danke dir im Namen aller, Abraham.«
Die alte Frau legte den Kopf in den Nacken und fixierte ihn, denn er war genauso groß, wie sie klein war.
»Ist alles in Ordnung, Na Mosconi?«
Der Rabbiner sorgte sich freundlich, und die junge Frau gab vor, dass sie nichts benötigte. Aber sie brauchte so vieles, von diesen geheimen und zärtlichen Dingen, die die Bitterkeit in Hoffnung verwandeln.
»Einen schönen, friedvollen Sabbat.«
Isaac verließ sie, er wollte mit Hayyim ibn Rich sprechen, der, erstarrt wie eine Salzsäule, allein am Rand des Platzes dastand. Rachel griff nach Myriams Arm, ihre Füße schmerzten, und sie hatte es eilig, nach Hause zu kommen. Als sie gingen, fühlte sich Abraham, der enttäuscht war, dass er ihrem Blick nicht begegnet war, wie ein halb Verdursteter, der an einem

Brunnen ankam, aber nichts trinken konnte. Er sah sie weggehen und hatte das Gefühl, dass sie seine Seele mit sich nahm.

»Ser Cresques …«

Jacob Bellshons stand mit betretenem Blick vor ihm und Moïse Saportas mit seinem feuerroten Bart.

»Wir möchten dich bitten, uns zu vergeben.«

Sie hatten ihn nicht gegrüßt, als er angekommen war. Abraham erklärte, dass das nicht schlimm sei, was stimmte, denn er war in Gedanken weit weg.

»Wann gedenkst du mit der Errichtung des Mikwe zu beginnen?«

»Sobald der König meine Privilegien bestätigt hat.«

Cédatar, die von den Frauen wie eine Bienenkönigin umgarnt wurde, kam endlich zu ihm. Sie lachte, als sie ihren Mann sah.

»Und du hast mir nichts davon gesagt! Du versteckst schöne Dinge vor mir, mein Freund.«

Sie ergriff stolz und glücklich seinen Arm. Er sah und hörte all das und fühlte sich nicht das kleinste bisschen schuldig. Sein Leben war zweigeteilt. Tagsüber gehörte er zu seiner Familie, zu all den Menschen, die ihn umgaben. Nachts gab es die Schönheit eines Körpers, der sich hingibt, die Wölbung einer Hüfte, die lässige Anmut einer nackten Brust und dieses Gefühl eines Flusses, der alles reinigte.

»Bis morgen, Onkel!«

Nathan stand mit glänzenden Augen vor ihm. Sein Vater stimme zu, dass er weiterhin bei ihm studieren könne. Ibn Rich konnte sich nicht dazu herablassen, es ihm selbst zu sagen, und er ging so steif und so aufrecht weg, dass er aussah wie ein Mensch aus Holz. Seine Frau trip-

pelte an seiner Seite, ohne dass er daran gedacht hätte, ihr seinen Arm anzubieten.
Myriam lief Schritt für Schritt die Straße hinauf. Sie spürte Rachels Gewicht umso deutlicher, als sie langsam gehen mussten. Sie atmeten beide schwer, als sie auf dem Platz der Aljama ankamen.
»Lass uns hinsetzen, mein Kind.«
Die alte Frau sank auf eine Bank. Sie presste ihre Hand auf ihr Herz, als ob es Anstalten mache, wegzufliegen. Das Geräusch ihres kurzen Atems zerriss die Stille mit kleinen eiligen Stößen.
»Du bist eine allein stehende Frau, Myriam. Du musst aufpassen.«
Die junge Frau errötete heftig. Rachel sagte nichts mehr, da sie fürchtete, sie zu verletzen. Einige Regentropfen fielen auf die Blätter des Feigenbaums. Sie sollten diesen Wink beachten und vor dem Einsetzen des Platzregens heimgehen.

25

Die Nacht war noch schwärzer als ein Rußmantel, und ein bitterer und feiner Nieselregen blendete ihn, eine windige Gischt, aber er wäre bei egal welchem Wetter nach draußen gegangen. Er liebte diesen Grasweg in seinem Garten, diesen Moment, in dem nichts anderes mehr zählte. Er öffnete die Tür unter dem schützenden Olivenbaum, schlich sich wie ein Schatten auf die Straße, ging an der Mauer entlang, überquerte die kleine Straße und fand endlich unter seinem Griff die stechenden Spitzen der Lorbeerblätter. Myriam hatte das kleine Gatter halb offen gelassen, damit es nicht quietschte, und er lächelte über das zärtliche Geständnis, das sie ihm machte. Sie erwartete ihn vor der Tür zu ihrem kleinen Raum, beleuchtet von dem Schein einer flackernden Kerze. Er legte seinen Mantel schnell ab, denn er konnte den Moment, den einfachsten von allen, den, in dem es kein Warten, keinen Zweifel mehr gab und er sie endlich in seinen Armen halten würde, nicht länger hinauszögern. Er öffnete seine Arme und sie warf sich hinein, er hörte ihr kleines Herz ganz nah an seinem schlagen. Sie befreite sich sacht und suchte den Leuchter, der auf der Büchertruhe stand.

»Es ist spät.«

Das war kein Vorwurf, kaum ein Hauch. Sie habe befürchtet, dass er nicht komme. Dieses Außergewöhnliche fand dreimal in der Woche statt: Eine junge und schöne Frau erwartete ihn. Er antwortete nicht, nahm ihre Hand und küsste sie auf die Innenfläche. Dann hob er Myriam hoch und trug sie zu dem kleinen Lager, das zu ihrem Boot geworden war, zu ihrem Liebeskahn. Sie lag ausgestreckt da und war wunderschön. Er wollte sie ganz sehen, die roten Locken, die ihre Stirn verdeckten, zur Seite streichen und in ihre honigfarbenen Augen eintauchen. Seine Hände schoben den Stoff ihres Hemdes zurück, strichen über ihre Arme und Beine und hielten an der Wölbung ihrer Hüfte inne. Er war bewegt, aufgewühlt von einer heftigen Dankbarkeit. Aneinander geschmiegt warteten sie vergeblich auf die Erfülltheit der ersten Tage, auf diesen Zustand des gesättigten Tieres, das nicht denkt, aber sie waren traurig und vernahmen beide die Stille, die sie trennte.

Myriam stand auf, zog ihr Hemd wieder an, band ihr Tuch wieder um und war erneut weit weg und fast fremd. Sie strich ihre Haare zurück, ohne ihn anzusehen, ohne seinem Blick zu begegnen.

»Möchtest du heißen Wein?«

Es war eine Art Gewohnheit, er antwortete, dass es ein Vergnügen wäre, und sie verließ ihn sogleich. Er hörte einen Moment lang das leise Klappern ihrer Sandalen, das in seinem Kopf hämmerte. Er liebte sie, aber sie war nicht glücklich. Sie hatte Angst, und es reichte aus, in ihre Augen zu sehen, um dies zu erahnen. Was konnte er tun? Ihr sagen, dass sie gehen würden, dass sie das erste Boot nehmen würden, obwohl er doch wusste, dass sie es nicht tun würden? Tausend Ketten banden ihn, und die stärkste Kette vereinte ihn nicht mit dieser Frau. Er war der Maître des Kompasses, eine Aufgabe, die er nicht aufgeben konnte, die er an seinen Sohn weitergeben musste. So geschickt und so begabt er auch sein mochte, Yaffuda wusste noch nicht alles. Er musste noch viel über die Karten und die Menschen lernen. Eines Tages würde sein Sohn mehr wissen als er, und an diesem Tag wäre Abraham frei.

Mit dem Rücken an die Wand gelehnt, staunte Abraham über so viel Bitterkeit, da das Leben ihn doch reich beschenkte. Myriam kam auf ihn zu, die Stirn über den aufsteigenden Dampf gebeugt, der nach Zimt roch. Sie reichte ihm lächelnd eine Tonschale. Er trank, erfüllt von einer vertrauten Wärme, begegnete ihrem Blick und sah, dass sie sich wegdrehte.

»Hast du die Arbeit an deiner Himmelskarte wieder aufgenommen?«

Der unersättliche Infant hatte ein neues Horoskop bei ihm in Auftrag gegeben. Er nickte und begann, ihr von seinem Tag zu erzählen, denn das war es, was sie wollte. So war es meistens, er erzählte ihr von seiner Arbeit, von seinen Sorgen mit den Karten, und sie wurde durch diesen subtilen Umweg zu seiner Vertrauten, obwohl sie eigentlich der Grund seiner Qual war. Er betrachtete sie. Sie war so jung, eingehüllt in ihr Tuch, versunken im Stoff, und dann schwieg er, dieses nichts sagenden Gesprächs überdrüssig. Er streckte die Hand aus, damit sie an seine Schulter käme, aber sie bewegte sich nicht. Eine Stille breitete sich aus, grausam, schwierig, die sie vertreiben wollte, aus Angst, sie zu verstehen.

»Bist du fertig mit meinen Büchern?«

Er hatte sie gelesen, ohne ein wunderbares Geheimnis gefunden zu haben, aber er sagte nichts. Sie hatte sich glücklich darüber gezeigt, seine Suche zu teilen, und wollte kein Geld für diese Lektüre annehmen. Er hatte nicht insistiert, denn er fürchtete, die zu kränken. Er war reich,

und sie lebte in ärmlichen Verhältnissen, aber er wusste, dass das kleinste Geschenk eine Beleidigung für sie wäre.
»Ich habe noch keine Zeit dazu gehabt!«
Er lächelte, und als sie nickte, kam derselbe Gedanke zurück und bedrückte ihn. Was konnte er ihr schon geben, worauf konnte er sie hoffen lassen? Er war alt, verheiratet, ein Gefangener des Schicksals, das ihn so hoch platziert hatte.
»Myriam …«
Mit einer Bewegung unterbrach sie ihn, strich seine Haare zur Seite und damit die ganze Schwere, die sie in ihm spürte.
»Erzähl mir von unserer Insel …«
Eine glückliche Insel, von den baskischen Matrosen entdeckt und weniger als drei Vertikale entfernt. Eine Woche auf See, bei starkem Wind, wenn man die genaue Strecke kannte.
»Das ist eine Brücke auf dem Meer …«
Er träumte ohne Mäßigung, wurde von der Sache davongetragen. Was hinter dieser Insel lag, das wusste man nicht. Es konnten noch viele Länder existieren, eine Insel von Brasilien, im äußersten Westen, ein irdisches Paradies, das auf dem Rand der Wölbung lag, bevor das Wasser hinunterstürzte. Es gab andere Länder im Osten, wo die Perlen genauso fein waren wie ihre Zähne, die Seide so weich wie ihre Haare. Lachend streckte er eine Hand aus, die sie zurückstieß. Das wäre nicht vernünftig, aber er sei nicht vernünftig.
Sie hätten schlafen wollen, in einen vertrauensvollen Schlaf eintauchen wollen. Es war heiß, wenn man so dicht beieinander lag. Abrahams Arm umschloss Myriams Taille und lag schwer auf ihr. Draußen ächzten die Fens-

terläden im wütenden Wind. Die Nacht wich, bald schon würde sie dahinschwinden. Sobald ein blauer Streifen durch die Fensterläden drang, würde er gehen müssen. Da war ein Abschiedsschmerz, eine Wunde, die die Stille vertiefte. Seit einem Monat sagte Abraham ihr Nacht für Nacht, wenn sie sich liebten, dass er nicht ohne sie leben konnte, dass er sie liebte und immer lieben würde, und sie glaubte ihm mit all ihrer Kraft, den Traum liebkosend, von dem sie nichts gesagt hatte. Weit weg fahren von dieser Welt, die sie Stück für Stück umbrachte, zusammen zu sein, frei und glücklich, ohne Verfehlung und Sünde, aber wenn sie sich geliebt hatten und er wieder er selbst war, ein Mann mit einem vorgegebenen Leben, hörte sie andere Worte, die nicht diejenigen waren, von denen sie träumte. Er verheimlichte nichts vor ihr, vertraute ihr seine Gedanken und seine Hoffnungen an, erzählte ihr von Nathans Fortschritten, von Yaffudas Kunstfertigkeit und sprudelte vor Stolz über, wenn er von seinem Sohn sprach. Sie lächelte, wenn sie ihm zuhörte, denn sie liebte ihn, aber auch wenn der Maître des Kompasses von Karten sprach, so sprach er doch nie von Booten.

Sie mussten schlafen. Sie bemühte sich, so zu tun als ob, sie atmete sehr leise, als ihr ein Seufzer entglitt.

»Ist etwas nicht in Ordnung?«

Diese dumme und lächerliche Frage verletzte sie. Nichts war in Ordnung, sie waren verdammt, beide waren sie Ehebrecher. Sie hielt ein Schluchzen zurück und zog die Decke mit einer abrupten Bewegung nach oben.

»Myriam …«

Er schaute sie in der Dunkelheit an, aber sie wollte ihn nicht sehen.

»Möchtest du, dass ich gehe?«

Er hatte nur schwer den Mut gefunden, diese Frage zu stellen. Was konnte er ihr versprechen, was konnte er ihr geben? Er brachte sie in Lebensgefahr, wenn er nur an sich dachte. Musste er gehen, um nie mehr zurückzukommen? Er wollte gerade mit traurigem Herzen aufstehen.

»Es ist noch früh …«

Zusammengerollt unter der Decke tat sie so, als hätte sie ihn nicht verstanden. Mit einer plötzlichen Bewegung, einem verzweifelten Aufschrecken, presste sie sich an ihn. Wenn er ginge, dann wäre sie nichts mehr, dann hätte sie alles verloren. Was sollte ohne ihn aus ihr werden, was sollte sie tun? Sie drückte ihn mit ganzer Kraft, vergrub sich in seinen Armen, während er ihr über das Haar strich.

26

Das ganze Viertel von Santa Eulalia drängte sich fröstelnd und steif, überrascht von einem eisigen Nordostwind, um den Glockenturm zusammen. In acht Tagen sei das blumige Passahfest und noch nie habe man zu dieser Jahreszeit eine solche Kälte gehabt. Der Winter vom Jahr 1381 war mild gewesen, aber der von 1382 schien nicht enden zu wollen. Die Gläubigen standen dicht gedrängt in der kleinen Kirche, die einen beim Altar, herausgeputzt und von hoher Herkunft, während die anderen halb verhungert waren. Llobera stand hinten im Schatten eines Pfeilers und war als Bürger gekleidet. Um ihn herum wurde im Stehen gebetet, die Männer trugen den scharlachroten Gürtel und die Frauen Garnstickereien. Er betrachtete sie nachdenklich und suchte nach einem Gesicht unter den gesenkten Hauben. Über dem Chor streckte ein steinerner Apostel die Hände aus. In seinem dunklen Mantel und mit seinem Bart erinnerte er Llobera an Ser Cresques, oder aber er sah ihn jetzt einfach überall. Die Worte des Priesters verloren sich in der kalten Luft, ein weißer Rauch, der sogleich verschwunden war, während neben ihm eine gierige Ungeduld und resignierte Hoffnung zunahm. Nach dem Gottesdienst verteilte der Vater die Brote der Opfergabe mit Mandeln und trockenen Feigen, die letzten Äpfel und die ersten Eier auf einem Bett von Buchsbaumzweigen. Es war Tradition, dass die

Reichen den Armen vor Ostern diese milde Gabe überreichten.
Die Gebete waren beendet, und die Menge eilte zum Portal. Llobera suchte nervös nach dieser Frau, als die Menge den Weg für einen Bruder von Saint Dominique oder jemanden, der sich als ein solcher ausgab, frei machte. Ein Mönch mit wildem Bart, dessen Sandalen und Mönchskutte mit Schlamm bedeckt waren.
»Hört mir zu, meine Brüder, hört mir zu!«
Laute von aufgebrachter Wut und stürmischem Glauben ließ sie erstarren. Der Dominikaner hatte glühende Augen und eine stählerne Stimme. Die Gläubigen schauten sich zögernd, fast schon ängstlich an.
»Seid ihr das heilige Volk Christi, meine Brüder? Seid ihr an diesem Freudentag zusammengekommen, um unseren Herrn zu ehren?«
So sahen sie gewiss nicht aus. Das Warten und die Kälte ließ sie an Ort und Stelle erstarren.
»In Wahrheit ist Christi Herz an diesem Tag der ausgelassenen Freude betrübt. Ihr betet zu unserem Herrn, aber ihr verneint das Wort des heiligen Evangeliums! Ihr akzeptiert, dass andere Menschen, die neben euch wohnen, im Irrtum bleiben. Sie erkennen den Sohn Gottes nicht an, verneinen die Heilige Dreieinigkeit, weisen die Heilige Jungfrau und die göttliche Erkenntnis zurück.«
Die misstrauischen Gemeindemitglieder schauten einander an. Sie kannten diesen Mönch nicht, und er konnte sich noch so bemühen, Katalanisch zu sprechen, sie hörten seinen kastilischen Akzent heraus.
»Ihr müsst wissen, dass die Juden euch dem Teufel übergeben. Sie verdammen euch durch ihre alleinige Anwesenheit.«

Ein Zittern lief über die gebeugten Schultern, eine eisige, stumme Angst.
»Unser Herr hat die Märtyrerkrone in Jerusalem und den Verrat der Juden kennen gelernt. Er wusste es, und er hat den Tod am Kreuz angenommen, um alle Menschen zu erlösen. Die Juden sind Menschen, Menschen wie wir. Denkt an euer Wohl, und denkt an sie! Entreißt diese armen Seelen den Klauen des Teufels!«
Der Bruder schrie mit tränenbelegter Stimme, und seine Worte prasselten mit voller Wucht auf die gesenkten Köpfe.
»Rettet euch, indem ihr sie vor den Flammen der Hölle rettet, oder fürchtet euch davor, am Tag des Jüngsten Gerichts für eure Feigheit zu bezahlen!«
Der Mönch schwieg und ließ einen feurigen Blick über die Gemeindemitglieder schweifen.
»Vergesst nicht, dass nur die Seele ewig ist. Das Leben ist nichts als Staub im Wind.«
Konnten sie es nicht wenigstens ein Mal vergessen? Hufgeklapper drang vom Platz herauf, die Tempelritter, die der Abend in blaues Leinen tauchte, kamen vorbei. Der Prediger streckte die Arme aus, segnete hastig die Gläubigen und verschwand, nichts anderes als den Klang seiner Worte hinter sich lassend.
Die Menge war erregt und schimpfte. Was konnten sie machen? Die Juden seien schon seit langem da. Solle man Christen aus ihnen machen, um sie in der Kirche neben sich zu haben?
»In Santa Catalina haben die Soldaten des Königs die Häuser der Prediger zerstört, die sich mit den Juden anlegten.«
Wusste dieser kastilische Bruder das? Gebeugt von einer

ungewissen Gewalt, schluckten die Dorfbewohner ihre Verbitterung hinunter. Immer gab man ihnen die Schuld, wenn die Mörder von Gottes Sohn schöne Häuser, gute Mäntel und hochgestellte Aufgaben hatten. Alles in allem war es vielleicht gar nicht einmal so ungerecht, wenn die Juden nach dem Tod in die Hölle kamen.

An die Mauer gelehnt, hörte Llobera diesem Murmeln zu und war darüber traurig, fast schon niedergeschlagen. Er hatte sich nicht bewegt, um diesen schlechten Mönch zu erwürgen, er war im Schatten stehen geblieben. Die Menge löste sich nach und nach auf, und plötzlich sah er sie, wie sie mit ihrem Schultertuch, das sie halb bedeckte, an der Mauer entlanglief. Er folgte ihr und schloss in zwei Schritten zu ihr auf.

»Hast du dir überlegt, was ich dir gesagt habe?«

Sie verneinte mit einem Kopfschütteln, das Gesicht aschfahl und die Züge so verkrampft, dass es aussah, als ob sie aus grauem Stein sei.

»Zwei Kronen in der Woche, auch wenn du nichts weißt.«

Er streckte die beiden Silberstücke aus und sah ihr mageres Gesicht vor Verlangen aufbegehren.

»Ich weiß nichts, gnädiger Herr.«

Sie zitterte von Kopf bis Fuß, und Llobera hatte gute Lust, sie in Ruhe zu lassen, als er ihren Blick sah. Aber der Call war ein sumpfiges, dunkles und undurchdringliches Gewässer für jeden, der kein Jude war. Und er verstrickte sich Monat um Monat mehr darin. Ein Pergamentmacher unterrichtete ihn zu einem horrenden Preis über die Bestellungen der Cresques, aber der Mann log gewiss.

»Ich möchte nur das Beste für deinen Maître.«

Maria schüttelte verzweifelt den Kopf. Sie wollte dieses Geld nicht. Sie wiederholte, dass ihr Maître ein guter

Mensch sei, dass er ihrem Sohn viele Dinge beibringe wie lesen oder Karten erstellen.
»Was würde man in der Stadt sagen, wenn man es wüsste?«
Warum sollte ein Jude sich derart um einen kleinen Bediensteten, den Sohn eines Matrosen, kümmern? Er wusste, was man über sie und ihren Sohn sagen würde, und sie wusste es auch. Sie stieß ein verlorenes Seufzen aus, und er griff nach ihrer Hand.
»Du wirst mir jede Woche erzählen, was du weißt.«
Llobera lief im Sturmschritt zur Zitadelle hinauf, ein Ritter ohne Ross, ohne Achtung. Er sah die Bedienstete im Schatten zittern und konnte ihre Angst fast riechen. Hatte er das Schwert ergriffen und den Schwur, Ritter zu sein, für ein solches Unternehmen abgelegt? Seine Seele vergewisserte sich, dass er seinen Verpflichtungen treu blieb, denn noch heute Abend würde er den Statthalter aufsuchen und ihm von dieser aus Kastilien stammenden Pest von einem Prediger erzählen, der mit dem Frühling aus dem Meer erschienen war. Er würde seine Juden beschützen, aber er spürte die Wut, trug er doch tief in sich die bittere Gewissheit, dass er diese Frau mit Judas' Denaren bezahlt hatte.

27

Die Liebenden lagen nebeneinander ausgestreckt und pressten sich wegen der Winzigkeit des Lagers und dem Bedürfnis, sich zu spüren und zu berühren, eng aneinander. Die Nacht war alt, bald würde der Augenblick der Trennung kommen. Ein frühlingshafter Hauch drang zu ihnen vor, der sanfte Duft des blühenden Jasmins. Sie sprachen nicht miteinander, lauschten aufmerksam der Stille, verstanden sich durch ein Streicheln über das Gesicht, durch einen Kuss in die Mulde der Schulter, denn sie litten unter demselben Kummer. Das Wetter wurde mild, und mit dem Frühling kamen die Boote zurück. Würde Léo Mosconi eines Tages an Bord eines dieser Boote sein? Sie liebten sich seit einem Jahr, ein Jahr, das flüssiger als Wasser war. Sie waren sich nah und fern, ihr Geheimnis lastete nach und nach immer schwerer auf ihnen, und auch wenn sie nicht darüber sprachen, so dachten sie doch unablässig daran. Myriam bewegte ihren Arm und entblößte dadurch ihre Brust. Abraham legte seine Hand auf diese Blüte des Körpers. Er liebte es, die Sanftheit ihrer Haut zu spüren, diese Jugend, die sie ihm schenkte, wodurch sie ihm ein wenig von seiner wiedergab.

»Es ist so weit.«

Sie antwortete nicht, lag unbeweglich und angespannt da, die Hand auf dem Mund. Jemand öffnete das Gatter des Gartens. Das leise Quietschen schwebte über der Stille. Sie setzte sich verzweifelt im Bett auf. Hatte sie den Riegel der Tür vorgeschoben? Jemand klopfte so heftig an die Tür, dass er die ganze Straße wecken würde. In Windeseile standen sie verstört und halb bekleidet auf. Eine Stimme drang angstvoll zu ihnen vor.

»Öffnet, ich bitte Euch!«

Sie warf Abraham einen verzweifelten Blick zu, warf sich in ihr Kleid, ergriff ihr Tuch. Sie rannte über die kalten Steinplatten und öffnete die Tür einen Spaltbreit.

»Na Mosconi!«

Jacob Bellshons tauchte mit halb verrücktem Ausdruck im Gesicht im Flur auf.

»Es geht um Hannah! Sie hat große Schmerzen!«

Er rang mit den Händen, ohne die Blässe der jungen Frau oder das Durcheinander ihrer Kleidung zu bemerken.

»Kommt schnell!«

Sie nickte, rannte in das Zimmer ihres Mannes, wo das Mohnpulver war, das Schmerzen beruhigte. Sie kam zurück, ergriff ihren Schleier am Nagel, und da sah er ihn, schwarz, ohne die kleinste Verzierung, ein Männermantel, den er genäht hatte. Jacob wich einen Schritt zurück. Durch die halb offene Tür beleuchtete der Mond das Laken mit einem spöttischen Glitzern. Er sah Myriams zitternden Mund und wurde von Ekel ergriffen. Die Flamme flackerte in der Lampe, die er vor sie hielt.

»Es sind noch keine acht Monate …«

Er antwortete nicht, ihm wurde übel. Er musste sich von dieser Frau fern halten. Dann wurde er vom Zweifel ergriffen, der ihn wieder aufrichtete. Er verlor vor lauter Angst und Kummer den Kopf. Sie liefen, rannten schon fast, und er wusste nicht, wie sie bei seiner Tür angekommen waren. Im Zimmer weinte Hannah und hielt ihren riesigen Bauch mit beiden Händen fest.

»Ich werde sie verlieren …«

Sie hatte es sich in den Kopf gesetzt, dass sie eine Tochter haben würde, wenn der Allmächtige es zulassen würde. Sie hatte schon zweimal ihr Kind verloren. Myriam beugte sich lächelnd und beruhigend über sie.

»Jacob, ich brauche Wasser …«

Unfähig, sie anzusehen, ging er hinaus, den Krug zu holen, kam zurück und stellte einen Kessel auf das Feuer.

»Lass uns jetzt allein …«

Er wartete in seinem Atelier, der Stoff um ihn herum war zusammengesunken. Er kannte diesen Mantel, er hatte ihn an genau diesem Platz genäht, Stich für Stich, mit dem Gefühl, sich bei jedem Nadelstich zu verraten. Er erinnerte sich an den Tag, an dem Ser Cresques mit den Seinen vor aller Augen zu ihm ins Atelier gekommen war. Die Bestellung bescherte ihm über einen Monat Ruhe, denn Abraham zahlte großzügig und sofort. Er errötete bei diesem Gedanken, hatte den Eindruck, dass er sich mit zwei Ellen Stoff kaufen ließ. Dieser Mantel gehörte bestimmt der alten Rachel, und er hatte schlecht gesehen. Er wollte dies glauben und glaubte doch nicht daran. Jacob stand auf, angetrieben und gereizt vom Schmerz. Er wollte an Hannah denken, ihr mit einem Gebet helfen, doch tausend Bilder beschmutzten es. Na Mosconi bei der Versteigerung, damals, als Ser Cresques alle ihre Bücher kaufte, derselbe Mann, dem sein betrogenes Herz in der Synagoge dankte. Abraham hatte die Gesetzestafeln verraten. Er hätte sich übergeben können, als ihm ein schwer zu ertragender Verdacht kam,

denn aus diesem schwarzen Tuch hatte er zwei Mäntel genäht.
»Geh und hol sofort Rachel!«
Hannah brüllte, die Hände in die Laken vergraben, so verängstigt, dass er ohne nachzudenken gehorchte.

In dem mit Dampf erfüllten Raum nahm die Hitze zu, wurde erdrückend. Myriam hielt Hannah an den Schultern fest, sie musste gehen, das Kind musste nach unten rutschen.
»Ich bin zu schwer für dich, du Ärmste!«
Hannah richtete sich auf, der Schmerz ging vorbei, ein Messer zog sich langsam wieder aus ihren Hüften zurück.
»Hab keine Angst, meine Kleine.«
Rachel war angekommen, eine undurchschaubare Erleichterung umfing sie. Die alte Frau hatte so viele Kinder auf die Welt gebracht, dass schon ihre Anwesenheit ein Trost war. Sie legte vertrocknete Zweige auf Hannahs Bauch.
»Man muss das Kind drehen. Gib mir Wasser.«
Sie reichte Jacob ihren weiten Umhang, sah, dass ihm schlecht war und dass er sich in ihrem Mantel verhedderte.
»Geh raus, du hast hier nichts zu tun!«
Mit einer Geste schickte sie ihn auf die Straße hinaus.
Der junge Schneider lauschte der Nacht, den Schreien, die sich manchmal erhoben, und der Stille, die noch beunruhigender war. Er lief in seinem kleinen Laden auf und ab, und es fühlte sich so an, als ob sein Herz in einem Schraubstock eingespannt war. Wenn er Hannah verlieren würde, was für einen Sinn hätte sein Leben dann

noch? Wenn sie das Kind verlieren würde, was würde dann aus ihr werden? Es hatte ihr genügt, zu wissen, dass sie schwanger war, damit sich dieser schwarze Schleier, der ihr Herz umschloss, auflöste.
Sie sprach den lieben langen Tag davon, die Hand auf ihrem gewölbten Bauch. Wenn es ein Junge würde, würde Jacob ihn Isaac nennen, nach seinem Vater, aber wenn es ein Mädchen würde, würde sie sie Sarah nennen. Sie liebte diesen Namen, den schönsten in Galiläa. Er hörte sie schnattern und lachen, hörte sie sagen, dass Ser Cresques das neue Bad gespendet haben würde, wenn es Zeit für den ersten Kirchgang der Wöchnerin wäre. Wie weit weg das schien, diese glühenden Momente in ihrem Bett, als sie Namen ausgesucht hatten. Er presste die Zähne aufeinander, schaute in den dunklen Himmel, wandte den Blick vom Mond ab, der in blauem Glanz aufleuchtete. Dann versuchte er, sich mit vertrauten Worten und einer beständigen Bewegung zu beruhigen, als ein Schrei die Stille durchbrach. Bei diesem Schrei, der wie der eines Tieres klang, warf er sich gegen die Tür.
»Ich flehe Dich an, ich flehe Dich an …«
Er bat den Herrn mit ganzem Herzen, mit seinem ganzen Sein, sie leben und eine kleine Tochter haben zu lassen. Er würde der Frommste, der Treueste sein, er würde alles das tun, was seine Gebote verlangten. Er betete lange in einer Stille, die noch schlimmer war als die Schreie. Der dunkle Himmel verblasste nach und nach, der Mond verschwand wie ein altes Gesicht, das man verloren hatte, und Jacob saß auf dem Steinabsatz und wartete. Er konnte nicht sprechen, als die Tür sich öffnete. Jemand zupfte an seinem Ärmel, und er trat

in das Zimmer ein, in dem Hannah mit einem Tuchknäuel im Arm dasaß. Sie lächelte ihn an, erlöste seine Seele, öffnete das Wickeltuch, und ein kleiner runder Fuß ragte aus dem Stoffhaufen heraus. Sarah schlief, rot, zerknittert und mit erstaunlich spitzem Kopf.

28

Der Sabbat zog sich mit einer verdrießlichen Langsamkeit in die Länge. Yaffuda saß am Fenster seines Zimmers und strich über Pergamentblätter, ohne Nathan zuzuhören. Sie hatten bereits zwanzigmal darüber gesprochen, und er war in Gedanken woanders. Doch sein Cousin, der mit gekreuzten Beinen auf seinem Bett saß, würde sich nicht mit so wenig zufrieden geben.

»Was denkst du darüber?«

Er schwenkte ohne Erfurcht das alte Buch und begeisterte sich dafür trotz des gemäßigten Tons des Griechen. Herodot übertrug sehr sorgfältig einen phönizischen Bericht, den er für zweifelhaft hielt. Die Matrosen von Tyr seien über das Rote Meer an der afrikanischen Küste entlanggefahren. Die Sonne ginge für gewöhnlich backbords auf, aber eines Tages, als sie an den Küsten entlangfuhren, behaupteten sie, dass sie steuerbords aufgegangen sei. Herodot berechnete und mäkelte, er hielte dies für unmöglich, denn jeder wüsste, dass die Sonne immer im Osten aufginge.

»Denk doch mal nach! Wenn sie den Kurs gewechselt haben, ohne es zu wissen, wenn sie um den Kontinent herumgefahren sind?«

Yaffuda lächelte, wurde von diesem Enthusiasmus erfasst. An der afrikanischen Küste entlangfahren und die bekannten Gebiete hinter sich lassen, das war ihr üblicher Traum, ihre vertraute und verrückte Geschichte.

Aber keiner konnte sagen, wie weit die Phönizier hinuntergefahren waren, keiner hatte ihre Route gewählt, um sich in diese fremde Welt vorzuwagen, in der das Meer erstrahlte und schmolz wie Lava, wenn es nicht rauchte, und dicht und schuppig wie die Haut eines Drachens war.

»Laut einigen Berichten endet Afrika in einem Schlangenschwanz!«

Nathan warf seinem Cousin einen feurigen Blick zu. Es ginge nicht um eine Angst einflößende Sage, sondern darum, einen neuen Weg zu finden. Konnte man Afrika umfahren, über das Meer zum Ozean gelangen, der die orientalischen Paläste umspülte? Er schloss die Augen, segelte auf dem Schwarzen Meer. Yaffuda konnte ihn nicht begleiten. Sein Herz war erfüllt von einer einfacheren und dennoch nicht weniger schwierigen Reise, und er stand etwas zögerlich auf.

»Möchtest du mit mir kommen?«

Nathan öffnete die Augen und lächelte.

»Du möchtest wirklich, dass ich mitkomme?«

Yaffuda errötete, ohne zu antworten. Abend für Abend hatte er Marco Polos Buch ins Hebräische übertragen.

»Du musst es verschenken, Yaffuda, alter Freund!«

Mit leichtem Herzen und den Blättern unter dem Arm überquerte der junge Mann den Platz, aber als er vor der Tür stand, wagte er es nicht mehr, anzuklopfen. Der Rabbiner, der ankam, entdeckte ihn, wie er die Hand in die Luft hielt.

»Guten Abend, mein Junge.«

Yaffuda stammelte, wusste nicht, wie er sagen sollte, dass er ein Buch für seine Tochter brachte, als Isaac ihm diese Sorge nahm.

»Esther, du hast Besuch. Komm herein, Yaffuda.«
Sie saß in dem kleinen Garten auf einer Bank. Über ihr glänzten die zarten Rosen bereits, die durch die engen Mauern vor dem Wind geschützt wurden. Ein Duft nach Kindheit und Rosen erfüllte den anbrechenden Abend.
»Gesegnet sei der, der kommt.«
Die Worte waren sanft, und der Blick war brav gesenkt. Yaffuda wagte nicht, sich zu bewegen. Er hielt kläglich die dicken, zusammengenähten Blätter fest.
»Das ist das Buch von Marco Polo.«
Ein Lächeln umspielte ihre Lippen. Sie mochte ihn gern, sie mochte vor allem die Verwirrung, in die sie ihn versetzte und die ihr das Gefühl gab, eine merkwürdige, unbekannte und angenehme Macht auszuüben. Sie legte die Blätter auf die Bank, ohne sie anzusehen.
»Ich bin sehr durstig, meine Liebe.«
Es war trotz der frühlingshaften Nacht warm. Sie betraten den Raum, in dem Esther hin und her lief, die Kräuter mit anmutiger Geste ins Wasser warf und Honig mit dem Minzaufguss vermischte.
»Man erzählt im Call, dass ihr eine Karte des Landes Bretagne zeichnet.«
Er antwortete mit einem Nicken, denn er wollte nicht lügen, und dies war ein Gerücht, das sein Vater ausstreuen ließ, damit er in Ruhe arbeiten konnte.
»Wirst du sie mir zeigen, Yaffud?«
Sie lächelte und reichte ihm eine Tonschale. Nichts konnte süßer sein als das, was er soeben trank.
»Ihr arbeitet alle daran? Selbst Nathan?«
Ihre gesenkten Wimpern warfen einen gebogenen Schatten auf ihre rosigen Wangen. Er hatte Lust, ihr zu sagen,

dass Nathan noch nicht so weit war, dass er noch nicht allein eine unbekannte Karte zeichnen konnte, aber er nickte nur. Draußen überzog der aufsteigende Schatten langsam die Rosen.

»Der Sabbat geht bald zu Ende.«

Der Rabbiner stand auf, und Yaffuda konnte nicht länger bleiben. Er wollte sich mit klopfendem Herzen verabschieden, als jemand an die Tür pochte. Er erwartete, Gott weiß, warum, Nathan eintreten zu sehen, und war erstaunt, als er Simon Duran entdeckte.

»Dass der, der ankommt, gesegnet sei.«

Esther war aufgestanden und lächelte den jungen Mann, der seinen Mantel auszog, an. Er kam von Saragossa. Warum besuchte er sie hier, kaum dass er angekommen war? Eine purpurfarbene Flut ergoss sich über Yaffudas Seele. Simon Duran studierte die Tora und würde eines Tages gewiss Rabbiner sein.

»Wie geht es dir, mein Junge?«

»Sehr gut, Moreh.«

»Und wie geht es unseren Brüdern?«

In Kastilien seien die Zeiten bitter. Die Synagogen würden geplündert, die Schriftrollen in den Wind geworfen. Isaac begann bereits, sich deswegen zu beunruhigen, als der Bote ihn eines Besseren belehrte.

»Sie schicken mich zu Euch. Ich fürchte, ich bringe eine schlechte Nachricht.«

Ein Engel flog vorbei und streifte sie mit seinem Flügel.

»Es handelt sich um Ser Mosconi.«

Die Gemeinschaft von Saragossa hatte eine Nachricht erhalten, die sie durch Simon, der seine Mutter besuchen wollte, an die Aljama von Mallorca weiterleiten wollte. Man hatte einen von Raben zerfetzten Körper in einem

Graben am Pass von Malasena gefunden. Ein unter den Gürtel des Toten geschobenes Pergament trug den Namen Léo Mosconi.
»Mehr weiß man nicht darüber.«
Der Mann sei schon vor langer Zeit gestürzt. Die Schafhirten, die den Kadaver gefunden hatten, behaupteten, dass er weder Geldbörse noch Gepäck bei sich gehabt habe, aber das sei nicht erstaunlich. Es brauche weniger, um sie in Versuchung zu führen.
»Diese Menschen haben ihn beerdigt und den Brief dem Alkalden des Dorfes übergeben.«
Esther machte sich Sorgen um die arme Na Mosconi. Yaffuda war genauso untröstlich wie Simon Duran.

Der Rabbiner ging zur Oberstadt hinauf, entlang der nebeneinander liegenden, ruhigen Häuser, die sich für die Nacht schlossen. Er dachte an den Arzt, an all das, was man über ihn gesagt hatte, obwohl er tot und weit weg von den Seinen war, allein und ohne Grabstätte. Er drückte das kleine Gatter ihres Hauses auf, und sein Herz war erfüllt von Kummer.
»Guten Abend, meine Schwester.«
Sie wartete im Schatten der Tür und war so bleich, dass er den sonderbaren Eindruck hatte, als fürchte sie seinen Besuch. Der Blick der jungen Frau konnte dem seinen nicht standhalten. Er folgte ihr in die Küche, in der eine Öllampe angezündet war. Das Feuer war am Ausgehen, der Raum war warm und trotz des halb geöffneten Fensters etwas verraucht. Die alte Rachel saß da und schälte bedächtig Mandeln. Diese ruhige Anwesenheit war eine Erleichterung.
»Meine Schwester …«

Wie zerbrechlich Myriam wirkte, als sie angespannt und wie erstarrt vor der Tür stand.
»Die Gemeinschaft von Saragossa hat mir geschrieben.«
Mehr konnte er nicht sagen. Sie kam zum Tisch, wo sie sich abstützte.
»Er ist tot, oder?«
Er nickte. Die junge Frau setzte sich mit starrem Blick.
»Der Allmächtige nimmt ihn bei sich auf.«
Er erzählte das Wenige, das er wusste, in überflüssigen Sätzen. Er suchte nach Worten des Trostes, fand aber keine.
»Wir werden dafür beten, dass er in Frieden ruhen möge.«
Von diesem Abend an würde er zehn Männer für das Totengebet vereinen. Myriam antwortete nicht, sie schien die beruhigenden Worte des Rabbiners und der alten Frau kaum zu hören. Sie sahen sich besorgt an, erwarteten Schreie, Tränen, etwas anderes als diese eisige Starrheit.
»Meine Kleine …«
Rachel legte eine Hand auf ihre Schulter, und der Rabbiner schaute sie mit vertrauensvollen Augen an. Sie wussten beide nicht, wie beschmutzt sie war. Eine Erinnerung stieg in ihr hoch, fast schon ein Geständnis.
»Er liebte Kinder.«
Er folgte ihnen mit Blicken auf der Straße, hielt sich damit auf, ihnen beim Spielen zuzusehen, und diese stumme Betrachtung machte sie verrückt. Sie sah Léo wieder vor sich, unter dem Baldachin am Tag ihrer Hochzeit, glücklich, liebend. Er hatte sie nicht belogen, er hatte sie nicht verlassen. Plötzlich schmolz die bittere Kugel, die auf ihre Brust drückte, und sie wusste, dass die Tränen kommen würden.

29

Abraham wartete. Die Stunden und Tage waren so lang wie die Ewigkeit, aber heute Abend war Sabbat, und er würde sie vielleicht wiedersehen. Seine Hoffnung klammerte sich an alles, ungeachtet des kleinsten logischen Gedankens. Er liebte sie, sie gehörte zu ihm, nichts konnte daran etwas ändern. Myriam, ihre sanfte Haut und ihre Augen, die so schön waren, wenn sie sich geliebt hatten.

Als er sie zur Beileidsbezeugung mit den Seinen besucht hatte, hatte Simon Mosconi ihn empfangen. Er sah abgezehrt aus, seine Kleidung hatte er gemäß dem Trauerritual zerrissen, und sein Bart verdeckte seine Wangen.

»Der Herr möge euch trösten, so wie er die Trauernden von Sion und von Jerusalem tröstet.«

Es waren nur Worte, aber Simon erwartete keinen anderen Trost von ihm. Während er diese Worte aussprach, suchte er gegen seinen Willen mit Blicken im Flur und in der Küche nach ihr. Er verabscheute seine Heimlichkeiten und brannte gleichzeitig darauf, sie zu sehen. Sie fehlte ihm wie ein Stück Fleisch, das man aus ihm herausgetrennt hatte. Es war ein solch großer Schmerz, dass er diesen unglücklichen jungen Mann hasste, weil er das Recht hatte, bei ihr zu sein.

»Wie geht es ihr?«

Cédatar fragte mit angemessenem Mitgefühl. Simon hatte auf die Treppe gezeigt, und sie war gemäß ihrer Aufgabe als Frau hinaufgestiegen. Abraham war bei den Männern unten geblieben, ohne sich ihr nähern oder auch einfach nur mit ihr sprechen zu können. Er hatte das Gefühl, dass der Call sich wie ein Reusennetz um sie geschlossen hatte. Nachts jedoch, wenn die Abwesenheit zu schwer zu ertragen war, näherte er sich dem kleinen Gatter, und der purpurne Duft der Lorbeerbäume entfachte das Herz des alten verrückten Mannes, der er war. Schmerz floss in seinen Venen und erfüllte seine Gedanken derart, dass es ihm unmöglich war, etwas anderem auch nur die geringste Aufmerksamkeit zu schenken.

»Für mich ist es eine gute Karte, aber ich hätte gerne deine Meinung, Abraham, wenn du vom Mond herunterkommst!«

Wie lange schon hielt Salomon ihm dieses Stück Pergament hin? Es war Nathans letzte Arbeit, eine Karte von Sardinien, außergewöhnlich genau. Nichts, das nicht bekannt wäre, aber der Junge hatte enorme Fortschritte gemacht. Es schien, als sei Salomon sehr geduldig gewesen, denn er lachte über seine Distanziertheit und glaubte, er sei in die Bewegung der Planeten vertieft, obwohl ihm doch alles egal war und er dieses Lachen und diese ruhige Freude ganz einfach nicht ertragen konnte.

»Vielleicht finde ich dort zur Ruhe!«

Mit ausgreifenden Schritten lief er in den hinteren Teil seines Gartens, verärgert darüber, dass er sich zu diesem lächerlichen Zornausbruch hatte hinreißen lassen. Er hatte genug von den Seinen und von seinem verachtenswerten Leben. Die Bestellungen strömten nur so herein, Nathans Gegenwart verbreitete eine tägliche und angenehme Freude im Haus, denn die jungen Leute lachten und scherzten den ganzen Tag, aber er lebte wie ein Schatten mitten in diesem vertrauten Glück, allein und von Liebeskummer verzehrt. Die Nacht war schlimmer als der Tag, denn dann überwältigten ihn die Bilder, die ihn tief bewegten und rothaarig waren. Er wurde von einer Sanftheit erfüllt, gegen die er nichts tun konnte. Wenn er sie wiederfinden würde, würde er sie mitnehmen! Niemals mehr würde er zulassen, dass andere sie trennen konnten. Er dachte an ihren Schmerz, an ihre Angst an dem Abend, an dem Jacob gekommen war, an das ganze Leiden, das er ihr zugefügt hatte, und an das Gewicht dieser Verfehlung, das nicht gerecht zwischen ihnen aufgeteilt war. Wenn sie es wollte, würden sie weggehen.

Er wollte diesen Traum hegen, seine Langeweile täuschen und die Wahrheit, die, wie er wusste, ganz anders war, vertreiben. Er setzte sich auf seine Alt-Männer-Bank im Schatten des Mandelbaums. Hinten im Garten tünchten Arbeiter die Mauern des Mikwe mit Kalk. Es waren maurische Gefangene, die mit entblößtem Oberkörper, über den der Schweiß der Frühjahrshitze rann, dort arbeiteten. Ein dreckiger Turban schützte ihren Kopf, ein Lendenschurz bedeckte die Hälfte ihrer braunen Beine. Sie hatten nichts, nicht einmal die Freiheit, und Abraham beneidete sie so sehr, dass er ihre weißen Zähne, ihre angespannten Muskeln und ihre vor Jugend strotzende Kraft hasste.

»Dir geht es nicht gut hier auf dieser Bank …«

Cédatar kam, von Salomon alarmiert, auf ihn zu. Nein, es ging ihm nicht gut, er litt und war ein Gefangener eines schrecklichen Reigens der Langeweile.

»Gesegnet sei der, der kommt!«

Isaac kam ebenfalls mit aufgeregter Miene zu ihm.

»Etwas Granatapfelwein, Moreh?«

Er antwortete, dass er dies mit Freuden annehmen würde, aber er zeigte keine. Eine undeutliche Geste bat ihn, sich zu setzen, während Cédatar etwas holen würde, um sie zu erfrischen.

»Kommst du, um zu sehen, wie weit wir sind?«

Abraham zeigte auf das Mikwe, das nur langsam fertig wurde. Er schüttelte den Kopf, er konnte nicht antworten, geschweige denn sprechen. Cédatar lief hin und her, und als sie zurückkam, zeigte sie auf einen Krug voll sirupartiger Flüssigkeit.

»Ihr solltet ins Haus gehen. Drinnen könnt ihr besser sprechen.«

Da sie schwiegen und weiterhin unbeweglich dasaßen, schüttelte sie den Kopf und überließ sie ihren Männerangelegenheiten.

»Abraham, ich muss mit dir sprechen.«

Doch wie sollte er mit ihm sprechen. Es war so widersinnig, hier hinten im Garten.

»Jemand hat dich gesehen.«

Die Stille lastete auf ihnen, die Blätter des Baumes raschelten kaum, es war, als hielte man sich die Ohren zu.

»Jemand hat deinen Mantel gesehen.«

Isaac brachte die Worte durcheinander, er verstrickte sich, als er erklärte, dass jemand eines Nachts seinen Mantel bei einer allein stehenden Frau gesehen habe. Nun ja, derjenige, der ihn gesehen habe, glaube, dass es sein Mantel gewesen sei.

»Wer behauptet das?«

Abraham war aufgestanden, so bleich, dass er schon fast grau war, aber Isaac antwortete nicht. Er hatte dem jungen Schneider Stillschweigen zugesichert und sah ihn wieder vor sich, so unglücklich, dass er nicht ruhig stehen bleiben konnte, ihm versichernd, dass er kein *Malsin* war, kein Verräter des Beth Din, der der schlimmsten Anprangerung auflauerte. Jacob wusste, dass er Ser Cresques Ehre angriff, und er ertrug den Gedanken nicht, aber er hatte einen Mantel wie den seinen, aus demselben Stoff und ohne das Zeichen gesehen, dessen war er sich sicher.

»Man hat deinen Mantel bei Na Mosconi gesehen …«

Das war alles, was er sagen konnte. Abraham war unter dem Hieb zurückgewichen, und Isaac wusste nicht, wie er dem Kummer, den er in seinen Augen las, widerstehen sollte.

»Und du bist es, Isaac, der mir das sagt?«

»Ich musste mit dir darüber sprechen.«

Abraham atmete tief ein, der Schmerz rann über seine Seele. Er musste ihn in Wut und Verachtung umwandeln, um Myriam zu schützen. Wenn er auch nur den kleinsten Zweifel bestehen lassen würde, würden sie sie mit Beleidigungen bewerfen.

»Hat sie denn noch nicht genug gelitten? Muss man sie auch noch in den Schmutz ziehen?«

Er richtete sich zu seiner ganzen Größe auf, mit einem Blick, der vor feuriger Wut glühte.

»Ich habe nichts mit denen zu schaffen, die mich beleidigen!«

»Ich musste mit dir darüber sprechen, das weißt du genauso gut wie ich.«

Isaac sah ihn flehentlich an, aber Abraham konnte sich nicht beruhigen. Ein Sturm trug ihn mit sich fort, eine kompromisslose Welle der Gewalt und der Wut.

»Ich habe nichts mit denen zu schaffen, die mich grundlos beschuldigen und die meinen Mantel sehen, ohne ihn wirklich genau gesehen zu haben! Man hat meinen

Mantel gesehen, man denkt es, man glaubt es, und dir reicht das aus!«

Isaac machte eine besänftigende Geste. Er habe einen kurzen Moment lang daran gezweifelt, das müsse er zugeben, aber er sei derart erleichtert, dass man sich getäuscht habe.

»Ich glaube dir, dass es nicht dein Mantel gewesen ist, Abraham, aber ich musste mit dir darüber sprechen, so wie ich das Gesetz wahren muss. Ehebruch ist ein Verbrechen.«

»Bist du dir dessen sicher, oder glaubst du das?«

Durch den spöttischen, verächtlichen Ton, der in der Stimme seines Freundes aufflammte, spürte Isaac Wut in sich aufsteigen.

»Ich bin Rabbiner, Abraham!«

»Aber du bist nicht der König Israels. Ich bin hier bei mir zu Hause, und ich muss mir deine Verleumdungen nicht anhören!«

»Wie kannst du mich derart beschimpfen? Ich bin gekommen, um mit dir zu reden, und du bezichtigst mich der Verleumdung? Glaubst du denn, dass du alles sagen und machen kannst, dass dir alles erlaubt ist?«

Isaac schrie, wütend und verärgert darüber, dass man ihn so falsch verstand. Er sah, wie Abraham den Arm hob und dann wieder senkte. Am Ende des Gartens hatten die Arbeiter aufgehört zu arbeiten. Sie warteten statuengleich ab, was passierte.

»Ich werde nichts mehr sagen, und ich werde nichts mehr für euch tun.«

Isaac starrte ihn an, verstört darüber, die unbeweglichen Arbeiter vor den Steinen zu sehen.

»Abraham …«

Die Mauern des Bades waren geheiligt worden. Dies war eine Verleumdung, eine so schwer wiegende Beleidigung, dass der Rabbiner einen Schritt zurückwich.
»Du nimmst dein Wort zurück?«
Das war unmöglich. Isaac machte einen Schritt nach vorn, eine Geste, aber er begegnete einem vor Verachtung strotzenden Blick.
»Ihr braucht kein Bad. Nichts kann euch den Schmutz abwaschen, der in euch ist!«

30

Die fünfundzwanzig Richter saßen in dem kleinen Zimmer. Die erdrückende Hitze, die durch die offene Tür strömte, entlud eine greifbare, bebende Gewalt. Jeder hatte es mit eigenen Augen gesehen, Abraham hatte den Zugang von der Straße her zugemacht.

»Weißt du, warum?«

Ohne zu antworten, starrte der Rabbiner Jacob an, der den Blick senkte.

»Bricht er seinen Schwur?«

Das war undenkbar und unmöglich laut dem betroffenen Flüstern, das sich zwischen den Bänken erhob.

»Das erstaunt mich nicht.«

Ibn Rich, der die Männer mit einem stechenden Blick beherrschte, setzte die Miene eines Propheten auf, dem man die Aufmerksamkeit verweigerte. Die Fragen ertönten um Salomon, der zu überrascht und bestürzt und deshalb kaum in der Lage war, darauf zu antworten.

»Aber warum macht er das denn?«

Abraham hatte dieses Mikwe nicht nur versprochen, er hatte es in der gewünschten Größe und auf seine Kosten bauen lassen. Die Quelle seines Gartens würde außerdem das öffentliche und für alle geöffnete Bad speisen. Er war kein Mann, der seine Meinung einfach so änderte.

»Ganz egal, was seine Beweggründe sind, er widersetzt sich der Tora.«

Hayyim sprach im Namen des Gesetzes, obwohl er ei-

gentlich vor Rache brannte. Isaac begegnete seinem giftigen Blick, stand auf und sprach mit einfacher und reiner Stimme.
»Wir haben eine Auseinandersetzung gehabt, Abraham und ich. Ich war wütend, ich gebe es zu, und ich habe den Rat der Heiligen Schrift nicht beachtet.«
Die Richter sahen einander an, erstaunt über dieses Geständnis, und neugierig, den Grund für diese Auseinandersetzung zu erfahren. Bestimmt eine Geschichte wegen einer Hochzeit, wegen der Mitgift …
»Es handelt sich nicht darum, eine Auseinandersetzung zu beurteilen. Wenn der große Rat zusammengekommen ist, dann deshalb, weil unsere Gemeinschaft keinen Zugang mehr zu einem Mikwe hat, das geheiligt wurde. Abraham Cresques war nicht dazu verpflichtet, uns dieses Bad anzubieten. Doch laut dem Gesetz gehört es ihm jetzt nicht mehr.«
»Derjenige sei verflucht, der mit der einen Hand gibt, was er mit der anderen nimmt!«
Moïse Saportas verlieh der allgemeinen Meinung Ausdruck, er, der noch niemals etwas mit der einen oder mit der anderen Hand gegeben hatte. Abraham Cresques sei dieses Mal zu weit gegangen. Er gehöre nicht mehr zu ihnen. Dieser Satz verbreitete sich über die Bank, und Salomon betrachtete die Männer, seine Freunde, seine Brüder, mit dem Gefühl, sie noch niemals gesehen zu haben. Was hatte Abraham ihnen angetan? Er hatte den einen mit vollen Händen bezahlt, weil er wusste, dass er in Schwierigkeiten war, er hatte den Sohn des anderen unter seinem Dach aufgenommen und ihn wie den seinen behandelt. Ja, Abraham war anders, er trug das Zeichen
weder auf der Schulter noch im Herzen.

»Abraham ist einer von uns. Daran könnt ihr nichts ändern.«
Hayyim musterte den kleinen Mann von oben herab.
»Die Mikwe ist geheiligt worden. Abraham verstößt gegen das Gesetz, das weißt du, und er weiß es noch besser.«
Salomon schaute die Richter an, bleich vor Unruhe.
»Ihr wollt ihn aus unseren Reihen verbannen?«
Das hebräische Wort kam nicht über seine Lippen. Der *Herem* war ein unwiderruflicher, ewig andauernder Fluch. Nach dem Tod des Abtrünnigen wurde ein Stein auf sein Grab gelegt, um allen mitzuteilen, dass er noch immer die Steinigung verdiente.
»Das könnt ihr nicht wollen.«
Er schaute sie so traurig an, dass sie schwiegen.
»Wir sind so wenige ...«
Mussten sie sich zusätzlich zerreißen? Früher war Israel durch tausend Zwiste geteilt worden, und es hatte sein Land verloren. Die Römer hatten den zweiten Tempel zerstört, das jüdische Volk hatte sich zerstreut und war vergänglicher als Asche im Wind. Ihre Vorfahren hatten dann das Land Séfarad[24] erreicht. Hatten sie vergessen, dass sie aus der Zeit des Hasses und der Zerrissenheit kamen? Die Richter schwiegen sorgenvoll, als sich eine Stimme erhob, die ziemlich weise war.
»Wir dürfen nicht vergessen, dass Abraham unter dem Schutz des Königs steht.«
Diese unerwartete Unterstützung kam von Isaac Bellshons.
»Es ist für uns alle gut, dass einer der Unseren anerkannt wird.«
Die Hitze, die von dem Gewölbe herabstieg, war stickig.

»Vor allem für dich, der du Karten zeichnest, die er nicht macht!«
Hayyim lachte böse, während Bellshons, erblasst wegen dieser Beleidigung, aufstand.
»Was ich mache, ist das, worauf du brennst, Hayyim! Aber dafür müsste Abraham Vertrauen in deine Hand haben!«
Eine stürmische Stille schwebte über dem Rat. Bevor der Sturm aber losbrach, streckte der Rabbiner, der aschfahl war, seine Hände aus.
»Wir sind wütend, und die Wut ist ein Berg, der einen daran hindert, den Horizont zu sehen. Die Heilige Schrift bittet uns darum, die Gerechtigkeit den Berg durchbrechen zu lassen.«
Isaacs Stimme war so stark, dass diejenigen, deren Wut am größten war, den Kopf senkten.
»Wir müssen auf die Schrift hören. Die Reue ist größer als der Fehltritt, sie ist größer als alles andere. Deshalb können wir keinen der Unseren verurteilen, ohne eine Tür offen zu lassen.«
Sie warteten schweigend, plötzlich war ihnen bewusst, dass sie am Rande eines Abgrunds standen.
»Wozu rätst du, Moreh?«
»Wir können nicht akzeptieren, dass man uns den Zugang zur Mikwe verbietet. Sie ist vor dem Allmächtigen geheiligt worden, und keiner kann verhindern, dass sie uns gehört. Abraham muss zur Vernunft kommen, deshalb werden wir ihn darüber in Kenntnis setzen.«
Salomon seufzte vor Erleichterung.
»Abraham ist jähzornig, das weiß ich besser als jeder andere, aber er kann zur Vernunft kommen.«

»Er wird nichts annehmen, nichts hören wollen. Man sieht, dass ihr ihn nicht kennt.«
Der Mann, der so sprach, war Abrahams Bruder. Sie haben zusammen gearbeitet, am gleichen Tisch das Brot gegessen und den Wein getrunken. Er sei Nathans Vater. Was für ein versteckter Neid, was für ein hartnäckiger Hass konnte ihn so sprechen lassen? Die Stille drückte auf die unbewegliche Hitze. In den Gesichtern, die sich zum Moreh erhoben, mischte sich nach und nach die Angst zu ihrer Wut.
»Die Antwort liegt bei ihm, Hayyim. Wir werden ihn darüber in Kenntnis setzen. Salomon, ich bitte dich, ihm das im Namen des großen Rates zu sagen.«
»Zu was für einer Strafe rätst du?«
»Eine erste Trennung.«
Die Türen der Synagoge würden für Abraham und seine Familie sieben Tage lang geschlossen bleiben.
»Sieben Tage reichen nicht aus!«
»Es stimmt, dass die Zeit so manche Dinge bereinigt. Wir lassen einen Monat verstreichen und setzen uns erneut am Beth Din zusammen.«
Die Männer nickten, denn dies schien gerecht und gut.
»Was, wenn er nicht nachgibt? Was, wenn er die Mauer nicht öffnet?«
»In diesem Fall werden wir ihn von Israel ausschließen.«

31

Als Salomon in den niedrigen Raum trat, wusste er sofort, dass Abraham nicht da war. Cédatar schluchzte, sie hatte die beiden Kleinen auf ihrem Schoß. Sie habe alles auf der Straße erfahren.

»Auf der Straße, Salomon ...«

Sie könne es nicht fassen, es habe nicht viel gefehlt, und die Frauen auf dem Markt hätten sie gesteinigt.

»Das Übel entfernt sich von uns.«

Die arme Frau konnte nur diese Worte wiederholen und erbsengroße Tränen vergießen.

»Wo ist er?«

Sie zeigte auf den Garten, ohne ihn zu sehen. Salomon durchquerte den Hof und kam rasch zum Schatten der Olivenbäume. Abraham stand gegenüber einer Mauer aus feuchten Steinen und bewegte sich nicht mehr als ein Baum, vielleicht sogar noch weniger.

»Der große Rat hat sich versammelt.«

Er rührte sich nicht. Ob er ihn hörte?

»Sie haben eine Trennung ausgesprochen. Eine Trennung von einem Monat.«

Abraham lächelte freudlos. Glaubten sie, ihn in einem Monat zum Nachgeben zwingen zu können?

»Du musst diese Mauer öffnen, Abraham. Das macht alles keinen Sinn.«

»Du weißt nicht, was du sagst.«

Er hasste sie mit wildem, versengendem Hass. Sie hatten seine Hoffnung zerstört, sein Leben zertrampelt.

»Die Mikwe ist geheiligt worden, das weißt du. Sie sprechen vom *Herem*.«
Abraham erwiderte nichts. Was sollte er Salomon auch sagen?
»Ich kenne deine Gründe nicht, und ich möchte dich nicht verurteilen, Abraham, aber Yaffuda hat das nicht verdient.«
Das wusste er natürlich. Die Exkommunikation erstreckte sich auf seinen Sohn und auf alle seine Nachkommen. Yaffuda würde nicht mehr als Jude betrachtet werden, er würde aus dem Buch gestrichen werden, er wäre nichts mehr, verurteilt von den einen, zurückgewiesen von den anderen. Abraham spürte, wie ein Meer der Sorgen in der Bitterkeit der Klarheit über ihm zusammenschlug. Sie würden den Sieg davontragen, denn er würde seinem Sohn zuliebe nachgeben, kriechen vor diesen Männern, damit sie sich an seiner Reue laben konnten. Es gab einen Moment der Größe, der Revolte, schmerzhaft und fast schon verzweifelt.
»Sie sprechen darüber, Salomon, aber sie werden es nicht tun.«
Nicht aus Freundschaft oder aus Treue, aus Achtung oder aus Respekt, sondern aus Sorge, denn er war immer noch der königliche Maître des Kompasses.

In dieser Nacht, wie auch in den anderen, schlief Yaffuda nicht. Er lag mit weit geöffneten Augen ausgestreckt in der Dunkelheit. Auf der Gipswand ihm gegenüber leuchtete schwach eine Himmelskarte, die zu seiner Geburt gefertigt worden war und Merkur zeigte, der sich mit Jupiter vereinte. Er würde große Dinge tun, würde ein Träger des Lichts sein. Doch wie sollte er solche Fabeln glauben, wenn so wenig ausreichte, um die Bemühungen eines Lebens zu zerstören? Einige Verleumdungen, die schändlichste Nachrede, und das Übel war vollbracht. Abend für Abend dachte Yaffuda an seinen Vater, der derart verletzt unter dem großen Mandelbaum saß, dass er sich an seinen Stamm lehnte. Er würde niemals seinen Blick vergessen.

»Es wird keine Mikwe in unserem Garten geben.«

Er hatte nicht mehr gesagt, aber der junge Mann wusste, dass sein Vater niemals ohne wirklichen Grund derart wütend geworden wäre. Er kannte ihn gut, hatte er doch viele Lektionen von ihm erhalten. Sie waren stundenlang Seite an Seite vor einer schwierigen Karte, einer engen Passage gestanden. Sein Vater war jähzornig, aber er war gerecht. Im Augenblick beschäftigte ihn der schmerzhafte Gedanke an Esther, denn er wusste nach alldem nicht mehr, ob er überhaupt noch das Recht hatte, an sie zu denken. Dennoch dachte er an sie und sah, wie ihr unschuldiges Gesicht im Treppenaufgang zu ihm aufschaute. Er versuchte es zu verdrängen, als ein leises Geräusch ihn beunruhigte. Er sprang von seinem Bett auf, öffnete den Fensterladen und sah einen Schatten in seiner Nähe vorbeistreichen. Nathan drückte seinen Arm so sehr, dass es wehtat.

»Yaffud, mein alter Freund …«

Mehr konnte er nicht sagen. Der Mond erleuchtete das kleine Zimmer und warf perlmuttfarbenen Schimmer auf seine Haare.

»Ich fahre morgen.«

Seit sechs Tagen hatten sie sich nicht gesehen, sechs Tage, die länger waren als die Nächte. Nach dem Urteil des großen Rates hatte Nathans Vater ihm unter Androhung eines Fluches verboten, ihr Haus zu betreten. Aber er war da, bei ihm, enger mit ihm verbunden als ein Bruder.

»Er schickt mich nach Saragossa, damit ich das Richtige studiere, wie er sagt. Ich werde nicht dort bleiben, das kannst du mir glauben!«

Yaffuda sagte nichts. Ihm war nicht danach, zu glauben, dass man machen konnte, was man wollte, wenn das Schicksal so schwer zu ertragen war.

»Ich komme wieder! Eines Tages sehen wir uns wieder.«

Sie drückten sich, so fest sie konnten, und Nathan verschwand auf dem gleichen Weg.

32

Die alte Rachel öffnete die Tür ihres Gartens und setzte sich auf die vertraute Bank. Sie war abgespannt, fast schon an der Grenze ihres Kummers, beunruhigt. Sie dachte an Myriam, an ihr blutleeres Gesicht, an ihre Erschöpfung. Die Tage der Trauer waren vorbei, ohne dass sich die heftige Verzweiflung von ihr gelöst hätte. Myriam aß nichts mehr, schlief nur wenig ... Sie hatte am Vorabend gesehen, wie sie sich, mit roten Augen und aschfarbenen Wangen, mit beiden Händen am Stein des Spülbeckens abstützte. Rachel stand mühsam auf, trat in das Gehege und warf den Hühnern ein paar Körner zu. Die im Stroh liegenden Eier waren warm und zerbrechlich. Wenn Myriam sie zu sich nehmen würde, würden sie ihr gut tun. Während sie zu der jungen Frau zurückkehrte, betete sie wie gewöhnlich mit nickendem Kopf.

Myriams Küche war leer. Rachel nahm sich Milch aus dem grünen Krug und vermischte sie mit Honig, als Simon eintrat. Er käme vom alten Mordekhaï, der schwer atme. Er sagte dies, ohne sie anzusehen.

»Ich mache Krapfen. Vielleicht isst sie etwas davon.«

Er nickte.

»Sie kann so nicht bleiben.«

Die Worte waren unklar, aber Rachels Blick war sehr deutlich. Als sie ihn unverwandt anschaute, errötete er und führte so viele dumme Gründe auf, dass sie sich zu ihm beugte.

»Du weißt, wie es aussieht. Denke darüber nach, was ich dir gesagt habe.«
Myriam kam. Sie hörten das Rascheln ihres Kleides. Er sprach erneut von dem alten Mann, dem es sehr schlecht ginge, bevor er fluchtartig den Raum verließ. Myriam war in den Garten gegangen und goss die Blumen. Rachel schlug die letzten Eier in weiches Mehl. Ihre Finger kneteten schnell und ungezwungen, sie goss Milch nach Gefühl dazu und schaute dabei den Schatten an, der sich draußen über die aufgereihten Töpfe beugte. Als ob die Blumen nicht warten könnten! Dann fachte sie das Feuer an, übergab ihm ihren Teig und begann die runden Krapfen zu backen.
»Ich glaube, du magst Krapfen.«
»Ich habe keinen Hunger.«
Rachel durchbohrte sie mit ihrem Blick.
»Man muss leben, meine Kleine.«
Sie überzog die Krapfen mit Honig, und der Boden des Tellers füllte sich nach und nach damit.
»Nimm einen …«
Myriam musste die Hand ausstrecken und einen Krapfen essen. Ein Schraubstock presste ihren Hals zusammen, und ihr Magen verknotete sich. Rachel lächelte der jungen Frau zu, ohne auf ihren beunruhigten Blick zu reagieren.
»Mein armer Samuel liebte seine Krapfen. Jedes Mal, wenn ich welche mache, denke ich an ihn.«
Myriam hob den Kopf, erstaunt über diese vertrauliche Bemerkung. Rachels Mann war sehr jung gestorben, und sie sprach niemals über ihn.
 »Ich habe ihn so sehr geliebt! Und jetzt kann ich mich kaum noch an ihn erinnern.«

Sie aß langsam einen Krapfen, als sei nichts von dem, was sie erzählte, traurig.
»Weißt du, wie viele Männr nach seinem Tod um meine Hand angehalten haben? Du wärest überrascht! Ich wollte keinen von ihnen, und ich hatte Unrecht …«
Es fiel Myriam schwer, zuzuhören, und sie verkrampfte ihre Hände.
»Das Leben geht vorbei, meine Kleine. Man glaubt, dass es so bleibt, wie es ist, wenn man jung ist, aber es geht vorbei. Es lässt nichts als Erinnerungen oder Reue zurück. Und, siehst du, ein Leben voller Erinnerungen ist schöner als ein Leben voller Reue.«
Rachel betrachtete die Krapfen, die rund waren wie die Sonne, und das angstvolle Gesicht der jungen Frau.
»Wenn ich wieder geheiratet hätte, hätte ich Kinder bekommen. Die Kinder der anderen am Tag der Niederkunft auf die Welt zu bringen ist eine schöne Aufgabe, aber wenn die Mutter ihr Kind in den Armen hält, dann bedeutet das, am Rande des Lichts zu stehen. Das weißt du, nicht wahr, meine Kleine?«
Rachel sprach voller Selbstsicherheit, und ihre Augen strahlten vor ruhiger Freude. Als das Angelusläuten von Santa Eulalia einsetzte, brachte es einen merkwürdigen Segen mit sich, denn Rachel stand auf, um zu sich nach Hause zu gehen und aufzuräumen. Sie würde nicht lange wegbleiben.
»Bis bald, meine Kleine.«
Myriam antwortete micht. Eine bittere Empörung erregte sie so sehr, dass ihr schlecht wurde. Sie war endlich allein, ohne gute Worte und Ratschläge. Sie hielt dies nicht mehr aus, sie verzweifelte an einem Gedanken.
Sie suchte mit aller Kraft nach Léo, nach der Erinnerung

seines länglichen Gesichts, den umsichtigen Augen, aber sie fand nichts. Ein anderes Gesicht beugte sich über sie, warme und weiche Händen und Arme, in denen sie sich wohl fühlte. Sie liebte ihn, hoffte, dass er nachts käme, wartete auf seinen Schritt auf der Straße. Sie war schwach ohne ihn, ähnlich einer abgeschnittenen Blume, einem Vogel ohne Nest, und sie hatte Angst.

33

Es war früh, und nach der Hitze der Nacht war die frische Luft eine Belohnung. Dem Fenster zugewandt, betrachtete Abraham den kleinen Hof, seine unbeweglichen Pflastersteine, den Brunnen. Er hatte nicht geschlafen. Sobald er die Augen schloss, kam ihm ein Gedanke, der umso grausamer war, weil er zärtlich war. Es war noch nicht so weit, noch konnte er sie nicht besuchen, aber der Tag würde kommen, an dem er wieder den dunklen Weg zu ihrem Haus gehen würde. Sie würde mit gelöstem Haar auf ihn warten, und ihr Blick würde auf ihm ruhen, wenn er den Mantel auszog. Wenn der Wunsch, sie zu sehen, übermächtig wurde, ging er mit klopfendem Herzen bis zu der Tür, die unter den Blättern versteckt war, und wartete umsonst auf innere Ruhe.

Sein Blick verlor sich im Garten, in dem er das stumme Blattwerk wahrnahm, und der Wunsch stieg in ihm auf, hinauszugehen und den ruhigen Hauch des Olivenbaums bei der Tür wiederzufinden, als er einen Schritt hörte und das plötzliche Geräusch einer Stimme vernahm. Er gab sich Mühe, den Gedanken an Myriam zu vertreiben, legte das Buch beiseite, das sie ihm gegeben hatte und über das er mechanisch strich, das kostbarste von allen. Salomon, der aussah wie ein geprügelter Hund, öffnete die Tür einen Spalt.

»Kapitän Solleri ist zurück.«

Er hatte versprochen zu kommen, sobald die *San Marco*

vor Anker gegangen war. Abraham stand auf, glücklich darüber, einem Blick zu begegnen, der von der Mittelmäßigkeit, die seine Tage ausmachte, weit entfernt war. Der Kapitän war ein wenig gealtert, und auf seinem Gesicht lag ein distanzierter Ausdruck, der die Reisenden zu fernen Horizonten befällt. Er lachte, als er von den verschlungenen Wegen des Schicksals erzählte, die ihn wieder in diesen ruhigen Raum führten. Die *San Marco* sei bis nach Alexandrien gefahren, er sei nach Genua zurückgekehrt, den Laderaum voller Elfenbein und Seide, Kümmel und Pfeffer, Sphinxstaub und Weihrauch.

»Die Gewürze kommen aus Calicut.«

Der Name Calicut, Kalkutta, klimperte in der Luft. In Calicut trafen Afrika und der Orient aufeinander, der Weg über das Meer war geheim und der über das Land noch viel mehr.

»Die Reise hat länger gedauert, als vorgesehen war.«

Seit zwei Jahren hatten sie sich nicht gesehen. Das große Schiff sei an den orientalischen Küsten entlanggefahren, bis nach Konstantinopel vorgedrungen, und Solleri habe viele Berechnungen an der orientalischen Küste von Zypern und an der ägyptischen Küste anstellen können.

»Ich hoffe, dass Sie zufrieden sein werden.«

Abraham zweifelte daran. Er kannte die Messungen des Genuesen und ihre fragwürdige Genauigkeit. Er bat ihn, ihm gegenüber Platz zu nehmen, und schloss das Fenster. Ein widerlicher Geruch stieg vom Hof herauf, ein abstoßender und derber Duft nach Fisch, der sich überall festsetzte.

 »Schauen wir uns das einmal an.«

»Ich kann nicht sehr lange bleiben …«

Der Morgen war frisch, und der Kartograf zog die Augenbraue hoch.

»Mein erster Gang führte zu Euch, Ser Cresques, aber ich muss beim Entladen der Schute zugegen sein.«

Abraham saß abwartend da. Er war sich sicher, dass es nicht die schlichte Höflichkeit war, die eine solche Eile rechtfertigte. Als der Matrose ihm eine Pergamentrolle reichte, blitzten seine Augen amüsiert auf.

»Ich fürchte, dass Ihr darin nichts Neues erfahren werdet, aber ich habe etwas anderes für Euch.«

Er reichte ihm einen Lederbeutel, der ein in Leder getriebenes Buch enthielt. Abraham öffnete es, die Worte liefen in flüssigen Linien von rechts nach links, ähnlich wie Wellen. Es war die Geschichte der Reise von Baïlak el Kibdjäki von Tripolis nach Alexandrien.

»Ich glaube, dass ich gut daran getan habe, es Euch mitzubringen.«

Der Kartograf lächelte. Er kenne diesen Bericht, denn er habe die Kopie gelesen, aber er habe sicherlich gut daran getan, denn jedem Kopisten entging das, was ein anderer verbergen wolle.

»Es wurde mir als Ursprungswerk verkauft.«

Das war nicht zweifelhaft, denn der Preis war höher. Abraham begann, plötzlich ergriffen, zu lesen, denn er entdeckte ein reines Arabisch, das nicht mehr nach dem persischen Hof klang. Sein Geist dehnte sich hoffnungsvoll aus, als er die gebogenen Linien las. Die Matrosen von Aragon wagten sich vor in den Westen der Kanarischen Inseln, entlang der afrikanischen Küste, die die Alten vermerkt hatten. Man kannte diese Strecke und dieses Land schlecht, doch immerhin waren sie bekannt. Was das indische Meer anbelangte, so herrschte absolute

Finsternis. Er selbst hatte das, was er wusste, einer Kopie von Al Idrisi entnommen, was schon viel war, ohne jedoch ausreichend zu sein. Er stand auf und öffnete unvermittelt seine Tür.

»Yaffud!«

Der Name hallte, getragen von den Mauern, durch den Flur, und der junge Mann, dem gerade die Zeit blieb, den Genuesen zu grüßen, trat ein.

»Du musst das hier lesen.«

Er sollte alles aufschreiben, die Navigationszeiten und die Distanzen, damit er sie mit einer anderen Quelle vergleichen konnte, denn dieses Buch konnte eine List oder ein Köder sein. Der Kapitän sah etwas betreten aus, machte eine ungeduldige Geste und lächelte angespannt. In diesem Krieg der Unwissenheit erlaube die Lüge wie die Wahrheit, etwas zu lernen.

»Wenn die Männer beim Schreiben lügen, dann tun sie das niemals grundlos.«

Und was die Grenzen des Mittelländischen Meeres anbelangte, so würden sie bis morgen warten müssen. Der junge Kartograf ging hinaus und nahm das wertvolle Buch mit, während Abraham nach einem Beutel griff, den der Kapitän geschickt verschwinden ließ. Ohne auch nur ansatzweise über irgendeine Summe oder Geld gesprochen zu haben, tauschten sie einige Sätze über die schöne Beständigkeit des Wetters aus, was dem Segeln entgegenkam, und standen gleichzeitig auf, als sie den Eindruck hatten, dass sie lange genug darüber gesprochen hatten. Sie würden sich bald wiedersehen, dessen waren sie sicher, denn das Schiff blieb im Hafen, bis es mit Safran und valenzianischem Leder beladen war. Als ob nichts gewesen sei, begleitete Abraham seinen Besucher durch

sein Atelier, in dem ein erdrückender Geruch nach Fisch über den Karten hing, so dass man bei einem Schuster oder einem Sohlenankleber zu sein glaubte.
»Ich sehe Ihren Neffen nicht, Ser Cresques.«
Er hatte den etwas verrückten Jungen von früher nicht vergessen.
»Er studiert in Saragossa.«
Die kurze Antwort gab zu verstehen, dass das Thema abgeschlossen war. Solleri verbeugte sich und ging zum Hafen, während der Kartograf am Straßenrand stehen blieb. Sobald der Genuese an der Ecke des Platzes abgebogen war, durchquerte Abraham mit wütendem Schritt seine Behausung.
»Was ist das für ein Geruch? Ich möchte ihn nicht mehr hier haben, hast du mich verstanden?«
Gereizt schaute er seine Frau an, die Zwiebeln schälte und die, wie nicht anders zu erwarten war, weinte. Die Grobheit der Füllung und der üble Geruch des Topfes stiegen ihm in die Nase.
»Seit wann sind wir zum Fasten verdammt?«
»Ich kann nichts anderes machen.«
Abraham erstickte fast an seiner Raserei.
»Wie das?«
»Sie wollen mir kein Fleisch verkaufen, Abraham.«
Sie habe Maria umsonst zu allen Metzgern des Calls geschickt, sie sei sogar selbst dorthin gegangen, ohne bedient worden zu sein. Dies ginge nun schon seit drei Wochen so, und sie wage nicht, es ihm zu sagen. Sie verheimliche ihm auch den grausamen Spott, den sie vorgebe, nicht zu hören, oder das Hohngelächter, das sich hinter ihrem Rücken verbreite. Fleisch würde ihr nicht fehlen, sie sei dick genug. Als sie aufblickte, war er blass.

Bevor sie den Mund aufmachen konnte, war er ohne Mantel hinausgegangen.
Abraham schritt mit so schrecklicher Miene voran, dass jeder, der ihn sah, sich zur Mauer drehte. Der Abgetrennte, der Verbannte ging die Straße hinauf. Auf dem Platz der Aljama angekommen, betrachtete er einen Moment lang die alten Männer auf ihren Stühlen, die alten Frauen auf ihren Bänken, und sein Blick brachte eine verwirrte Stille über diese Welt des Geschwätzes, das sogleich von einem heftigen Stimmengewirr abgelöst wurde. Wohin ging er? Er ging die Querstraße hinunter, an den Ständen der Gewürze vorbei, und kam in der Straße der Metzger an. Die engen und dunklen Verkaufsstände öffneten sich zum Weg hin, und die Fleischstücke waren unter dem Schatten riesiger Tücher ausgestellt. Keine Sonne durfte auf das Fleisch scheinen, aus Angst, dass es schlecht werden könnte. Ein rosafarbener Strahl floss in den Rinnsteinen, die nassen Pflastersteine waren bronzefarben, und ein schaler Geruch stieg vom Boden auf. Große Korbweidenfächer, die von Kindern bewegt wurde, verhinderten, dass sich Mückenschwärme auf die blutleeren und mit Essig eingeriebenen Stücke setzten.
Als man Ser Cresques in der Straße sah, wurde es laut zwischen den Körben. Er lief so aufrecht und so schnell, dass alle Frauen wie aufgescheuchte Hühner den Kopf einzogen, und gleichzeitig waren sie gierig auf die Geschichte, die sie beim Mittagessen erzählen könnten.
»Man hat mir gesagt, dass du kein Fleisch hast, Noah.«
Abraham schaute abwechselnd auf die ausgebreiteten Stücke Fleisch und auf das bärtige Gesicht des Metzgers, über das der Schweiß lief und das röter als sein bestes Stück Fleisch war.

»Ich bin froh zu sehen, dass dem nicht so ist. Du weißt, wie das ist, die Leute reden so viel. Alles Lästermäuler.«
Die Hausfrauen kamen näher, die Alten hatten genug Kraft gefunden, um die Straße herunterzukommen, und der Metzger wusste weder ein noch aus.
»Du wirst mir zwei Stück bestes Ochsenfleisch geben.«
»Ich kann nicht, Ser Abraham.«
Noah, der dicke Noah, war kurz davor, wie eine Blase zu platzen.
»Und warum nicht?«
»Wegen der Richter des *Schechita*.«[25]
»Ich bin der Erste unter ihnen.«
»Das seid Ihr nicht mehr, Ser Abraham.«
Man hielt den Atem an. Abraham richtete sich zu seiner vollen Größe auf und strafte die Menge mit Verachtung.
»Und wer ersetzt mich, ohne dass ich etwas davon weiß?«
»Ser Ibn Rich.«
Er verstand endlich ihre Gehässigkeit und ihre Verbissenheit. Deshalb und allein deshalb hackte man auf ihm herum. Er hatte dem armen Isaac schon fast geglaubt, der die Gesetzestafeln schwenkte und der der Einzige war, der daran glaubte. Die Zehn Gebote waren weit entfernt von der Wirklichkeit des Interesses, warum man ihn in den Schmutz zog. Für jedes geschlachtete Tier erhielt der Schochet einen Zehnt, kaum ein paar Pfund. Für ihn war das ein nebensächliches Einkommen, aber für andere war es von großem, unmittelbarem Nutzen, eine Summe, die ausreichte, um von einer Geldverlegenheit zu Wohlstand zu gelangen. Und diese Macht lastete auf allen. Die Religion vermischte den Glauben und die Nahrung so sehr, dass das Heilige sich mit dem Alltäglichen verband und

wie das Blut des geschlachteten Tieres über denjenigen rann, der das Opfer angeordnet hatte.
»Es tut mir Leid, Ser Abraham.«
»Mir auch, Noah. Mir tut es Leid für dich. Du hast koscheres Fleisch abgelehnt, aber ich kann gutes von schlechtem unterscheiden, schlachten und zerlegen. Ich werde es selbst machen, und ich habe genug, um jeden Tag, den Gott gibt, einen ganzen Ochsen auf meinen Tisch zu bringen. Ich brauche dich nicht. Bist du dir sicher, dass es bei dir genauso ist?«
Abraham schaute den dicken Mann und alle lebenden Statuen, die auf den Pflastersteinen gewachsen waren, an.
»Ein Tag wird kommen, an dem ihr mich brauchen werdet. Bald schon, ein Tag, der in den Seiten des Himmels geschrieben steht. An diesem Tag wird es mir Leid tun, wenn man an meine Tür klopfen wird.«
Abraham ging die Straße mit eisernem Schritt hinauf und ließ sie bedrückt zurück. Was hatte Ser Cresques in den Seiten des Himmels gelesen? Ein schreckliches Übel würde über sie kommen, das war sicher. Als er den Platz überquerte, trat jeder angstvoll zur Seite, und alles schien ihn zu fürchten, selbst die Blätter des Feigenbaums, die sich unter der Sonne zusammengerollt hatten.
»Abraham!«
Er hielt inne, weniger überrascht über die forsche Anrede als über den freundschaftlichen, fast schon fröhlichen Tonfall. In seiner Wut hatte er Rachel nicht gesehen, eine kleine Alte unter all den anderen.
»Ich bin glücklich, dich zu treffen.«
Ihre auf ihn gerichteten Augen blitzten.
 »Ich wollte mit dir sprechen, aber ich habe dich nicht gesehen.

Ich weiß, dass du viele Sorgen mit dem großen Rat hast, aber alles arrangiert sich mit der Zeit.«
Sie lächelte zufrieden.
»Ich wollte, dass du es weißt. Simon hat Myriam letzten Dienstag geheiratet.«
Er wich einen Schritt zurück, getroffen von dem Hammer eines Ambosses.
»Sie konnte nicht so weiterleben und er natürlich auch nicht. Sie haben den Namen des Toten geehrt.«
Sie kreuzigte ihn mit durchdringenden Blicken wie mit Nägeln.
»Laut dem Gesetz …«
Dem Gesetz? Es kostete ihn unglaubliche Anstrengung, um zu verstehen, dass sie sich auf das alte Gesetz bezog, das vom Bruder des Toten verlangte, die Witwe zu heiraten, wenn ihr Bund kinderlos geblieben war.[26]
»Ich hoffe, dass sie jetzt glücklich ist.«
Abraham atmete mühsam, reglos, besiegt. Da die alte Frau ihn anschaute, gelang es ihm, ein paar Worte zu stammeln. Sie verließ ihn, wobei ihr Stock auf dem Pflaster klopfte.
Er nahm seinen Weg wieder auf, getrieben vom Wind wie die toten Blätter, die leblos tanzen. Myriam war verheiratet, sie schlief mit einem anderen. Ein rotes Eisen riss nach und nach seinen Schmerz auseinander, eine glühende Verbrennung. Unfähig weiterzugehen, musste er im Schatten einer Tür stehen bleiben. Rachels Worte verspritzten ihr Gift, so dass er die hasste, die er so sehr geliebt hatte. Dann erfasste ihn eine zärtliche, sehr sanfte Erinnerung an eine junge Frau mit gelöstem Haar, die verloren und allein war. Er hatte ihr geschworen, dass er nicht gehen würde, dass er immer da sein würde, und er

hatte sie verlassen. Er erinnerte sich an ihre Nächte der Einsamkeit, an die Angst, die ihre Blicke erfüllte und die er nicht sehen wollte. Er hatte sie der Obhut der Menschen des Calls überlassen, und diese hatten sie gebrochen. Sie stützten sich auf das Gesetz, das die Witwe dazu ermunterte, ihren Schwager als Mann zu akzeptieren, wenn er um ihre Hand anhielt. Er stellte sich Isaacs Eilfertigkeit vor sowie die Zufriedenheit aller, sie zu verheiraten, sie zu fesseln. Sie hatte nachgegeben, sie hatten sie ihm genommen, niemals mehr würde sie sich in seine Arme schmiegen. Myriams Sandale trat in seine Gedanken, ihre rote Sandale, ein kleines Boot der Lust, das an einem Frühlingsmorgen auf den Boden gestellt wurde. Ohne zu wissen, wie, war er zu seiner Tür gelangt, die er öffnete und schloss. Er wusste nicht, was er mit seinem gähnend leeren Leben anfangen sollte, so viele Tage und Nächte.

34

Zeit heilt alle Wunden, aber er brauchte Geduld. Ein Monat war vergangen und Abraham hatte nicht nachgegeben. In drei Tagen würden die Richter des großen Rates den *Herem* aussprechen. Salomon erzitterte, wenn er an den schrecklichen Ton des Widderhorns dachte. Die Männer würden in den Schofar blasen, schwarze Kerzen anzünden, die Bundeslade öffnen und den Fluch aussprechen. Sie behaupteten, im Sinne der Gerechtigkeit zu handeln, gemäß dem Gesetz, aber sie rächten sich aus Neid und Wut. Ein neuer Tag begann unerbittlich, die Sonne überflutete das Zimmer und warf das schöne Licht des Schöpfers auf die Tische und die Karten.

Ritter kamen die Straße herunter und wirbelten Staub auf. Seiner Gedanken beraubt und von Kummer zerfressen, hatte Salomon sie kaum gehört. Er stellte die Fensterläden zu Boden und betete zu jenem, der die Macht über den Wahnsinn der Menschen hat.

»Gnädiger Herr …«

Überrascht drehte er sich um. Ein Ritter trat näher, die Hand am Schwert.

»Der Statthalter verlangt nach Euch.«

Der kleine Mann schüttelte den Kopf, um den Ritter von seinem Irrtum zu befreien. Er sei nicht der Maître des Kompasses, er kümmere sich nur um dessen Atelier. Aber er sei es, Ser Salomon Corchos, den der Statthalter erwarte, und keinen anderen. Und während er sich wunderte, wies man auf das Pferd eines Ritters. Bewegt saß Salomon auf dem Ross und tat sich schwer, aufrecht zu sitzen. Alle Juden auf dem Platz sahen, wie er wegritt, und eine drückende Unruhe stieg mit ihm bis zum Herzen der Stadt auf.

In der Zitadelle war ein solcher Lärm von Pferden, Karren und Pagen, dass er Mühe hatte, sein Ross zu zügeln. Ein Soldat erbarmte sich seiner, ergriff den Zügel und reichte ihm die Hand. Bedienstete Frauen fegten den Hof mit viel Wasser und hatten dazu die Ärmel ihrer Hemden weit über die Ellbogen hochgerollt, und die Männer schielten mit wilden Blicken auf die kleinste Bewegung. Durch die Fenster drang die Melodie einer Viola. Als er den Kopf hob, nahm Salomon zwei Damen wahr, die miteinander lachten und auf deren Haar ein Seidentuch lag. Er senkte sogleich den Blick, aber sie hatten ihn nicht gesehen, denn er war nicht mehr als ein Schatten, den ein rotes Zeichen oben am Arm markierte.

An der Tür des Donjons wartete ein Mann, der lachte, als er seine Miene sah, die dem eines Meeresvogels glich, den man aus dem Nest geworfen hatte.

»Fürchtet Euch nicht, Maître Corchos.«

Salomon machte eine armselige Geste. Er hatte diesen Mann, der ihn so gut zu kennen schien, noch niemals gesehen. Sie stiegen zusammen eine sich im Stein windende Treppe hinauf, durchquerten einen riesigen Saal, in dem waldfarbene Wandbehänge die Mauern verdeckten. Es waren so viele Menschen vereint, dass er Hemmungen hatte, diese Menge zu teilen. Vornehme Herren bildeten eine seidenfarbene Hecke, extravagante Satinärmel, die breiter als lang waren, erhoben sich unter seinem Blick, und er sah flüchtig samtige, mit Satin broschierte Bein-

kleider. Vor der Tür traten zwei Gestalten, die mehr geschmückt waren als Frauen, unwillig beiseite.
Sie gingen an einer Galerie von unendlicher Anmut und voller Ritter mit klingenden Sporen entlang. Am Himmel über den Türmen versteckten Banner die Hügel in einem langen, seidenen Flattern. Der Saal, den er schließlich betrat, war hoch und lang und genauso leer, wie der vorherige voll gewesen war. Ein stechendes Licht fiel durch die steinernen Spitzbögen und zeichnete sich bewegende Dreiecke auf die Gesichter. Salomon sah zwei Männer beieinander stehen, und sein Herz beruhigte sich etwas. Der eine war Llobera, der andere ein Jude.
»Entschuldigt, Ser Corchos, dass wir Euch kommen ließen, aber es scheint, dass die Zeit drängt.«
Salomon verneigte sich mühsam und wartete mit klopfendem Herzen und voller Sorgen.
»Ich habe erfahren, dass Maître Cresques große Schwierigkeiten hat.«
Er hatte kaum Zeit, erneut zu nicken, denn man verbeugte sich zu seiner großen Überraschung vor ihm, um ihm einen Eichenstuhl zuzuweisen.
»Wir haben von der Exkommunikation, die das Gericht der Aljama von Mallorca gegen den Maître des Kompasses des Infanten von Aragon ausgesprochen haben soll, gehört. Um Euch die Wahrheit zu sagen: Das ist eine schwer nachvollziehbare Angelegenheit.«
Aber dennoch stimme sie.
»Könnt Ihr uns sagen, gnädiger Herr, was der Grund dieser Beleidigung ist?«
Llobera hatte den Infanten im Glauben an die vertrauliche Mitteilung einer Bediensten informiert, es sei ein

unklarer Fall von gesegnetem Fleisch, mehr wusste er darüber nicht. Salomon schwieg, suchte nach Worten und fand sie nicht.
»Ich kenne Ser Cresques nun schon sehr lange, und ich weiß nicht, warum er eine solche Beleidigung verdient hätte.«
Derjenige, der sprach, hatte dunkle, tief liegende Augen, hängende Augenlider und einen durchdringenden Blick. Éléazar ibn Ardut stellte sich mit wenigen Worten vor. Er hatte Abraham jung gekannt, in Saragossa, und der König, dessen Arzt er war, hatte ihn nach Mallorca geschickt, um ein Beruhigungsmittel zu finden. Salomon drehte sich ihm mit klopfendem Herzen zu und erzählte schnell das Wenige, das er wusste. All das sei zu einer Angelegenheit der Wut und des Stolzes geworden und sei bereits viel zu weit gegangen.
»Ist dieses Bad geheiligt worden?«
Ja, das sei es. Israels Gesetz sei eindeutig und unbestritten, und keiner könne verhindern, dass das *Herem* ausgesprochen wurde, nicht einmal der König von Aragon.
»Der Beth Din wird nicht nachgeben.«
»Kann Ser Cresques nachgeben?«
»Ich weiß nicht ...«
Er habe mehrmals versucht, ihn zur Vernunft zu bringen, mit ihm über seinen Sohn zu sprechen, aber er habe eine schonungslose Abfuhr erteilt bekommen. Bei Abraham zu Hause sprach keiner, und keiner wage es, die Fragen zu stellen, die ihnen auf der Zunge brannten. Der Maître der Karten arbeitete eingeschlossen den ganzen Tag lang, und wenn er seine Tür öffne, scheine er ein anderer zu sein. Er sei abgemagert, habe eingesunkene Augen und einen unnachgiebigen Blick.

Die sturzbachähnlichen Straßen der Zitadelle hinuntereilend, fühlte sich Salomon, den Boten des Königs an seiner Seite, erleichtert, aber sein Gefühl war ein anderes, als er an die geschlossene Tür klopfte.
»Abraham … Hier ist ein Freund, der dich sehen möchte. Ser Éléazar ibn Ardut …«
Die Tür öffnete sich nach einem Moment und gab den Weg zu einer lebenden Statue des Starrsinns frei.
»Der Allmächtige möge dich schützen.«
Das war Éléazar, dieser graue und weise Mann, den er, behaarter als Samson, in den vergangenen Zeiten der schönen Illusionen gekannt hatte.
»Was machst du hier?«
»So wie es aussieht, komme ich dich besuchen. Ich bin sehr glücklich darüber, Abraham.«
Die beiden Männer betrachteten einander überrascht so lange, wie ein jeder brauchte, um beim anderen merkwürdige Veränderungen festzustellen.
»Das muss dreißig Jahre her sein …«
Das, was passiert war, ließ sich nicht mit einem Kalender erfassen.
»Ich habe erfahren, dass du der Arzt des Königs geworden bist, also am Höhepunkt deines Ruhmes stehst.«
»Er ist es, der mich zu dir schickt.«
Der Arzt sprach vom König, dem die Ruhe in seiner Stadt und der Friede unter seinen Juden wichtig seien. Abraham hörte ihm zu, leicht überrascht von diesem königlichen Interesse an seinem Leben.
»Du hast gewünscht, dieses Bad zu öffnen, der König hat dir dieses Privileg zukommen lassen, damit du dich seiner bedienst. Sein Wort ist den Juden verpflichtet, und er bittet dich darum, es ihnen zum Gebrauch zu überlassen.«

»Der König bittet mich darum?«
»Inständig, mein Freund.«
Salomon betrachtete Abraham, sein bronzefarbenes Gesicht. Würde er sein Leben mit diesem Irrsinn zerstören?
»So wie es aussieht, solltest du an deinen Sohn denken.«
Der Kartograf richtete sich auf, nagelte Salomon mit einem Blick fest. Er wusste jetzt, wer so viel erzählt hatte. Es war eindeutig, dass er das nicht ablehnen konnte. Ein Jude debattierte den Befehl eines Königs nicht, aber er könne es nicht akzeptieren. Seine Seele empörte sich bei dem Gedanken, sie in seinem Garten zu wissen, Frauen in diesem Wasser baden zu hören. Er würde ununterbrochen an jene verbotene Frau denken, wie sie halb nackt war. Eine feurige Aufwallung warf ihn nach vorn.
»Ich kann sie nicht bei mir aufnehmen.«
Entgegen aller Erwartungen diskutierte der Arzt diesen Punkt nicht.
»Wir haben nur einen König, aber es gibt viele Häuser. Ein herrschaftliches Stadthaus steht zum Verkauf, unweit der Tür des Tempels. Man hat mir gesagt, dass es sehr schön und von großem Komfort sein soll.«
Salomon hörte mit gekränktem Herzen zu. Die Straße des Tempels lag nicht im Call.
»Es gehört einem Mann, der Rückschläge erlitten hat.«
»Ich glaube, dass ich dem Gehör schenken kann.«
Der Bote hielt sich nicht mit der Bitterkeit der Antwort auf.
»Wenn dir die Behausung gefällt, dann gehört sie dir.«
Dies war nicht nur ein einfaches Geschenk. Einem Juden ein vornehmes Haus zu geben war ein ungeheures, augenfälliges Privileg. Der Arzt, ein kluger Mann, fuhr sogleich fort.

»Nichts begrenzt den Preis, den du für die Nutzung deines Bades verlangen kannst.«
Abraham lächelte beim Gedanken an diese kleinliche, schäbige Rache, ganz im Stil seiner Feinde. Nichts würde ihnen mehr wehtun, als ihn bezahlen zu müssen.
»Es stimmt, dass man hier unten alles bezahlen muss.«
Der Blick, den er Salomon zuwarf, war unendlich traurig. Er würde nachgeben, und sein Sohn würde nicht aus dem Buch seines Volkes gestrichen werden. Man ermöglichte ihm einen ehrenvollen Ausweg. Er würde dem König und nicht der Bedrohung gehorchen.
»Wir werden also umziehen.«

Nach und nach brach die Nacht herein, die die Bücher auf den Regalen, die schweren Veline auf den Tischen und Abrahams Hände blau färbte. Er hatte nachgegeben, hatte sich gebeugt. Als Zeichen der letzten Belohnung gab man ihm ein Haus. Mehr blieb ihm nicht, nur sklavische Ehre und Geld. Er fühlte, wie eine heftige Verachtung ihn ergriff, die Wut eines besiegten Soldaten. Er würde diese Mauer öffnen, würde sie ohne ihn baden, beten und leben lassen. Sie würden weggehen, diese Behausung verlassen, das Plätschern des Brunnens, alles, das ihn an diese Mauern gekettet hatte. Er würde gehen, jetzt, wo er verloren hatte. Myriam verfolgte ihn, ihr früheres Lächeln in der Synagoge, ihre sanften Augen. Eigentlich müsste er sie hassen, aber das konnte er nicht. Er blätterte einmal mehr in ihrem Buch, ohne die von Schatten überfluteten Buchstaben zu lesen. Ein Parfum stieg zu ihm auf, ein klares Parfum nach Geißblatt und gelöstem Haar.

Es war wieder da, war stärker als er. Er musste sie sehen,

er konnte sie nicht einfach so aufgeben. Sein Schritt führte durch den Garten hinaus, die Blätter des Olivenbaums glitten unter seinen Händen dahin, und er zitterte vor Zweifel und Wahnsinn, war sich des Fiebers, das ihn trug, bewusst. Er öffnete schließlich diese Tür, lief die Straße hinauf, schlich an den Steinen entlang, rang vor Unsicherheit und Liebe nach Luft. Gegenüber von ihrem Haus gab es einen Winkel, der vom Schatten verschluckt wurde und in dem er wartete. Als Simon Mosconi heraustrat, trug er eine Laterne, die einen goldenen Schein in die Nacht warf. Myriam begleitete ihn bis zum Gatter, und der Arzt beugte sich zu seiner Frau. Sie tauschten einfache Worte aus, die Abraham erraten konnte: Dass sie nicht auf ihn warten und sich nicht unterkühlen solle. Der junge Mann zog ihr Tuch zärtlich um ihre Schultern, und sie lächelte ihn an, ein sehr sanftes Lächeln, das vom Lichtschein angestrahlt wurde. Simon ging wie gewöhnlich einen Kranken besuchen, und sie trat zurück ins Haus. Abraham bewegte sich nicht. Was wollte er sie fragen? Mit ihm fortzugehen? Was konnte er ihr bieten außer Zweifel und Schande? Seine rechtschaffene Frau verdiente das nicht und sein Sohn auch nicht. Er konnte seinem Sohn nicht derart wehtun. Er litt im Schatten, erdolcht von dieser Eindeutigkeit, und wartete auf die Kraft, um zurückgehen zu können.

35

Die beiden Kinder waren so schön, dass man die Hände eigentlich beruhigt in den Schoß legen konnte. Cédatar begann sie zu kämmen, was nicht einfach war, denn sie bewegten sich ständig. Als sie endlich fertig waren, läutete die Glocke des Tempels das Ende des Tages ein. Sie wohnten jetzt in der Nähe des Klosters. Sie gingen in den unerbittlichen Wind hinaus, der die Blätter und ihre ordentlich gekämmten Haare umherwirbelte. Eine Steingalerie umgab den Innenhof mit feinen Arabesken. Die Säulen ähnelten Bäumen und die Decke einem Wald aus Marmor. Joshua hatte die Hände der Kinder losgelassen und betrachtete den gepflasterten Hof, die kahlen Rosensträucher, die kranken Granatapfelbäume und die alten Krüge, die verloren darin herumstanden.

»Können wir draußen spielen, Doda?

Sie griff nach seiner Hand und verneinte. Es sei sehr kalt, und ihr Vater würde kommen. Sie müssten sauber bleiben, um in die Snoga zu gehen. Samuel schaute sie an, die Stirn vor Sorge gerunzelt.

»Warum kommst du nicht?«

Sie stiegen die schöne weiße Treppe hinunter, die sich wie eine Rebe aus Stein wand.

»Was für ein Wind!«

Durch die offene Tür kam ein kalter Stoß ins Haus. Am Abend des Sabbats schlossen die Männer das Atelier zur sechsten Stunde, doch heute waren sie früher da. Salomon strich mit den Fingern über die Mezuzah, die im Türsturz angebracht war, und Abraham und Yaffuda zogen ihre Mäntel aus.

»Es riecht gut …«

Salomon lächelte seine Schwester an, dieser Geruch nach Brot war ihr so vertraut, dass sie ihn nicht mehr wahrnahm.

»Ich habe einen Thymianaufguss vorbereitet.«

Salomon verneinte die Einladung wortlos. Der Winter kam, und das Licht nahm bereits ab. Cédatar hüllte die Kinder in ihre Umhänge ein. Als sie gingen, folgten ihnen ihre Blicke. Sie durchquerten den grauen Hof, der das Haus von der Straße trennte, gingen unter dem Portal hindurch und entfernten sich im Schatten. Cédatar drehte sich mit leerer Seele weg und sah auf dem Tisch zwei große Körbe mit Obst stehen. Birnen, Äpfel, Trauben und die letzten Feigen, die Maria im unteren Garten zusammengelesen hatte.

»Ich nehme gerne etwas Thymianaufguss!«

Yaffuda stand lächelnd in der Türöffnung. Eine Schale, Wasser in den großen Kessel, zwei Prisen Kräuter, Honig, eine Umdrehung des Kleides und eine Drehung des Herzens.

Abraham saß im Zimmer vor dem großen Kamin. Das Feuer warf warme Lichtschimmer auf die purpurfarbenen Wandbehänge, die Teppiche, die Porphyrvasen, die alten Silberteller und die neuen Goldschmiedearbeiten. Als sie im herrschaftlichen Stadthaus der Straße des Tempels angekommen waren, reichten die Wagen, die ihr Mobiliar enthielten, nicht aus, um es ordentlich zu füllen. An diesem Tag hatte Ser Cresques seinen Zustand wie die Wohnung gewechselt.

»Wir müssen dieses Haus möblieren.«
Er hatte seine Frau damit beauftragt und seinen Geldbeutel weit geöffnet. Cédatar hatte sich daraufhin auf die Suche nach überflüssiger und verschwenderischer Fülle gemacht. Der große Saal hatte seine Harmonie verloren, war mit Samt, Granat, dunklen Möbeln und einem Rausch an Prunk ausgestattet worden. Einige nicht wirklich passende Gegenstände verloren sich darin – wie eine kleine Gewürzschachtel, ein siebenarmiger Kupferleuchter und die alte Menora der Mutter. Sie hatte ihr Bestes gegeben, und das Zimmer ähnelte ihr vom Geschmack und von der Farbe her, und Abraham hatte gesagt, dass es gut sei. Er wollte nicht, dass sie traurig war, dafür kam er ausreichend auf.
Sie hatten das schale Gebräu getrunken, und eine dicke Stille hüllte sie ein, als Yaffuda plötzlich die Ecke des Kamins verließ.
»Ich werde meinen römischen Freund suchen ...«
Gemeinsam mit Strabo lebte er fast ausschließlich und so sehr in die Berechnung des Erdumfangs vertieft, dass er seine Nächte dafür verschwendete.
»Ich habe es dir bereits gesagt, Yaffuda. Du musst sehr vorsichtig sein ...«
Abraham lächelte über den Eifer seines Sohnes, der die Berechnungen der Alten für richtig hielt.[27] Diese Angelegenheit war von großer Bedeutung, und die Diskussion zwischen ihnen wurde immer wieder neu belebt. Je nach Größe der Erdkugel war es mehr oder weniger vernünftig, sich von den bekannten Küsten zu entfernen. Ab welcher Distanz riskierte man, auf den Abgrund zuzusteuern? Konnte man den Berichten der antiken Reisenden Glauben schenken, die unbefangen auf den großen

Ozean fuhren, da sie der Meinung waren, dass die Erde flach sei? Diese Furchtlosigkeit der Unwissenheit gefiel Yaffuda, doch sein Vater fühlte sich dazu verpflichtet, seinen Enthusiasmus etwas zu dämpfen. Man wusste nichts über die Abenteuer der Schiffe, die sich verirrt hatten, und eine Karte des Meeres konnte sich keinesfalls als gefährlich erweisen.

»Es ist eine Berechnung, die an Land gemacht wird, und wir sind bei gar nichts sicher.«

»Eine einfach aufzunehmende Berechnung, die ein sicheres Ergebnis liefert!«

Abraham schüttelte den Kopf, er kannte besser als jeder andere die Macht der Mathematik, aber es war riskant für einen Kartografen, noch dazu für einen Juden, zu einer Navigation zu raten, die sich weiter von der Küste entfernte. Er lächelte Yaffuda an und sagte ihm, dass sie im Frühling gemeinsam den Himmel vermessen würden, wenn er es wolle. Sie sprachen beim Hinausgehen miteinander, bedacht darauf, Zahlen auszutauschen, und waren so in ihre Diskussion vertieft, dass sie Cédatars Gesicht nicht sahen, die unbeweglich vor dem Feuer saß. Der Frühling würde wiederkommen, aber er lag noch in weiter Ferne. Sie hörte ihre begeisterten Stimmen, als sie die Treppe hinaufstiegen. Sie würden sich in den großen Saal einschließen, in den Abraham seine Bücher, sein Werkzeug und all das, was für ihn wertvoll war, hatte bringen lassen. Er hatte nichts im Call zurückgelassen, das ihm nicht gleichgültig war.

Cédatar lauscht der Nacht, dem wütenden Wind, der an der Tür zerrte, und drehte sich dann vom Feuer weg, das auf Holz wartete. Es würde am Abend des Sabbats kein Holz geben. Der rosafarbene Lichtschimmer legte sich über die wertvollen Stühle, die Stoffe und Teller. Sie hatte ihr Bestes gegeben, sie fühlte sich zu Hause. Alles stand auf dem Tisch, die Silberschale des Gebets, die liebevoll geflochtenen Brote. Sie näherte sich der Gewürzschachtel, strich mit einem Finger über den kleinen kupfernen Turm und entfernte den nicht vorhandenen staubigen Schleier darauf. Alles war bereit, es blieb ihr nichts übrig, als zu warten.

»Das Wetter ist schrecklich!«

Die Tür ging endlich auf, das Leben kam mit den Ankömmlingen zurück, und sie eilte in den Flur. Salomons haselnussfarbene Augen lachten, als er sie anschaute. Wenn er da war, war sie wieder fünfzehn Jahre alt. Der große Saal wurde ihm Nu fröhlich. Die Besucher hatten rosige Wangen und wärmten die Hände am verlöschenden Feuer.

»Ist Abraham oben?«

»Mit Yaffud!«

Samuel drückte sich an Cédatar, Joshua war dabei, sich an einem Holzscheit zu verbrennen, und sie sah die sorgenvolle Miene ihres Bruders nicht.

»Geht sie holen, meine Lieben!«

Als die Kinder davoneilten, kam sie mit dem ausgehungerten Blick eines Brotdiebes auf ihn zu.

»Was ist so los unten im Call?«

Sie musste es wissen, die Neugierde war stärker als sie selbst. Der Call mit seinem Lachen, seinen Schreien, seinen Klatschbasen auf den Holzbalkonen, dem klangvollen Gurren, das Spanisch und Hebräisch vermischte, fehlte ihr. Um ihre Einsamkeit zu ernähren, erhielt sie nicht mehr als aufgesammelte Krümel von Salomon.
Er erzählte ihr alles, was er wusste, aber er brachte nie-

mals Neuigkeiten, wirkliche Neuigkeiten im weiblichen Sinn.
»Wie geht es Leah?«
»Sehr gut, glaube ich.«
Salomon betrachtete seine Schwester. Er wollte mit ihr sprechen, als er klare Stimmen vernahm, zu denen sich andere gesellten.
»Einen schönen, friedvollen Sabbat!«
Cédatar ging zum Tisch und zündete die Kerze an, die kleine Flamme mit ihrer Hand abschirmend.

Sie hatten das Gebet gesprochen, aßen, sprachen über alles und nichts, und jeder Bissen erinnerte an glücklichere Mahlzeiten. Cédatar hatte ihr Bestes getan. Es gab ein Stück Rind, mild wie Mandeln, einen Salat mit Äpfeln, Walnüssen und Honigfeigen, und Salomon zögerte, diesen zerbrechlichen Frieden zu zerstören. Abraham war anwesend, ohne wirklich da zu sein, er verlor sich mit unbestimmter Zärtlichkeit in den Fäden der Tischdecke. Cédatar kam und ging, brachte einen Teller mit Gebäck. Salomon betrachtete einen Moment lang seine Kinder, die die Hände ausstreckten und die kleinen Kuchen verschlangen. Das Essen, das er nicht stören wollte, war vorbei.
»Abraham …«
Der Kartograf blickte auf.
»Die alte Rachel ist gestorben.«
Schweigen legte sich über den Tisch.
»Sie ist von ihrem Mittagsschlaf nicht mehr aufgewacht.«
Die alte Frau war so viel durch den Call gelaufen, hatte so viele Frauen gepflegt, dass es unmöglich schien, ihren gebrechlichen und vertrauten Schatten verloren zu haben.

»Simon Mosconi hat mich darum gebeten, es dir zu sagen.«
Er war ihr nächster Verwandter.
»Sie wird am Sonntag zur zehnten Stunde beerdigt werden.«
Die Stille war drückend und angespannt. Abraham hatte die Synagoge seit dem Versöhnungsfest nicht mehr betreten. Weder er noch einer der Seinen.
»Wir werden kommen.«
Das war unerwartet, unerhofft. Ein Seufzer der Erleichterung brachte die Kerze zum Flackern.
»Wie geht es der armen Myriam?«
Cédatar blickte Salomon untröstlich an.
»Ich habe sie nicht gesehen.«
»Wenn du Ser Mosconi morgen siehst, sag ihm, dass ich die Kosten übernehme.«
Salomon hatte keine Zeit, zuzustimmen, da Abraham schon aufgestanden war. Wortlos ging er durch die Tür. Salomons Kinder sahen ihren Vater beunruhigt an.
»Es ist Zeit, zu schlafen. Wir gehen nach Hause.«
Er lächelte seine Schwester und seinen Neffen vertrauensvoll an. Sie würden die Ihren wiederfinden, die alte Wunde würde sich langsam schließen, das sei Rachels letztes Geschenk.
Die Tür hatte sich hinter Salomon geschlossen, er sah aus wie eine merkwürdige Fledermaus, die ihre Kinder in den Falten ihres Umhangs beschützte. Yaffuda nahm den alten Kerzenständer, um seiner Mutter auf der Treppe zu leuchten. Als sie in die Galerie kamen, flackerte die Flamme, der kalte Nordwind wehte, und sie sahen Abraham, der ungeschützt dastand und im undurchdringlichen Schatten tief einatmete.

»Du wirst krank werden!«
Er antwortete nicht, drehte sich um, um Yaffuda anzustarren.
»Schlaf gut, mein Sohn!«
Der junge Mann kehrte in sein Zimmer zurück und setzte sich, ohne einen Blick für die Pergamente übrig zu haben, die seinen Tisch überhäuften. Er spürte ein Lächeln in seinem Herzen, und seine feingliedrige Hand zog an seiner Kette. Ein eisiger Lufthauch kam durch die Tür, aber die Kerze kämpfte verbissen darum, zu brennen, eine kleine, flackernde und starke Flamme.
Allein in der Galerie, atmete Abraham die Nacht ein. Sein Atem umhüllte ihn, ob mit oder ohne Sterne, sie war seine Freundin. Er blieb lange auf den Stein gestützt stehen und war erstaunt über den tiefen Frieden, der in ihm einzog. Alles schlief, alles war ruhig, bis auf ihn. Er hatte sie vergessen wollen, er hatte seine Tage und Nächte damit verbracht, einen vergeblichen Kampf zu führen, der immer wieder von vorn begann, aber jetzt würde er sie sehen. Er würde da sein, um ihren Schmerz zu teilen. Bei diesem Gedanken machte er sich über alles lustig, über diese Hochzeit mit ihren jüdischen Manipulationen, über diese Schlangen, die ihr Gift im Schatten erhitzten. Er liebte sie. Die brennende Kraft, die ihn umklammerte, zerstörte alles, trug alles mit sich fort, die Monate der Einsamkeit und der Wut, seinen Schmerz eines verwundeten Tieres. Er würde sie wiedersehen und sich auf dem Grund ihrer Augen wiederfinden.

36

Dieser Sonntag kündigte den November an, ein verdrießlicher Regen fiel vom Himmel, eine wirkliche Qual für die Knochen. Als sich Abraham Rachels Haus näherte, zwang er sich dazu, ihr Bild in einer Kindheitserinnerung zu suchen, damit er den Klang eines Stockes auf Pflastersteinen mit breiten Fugen vergessen konnte. Er ging mit großen Schritten, die Seinen an seiner Seite als unnützes Geleit, denn man grüßte ihn nur sehr leise. Es war eher eine Art Unterwerfung als Respekt, und es war ihm völlig gleichgültig. Am Ende der Straße glänzten zwei Lorbeerbäume im Regen vor einer Tür.

Als sie bei Rachel ankamen, fiel sein Blick auf die geschlossenen Vorhänge und die dunklen Schultertücher, und sein Herz schlug lauter als seine Absätze.

»Er ist gekommen …«

Diese Worte erriet man auf ihren Lippen, als er das Haus betrat. Es gehörte ihm von nun an, ein armseliges Haus mit ein paar Hühnern. Der erste Raum war sehr einfach, Kalkmauern, ein Dach mit niedrigen Balken, ein paar bescheidene Gegenstände und Tontöpfe. Ein Geruch nach ranzigen Kräutern schwebte in der feuchten Luft. Der Kamin war leer, es war schon fast kalt. Die Menschen gingen etwas steif zur Tür und wagten es nicht, zu sprechen.

»Sie ist im Schlaf gestorben.«

Man murmelte, was man wusste, empfand diesen Tod als sanft und trat vor seinen Schritten zurück. Als Abraham durch die Tür kam, überschaute er sofort den Raum und die Anwesenden, ihre gelangweilten Mienen und ihre langen Gesichter. Er nahm Isaac wahr, den Bauch des Tuchhändlers Saportas, den Schatten von Hayyim und eine verschwommene Gruppe von Stoffen und Frauen vor dem Fenster.

»Herzlich willkommen, Ser Cresques.«

Simon Mosconi empfing ihn mit ernstem Gesicht. Männer, die die auf dem Boden liegende Tote umgaben, sprachen Psalmen. Rachel war in ein Laken gehüllt, das ihr Gesicht und ihre Furcht erregenden Augen verhüllte, die einzigen, die er wirklich fürchtete. Er betrachtete ihren Körper unter dem Leichentuch, die Seele gequält von Erinnerungen, und unterdrückte eine Enttäuschung, die so heftig war, dass sie fast schon unerträglich wurde. Myriam war nicht da. Eine quälende Frage ergriff ihn, ein Gewitter der Ungewissheit. Warum war sie nicht gekommen? Die Männer schwiegen, Stille legte sich über den bewegungslosen Raum. Hufgeklapper und das Quietschen eines Wagens in der Straße erinnerten Abraham an seine Aufgabe. Er führte die Geste aus, die jeder erwartete, und man trug den alten und leichten Körper in den Regen hinaus.

Der Weg zum Friedhof bog ab, der Regen rann als schlammiges Rinnsal die Straße hinunter. Abraham blickte nur auf die Bretter des Wagens, er klammerte sich an sie und wurde vom Zweifel, von gescheiterter Zärtlichkeit verschlungen. Sie erreichten schließlich die Wiese, auf der die Toten ruhten. Männer, Bäume, Himmel, alles schien durchnässt und eisig zu sein.

»Um ihr den Frieden zu geben.«

Isaac reichte Abraham das Buch, und er las das Gebet der

Toten. Bittere Worte, die sich im Wind auflösten, etwas Erde, und Rachel war der Ewigkeit übergeben worden. Um ihr Grab trat eine menschliche Herde von einem Fuß auf den anderen, da sie weder wagten, zu gehen, noch, zu bleiben.
»Der Allmächtige wird sie schützen!«
Isaac Bellshons drückte Abraham den Arm, um ihm sein Beileid auszusprechen. Die anderen folgten, aber er hörte sie kaum. Er antwortete, ohne genau zu wissen, was er sagte.
»Ich teile deinen Kummer.«
Der Rabbiner war zu ihm gekommen und wartete auf einen Blick, aber Abraham schien ihn nicht gehört zu haben. Er stand regungslos vor der aufgewühlten Erde. Da er keine Antwort erhielt, ging Isaac, ohne weiter zu insistieren. Ein anderer kam auf ihn zu und dankte ihm für sein Kommen, er ahne, was es von ihm abverlangte, und er sagte das auch so. Den Blick vom Grab wendend, dankte Abraham Simon Mosconi, während Cédatar die Schultern im Regen hochzog.
»Ich habe Eure Frau nicht gesehen. Das ist ein großes Unglück für sie.«
»Sie hat sich noch nicht erholt.«
Als sie ihn erstaunt anschauten, hatte der junge Mann einen stolzen, fast schon kindlichen Ausdruck im Gesicht.
»Wir haben eine kleine Tochter bekommen.«
Regen, heftige Windstöße, das Leben war ein einziger Strudel.
»Viel Glück, wirklich viel Glück für Euch!«
Simon lächelte vertraulich.
»Wir haben das Kind nicht so früh erwartet. Durch die Trauer hat sie vorzeitig entbunden.«

Cédatar bestätigte, dass das häufig der Fall sei. Sie sprach, wusste alles, ein regelrechter Wasserfall.
»Wir haben sie natürlich Rachel getauft.«
»*Mazel tov*, Ser Mosconi, von ganzem Herzen! Ihr werdet sehen, die Freude über ein Kind lässt alles vergessen. Na Mosconi wird ihren Kummer bald vergessen. Ihr müsst ihr viele Grüße von uns ausrichten.«
Als sie sich zu ihrem Mann drehte, sah Cédatar, dass er voller Kummer war. Er hatte kein Wort gesagt. Sie stellte plötzlich fest, dass dies weder der Ort noch die Stunde für eine solche Unterhaltung war, während die Menschen um sie herumgingen wie dunkle Pakete, die vom Schauer weggeschwemmt wurden.
Wenn man durch das Tor der Stadt ging, war die Straße des Tempels nicht weit, wenn man an der Zitadelle entlanglief.
»Heute Mittag gehe ich nicht ins Atelier.«
Er machte solch eine Miene, dass es niemanden überraschte.
»Möchtest du etwas Heißes trinken? Es war kalt auf dem Friedhof.«
Er schüttelte den Kopf und ging in sein Buchzimmer oben an der Treppe. Maria hatte Feuer gemacht, und die schwachen, blau gesäumten Flammen knisterten. Abraham setzte sich, ohne seinen Mantel auszuziehen, und wartete darauf, dass die Wärme sich in ihm ausbreitete. Alles, was er an Bitterkeit bewahrt hatte, krümmte sich im Feuer. Was für ein Dummkopf, mein Gott, was für ein Idiot! Er hatte Lust, über seine Dummheit zu lachen, er weinte fast deshalb. Er kannte sich ausreichend mit
 Zahlen aus, um bis auf neun zählen zu können. Eine Welle der Zärtlichkeit erfüllte ihn und ließ ihn zu sich

selbst kommen. Er war böse auf die Menschen gewesen, weil sie nichts als Werkzeuge gewesen waren, und auf Gott, weil er ihn mit einer unmöglichen Liebe gequält hatte, und jetzt hatte er ihm eine kleine Tochter geschenkt. Er fürchtete sich davor, ihren Namen zu murmeln, einen Namen, der seine Lippen nicht mehr verlassen würde, aber er hatte leuchtende Augen, als er die Treppe herunterkam.

»Es waren viele Menschen da.«

Es sei wichtig, einander im Unglück beizustehen. Salomon sprach, und Cédatar stimmte wie gewöhnlich zu.

»Sie waren alle da …«

Sie tauschten so vielsagende Blicke aus, dass es schwierig war, sie zu ignorieren, und Abraham amüsierte sich über ihre unschuldige Annäherung.

»Wir werden zum Gebet der Woche gehen.«

Acht Tage nach dem Tod, so wollte es die Tradition. Er akzeptierte die Trauer und zerriss seinen Kragen mit einem Ruck, ohne sich von ihrem Blick der Erleichterung aufhalten zu lassen. Yaffuda lächelte ihn unglücklich an, und er lächelte zurück. Er fühlte sich leicht, befreit von seinem Hass, ohne Scham und ohne Verlegenheit, und war weit entfernt vom geringsten Bedauern. Alles machte Sinn, alles wurde einfach. Das Leben war zurückgekehrt, es würde fließen, rollen und von neuem singen, von Freitag zu Freitag.

37

Obwohl sie in Trauer waren, hatte Cédatar ein neues Kleid angezogen, einen pflaumenfarbenen Damast, einen Seidenschal und einen sevillanischen Umhang. Sie hielt die Stoffflut mit beiden Händen fest und hatte die Kleinen an ihren Fersen wie eine Königin, die von zwei Pagen begleitet wird. Unten an der Treppe warteten die drei Männer, die sie anlächelte, eingewickelt in ihre Umhänge. Sie hatte bis zum Schluss einen Vorwand oder einen Zornesausbruch befürchtet, aber Abraham hatte seine Entscheidung nicht geändert. Er hatte die acht Tage der Trauer in Rachels kleinem Haus verbracht, und diese Ruhe schien ihm gut getan zu haben, denn er schien besänftigt, fast schon glücklich zu sein.

»Es ist Zeit, zu gehen.«

Zu Beginn des Winters ließ die Dämmerung nicht lange auf sich warten, und sie liefen schnell, wobei der steile Abhang ihre Schritte beschleunigte. Yaffuda ging vorneweg, die Kinder plapperten, Samuel hielt die Hand seiner Doda, alles war wie früher.

Als sie den Platz erreichten, öffnete die Menge sich in einer einzigen Bewegung. Die Männer umringten den Maître des Kompasses und sprachen mit solcher Inbrunst mit ihm, dass selbst seine Größe sie nicht entmutigen konnte. Es waren die Bellshons, die Bensaïds, die Rimos, Kartografen, Buchmaler und Pergamentmacher, die er seit Monaten Tag für Tag arbeiten ließ. Sie waren voller Dankbarkeit, das beteuerten sie ihm zumindest. Als die

Tür sich öffnete, begegnete Cédatar dem Blick ihres Sohnes. Trotz ihres Kleides mit Schleppe fürchtete sie sich vor dem Moment, in dem sie den bissigen Frauen begegnen würde. Yaffuda ahnte dies und bot ihr seinen Arm an. Sie gingen einige Schritte über den Platz und erreichten den blühenden Aufruhr dieser Damen, als eine sanfte Stimme sie innehalten ließ.

»Ich freue mich, Euch zu sehen, Na Cresques.«

»Friede sei mit dir, meine kleine Tochter.«

Esther lächelte, ohne es zu wagen, Yaffuda anzusehen, der regungslos vor ihr stand. Schräge, durchdringende Blicke huschten über ihre Gesichter.

»Bis nachher, Yaffud.«

Sein Herz klopfte derart, dass er nicht ein Wort herausbrachte und unbeholfen zu den Männern ging. Cédatar zog ihren vom Wind misshandelten Umhang und ihr Tuch wieder glatt. Keine ihrer alten Freundinnen war zu ihr gekommen, aber sie nahm keinen Anstoß daran. Der Allmächtige hatte sie erhört, sie waren zurückgekommen. Sie war zu glücklich, um Ihn um mehr zu bitten, zumindest beim ersten Mal … Die kleine Tür öffnete sich, und die Frauen wollten gerade eintreten, als Unruhe aufkam.

»Da ist die arme Kleine!«

Na Mosconi hatte die Kraft gefunden, zu Rachels Gebet zu kommen. Sie hielt das Neugeborene an sich gedrückt und hatte es in ihren Umhang eingehüllt, damit ihm nicht kalt war. Ein Schwarm Frauen umringte sie sogleich und überbrachte tausend gute Wünsche und Segen. Die junge Mutter lächelte etwas blass, und ihre Augen waren blau umrandet. Leahs Hand hörte auf, durch die Luft zu wedeln, und schob zärtlich den Schal beiseite.

»Gott segne sie!«

Eingekuschelt in ein Nest aus Wolle schlief die kleine Rachel mit geballten Fäusten und Wimpern, die auf ihren rosigen Wangen lagen.
Die Männer murmelten vor sich hin, die Frauen flüsterten miteinander, vertraute Stimmen, das Lied der Gebete wiegte die Menge in einer angespannten Glückseligkeit. Vor der Bundeslade leuchtete eine Lampe, und Weihrauch stieg bläulich auf.
»Gesegnet sei der Allmächtige, unser Gott.«
Als der Vorhang der Frauen geöffnet wurde, fühlte Abraham seine Knie schmelzen. Seine Augen fanden sie sogleich im Schatten der letzten Säule. Sie stand da, ihr Kind in den Armen, eine kleine Madonna, die der angebeteten Statue der Christen ähnlich war, und Zärtlichkeit ergriff sein Herz. Was für ein alter, verrückter Mann er doch war!
Der Gesang des Sabbats erfüllte den Dom mit ausgelassener Freude. Die Gläubigen gingen hinaus, während die Angehörigen von Rachel sich um den Rabbiner versammelten. Das Gebet war kurz, kaum ein paar Worte: *Der, Der ist, gibt das Leben und hat den Tod zur Folge, den man akzeptieren muss.* Als sie hinaustraten, näherte sich die Nacht mit großen Schritten. Der Wind, der sie die ganze Woche über zerrissen hatte, hatte sich endlich gelegt, und die Luft verbreitete sich wie violette Seide.
»Einen friedvollen Sabbat!«
Simon Mosconi grüßte Abraham und die Seinen, der darüber verärgert war, dass er sie so bald verließ.
»Gott schütze euch.«
Abraham schaute Myriam und das Kind an, ohne das sie es wagte, den Blick zu heben. Sie ging, gestützt von ihrem Mann. Er hatte seine kleine Tochter nicht gesehen und

empfand einen undeutlichen Schmerz, der aber bald von den Wellen der Vernunft fortgetragen wurde. Es war kalt, und sie war noch so klein … Als er wieder zu sich kam, spürte er über die Hüte hinweg einen auf ihn gerichteten Blick. Hayyim wollte ihn gerade grüßen, als er den Blick abwandte.

»Ich freue mich, dass du gekommen bist.«

Isaac betrachtete ihn ernst. Das war eine ausgestreckte Hand, und es würde ausreichen, sie zu ergreifen und einige einfache Worte zu wechseln. Myriam erreichte, über ihr Geheimnis gebeugt, die Straße. Wenn er vergab, würde er sie beide ihn Gefahr bringen, deshalb antwortete er nicht. Isaac hatte die ganze Woche auf diesen Moment gewartet, hatte dafür gebetet, und er verbarg seine Enttäuschung nur schwer mit einem armseligen Lachen.

»Die große Versammlung kommt am Dienstag zusammen.«

Gemäß der Tradition, um den Beth Din zu wählen und den Schochet zu bestimmen.

»Der Allmächtige möge euch erleuchten!«

Abraham schlug ihn mit seiner Ironie nieder. Er begegnete dem überraschten, gequälten Blick seines Sohnes, ohne dass er sich zurückhalten konnte.

»Friede sei mit dir, Isaac.«

Abraham ging, gefolgt von den Seinen. Als er den Platz verließ, schien die Nacht in den dunklen Falten seines Mantels Wurzeln zu schlagen.

38

Die Morgendämmerung streckte ihre graue Nase unter der Tür hindurch. Es war ein Morgen des Sabbats, aber ein Morgen der Einsamkeit. Yaffuda konnte seine Augen nicht schließen, der Gedanke an Nathan erfüllte ihn. Wo war er wohl in diesem Augenblick? Zeichnete er eine Gischtstraße auf eine Karte, setzte er seine Füße auf den unberührten Strand einer Kanarischen Insel? Nathan würde dem Lauf eines anderen Lebens folgen, er würde die Küsten an Bord eines Schiffes vermessen und würde seine Stiefel in das Wasser von ungewissen Küstenstrichen tauchen, er würde die Mädchen aller Welt nackt an entfernten Stränden liegen sehen. Yaffuda errötete heftig, setzte sich in seinem Bett auf und sagte langsam das Morgengebet, um seine Erregung zu vertreiben, wobei er aus ganzem Herzen hoffte, dass der Herr ihn erhören möge. Was er wollte, war einfach ein Haus, einen Garten und ein junges Mädchen, das ihn lieben würde. Er errötete erneut und kam sich ziemlich dumm vor, dass er dies nicht verhindern konnte, obwohl er allein war, als er ein Rascheln in der Galerie hörte. Vertraute Schritte kamen die Treppe herunter. Überrascht lauschte er lange der Stille in dem Schatten, bevor er sich wieder in die Mulde seines Bettes legte. Es war Sabbat, aber Nathan erwartete ihn nicht am Arc del Mar. Er verschränkte seine Hände hinter dem Kopf, schloss die Augen und ließ sich treiben. Esther hatte seiner Mutter auf eine so sanfte Art gesagt, dass sie glücklich sei, sie zu sehen, dass er darüber lächeln musste.

Sie war so schön unter diesem kleinen leinenen Tuch, in ihrem blauen Kleid, der Farbe, die sie so liebte. Die Tradition verlangte, dass das Kleid der Verheirateten rot war, und er stellte sie sich in Rot vor, wie sie ihm die Hand gab. Laut seiner Mutter und Salomon würde sich alles arrangieren, denn sein Vater wäre dem Moreh nicht mehr böse, so dass es sich nicht zu sehr hinauszögern würde. Ob er sie erneut auf ihrer kleinen Bank besuchen konnte? Und wenn er bei ihr sitzen würde, würde er es dann wagen, ihre Hand zu nehmen? Er würde warten müssen, bevor er mit ihrem Vater sprechen konnte, aber der Tag würde kommen, und er würde heller als alle anderen sein.

Die Nacht wurde vom Wind fortgetragen, und die Luft roch nach Meer, Salz und der hartnäckigen Lust zu leben. Abraham lief durch die ruhige Straße, und der Tag war so jung, dass die Glocken des Tempels noch nicht geläutet hatten. Er, ein Jude ohne Zeichen und mit ungeduldigem Herzen, lief von der christlichen Stadt zu den ockerfarbenen Mauern, hörte das Geräusch seiner eigenen Schritte und wartete im Schatten wie die Bettler, die die Mauern an den Portalen der Kirchen stützten. Der gesamte Call schlief. Endlich, zur sechsten Stunde, sah er Simon wie gewöhnlich hinausgehen. Es war eine erbärmliche Art, hier die Stunde seiner Besuche abzuwarten, aber es gab keine andere Möglichkeit. Abraham überquerte die Straße wie ein Schatten, berührte die Spitzen des Lorbeerbaums und drückte die Tür auf, die er nicht abgeschlossen wusste. Instinktiv ging er in die Küche und sah sie, wie sie in einer Unordnung von Tüchern dasaß. Sie hielt das Kind, das sie gerade gestillt hatte, an sich gedrückt.

»Ich bitte dich, Abraham ...«
Sie, die ihn inständig bat, war so blass, so schwach. Er ging auf sie zu und sah sie noch blasser werden.
»Hab keine Angst.«
Er wolle das Kind sehen, ein einziges Mal. Er wolle nur das und würde dann auch nicht wiederkommen. Sie hob den Kopf und wusste, dass sich nichts geändert hatte. Die Stille war sanft, legte sich wie eine Hand auf sie beide, und ein leises Geräusch unterbrach sie, ein gesättigter Seufzer, der sie zum Lächeln brachte. Abraham beugte sich vor, und Myriam reichte ihm die Kleine, die, erschöpft vom Stillen, bereits schlief. Er nahm sie ungeschickt und tollpatschig, wusste nicht, wie man dieses Wäschebündel halten musste, und war glücklich, wie man es sich kaum vorstellen konnte, und beunruhigt, etwas falsch zu machen. Ihr Gesicht passte in seine Hand, und sie war so schön mit ihrer winzigen Nase, dem runden Mund, die Hände waren perfekt bis zu den Nägeln, ein aufblühendes Versprechen, eine Apfelknospe.
»Sie ähnelt dir ...«
Er hatte einen Knoten im Hals aus Liebe, aus Dankbarkeit, fand keine Worte, aber wozu auch? Er liebte sie, und das wusste sie, er liebte sie, aber es reichte nicht aus. Eine zärtliche Stille schaukelte sie, vereinte sie, ein so sanftes Gefühl, dass sie einander anlächelten. Das Kind, das er vielleicht zu fest gedrückt hatte, bewegte sich ein wenig. Er gab das kleine Paket zurück an die Mutter, da er erschrocken war und nicht wusste, was er tun sollte. Myriam nahm es, drückte es sachte an ihre Brust, rieb ihm über den Rücken und flüsterte ein paar undeutliche Worte in dieses kleine Ohr. Abraham wusste, dass die Sekunde dieses Augenblicks ewig für ihn sein würde.

»Myriam …«
Sie bedeutete ihm, zu schweigen, die Kleine, die sie instinktiv wiegte, war eingeschlafen. Sie legte sie in die Wiege, wo sie unschuldig und vertrauensvoll mit erhobenen Fäusten lag, und er schwieg. Er konnte ihr nichts geben, aber so viel nehmen. Er musste gehen, aber er kam erneut näher, um dieses winzige Wesen zu betrachten, dieses Wunder aus Fleisch, das im Traum saugte. Myriam stand neben ihm und lächelte. Ein Hauch erzitterte über der Wiege, eine unendliche Sanftheit, eine Zärtlichkeit, die nicht beurteilt werden konnte.
»Ich werde gehen.«
Er sagte dies zwar, konnte sich aber nicht dazu entschließen, und beugte sich erneut vor.
»Wann ist sie geboren?«
Er sprach leise, aus Angst, sie zu wecken, er wollte alles wissen, den Tag und die Stunde. Trank sie genug, ging alles gut? Myriam antwortete lächelnd. Sie hatte Tränen in ihren Augen. Sie schauten einander an, traurig und glücklich zugleich, getrennt und vereint. Er nahm sie ein letztes Mal in seine Arme. Er küsste sie auf die Stirn, die Schläfen, auf ihre Haare. Sie brauche von jetzt an keine Angst mehr zu haben, er sei immer da.

39

Esther starrte auf einen Punkt an der Wand über der Bank, eine glatte Kugel wilder Rosen. Die Rosen waren schon seit langem abgestorben, ihre roten Herzen erzitterten im kalten Frühlingswind. Sie zog ihr Tuch über ihre Brust und steckte es in den Gürtel, der ihre Hüfte einschnürte, stieg langsam die Treppe hinauf und setzte sich ihrem Vater gegenüber an den Tisch.

»Leah und Moïse wollen uns für das Passahfest zu sich einladen.«

Man würde Leahs unermüdliche Selbstgefälligkeit ertragen müssen, ihre überhebliche Art, alles zu wissen und alles verstanden zu haben. Als ihr Vater sie anschaute, verdrehte sie die Augen.

»Es ist der Abend des Mondes.«

Alles wiederholte sich immer wieder, Sabbat, der volle Mond, nichts, das ihre Langeweile unterbrach.

»Schließ die Tür nicht ab …«

Das war ein alter Scherz bei ihnen, denn die Tür wurde niemals abgeschlossen. Er versuchte vergeblich, ein verschwörerisches Lächeln zu ernten, und ging.

Der Rabbiner war so traurig, als er die Straße hinauflief, dass er nicht betete. Sein Freund würde nicht auf dem Hügel sein, der Ozean, der sie trennte, wurde von Tag zu Tag größer. Abraham kam am Abend des Sabbats in die Snoga, aber er nahm nicht mehr am Leben der Gemeinschaft teil. Er blieb abseits, ruhig, abwesend, und er fehlte ihm mit seinen Gewissheiten, seinem selbstsicheren

Auftreten und dieser Leichtigkeit, mit der er mit Zahlen jonglierte. Seine Gedanken verketteten sich miteinander. Isaac dachte an seine Tochter, die so weit weg und in eine so schmerzhafte Stille vertieft war. Wo war die Fröhlichkeit des vergangenen Frühlings, die Zeit, in der ihr Lachen das Haus erfüllte? Als der Bruch stattgefunden hatte, hatte sie Fragen gestellt, die er nicht beantwortet hatte. Sie hatte ihn angefleht, jung und voller Vertrauen. Er würde alles wieder in Ordnung bringen, nicht wahr?

Als er die Wiese außerhalb der Stadt erreichte, sah er, wie sich Schatten vor dem malvenfarbenen Himmel abzeichneten. Sie waren zu zehnt, um das Gebet zu sprechen, den Blick auf das Gras gerichtet, das der Frost im März mit weißen Rissen durchzog. Der riesige Mond beugte sein wohlwollendes Gesicht zu ihnen herunter.

»Moreh, ich muss dich sprechen.«

Isaac betrachtete Moïse Saportas, erstaunt über den ernsten Tonfall, und stimmte, wie er es zu tun pflegte, mit einem Lächeln zu, das seine Freude ersetzte. Er folgte dem runden Schatten des Tuchhändlers durch die kleinen Straßen des oberen Calls, um kurz darauf bei ihm einzutreten. Es war ein ansehnliches Haus, komfortabel, ohne angenehm zu sein, in dem man Wohlstand ohne Heiterkeit bemerkte. Alles war aufgeräumt, geputzt und ordentlich, ohne ein einziges Staubkorn oder eine Unze Leben. Leah nähte im Schein des Feuers mit gesenktem Kopf und wachsamem Blick.

»Seid herzlich willkommen, Moreh!«

»Friede sei mit dir!«

Sie baten ihn, sich zu setzen. Seine beiden Gastgeber schwiegen und schienen über das Feuer zu wachen. Es war Leah, die begann. Sie wollte alles über Esther wissen,

die so gewachsen sei. Moïse übernahm und verhaspelte sich. Für ein junges Mädchen sei es nicht gut, allein zu bleiben. Leah war der gleichen Meinung, Esther amüsiere sich nicht, habe keine Freunde. Man habe sie schon lange nicht mehr tanzen sehen.
»Das ist nicht gut für sie.«
Glaubten sie etwa, ihm etwas Neues beizubringen? Eine schmerzhafte Wut stieg in ihm auf, als Leah ihren Kopf vom Feuer wegdrehte.
»Esther ist älter geworden. Sie ist jetzt eine Frau.«
»Und bald wird sie verheiratet sein!«
Moïses Tonfall war über alles verletzend, und Isaac antwortete nicht. Die Frau rückte sogleich ihren Stuhl näher an den seinen.
»Ich kann mit ihr darüber sprechen, wenn du es mir erlaubst.«
Er neigte feige den Kopf. Noch nie hatte er sich in einer solchen Falle gefangen gefühlt. Plötzlich, weil ihm diese Komödie unerträglich geworden war, unterbrach er sie, indem er seinen Stuhl brüsk zurückschob.
»Hat jemand um sie angehalten?«
Sie schauten sich betreten an, weil sie im vorgefertigten Ablauf ihrer Sätze durcheinander gebracht worden waren.
»Ein junger Mann aus sehr guter Familie, den du kennst und den sie auch kennt.«
Moïse kam immer mehr in Verlegenheit, fuhr sich unruhig durch den Bart, als eine Hoffnung Isaacs Herz ergriff, eine verrückte Hoffnung der Freundschaft.
»Wer ist dieser junge Mann?«

Die Saportas' sahen sich besorgt an.
»Nathan ibn Rich.«

Isaac zuckte überrascht zurück. Nathan? Nathan wollte seine Tochter?
»Hayyim hat mir nichts davon gesagt.«
»Er hat uns damit beauftragt. Im Fall einer Ablehnung gäbe es keine Kränkung.«
So war der Brauch, aber Isaac fühlte sich gedemütigt bei dem Gedanken, dass das Leben seiner Tochter hinter seinem Rücken organisiert wurde. Wieso mischten sie sich da ein? Er kochte vor Wut und musste sich überwinden, um nicht aufzubrausen.
»Sie muss wählen.«
»Du lehnst den Heiratsantrag von Hayyim also nicht ab?«
Er nickte. Er würde nichts ablehnen. Er wollte, dass sie wählte, dass sie glücklich war.
»Kann ich Hayyim sagen, dass er zu dir kommen soll?«
Moïse war sehr beharrlich, aber das war normal. Hayyim war sein Schwager, man gehörte zur Familie, und Esthers Aussteuer war beachtlich. Ein Ruck ging durch Isaac. Er wisse nur eines, er würde sie zu nichts zwingen. Die Saportas' waren damit einverstanden, das sei klug, und sie brachten ihn mit verschwörerischen Mienen zur Tür.

Als er die Treppe zu seinem Haus hochging, lauerte er auf das geringste Geräusch hinter der kleinen Tür. Esther schlief noch nicht, aber ihre Tür öffnete sich nicht wie früher, als sie klein war, für einen zärtlichen Gutenachtkuss. Er quälte sich die ganze Nacht, fühlte sich gegen seinen Willen verletzt und war verängstigt, sie zu verlieren. Wenn sie Abrahams Sohn heiraten würde, würde sie nebenan wohnen auf der anderen Seite des Platzes, und er würde sie jeden Tag sehen. Als er aufstand, war die

Morgendämmerung noch frisch. Ein kalter Tag schlich sich zwischen den Spalten der Fensterläden hindurch. Er sagte das Schema, das Glaubensbekenntnis, stieg die Treppe hinunter, ohne dass sie sich rührte, und ging zum Gottesdienst des ersten Gebets. Er betete inbrünstig und kam zurück, um sie zu sehen.

»Esther, ich muss mit dir sprechen.«

Die Tür öffnete sich, und sie ging an ihm vorbei, eine Tochter, die der Autorität des Vaters unterworfen war. Er hatte einfache Sätze vorbereitet, doch er fand sie nicht mehr.

»Ich möchte, dass wir offen miteinander sprechen.«

Es war Zeit für das Essen. Sie schälte einen Apfel mit einer solch künstlerischen Gewandtheit, dass sie einen sauberen Schalenstreifen erhielt.

»Du weißt, dass ich nur dein Glück möchte.«

Sie schaute nicht auf und fuhr mit ihrer Tätigkeit fort.

»Man hat um deine Hand angehalten.«

So sicher sie schien, das Messer zitterte, und die feine Spitze der Schale zerriss.

»Du bist diejenige, die wählt. Ich möchte, dass du das weißt.«

Sie wollte nichts fragen und senkte stur den Blick.

»Ich werde seinen Vater nur dann empfangen, wenn du es willst. Ich möchte ihn nicht kränken.«

Es war jemand vom Call. Sie wollte keinen aus dem Call, und sie nickte langsam.

»Esther …«

Damit sie lächelte, wäre er dazu bereit, zu Abraham zu gehen und seine Knie zu küssen, wenn sie seinen Sohn wollte. Er seufzte, des Schweigens überdrüssig.

»Nathan hält um dich an. Nathan ibn Rich.«

Sie war hochrot, als sie ihn ansah, und ihre Augen leuchteten wie Sterne.

Hayyim ibn Rich war ernst, und für einen Mann, der wegen der Freude seines Sohnes kam, hatte er traurige Augen. Isaac bot ihm einen Stuhl an und wartete, bis er zu reden anfing.

»Moïse hat mir gesagt, dass ich kommen kann.«

Isaac nickte. Ibn Rich setzte sich mit leicht gebeugtem Rücken. Er schien besorgt, bitter und sonderbar anders als vor seinem Witwerdasein. Er schaute den Moreh an und leerte die Schale in einem Zug.

»Ich kann dir die Wahrheit nicht verheimlichen. Nach dem, was ich von Simon Duran gehört habe, hat Nathan einen Lebenswandel, der nicht gut ist. Er befolgt das Gesetz nicht. Er kann nicht allein bleiben, und deshalb wählt er die schlimmsten Kameraden.«

Seine Stimme war gebrochen, und seine Augen waren voller Sorge.

»Seit er weg ist, ist er meine große Sorge.«

Ehrlich gesagt, war er das schon viel länger.

»Ich habe mich ihm gegenüber falsch verhalten, aber das kann ich nicht ändern. Wenn ich ihn darum bitte, zurückzukommen, wird er geradewegs zu Abraham gehen.«

Wenn Abraham am Sabbat kam, ließ er sich nicht dazu herab, ihn anzusehen oder ihn zu grüßen. Zwischen ihnen war der Bruch vollzogen.

»Ich habe gedacht, dass alles wieder in Ordnung kommen könnte, wenn ich ihn mit einem so hübschen und netten Mädchen wie dem deinen verheiraten könnte.«

Ein leichtes Knarren zerriss die drückende Stille. Isaac

verbarg ein Lächeln, denn er wusste, dass Esther ihre Tür geöffnet hatte. Er ahnte, dass sie vornübergebeugt dastand, die Hand auf den Mund gelegt, und den Atem anhielt. Ein junges Mädchen durfte bei den geheimen Verhandlungen zu ihrer Hochzeit nicht anwesend sein, aber die Wände waren aus Holz, und man hörte alles.

»Er ist trotz allem ein guter Junge und fachkundig in Meereskarten. Er hat mir geschrieben, um mir mitzuteilen, dass eine große Schiffswerft in Barcelona aufmacht. Der König wird Ämter schaffen, und manche davon werden für Juden zugänglich sein.«

Es sei auch deswegen, Hayyim machte keinen Hehl daraus. Das Amt des Hafenverwalters koste mehr als hundert Pfund, und Esthers Mitgift würde dieses Amt bezahlen. Hayyim verpflichte sich seinerseits, für die ersten Unkosten des jungen Paares aufzukommen. Danach würde Nathan seinen Lebensunterhalt verdienen.

»Ich kann das auf mich nehmen, aber ich möchte, dass er ein gutes Leben führt.«

»Er weiß, dass du ihn verheiraten möchtest?«

»Er weiß alles, was ich dir sage. Ich habe ihm gesagt, dass er heimkommen soll, was er am Ende des Monats tun wird. Wenn er aber ein Amt erhalten kann, wird er nicht bleiben. Die Schiffe des Königs werden gebaut, sobald das Wetter besser ist.«

Hayyim schwieg, und Isaac sagte auch nichts mehr. Barcelona war sowohl nah als auch weit, denn man musste das Meer überqueren. Er dachte an Nathan, voller Leben und so jung.

»Ich fürchte, dass es etwas früh sein wird, wenn wir sie vor dem Frühling verheiraten werden.«

»Sie haben das ganze Leben, um sich kennen und lieben

zu lernen. Wir können sie nach Passah verheiraten, wenn du damit einverstanden bist.«

Das sei er, und gleichzeitig wehrte er sich gegen sein bedrücktes Herz.

»Wir kündigen es morgen nach dem Morgengebet an.«

Der gesamte Call würde davon erklingen. Es würde eine Zeit der Geschenke und der Freude sein. Isaac hörte ein Rascheln, das Geräusch eines leichten Stoffes oben an der Treppe, und er streckte einfach die Hand aus.

40

Sobald das Essen beendet war, stand Yaffuda wortlos auf. Er hatte nichts angerührt.

»Möchtest du Honigfeigen?«

Was konnte sie ihm sagen, welche Worte finden? Er war hinausgegangen, nachdem er ihr einen steinernen Blick zugeworfen hatte. Mit Tränen in den Augen und fast ihre silberne Hand vom Hals reißend, drehte sich Cédatar zu Abraham um. Was sollten sie tun? Die Neuigkeit hatte sie überwältigt, und sie fühlten sich, als wären sie mit einem Eimer Dreck beschmutzt worden. Nathan würde Esther Nifosi heiraten.

»Das Übel geht vorüber …«

Abrahams Aussage sollte beruhigend klingen. Alles heile, wenn man jung sei. Aber Cédatar schüttelte den Kopf und wischte ihre Wangen mit den Fingern ab.

»Wir können ihn nicht so lassen.«

Abraham seufzte und stand auf, um mit schwerem Herzen die Treppe hinaufzugehen. Er wusste, was es hieß, verletzt zu werden, und wie lächerlich und verletzend die Worte der anderen sein konnten. Er hätte diesen Schmerz so gerne geteilt und mit seinem Sohn gesprochen! Er brauchte das selbst so dringend.

Als er das Zimmer betrat, gab Yaffuda vor, zu arbeiten. Er hatte die Ellenbogen auf einen Tisch gestützt, der so mit Pergamenten beladen war, dass er demnächst zusammenzubrechen drohte. Bücher bedeckten die Wände, kletterten die Bretter in unordentlichen Stapeln, als vibrierende, sich bewegende Berge hinauf, die oft hin und her gerückt wurden. Abraham sah zum ersten Mal, wie schmal das Bett seines Sohnes war.

»Jehuda …«

Der junge Mann fuhr hoch, genauso überrascht darüber, seinen Vater hier zu sehen wie seinen eigentlichen Namen zu hören. Das Licht, das durch die Fenster hereinfiel, beleuchtete seine eingefallenen Züge, den wilden, fast schon brutalen Ausdruck, der in seinen Augen brannte. Abraham setzte sich auf das kleine Bett und strich mit müder Hand die mit geraden Linien gestreifte Bettdecke glatt.

»Wer weiß schon, was für eine Last wir tragen müssen?«

Seine Stimme war bitter und leiderfüllt.

»Sie beneiden uns, weil wir reich sind, und wir beneiden sie, weil sie ein einfaches Leben haben.«

Er brannte darauf, mit seinem Sohn zu sprechen, sich ihm anzuvertrauen, ihm alles zu sagen.

»Mein ganzes Leben lang habe ich Karten gezeichnet. Ich habe diesen Weg gewählt, aber ich hatte einen anderen Traum.«

Das Geständnis war so nah, dass er schwieg. Dann kamen die Worte einer weit zurückliegenden Geschichte. Die Geschichte eines jüdischen Jungen in einem dunklen Atelier auf einer Insel mit Felsen und Wind. Ein armer Junge, dessen Leben ein Kampf gewesen war, ein reicher, beneideter Mann, der die Seinen nicht glücklich machen konnte.

»So ist das eben. Keiner kennt den Preis, den er bezahlen muss …«

Sie schwiegen, waren einander nahe und fast schon beruhigt darüber, dass es so war.

»Was uns bleibt, ist das, was wir wissen. Das kann uns keiner nehmen.«

Abraham zeigte auf die Karten und die Bücher, das ganze Universum aus Papier, auf den anderen Teil seines Lebens, das Einzige, was er seinem Sohn geben konnte. Er stand auf, war verlegen, weil er seine Gefühle so schlecht verstecken konnte.

»Ich würde gerne eine astronomische Karte zeichnen, keine astrologische. Und dafür brauche ich dich.«

Yaffuda hörte mit gerunzelter Stirn zu.

»Ich möchte, dass du Ser Borenas an meiner Stelle empfängst.«

Der König habe eine Karte des Königreichs von Grenada in Auftrag gegeben; sie solle so exakt sein wie möglich und von Valencia bis zur Passage des Ozeans reichen. Der Hof träume einmal mehr davon, Andalusien vom Meer her anzugreifen. Um die Zufälligkeiten des Unternehmens besser abschätzen zu können, solle der Maître Kartograf den Kapitän des Königs an diesem Tag zur dritten Stunde treffen.

»Ich weiß nicht, ob ich das kann.«

»Ich habe diesbezüglich keine Befürchtungen.«

Der junge Kartograf lächelte, das Herz erwärmt von der Liebe seines Vaters.

»Wie wird er es aufnehmen?«

Der Offizier kam, um den Maître des Kompasses zu treffen, nicht seinen Sohn.

»Das ist egal. Ich übertrage dir diese Karte.«

Yaffuda ging zur schlimmsten Stunde durch den Call, nämlich dann, als er vor Menschen wimmelte. Die Menge kam und ging wie fließendes, unbeständiges Wasser und wurde von einer nicht weniger unbestimmten Lust getragen. Der junge Mann lief schnell, und sein Mantel wehte wie eine Rüstung aus Stoff um ihn herum. Er wollte nicht stehen bleiben, fürchtete die mitleidigen oder spöttischen Gesichter. Er hatte seine Gefühle nicht versteckt. Jeder im Call wusste, dass er Esther Nifosi oft besuchte. Als er auf den Platz der Snoga kam, war der Schmerz, den er ertrug, so heftig, dass sein Herz zu zerbrechen drohte. Er verdoppelte seinen Schritt, weigerte sich, an eine Bank unter Rosen und ein blaues Kleid zu denken, aber die Gedanken kann man nicht anbinden, und die Hände des jungen Mannes zitterten, als er das Atelier betrat.

»Guten Abend, Ser Cresques.«

Die Matrosen umgaben ihn und sprachen in vertrauter Ungezwungenheit mit ihm. Der junge Maître, der so viel wusste, konnte sich auch sehr einfach geben. Er antwortete rasch auf ihre Fragen, bevor er Salomons Blick begegnete.

»Mein Vater hat mich damit beauftragt, den Kapitän zu empfangen.«

Des Mitleids müde, sagte er nicht mehr, sondern ging in den Flur, der von lustigen und grausamen Kinderstimmen erfüllt war.

»Der Kapitän ist angekommen.«

Joan stand in der Tür, glücklich und blond wie ein Weizenfeld. Nach tausend Sätzen und Beteuerungen des guten Willens trat Messire Borenas mit erhobenem Haupt, unruhig zuckendem Schnurrbart und nervösem Bein ein. Er sei auf Befehl des Königs hier, denn er sei schon mehrmals bis zur Mündung des Flusses gefahren, und es schmerze ihn, dass der Maître des Kompasses es nicht für nötig erachtet habe, ihn persönlich zu empfangen. Ohne zu antworten, entrollte Ser Cresques' Sohn vor seinen Augen und hinter geschlossenen Türen eine genaue Skizze, die mit kleinen Anmerkungen versehen war. Der Verlauf des Guadalquivir schlängelte sich über die Karte.

»Die Strömung lässt den Fluss aufwärts fließen.«

»Ich habe vermerkt, die Ebbe abzuwarten, bevor man hineinsteuert.«

Aber würden die Schiffe des Königs das können? Es seien schwer zu lenkende Galeeren, und wenn der Ozean tobe, sei mit den Rudern nichts anzufangen.

»Wenn unsere Boote zu leicht sind, werden sie vom Wind abgetrieben.«

Über das Blatt gebeugt, sprachen sie in flüsterndem Ton miteinander. Dieser geheimnisvolle Tonfall war ein wenig lächerlich, denn es gab keinen Frühling, in dem die Krone Grenada nicht über das Meer angreifen wollte. Tausend Pläne wurden entworfen, doch sehr wenige davon waren vernünftig, und oft wurden sie schon vor der Umsetzung wieder verworfen. Borenas zeigte mitten auf die Meerenge, auf die Stelle, an der der Ozean ins Meer fließt.

»Warum ist dieser Verlauf noch nicht fertig gestellt?«

»Ich möchte den Wind, der sich der Strömung entgegensetzt, besser kennen. Ich glaube, dass man zwei Wege vermerken muss, je nach Wetterlage.«

Ser Borenas betrachtete den jungen Mann mit durchdringendem Blick.

»In der Passage wird es schwer, zwischen zwei Wegen zu wählen.«

 Yaffuda deutete auf einige Behelfshäfen und ihre Wassertiefe.

»Wenn der König seine Schiffe einsetzt, dann müssen sie den Wind abwarten.«
Das würde schwierig sein, denn die Strömung in der Passage sei genauso stark wie launisch. Es sei besser, sie würden katalanische Schiffe benutzen, diese seien schmäler und schneller, denn sie wurden mit Segeln gelenkt. Was den jungen Kartografen betraf, so gehörten die Galeeren nicht zu einem Überraschungsangriff. Der Kapitän stimmte mit ihm überein, doch die Wahl des Angriffs und seiner Mittel würde vom Souverän getroffen werden. Er würde ihm aber diese Ansicht mitteilen. Als die Unterhaltung beendet war, beschlossen sie, sich in vierzehn Tagen wieder zu treffen, wenn die Karte fertig gestellt sei. Yaffuda ging vor seinem Besucher den Flur entlang und begleitete ihn auf den Platz, wo sie die gewöhnlichen Floskeln austauschten, bevor er ins Atelier zurückkehrte.
»Yaffud!«
Joshua sprang um ihn herum. Er wollte unbedingt, dass Yaffuda sich etwas ansah, das er gemacht hatte. Der junge Mann folgte dem Jungen in den Raum, in dem er früher gemalt hatte. Es war ihm so schwer ums Herz, dass er kaum hörte, was Joshua ihm erzählte. Der Kleine ging schon sehr sicher mit dem Kompass um, er beschäftigte sich damit, die Linie der Windstriche gemäß den einundzwanzig notwendigen Punkten zu zeichnen. Daneben war Samuels Arbeit schlampig.
»Das ist sehr gut.«
Hinter dem leeren Fenster plätscherte der Brunnen.

Als der Tag zu Ende ging, lief Yaffuda über die Straße der Katzen zurück. Die Menschen verließen den Call mit vollen Armen, denn Ostern stand vor der Tür. Die Luft war kalt, tat weh, ein wildes Wetter für den Frühling. Der junge Mann ging mit eiligem Schritt, und er klammerte sich an den Gedanken an diese Karte, damit er nicht nachdenken musste. Der König würde vielleicht an Galeeren festhalten, die zwar schwerer im Wasser lagen, aber besser bewaffnet waren. In diesem Fall musste man eine Anlegestelle finden, die Boote mit starkem Tiefgang aufnehmen konnte. So in seine Gedanken vertieft, erreichte er den Platz der Feigenbäume, als sein Herz zu schlagen aufhörte. Ein junger Mann stand breitbeinig da und hatte ihm dem Rücken zugewandt; seine Haare waren zerzaust, und unter dem Arm trug er eine dicke Stoffrolle. Bestimmt ging er zum Schneider, um sein Hochzeitsgewand nähen zu lassen.

»Yaffuda!«

Eine Hand schüttelte seine Schulter. Es war Isaac Bellshons, der schwer atmete.

»Du bist so schnell gelaufen! Ich dachte schon, ich könnte dich nie mehr einholen!«

Nathan hatte sich jetzt umgedreht und schaute Yaffuda an. Die Straße lag zwischen ihnen, ein paar Ellen, zwei Schritte, vielleicht drei, aber Isaac Bellshons bestand darauf, dass er zuhörte. Es handle sich um eine sehr eilige Arbeit, die für die Galeeren, die nach Flandern fuhren, bestimmt war. Ser Cresques habe ihn damit beauftragt, und er hoffe, dass er zufrieden sei.

»Würdest du es ihm bitte von mir überbringen?«

Er schob eine Rolle in Yaffudas Hand. Yaffuda nahm sie, stammelte zwei Worte, blickte trotz allem voller Hoffnung auf, aber auf der anderen Straßenseite war der Platz leer.

41

Das ganze Haus roch nach gebratenem Lamm, nach Brot und Saubohnen, bronzefarbenen Gerichten, die allen Übeln getrotzt hatten. Cédatar rührte, drehte sich um, ging in einer wütenden Aufwallung von der Küche in den Essraum. Auf dem Silbertablett war alles angerichtet, die bitteren Kräuter, der Mörser für die Mandeln und Datteln und der kleine Lammknochen. Heute war Pasahfest, der schönste Tag von allen.

»Warum ist das Brot flach, Doda?«

Sie kniete sich vor dem Kind nieder und drückte es heftig an sich.

»Das ist wegen des Pharaos.«

Das jüdische Volk sei frei, es habe seine Ketten gesprengt und sei aus Ägypten weggegangen, ohne sich die Zeit zu nehmen, das Brot aufgehen zu sehen.

»Ich komme zurück! Seid brav!«

Stürmisch und voll ohnmächtiger Wut stieg sie die Treppe hinauf. Die anderen würden sie noch verrückt machen. Am Vorabend hatte Yaffuda gesagt, dass er nicht mehr in die Snoga gehen würde. Nicht an diesem Tag und an keinem anderen. Er hatte nichts hinzugefügt und war vom Tisch aufgestanden, ohne dass jemand es gewagt hätte, ein Wort zu sagen. Aber man musste diesen Tag feiern. Wenn er nicht kommen würde, befürchtete sie ein viel größeres Übel für ihn.

»Lass es vorbeigehen, lieber Gott …«

Sie geriet durch ihr Gebet außer Atem. Oben an der

Treppe schlug ihr Herz wie verrückt, sie wurde von zu viel Gewicht und zu viel Kummer erdrückt und trat geradewegs in Yaffudas Zimmer ein, aus Angst, sie könne doch noch zögern.

»Yaffud …«

Er senkte einen Schutzwall aus Büchern.

»Ich komme nicht.«

»Es ist Passah, Yaffuda.«

Der junge Mann sagte nichts, aber der Blick, den er an sie richtete, war so voller Hass, dass sie die Tür wieder schloss.

»Das Übel geht vorbei …«

Sie murmelte wie gewöhnlich, Tränen in den Augen, ohne die Männer zu sehen, die am Fuß der Treppe auf sie warteten.

»Er will nicht kommen.«

»Wir müssen ihn in Ruhe lassen, Cédatar.«

Sie warf Salomon einen vernichtenden Blick zu. Es sei einfach, unbesorgt zu sein, wenn man kleine Kinder habe. Sie wollte aufbrausen, als Abraham sie am Arm nahm.

»Nathan ist seit fünf Tagen auf Mallorca.«

Sie stieß einen eigenartigen Laut aus, ein lächerliches Geräusch, das sie unterdrückte, um an einem so schönen Tag nicht zu weinen.

Sie sahen Nathan, sobald sie auf dem Platz ankamen. Er war größer, bärtiger und trug immer noch einen schief sitzenden Hut. Er lachte inmitten einer Gruppe junger Leute, amüsierte sie mit seinen Heldentaten von Saragossa. Man stieß ihn an, drückte ihn an sich oder schlug ihm freundschaftlich auf den Rücken. Als er seinen

Onkel sah, machte er einen Schritt, einen einzigen. Wenn der Blick eines Mannes einen anderen kreuzigen kann, dann Abrahams Blick.

Die Synagoge war voll, und ein frischer Duft stieg von den riesigen Rosensträußen auf. Mit angehaltenem Atem hörten sie dem Gebet zu, das besagte, dass der Allmächtige alles für sie gemacht habe, dass er das Meer vor ihren Schritten geöffnet habe. Die Männer beteten laut, denn es war ein Tag großer Freude. Abraham wartete darauf, dass der Vorhang aufging. Es dauerte nur kurz – ein Aufseufzen der Zeit, ein flüchtiges Aufeinandertreffen. Über den Tüchern und Schleiern vereinten sich ihre Blicke, eine fließende Sanftheit segnete sie. Für die Dauer dieses Bebens trennte sie nichts mehr.

Es war Passah. Eine Freudenhymne stieg in den dunklen Gewölben auf, ein Gesang des Glaubens und der Hoffnung. Das Unglück könnte zurückkommen, aber es würde niemals den Sieg davontragen. Als sie die Snoga bunt gemischt und fröhlich verließen, roch die Luft etwas bitter. Abraham wartete auf seine Frau, die stärker umringt wurde als ein König. Er hörte geduldig die Aussagen des kleinen Hofes, warf ihnen zeitweise das Almosen eines Kommentars zu.

»Ser Cresques …«

Er blickte hin, überrascht, zu sehen, dass Jacob Bellshons sich bis zu ihm vorgewagt hatte. Er getraute sich etwas, denn jeder wusste, was er im großen Gericht gegen ihn vorgebracht hatte. Sein Bruder warf dem Schneider, der hochrot war, einen vernichtenden Blick zu.

»Ich muss Euch um etwas bitten.«

»Wirklich?«
Abraham amüsierte sich, ohne dass die Angelegenheit wirklich lustig gewesen wäre. Wenn dieser Mann geschwiegen hätte, wäre nichts passiert.
»Ich würde gerne mit Euch über das Haus der alten Rachel sprechen.«
Abraham brauchte eine Weile, bis er begriff, worum es ging. Es gab sehr wenig leer stehende Häuser im Call. Das Haus von Rachel war größer als das von Jacob, es hatte eine Etage, vier Zimmer und einen kleinen Garten.
»Es ist für Sarah, meine kleine Tochter.«
Das Kind sei schwach. Eingekesselt im Call, bekomme sein kleiner Laden niemals Sonne oder frische Luft ab.
»Ser Mosconi sagt, dass sie Sonne braucht.«
»Wenn er das sagt …«
Ser Mosconi ging gerade mit Frau und Kind davon, und Jacob kam vor Scham fast um. Abraham hatte ein freudloses Lächeln im Gesicht.
»Wir werden sehen.«
Cédatar kam mit zitternden Wangen auf ihn zu. Sie wollte nach Hause, zurück nach oben. Als er sie am Arm nahm, ging eine Regung durch die Männer am Ende des Platzes. Er nahm Hayyim wahr, der erstarrte, und sah Nathan, der auf ihn zukam.
»Ein fröhliches Fest, lieber Onkel … liebe Tante.«
Er sei gerade zurückgekommen, würde bald wieder gehen und müsse sie grüßen. Ohne eine Antwort abzuwarten und mit immer flüssigeren Worten, erzählte er ihnen von seinen Plänen, dem Amt, um das er sich in Barcelona zu bewerben gedenke und das hundert Pfund kosten würde. Als er seine Hochzeit ankündigte, hatte Nathan traurige Augen.

»Wie geht es Yaffud?«

Er leide in der Oberstadt, verzweifle und fühle sich verraten. Abraham nickte, sah ihn mit steinernem Blick an und ging, ohne zu antworten, die Hand seiner Frau fest umfasst.

42

Es war Samstag, ein Morgen des Vergessens. Yaffuda würde noch lange Zeit allein in seinem Bett liegen können. Er legte seine Hände auf die Augen, die ihm wehtaten, obwohl er nicht geweint hatte. Er weinte nicht mehr, er hatte keine Tränen mehr, er war leer. Er fühlte sich wie eine Waise, weil er sich so sehr getäuscht hatte, weil er so lange an dieses junge Mädchen gedacht hatte. Es war vorbei, sein Traum war gestorben, aber er war ihm so sehr nachgehangen, dass er ihm genauso fehlte wie eine Gewohnheit. Nathan hatte Esther Nifosi geheiratet. Manchmal war es so schwer, dies zu glauben, dass er darüber wie über einen schlechten Traum lachte, bevor der Schmerz wieder einsetzte. Nathan hatte sie geheiratet, Nathan, der alles wusste, denn er hatte gesehen, wie er sich wie ein armer Dummkopf über das Buch gebeugt hatte, das er für sie übersetzt hatte. Er sah ihn immer wieder vor sich, auf der Straße mit seinem Stoffpaket unter dem Arm, und Nathan war nicht auf ihn zugekommen, hatte die drei Schritte, die ausgereicht hätten, nicht gemacht. Seine Seele zerbarst daran, und sie wurde von einem Schmerz getragen, der ihn nichts mehr glauben ließ.

Der Tag brach an, die Sonne stand schon hoch, und nichts und niemand waren von jetzt ab mehr wichtig. Er hatte geglaubt, dass Esther ihn am Abend des Sabbats erwarten würde, wenn er, mit klopfendem Herzen und gerührt durch den Gedanken an ihre auf der Bank liegende Hand, zu ihr kam. Wenn sie sprach, hielt sie manchmal inne, suchte nach Worten und legte dabei ihre Hand an die kleine Kette, die sie um den Hals trug. Er liebte diesen Ausdruck des plötzlichen Zögerns, dieses Zugeständnis der Unsicherheit, den Schatten ihrer Wimpern, der sich auf ihre Wangen legte, und das Vergnügen, das er in ihren Augen las. Wenn er abends an sie dachte, brannte er vor Wut und vor Lust, die er gezügelt hatte. Die Nacht beschmutzte ihn mit Eifersucht, aber der Morgen mit seinem Schmerz belebte eine ungestillte Zärtlichkeit.

Er stieß seine Decke von sich und stand auf, bedrückt darüber, bereits alles über den nicht enden wollenden leeren Tag zu wissen, der ihm bevorstand. Er kannte die Sätze seiner Mutter bereits im Voraus, ihre beständige Sorge, ihn wie ein krankes Kind voll zu stopfen, die mitleidigen Blicke der Seinen, die er nicht mehr ertrug. Wenn er allein und in Ruhe gelassen werden wollte, öffnete sich die Tür seines Zimmers, und er musste einen unnötigen Wortschwall, der genauso auf ihn niederprasselte, wie Steine in ein Loch fielen, über sich ergehen lassen. Er zog seine Tunika und seine Stiefel an, schnallte seinen Gürtel um, als eine Welle der Wut ihn erfüllte, eine rasende Ungerechtigkeit, die so stark war, dass sie ihn auf die Treppe hinaustrieb. Er konnte nicht hier bleiben, den ganzen Tag abwarten und Gott weiß welche Gleichgültigkeit vorspielen. Er nahm die Tür, knallte sie heftig hinter sich zu und ging ohne Kopfbedeckung nach draußen, wo er vom Licht überrascht wurde. Er hatte das Gefühl zu ersticken, er musste laufen, irgendwo anders hingehen, ganz egal, wohin. Er nahm die erste Straße, lief, ohne darauf zu achten, den Weg des Festungswalls hinauf und ging durch das Tor, das seine Ketten unter dem gleichgültigen Blick der Wachen abstreifte. Er sah das Meer unten am Hügel, fühlte einen heftigen Stich im Herzen und ging den Hang so hinunter, als würde er ertrinken. Er lief, ohne zu wissen, wohin, weit weg von der Stadt, in der alle ihn verraten hatten. Der Call lachte hinter ihm her, der Rabbiner hatte seinen Vater beleidigt, Nathan mit seinen schönen Versprechungen und Esther, die er sich aus dem Herz reißen musste. Die Sonne schien, hängte sich über die Welt und gab ihr eine frische, unerträgliche Fröhlichkeit. Er lief, stieß gegen die Erde, suchte nach dem Wind, nach etwas Großem, Reinem. Am Himmel kreischten die Vögel, die wie geflügelte Segel dicht über dem Wasser flogen. Ohne darauf zu achten, hatte er Santa Catalina erreicht und befand sich am Dorfrand, wo es nach Fisch stank. Er lief an den Lehmwänden entlang, blaues Geröll im Licht, kam an einigen baufälligen Häusern mit schlecht deckendem Schilfrohr vorbei, sah runde, bräunliche Körbe, die trockneten, und ging im Sand, der unter seinen Schritten aufwirbelte, weiter. Kein Schatten, niemand war da, das ganze Dorf schien ausgestorben.

Am Strand warteten auf Pfählen aufgehängte Netze. Barken tanzten weiter draußen, verirrte Leinen, die von den Wellen hin und her geworfen wurden. Er konnte kaum die über die Ruder gebeugten Männer erkennen. Der nasse Sand knirschte unter seinen Schritten, und die salzige Luft wusch seine Stirn. Er sah einen getrockneten, gebleichten Baumstamm und setzte sich. Er fühlte sich so leer, dass er das Gewicht der Zeit spüren konnte. Er betrachtete die Wellen und die Spitze seiner Stiefel, als ihn eine Stimme überraschte, die so schroff klang wie das Rollen von Steinen.

»Was machst du hier, mein Junge?«
Ein alter Mann, der aus dem Nichts zu kommen schien, kam auf ihn zu. Er trug ein löchriges Hanfgewand und wiederholte seine Frage. Yaffuda machte eine unbestimmte Geste, er wisse nicht, was er hier mache. Der Alte kam näher. Er hatte ein gebräuntes Gesicht unter einem schlechten Strohhut und so ernste Augen, dass der junge Mann das Gefühl hatte, auf einen verirrten Propheten zu treffen. Der Fischer sah ihn an, einen jungen, bärtigen, bleichen Mann mit bleichen Händen, ein verlorener Jude ohne Mütze und Zeichen. Sie lächelten einander an, Gott weiß, warum, und der Alte setzte sich einfach zu ihm. Seine nackten Füße ähnelten dem Baumstumpf.
»Du kommst von der Stadt?«
Yaffuda nickte. Er hatte keine Lust zu reden, aber bei diesem hartnäckigen Blick musste er mehr sagen. Er wohne in der Stadt, oben in der Straße des Tempels, in der Nähe der Zitadelle. Der Alte nickte, gab sich einem anderen Gedanken hin.
»Das Meer ist heute Morgen schön.«
Zu schön, leuchtend und falsch. Er denke, dass der Fang schlecht sein werde, der Wind sei beißend kalt und komme von Westen her. Yaffuda hörte zu, überrascht und bewegt, wie bei einem vertraulichen Geständnis. Der alte Mann verließ die Wellen und richtete seinen Blick auf die weißen Hände, die auf dem toten Holz lagen.
»Dein Vater ist ein Händler in der Stadt?«
Yaffuda lächelte. Das sei er, ohne es zu sein. Er zeichne Karten, Navigationskarten.
»Karten, um über das Meer zu fahren?«
Der alte Mann lachte vor so viel unwahrscheinlichem Wissen. Was könne man schon vom Meer wissen, wenn

man eingeschlossen im Stein lebe? Er habe so viel und so lange gefischt, dass er sich nicht mehr an den ersten Tag mit seinem Vater erinnern könne.

»Das Meer ist eine Frau, mein Junge, man kann ihm nicht trauen. Oder glaubst du, dass man Karten von Frauen zeichnen kann?«

Er lachte zahnlos, und Yaffuda teilte seine Ansicht und auch fast sein Lachen.

»Sie wechselt beim geringsten Windhauch. Wer weiß, wo der Wind entsteht? Weißt du, wo der Wind entsteht?«

Nein, das wisse er nicht. Man sage so viele Dinge darüber, und das am wenigsten Dumme sei wohl, dass es sich um Gottes Atem handle. Der alte Mann lächelte, fast schon glücklich, zu hören, dass man da oben in der Stadt so wenig darüber wusste.

»Und du, zeichnest du auch Karten?«

Dem sei tatsächlich so. Der Alte lächelte, so sei das Leben. Sein Vater sei Fischer gewesen, sein Sohn sei es auch, und nach ihm kämen dessen Söhne. Gott wolle, dass dem so sei und dass man alles weitergebe, vor allem das, was die anderen nicht wüssten. Das sei es, was zähle, egal, ob man viel oder wenig wisse.

»Du wirst schon sehen, mein Junge, du wirst schon sehen ...«

Yaffuda zweifelte daran, aber der Alte war sich sehr sicher. Er sei arm, habe nichts oder fast nichts, aber er habe sein Bestes gegeben. Jetzt bessere er die Netze aus, das sei alles, was er tun könne, um sich sein Essen zu verdienen. Mit dem Vergnügen der Alten, denen man zuhört, erzählte er von seinen Kindern, von denen, die gestorben waren, und denen, die lebten, den Kleinen, die zu schnell erwachsen wurden, dem Letzten, den der Winter hinweggerafft hatte. Yaffuda hörte ihm zu und war aufgewühlt, ohne zu wissen, warum.

»Es ist ein großes Glück, immer Brot für seine Kinder zu haben. Wenn du das hast, mein Junge, dann verachte es nicht.«

Die Sonne stieg höher, wärmte ihren Rücken, und der Alte tätschelte die Hand des jungen Mannes, eine so wertvolle Hand, die Karten zeichnen konnte.

»Du musst jetzt gehen, es wird spät.«

Der Fischfang sei beendet, die Männer würden zurückkommen, und sie würden keine Fremden mögen. Yaffuda schaute ihn überrascht an, aber der alte Mann war bereits aufgestanden. Er wusste, wovon er sprach und was der kleine Jude riskierte, der das nicht wusste.

»Hör zu, mein Junge, geh zurück zu deinem Vater.«

Er lächelte und ließ Yaffuda, ohne ein anderes Wort des Abschieds, überrascht und zögernd stehen. Er nahm den Weg zurück zur Stadt, ohne genau zu wissen, warum er gehorchte oder was in seinem Herzen seinen Platz gefunden hatte.

43

Die eisigen Tage, die auf Ostern gefolgt waren, waren vorbei, die Nacht präsentierte sich den Astronomen mild und klar. Die Luft war transparent, die Sterne so belebt, dass sie sie trotz des Lichts ihrer Lampe leuchten sahen. Keine Seele war im Call, dessen Straßen ihnen gehörten. Der milde Frühlingswind trug die Akkorde einer entfernten Musik, eines alten Liedes, zu ihnen, das Abraham leise mitsummte. *Es ist eine kleine Dunkelhaarige, eine Brünette, die mich quält …* Er lächelte, als er wegen der erstaunten Miene seines Sohnes abbrach. Ob er denke, dass er zu ernst sei, um zu singen?

Die blaue Tür öffnete sich knarrend, die Luft der Behausung ergriff sie wie ein Vorwurf. Das Haus war geschlossen, unbewohnt, alles war leer und ruhig, bis auf den Brunnen. Die beiden Männer durchquerten den Hof, grüßten den alten blühenden Mandelbaum. Sie drückten das Gatter auf, liefen die Allee der Olivenbäume hinauf, ohne einen Blick auf die dicke Mauer, die den Garten begrenzte, zu werfen. Abraham staunte über seine Gleichgültigkeit, aber all das bedeutete nichts mehr für ihn. Das Bad bereicherte ihn mit einem unaufhörlichen Fluss von Geldstücken. Ausgerechnet er, der Geld immer verachtet hatte, wollte reich sein. Für Yaffuda, der sein Erbe bekommen würde, und für eine kleine Dunkelhaarige.

»Lass uns hier stehen bleiben.«

Am Ende des Gartens hörte man keine andere Musik als

das Säuseln der Olivenbäume. Abraham schaute in den Himmel, und Yaffuda legte die Tasche, die er mitgenommen hatte, ins Gras. Sie enthielt zwei Jakobsstäbe, eine Tafel von Lull, verschieden dicke Gläser, viele Kerzen, ein paar Pergamente und Federn.
Neben dem Mond, einem perfekten Kreis, schienen die Sterne unregelmäßige Punkte zu sein, die zum Vergnügen eines riesigen Geometers in die Schwärze geworfen wurden. Die beiden Astronomen blieben eine Zeit lang ruhig stehen und betrachteten sie. Eine unendliche Kraft strahlte vom Himmel herunter, die die Sorgen der Erde zerschlug und sie wie Staub im Wind verteilte.
»Mars ist heute Abend rot.«
Das Gestirn leuchtete, schien ganz nahe, und einige hätten sein blutiges Licht gemieden, denn Mars war der Herr des Feuers, der Gewalt. Er gab den Menschen das Eisen und die Wut, die verschlingende Leidenschaft, die zerstört und tötet. Yaffuda war sehr weit davon entfernt, dies zu glauben. Für ihn war der Himmel einfach nur mit leuchtenden Inseln bestreut. Er hielt einen Moment beim Wagen inne, über den sich drei Sterne erhoben, die von den Mauren »die Weinenden« genannt wurden. Fünf Ellen weiter auf gerader Linie war der treueste Stern, der den Norden anzeigte, ohne sich zu bewegen, die Königin der Kompasse, ihrer Kalender. Weiter, über der Venus, erstreckte sich die Milchstraße, ein fließender und gewundener Schal. Welchen reinen und geraden Weg wollte sie verbergen?
»Es gibt so viele Sterne …«
Der junge Mann sprach mit der Nacht. Ein leichter Wind warf die Blüten des Mandelbaums wie Schnee auf ihn herab. Er bedeckte seinen zeichenlosen Mantel mit einem

leichten Nebel. Abraham brannte darauf, mit ihm zu sprechen, ihm sein Geheimnis anzuvertrauen, aber er konnte nicht. Er deutete einfach nur nach Westen, wo Orion seinen Bogen zog. Mars verbreitete über ihnen die purpurne Farbe seiner Laterne.
»Mars wird auf den Schützen treffen.«
Zwei rivalisierende Kräfte, zwei Zeichen der Gewalt, der Widder, der den Tierkreis betrat, brachte Krieg und Massaker.
»Wenn alles geschrieben stünde, wäre es so viel einfacher.«
Yaffudas Stimme war so nüchtern, dass Abraham sich vom Himmel abwandte, um seinen Sohn anzuschauen, der vom Dunkel verschluckt wurde. Yaffuda litt zurückgezogen in sich selbst. Seine Augen hatten ihr Licht verloren, er war mit einem Schlag gealtert.
»Das ist eine Entschuldigung für unsere Fehler.«
Yaffuda lächelte verächtlich, ein Lächeln, das sich jetzt häufig zeigte. Laut den Astronomen bewegte sich der Himmel langsam über die Erde, eine unbewegliche und geduldige Kugel. Es war diese himmlische Bewegung, die das Meer veränderte und die Jahreszeiten wechseln ließ, die Regen durch den Mond kommen ließ, Wind durch Merkur, Kälte durch Saturn und Feuer durch Mars. Für so viele gelehrte Weisen war das Leben der Menschen wie jenes der Elemente die Spiegelung der vielschichtigen Alchimie, die die Welten regierte. Das Lesen der Gestirne ermöglichte es, die Wege der Menschen zu erklären und die Gründe für ihre Zornesausbrüche, ihre Melancholie, ihre Freuden und verschiedenartigen Schicksale gemäß der Zeichen, unter denen sie geboren wurden oder unter deren Einfluss sie handeln, zu erläutern.

»Eine ziemlich schwache Entschuldigung!«
Yaffudas Stimme war genauso hart, wie seine Geste undeutlich war. Ohnmächtig brach er ab, bevor sie wirklich begonnen hatte. Bedrückt durch seine Traurigkeit entschloss sich Abraham zu lachen, um sie abzuweisen.
»Möchtest du meinen Handel ruinieren?«
Der junge Mann antwortete nicht. Er dachte an seine eigene Karte, das kleine goldene Papier, das schon immer an der Wand seines Zimmers hing. Merkur führte Jupiter, als er geboren worden war, ein Lichtzeichen, das ein Schicksal der Eroberungen voraussagte. Er hatte nur sein mittelmäßiges Leben als Gegenbeweis dafür. Wie sein Vater schon sagte, es war nur ein Handel. Alle Großen liebten die Horoskope wegen der unmäßigen Liebe, die sie für sich selbst empfanden. Das astronomische Hellsehen schmeichelte ihrem Hunger, rechtfertigte ihre Unterfangen und ihre Wünsche. Doch dieses unendliche Gewölbe konnte keinen so beschränkten Zweck haben.
»Und Ihr, glaubt Ihr, dass der Himmel uns an der Leine führt, Vater?«
»Das glaube ich nicht. Ich sage den Mächtigen das, was sie hören wollen, sonst sagt es ihnen ein anderer an meiner Stelle.«
Alles in allem war das nicht sehr ruhmreich. Die Olivenbäume raschelten leise, ein paar Noten einer fröhlichen Musik drangen zu ihnen vor und durchbrachen die Nacht mit ihrem leichtfertigen Geräusch. Abraham suchte im Dunkeln nach den Augen seines Sohnes. Er konnte ihm nicht alle seine Geheimnisse anvertrauen, aber er sollte zumindest dieses eine erfahren.
»Ich möchte die Wahrheit kennen, Yaffuda. Und es gibt nur einen Weg der Gewissheit, und dieser besteht darin,

jenseits der Meere nachzusehen. Um zuverlässige Männer zu bezahlen, brauche ich das Gold der Großen. Ich brauche es genauso, wie sie einen Traum brauchen, den Traum, zu etwas Großem beizutragen, um die kleinen Dinge zu wagen.«

Die Sterne leuchteten kalt und fern, und der Mond umgab sein gutmütiges Gesicht mit einem geheimnisvollen Schein.

»Ich würde das so gerne verstehen!«

»Das wollen wir beide. Der Himmel bietet uns eine Berechnung der Tage und der Stunden an, also einen Zeitabstand, und er ist der einzige Weg, diese Erde mit Gewissheit zu kennen. Siehst du, ich bin alt genug, um das Wichtige zu suchen. Ich möchte keine Karten mehr zeichnen, auf denen sich Schlangen in die Leere unseres Wissens winden. Ich möchte für wahr halten, was ich schreibe, und möchte sagen können, was ich nicht weiß.«

Keine Lügen mehr auf den Karten. Das war ein neuer Ehrgeiz, eine außergewöhnliche Forderung.

»Wenn man seine Fehler zugibt, kommt man voran, Yaffuda. Aber nur wenige wollen das hören, was ich dir jetzt sage.«

Der junge Mann war nachdenklich, und eine Weile dachte er nicht mehr an seinen Schmerz. Das war ein neuer Weg, selbst wenn sie die Einzigen in dieser Stadt und auf dieser Welt waren, die diesen Traum nach Wahrheit in sich trugen.

»Eines Tages wirst du viele Dinge wissen. Denk an diesem Tag an das, was du nicht weißt. Die Straße, die zurückschaut, führt nirgendwohin.«

Dieser Rat galt nicht nur für die Sterne, die leuchteten, bevor sie verschwanden. Abraham stand etwas mühsam auf und wurde sogleich von seinem Sohn imitiert. Die Klarheit der Nacht war flüchtig, die verfließende Zeit war unersättlich.

»Genug geredet!«

Er kniete sich hin, strich den Boden glatt, legte einen Kompass aus und überprüfte seine Ausrichtung. Yaffuda machte sich an dieselbe Aufgabe. Sie mussten genau arbeiten und vor allem effektiv sein. Die Matrosen folgten dem Polarstern bei Nacht und ihren Karten bei Tag. Sie fuhren allein auf das stürmische Meer hinaus, mit Linien, die auf Pergament aufgetragen waren. Das war es, was wichtig war, nach den Wegen des Meeres zu suchen und sie vielleicht zu verstehen.

44

Salomon trat als Erster ins Atelier ein, aber seine Söhne folgten ihm, wie man an ihrem Lachen in der Tür hören konnte.

»Es ist so kalt, dass man selbst einen Christen nicht hinauslassen würde.«

Die beiden Brüder schlugen Joan, der gerade mit Fegen fertig war, eine Tradition, die bereits auf die graue Vorzeit zurückging, freundschaftlich auf den Rücken. Abraham lächelte die jungen Leute mit dem Gefühl an, dass das Leben gerade eingetreten war, das Leben, das kam und ging. Joan war jetzt größer als er, Joshua ähnelte seinem Vater, und bei Samuel hatte der Bartwuchs begonnen, worüber sich sein Bruder lustig machte.

»Du hast die Haare der Katze des alten Saportas geklaut!«

Der Tuchhändler wurde alt, genauso wie er selbst. Zeit ist wie Wasser. Sie verrinnt, die Blätter fliegen davon, die Tage nehmen die Jahreszeiten mit sich und ähneln einander dermaßen, dass man eine Blume, eine Frucht oder das Gesicht eines Mannes anstelle dem Lächeln eines Kindes braucht, um zu verstehen, dass das Leben plötzlich verschwunden ist. Es gab unter diesem Dach kein Kind mehr. Er dachte an seine Tochter, die fünf Jahre alt war, glänzende Zöpfe, ein schelmisches Lachen und honigfarbene Augen hatte. Abends spielte sie manchmal mit der kleinen Sarah Bellshons im Garten der alten Rachel, und er nahm diesen Weg, um nach Hause zu gehen.

»Einen schönen Tag zusammen!«

Yaffuda kam, als ob er dem Gedanken seines Vaters entsprungen wäre. Er hatte sich nicht sehr verändert. Die Unschlüssigkeit des Lebens hatte seine leere Jugend bewahrt. Wenn er auch nicht wie achtundzwanzig aussah, so war er doch seit über einem Jahr der Maître des Kompasses von Argon. Die ganze Stadt hatte sich versammelt, der Statthalter, das Parlament, die herausgeputzten Christen, die in braunem Tuch gekleideten Juden, um dabei zu sein, wie Abraham ihm die Bürde seines Amtes übertrug. Es war eine schwere Bürde, aber auf seinen mageren Schultern spürte er sie kaum. Yaffuda hatte sich voll und ganz dem Studium gewidmet und verfügte in der Zwischenzeit über ein so großes Wissen, dass sein Vater manchmal den Eindruck hatte, das ganze Ausmaß nicht zu überschauen.

Abraham seufzte verärgert über seinen Stolz, denn sein Sohn trug nur einen braunen Kittel ohne jegliche Verzierung.

»Es ist kalt, Yaffuda.«

Die Beunruhigung dieser Frau war nicht der Grund für die Ermahnung. War es schicklich, dem Infanten wie ein kleiner Handwerker oder Pergamentmacher des Calls die Aufwartung zu machen? Der junge Mann antwortete nicht, er war weit entfernt von dieser Sorge und schaute Salomon mit seinen wassergrauen Augen aufmerksam und nachdenklich an.

»Sind sie bereit?«

Das waren sie, eingerollt in Leder wie die Jungen in ihre grauen Mäntel. Die Luft um die beiden Jungen vibrierte vor Freude und Ungeduld, und Yaffuda verbarg ein Lächeln über ihre Angeberei. Sie waren so stolz, ihn begleiten zu dürfen, dass es bewegend war. Eine weit zurückliegende, klare Erinnerung, die auch schmerzhaft war, schlängelte sich in seine Gedanken. Er hatte weder seinen ersten Besuch am Hafen von Pi noch die Träume, die die jungen Leute quälten, vergessen.

»Sie kommen!«

Das Geräusch stieg zu ihnen herauf, genauso dumpf wie das Rauschen des Meeres. Salomon reichte den Jungen die Kartenrollen, und Abraham sprach leise mit seinem Sohn. Der König hatte Karten vom Norden in Auftrag gegeben, den die Engländer beherrschten, und Yaffuda hatte beschlossen, die Küste von Bretagne nach neuen, ungewissen Aussagen zu zeichnen. Der Hafen von Brest war nicht gewiss, das westliche Meer war schwierig für Segel, denn es war reich an Klippen, wenn man entlang der Küste fuhr, und sehr stürmisch, wenn man sich davon entfernte. Yaffuda lächelte. Er hatte über diese Angaben, über die kleinste Bucht, die geheimste Zufluchtsmöglichkeit Informationen eingeholt, und jetzt, wo das Hufgeklapper auf dem Pflaster erklang, war nicht der Zeitpunkt, sich darüber Sorgen zu machen.

»Guten Tag, gnädige Herren.«

Ein Gruß antwortete dem, der soeben mit vertrautem Klappern eintrat.

»Wenn Ihr bereit seid, Ser Cresques …«

Llobera wies auf die Straße, auf der der Atem der Menschen und Tiere in der beißenden Februarkälte verdampfte. Ein Pferd erwartete den Maître des Kompasses, ein wunderschönes Tier, sowie die zwanzig Ritter, die ihm als Eskorte dienten, sobald er die Stadt verließ. Yaffuda nahm seinen Mantel, lächelte seinem Vater und seinem Onkel zu, die beide mit hinausgingen, um ihre Söhne wegreiten zu sehen. Sie hatten gut gearbeitet, der

Weg ihrer Söhne würde einfach sein. An den Küsten des Mittelländischen Meeres und in allen Häfen verbreiteten sich Karten, die mit einem fein gearbeiteten Kompass verziert waren, der Blume aus Dreiecken und Wind.
Yaffuda ritt, wie er konnte, und war sich wohl bewusst, dass er nichts mit einem heiligen Georg auf seinem Streitross gemein hatte. Sie waren am Hügel vorbeigekommen. Mallorca, das sich an den Felsen klammerte, erzitterte hinter ihnen, und der Sand unter ihren Hufen knirschte. Der Wind peitschte den kreischenden Schrei der Meeresvögel hinaus auf die offene See. Der Sire von Llobera ritt im Passgang neben dem Kartografen her und beugte sich immer wieder zuvorkommend nach vorn. Eingehüllt in Stahl und scharlachroten Stoff, schien es, als würde ein adliger Herr mit irgendeinem Mönch sprechen. Yaffuda kniff seine schmerzenden Augen zusammen, er war so müde von den durchwachten Nächten, dass sie sich nur mühsam in dem hellen Licht öffnen wollten. Der Tag rieselte über seine Haut, und eine brennende Kälte peitschte sein Blut, während das Meer leuchtete, eine weiße und weise Fläche, so weit der Horizont reichte.
Die Steilküste zeichnete sich gleichbleibend und unbeweglich an der Wegbiegung ab. Ein Schaudern ergriff seine Seele, die durch die Gegenwart eines Pinienbaums, der sich am Nichts festklammerte und mehr grau als grün war, an das Bild eines lange vergangenen Sommers erinnert wurde.
»Seid vorsichtig, Ser Cresques.«
Der enge Weg schlängelte sich gefährlich dahin, und man musste im Schritttempo reiten, um am Fallgatter vorbeizukommen, das die Reede abgrenzte. Das Wasser stand hoch, war bewegt und stürmisch und brach sich hart am

Stein. Im Zentrum des Hafens tanzte ein Schiff mit derart erhobenem Kiel, dass es den Raum versperrte. Drei Männer warteten auf dem Kai und mussten sich dem Wind entgegenstellen, der sie schwer bedrängte, als seien sie Stoffstatuen.

»Seid herzlich willkommen an Bord, Ser Cresques.«

So viele Dinge ähnelten sich, so viele Dinge hatten sich verändert. Borenas Bart war grau, und in seinem Blick las Yaffuda den Respekt, eine Art Glaube, der umso merkwürdiger war, als der Kapitän vor Arroganz versteinert war. Zweimal hatte er in der schwierigen Passage denjenigen gebraucht, der ihm gegenüberstand, denn das Meer vereint jene, die es kennen. Neben dem Kapitän stand ein junger Adliger, der diesen Juden betrachtete, der in einem viel zu langen Mantel versank. War das der Maître der Navigation, den man im ganzen Okzident kannte? Er hatte Mühe, dies zu glauben, und das sah man daran, dass er die Falten seiner Tunika aufgebracht bewegte. Er war blond, sehr arrogant, mit dem bedauerlichen Ausdruck der triumphierenden Dummheit auf dem Gesicht.

»Euer Gnaden erwartet Euch.«

Yaffuda folgte ihm. Auf der Brücke zitterten seine Beine noch vom Ritt, und er sagte sich, dass er ziemlich gut einen verirrten Kranich im Hühnerstall darstellen würde. Man sprach mit ihm, indem man ihm etwas über die wogende Menge hinweg zurief, man umringte ihn, man fragte ihn aus, während sich die Neuigkeit vom Laderaum bis zum Masten in einem ruhmreichen Erbeben verbreitete. Der Maître der Karten sei an Bord. Der Wind trieb die Besucher an die Seite der Reling. Oben am Bugaufbau verbeugte sich eine Art rothaariger Riese tief vor dem Kartografen. Yaffuda ahmte ihn nach. Der Offizier des Infanten hatte gewiss Anweisungen erhalten, denn er klopfte an die Tür, bevor er, soweit seine Statur und die Enge der Brücke es erlaubten, zurücktrat.

»Ser Cresques ist da, Euer Gnaden.«

Der Infant betrachtete ihn nachdenklich. Eine gewisse ernüchterte Angespanntheit überschattete die Züge des Prinzen, seine einst blonden Haare waren spärlich geworden.

»Ich bin glücklich, Euch zu sehen.«

Er ließ seine Männer und die jungen Kartografen im Wind stehen, gab ein Zeichen, und die Tür schloss sich. Die Kabine war mit purpurfarbenem Brokat ausgeschlagen und wurde mit einem Kohlenbecken beheizt. Der Prinz lächelte entschuldigend, was aber von der Reserviertheit seiner Stimme widerlegt wurde.

»Entschuldigt einen so erbärmlichen Empfang an einem so erbärmlichen Ort.«

Der Kartograf nickte. Er war sich des durchdringenden Blickes bewusst, der auf ihm lag. Er breitete eine Rolle aus dünnem Leder aus, die beste aller Karten, die er je von der Spitze der Bretagne gezeichnet hatte. Er offenbarte die Küste, erläuterte die Ungewissheiten, die unbekannten Häfen, deren man sich bedienen sollte, damit die Engländer so lange als möglich über die Gegenwart der katalanischen Flotte in ihrem Gewässer in Unkenntnis blieben. Seit Jahren richteten sie die Schiffe auf dem Weg nach Flandern zugrunde. Sechs Galeeren warteten im Hafen von Barcelona, beladen mit Wein, spanischem Eisen, und diese waren zum ersten Mal mit Kanonen bewaffnet. Was würde geschehen, wenn sie nicht durchkämen? Aragon hatte nicht die Mittel, um einen Seekrieg gegen die Engländer zu führen, und es konnte nicht auf den Handel mit Flandern verzichten. Der Infant hörte zu, die Hand am Kinn abgestützt, aufmerksam und doch abwesend. Er lächelte, als der Kartograf schwieg, wartete, bis er seine Karte aufgerollt hatte, und gab ihm ein Zeichen, sich endlich auf die krumme Bank gegenüber zu setzen. Er danke ihm, er habe keinen Zweifel, dass seine Karten eine große Hilfe für seine Handelsschiffe sein würden, aber er habe ihn nicht zu sich gebeten, um mit ihm über die englischen Angriffe oder das nördliche Meer zu sprechen.

»Ich habe einen Traum, an dem ich sehr hänge, Ser Cresques.«

Er griff nach einem flachen Kasten, der neben ihm stand, und holte ein dickes, gut eine Elle langes Buch heraus, dessen silberner Verschluss in der von Rauch erfüllten Luft leuchtete.

»Und diese Karte ist der Grund dafür.«

Er öffnete den Atlas auf der letzten Seite, und die Weltkarte erfüllte den Raum mit ihrer goldenen Gegenwart. Yaffudas Herz zuckte schmerzhaft zusammen, als die Finger des Prinzen über den Kompass strichen. Sie glitten an der spanischen Küste entlang, bevor sie auf den großen Ozean trafen.

»Ich möchte keine Antwort, die nicht sicher ist. Seid Ihr sicher, dass es diese Insel gibt, Ser Cresques?«

Er zeigte auf die Grüne Insel, eine Prise Perlmutt im gestoßenen Blau, und starrte den Kartografen mit bitterem Blick an.

»Es gibt keine Gewissheit, die Grüne Insel ist uns unbekannt, aber Ptolemäus und viele andere bezeugen, dass es sie gibt. Hannon, der Karthager, hat sie besucht. Laut Herodot ist er dort an Land gegangen.«

»Dort …«
Leicht ironisch zeigte der Infant auf die Insel und den riesigen Ozean, der sie umgab.
»Laut den Matrosen von Biscaye ist sie an dieser Stelle. Aber kein Kartenkundiger hat ihre genaue Vermessung durchgeführt.«
Die Worte hallten nach, das schwere Schiff knarrte und schlingerte, als wolle der Wind jene auf sich aufmerksam machen, die vorgaben, ihn zu vergessen.
»Ich würde gerne sicher sein, dass sie sich dort befindet, Ser Cresques.«
Eine angespannte Stille streifte die mit sternförmigen Strichen übersäte Karte.
»Ihre Kanarischen Inseln sind die unseres Unglücks. Wir haben siebzehn Schiffe auf dieser Strecke verloren.«
Seit zehn Jahren stürzten sie sich auf der Straße des Ozeans ins Abenteuer. Zumeist war es ein erbitterter und vergeblicher Kampf. Die Kanarischen Inseln seien gefährlich geworden, und die Straße des Goldes habe man nicht entdeckt. Yaffuda begegnete dem Blick des Prinzen, als er aufsah.
»Und dennoch habt Ihr sie erreicht.«
Es war jedem bewusst, dass diese Inseln von einem wilden Volk, bewaffnet mit Steinen und Holz, bewohnt waren. Die Guanches hatten sich bei den ersten Besuchen als recht sanft erwiesen. Vielleicht war es kein Zufall, dass sie ihre Besucher jetzt niedermetzelten.
»Glaubt Ihr, dass alle Kanaren vermerkt wurden?«
Portugal hielt ihre Zahl geheim, und Kastilien erforschte unablässig die Umgebung des Archipels. Die Fahrt war gewagt, das Anlegen gefährlich, aber die Kanaren besaßen Muscheln, aus denen purpurne Farbe gewonnen

werden konnte. Wertvoll und selten war dieses Drachenblut, das Gold des Färbens, ein rotes Vermögen, und weit weniger war ausreichend, um in See zu stechen.

»Das glaube ich, Euer Gnaden.«

Der Infant bedachte nachdenklich eine Hoffnung, auf die er unmöglich verzichten konnte.

»Ich muss Euch sagen, dass der König dem Antrag des Grafen von Urena, der den Wunsch hat, diesen Inseln das Wort unseres Herrn zu überbringen, stattgegeben hat.«

Das Evangelium hatte Diener, die umso eifriger waren, als Seine Exzellenz von Almonaster im Herbst letzten Jahres mehr als einhundertsechzig Gefangene von den Kanaren mitgebracht hatte. Er hatte sie sehr teuer verkauft und am Hof ein Feuer der Habgier gezündet. Der Kartograph schwieg. Er war aufmerksam und konnte das Weitere erahnen, behielt seine Gedanken aber für sich.

»Der König möchte dieser heiligen Mission mit all seiner Kraft helfen.«

Franziskaner würden mit den Rittern fahren, etwa hundert Männer auf drei stark bewaffneten Schiffen. Fernando Ormel, der Graf von Urena, war ein Eremit, ein heiliger Mann Gottes, der dem Wunsch des Papstes nachkam, seiner immer wieder erneuerten Besorgnis, aber die besten Anlässe hatten manchmal traurige Beweggründe.[28] Yaffuda wusste, wie sehr Aragon sich davor fürchtete, Portugal oder Kastilien diese im Ozean liegende Zwischenstation erobern zu sehen, diesen Süßwasserpunkt, der es erlaubte, noch fernere Reisen zu unternehmen.

»Wenn Gott es will, werden unsere Schiffe im Frühjahr auslaufen.«

 Yaffuda neigte den Kopf, um ein Lächeln zu verbergen, denn dieses Geheimnis war in allen Häfen bekannt, seit man in der Werft von Barcelona Speck und Meerbrot einlagerte. Der Prinz beugte sich zum Kartografen, und mit leiser, fast schon heiserer Stimme zögerte er zwischen dem Verlangen und dem Spott.

»Ich denke dabei nicht an die Kanarischen Inseln, Ser Cresques.«

Die Kanarischen Inseln gehörten tatsächlich und wirklich anderen, aber die Grüne Insel sei unbekannt, die Portugiesen und die Kastilier haben keine Vermessungen. Über diesen Punkt hinaus, weit draußen im Meer, solle ein anderes Land existieren, ein Paradies der Blumen und der Vögel, die Insel Brasilien ... Laut Ramon Lull befinde sie sich im Westen eines unbekannten weitläufigen Landes, was das Ausmaß und das Schwanken der Gezeiten des großen Ozeans erkläre. Könne man ihm glauben? Sei dies eine Torheit, eine Reise ohne Ende hin zu bitteren Abgründen?

»Keiner hat diese Grüne Insel vor Eurem Vater vermerkt, und ich möchte, dass meine Schiffe das Abenteuer eingehen, sie zu entdecken. Sie können dasselbe tun, was die Karthager gemacht haben.«

Der Prinz lächelte leicht ironisch, gab vor, sich über seine eigene Unvernunft lustig zu machen, strich aber zugleich über die Insel am Rand der Karte.

»Könnt Ihr den Ort und die Umrisse genauer aufzeigen?«

»Das könnte ich nach den Berichten der Alten, aber nichts davon kann für sicher erachtet werden.«

»Das verstehe ich.«

Eine leichte Stille schwebte in der feuchten Kälte, und die rauchgeschwängerte Luft füllte sich mit einer feinen Mischung aus Vernunft und Illusion. Aragon lebte vom

Handel, aber es lebte nicht gut davon. Auf dem Mittelländischen Meer konnte es sich nicht gegen die genuesischen Händler durchsetzen, die östlichen Häfen wurden von Venedig kontrolliert und ließen immer weniger katalanische Schiffe herein, der Westen des Mittelländischen Meeres wurde von den Mauren unsicher gemacht, das ozeanische Meer war im Süden in den Händen der Portugiesen und im Norden in denen der Engländer. Aber das Glück, das es nur mit seinen Kindern gut meint, ist unberechenbar. Wie würde das Schicksal des kleinen Königreichs aussehen, wenn es als erstes die Pforten des Ozeans aufstieß? Der Prinz träumte von anderen Inseln im Westen am Rand der Welt, von den Inseln der Seligen, dem Land der Vögel, der unbewohnten Insel des irdischen Paradieses. Sein Blick löste sich schließlich von der Karte und vom pastellfarbenen Wasser, das von Dreiecken unterbrochen wurde, und sein Blick war nicht weniger klar.
»Ihr habt es gesagt, kein Kartenkundiger hat diese Grüne Insel jemals vermessen. Wenn Gott will, dass wir sie auf dieser Reise finden, brauchen wir einen Kartografen, einen Mann, dessen Messungen zuverlässig sind. Kennt Ihr einen, der dieses Vertrauen verdient, Ser Cresques?«
Der König hatte seine Punktevermesser und seine Maßnehmer, und der junge Mann wusste nicht, was er antworten sollte. Der Infant erklärte ihm kurz, dass er nicht vorhabe, einen Logbuchschreiber zu engagieren, der mit der Fracht betraut sei, die in den Handelsstädten verkauft würde und der zu viele Bindungen dort habe. Er wolle einen neuen Mann, einen Kartografen von Aragon.
»In diesem Fall stehe ich zu Euren Diensten, Euer Gnaden.«
Das Angebot war zynisch. Yaffuda wusste, dass er in ei-

nem engen Gefängnis war, und der Prinz beschloss, darüber zu lächeln. Das Abenteuer war gewagt, und der König würde es niemals erlauben, dass sein Kartograf auch nur das geringste Risiko einging.

»Ihr seid uns hier wesentlich nützlicher, Ser Cresques. Nichtsdestotrotz ist mir Eure Hochschätzung wichtig, denn Ihr wisst genauso gut wie ich, dass die Messungen dieses Kartografen exakt sein müssen.«

Sie beide wussten, dass ein Land Punkt für Punkt vermessen und auf unstrittige Weise übertragen werden musste, damit man es anerkannte. So lauteten das Nutzungsrecht und das Kirchenrecht.

»Wir haben Punktevermesser, aber wir brauchen einen zuverlässigen Mann.«

Sollte man eine Insel finden, so benötige man Stillschweigen und Zeit. Ein besser bewaffnetes Land könne sich auf die Neuankömmlinge stürzen und jegliche Hoffnung auf Eroberung zerstören.

»Gibt es vielleicht einen unter den Ihren?«

Eine eiserne Hand legte sich auf Yaffuda und schien seine Gedanken zu erdrosseln Es war trotz des Kohlenbeckens kalt, und zwar so sehr, dass die Luft zu erstarren schien.

»Was auch immer das Geschick dieser Reise sein wird, eine Belohnung ist gewiss.«

Ein Schatten fiel über das Gesicht des Kartografen, eine Falte der Traurigkeit, die vom Prinzen falsch gedeutet wurde.

»Ich brauche nicht zu betonen, dass ich denjenigen unter meinen Schutz nehmen würde, wer auch immer er sein mag.«

Es sei nicht von Bedeutung, wenn er Jude wäre, denn der Kartograf des Maître des Kompasses würde als königlicher Offizier behandelt werden. Unfähig zu antworten oder zu sprechen wollte Yaffuda nicht an diesen etwas verrückten jungen Mann denken, der sich über den Bug eines Schiffes beugte. Die Rachsucht brannte immer noch tief in ihm, ebenso wie die Erniedrigung, sie nicht besiegen zu können.

»Mir fällt niemand ein, den Eure Leute nicht auch kennen.«

Der Prinz sah ihn mit zweifelnder Miene an; die Karte erbebte, und Yaffuda sah wieder, wie Nathan über diese Karte gebeugt war, blaue wellenförmige Linien zeichnend und darüber lachend, dass er ein Meer zeichnete, von dem man nichts wusste. Aber er hatte nichts mehr mit nackten Mädchen und fernen Stränden zu tun, denn er zählte die Schiffe im Hafen von Barcelona, war verheiratet und hatte einen Sohn.

»Unsere Schiffe werden im April auslaufen. Ihr habt also alle Zeit, um darüber nachzudenken.«

Der Maître des Kompasses versprach, dies zu tun. Sie wechselten noch einige Sätze, und dann stand Juan von Aragon auf. Als er die Tür öffnete, drängte der Wind in den kleinen Raum und umhüllte sie mit seinem mächtigen Atem. Sie stiegen auf die Brücke hinunter, wo man sie erwartete. Der Infant hatte den Kartografen am Arm genommen, wohl um seine Hochachtung zum Ausdruck zu bringen, was den Kartografen aber störte. Man musste Komplimente hinnehmen, ebenso wie neidvolle oder bewundernde Blicke und die mit Freude erfüllten Augen von Joshua und Samuel, was in diesem Augenblick schmerzlich für ihn war.

45

Yaffuda streckte mühevoll seinen steifen Rücken durch. Er hatte fast die ganze Nacht gelesen, ohne Müdigkeit zu verspüren, abgesehen von den Augen. Er betrachtete den harten Ledereinband, die vergilbten Seiten, die das flackernde Licht der Kerze aufleben ließ. Unter dem Vorhang war das Licht grau. Es war noch zu früh, um den Tag zu beginnen. Also nahm er sein Buch wieder zur Hand und vertiefte sich in seine Lektüre. Er war konzentriert und herrschte über seine Gedanken. Die Zeit verfloss leise, die Kerzen rußten im armseligen Knistern, das ihrem Ende voranging. Die Glocken des Klosters verbreiteten endlich einen Schwall vertrauter Noten, die Dämmerung brach an wie ein Befehl. Die Häuser sowie die ganze Stadt erwachten. Er musste es ihnen gleichtun und die fernen Horizonte seines nicht mehr frischen Traumes verlassen. Er löschte die Dochte und betrachtete sie, ohne genau zu wissen, warum. Karten zu zeichnen, die andere entrollten, Küstenstriche zu zeichnen, die er niemals betreten würde, das war sein Schicksal. Er verspürte keine Bitterkeit, er bevorzugte dieses Gefühl dem Schmerz. Er war in der Ruhe des Nichts, im Frieden des Nichtvorhandenseins. Seine Tage gehörten seiner Arbeit, dieser Anhäufung von Barrikaden, die er aus dem geringsten Augenblick geschaffen hatte, aber seine Nächte verrannen mit den Segeln. Er, der früher so weise gewesen war, träumte von unbekannten Meeren und fremdartigen Reisen. Seine eigentliche Strecke war bescheiden, sie

führte von seinem Bett zu einem Tisch. Aber wie viele Meere hatte er überquert, wie viele ozeanische Wüsten, ganz allein und beim schwachen Schein einer Kerze. Die ungewissen Strecken sind wohl die allerschönsten …
Er dachte noch einmal an die Expedition des Grafen von Urena, der letztes Jahr losgefahren war und von dem man noch keine Nachrichten erhalten hatte, an die Männer, die dem Ozean trotzten, an ihre Kraft, an ihren Mut und an das, was ihnen fehlte. Er begleitete sie in einem hohlen Traum, war durch eine Karte bei ihnen. Dann dachte er an Nathan, der in Barcelona geblieben war, und ein spitzer Stich traf ihn. Nathan auf der Galeere des Königs, den Wind verzehrend, wenn ihm noch nicht einmal der kalte Hauch, der sein Fenster streifte, ausreichte, um sich lebendig zu fühlen. Die lästigen Gedanken vertreibend, zog sich Yaffuda wie gewöhnlich an, strich seine Haare zurück und stellte dabei fest, dass sie lang wurden. Er ging die Treppe hinunter und war in Gedanken sehr weit weg, als er seinen Namen hörte. Es war die Stimme seines Vaters mit solch aufforderndem Ton, dass er erstaunt gehorchte. Tatsächlich schienen seine Eltern ihn zu erwarten. Sie saßen beide in der Küche und sprachen vermutlich von ihm, denn sie schwiegen, als er eintrat. Keiner von beiden wusste, was er sagen sollte oder wo er anfangen sollte.

»Möchtest du etwas Milch?«

Seine Mutter bediente ihn, während die Frage in der Luft schwebte und sich mit dem schalen und heißen Geruch mischte. Alles stand bereit, die Schale, frisches Brot, runder Butter, Honig, und alles schien auf ihn zu warten. Er setzte sich ohne große Überzeugung.

»Yaffud, du musst nach Barcelona reisen.«

Der König hatte seinen Maître des Kompasses zur Feier, die bezüglich des neuen Hafens gegeben wurde, eingeladen.
»Ich kann keine Zeit mit höfischen Reisen vergeuden.«
Cédatar erhob sich zornig und stand auf einmal wie eine Närrin da. Unter dem müden Blick ihres Sohnes setzte sie sich wieder und war wegen ihrer Ohnmacht gereizt und nervös, weil er so bleich aussah und einem halb abgewickelten Spinnrocken ähnelte.
»Man sagt, dass es in Barcelona viele Kartografen gibt, die sich um den Hof bewegen.«
Yaffuda betrachtete überrascht seinen Vater. Noch niemals hatte er so mit ihm gesprochen.
»Es ist nicht gut, nicht dort zu sein.«
Was befürchteten sie von einigen Höflingen? Der junge Mann hielt Abrahams Blick ruhig stand.
»Jehuda, versteh mich doch. Es würde mir gefallen, wenn du dorthin gingest.«
Das war kein wirklicher Befehl, aber es war gesagt worden, und der hebräische Vorname verlieh dieser Aussage etwas Feierliches. Yaffuda antwortete nicht. Er konnte dieser Einladung nicht nachkommen, genauso wenig wie er ihnen den Grund dafür mitteilen konnte.
»Du könntest bei meinem alten Freund Mordekhaï ben Saïd unterkommen. Er würde sich sehr darüber freuen, dich zu aufzunehmen.«
Ein Aufleuchten in den Blicken, ein stummes Einverständnis reichten aus, um ihn aufzuklären. Ser Ben Saïd war einer der Verwalter des alten Hafens, ein sehr alter Freund und ein besonnener Familienvater. Yaffuda hielt ein Lächeln zurück, während ihm eine beiläufige Unterhaltung, die vor kurzem stattgefunden hatte, einfiel, die

die jüngste und nicht die hässlichste Tochter von Ser Ben Saïd betraf.

»Ich werde nicht nach Barcelona gehen.«

Ein Funkeln in seinen Augen bedeutete Abraham, nachzugeben. Der junge Mann war aufgestanden. Er hatte nichts oder fast nichts zu sich genommen, nur ein wenig Milch.

»Da siehst du es …«

Mit zitternder Hand zeigte Cédatar auf die halb volle Schale. Das sei ihre Strafe, ihrem Sohn zusehen zu müssen, wie er sich Tag für Tag mehr zugrunde richtete. Er esse nichts, höre nichts, lebe wie ein Eingemauerter. Es sei ein Jammer, ihn so zu sehen. Er brauche eine Frau, dieser bedauernswerte Narr, aber wie sollte er sie finden? Yaffuda ginge seit Jahren nicht mehr in die Snoga, und Abraham sage nichts, unternehme nichts. Es sei aber seine Pflicht als Vater, seinen Sohn zu verheiraten, eine passende Kleine zu finden, die die Decken aufschüttle und das Geschirr klappern ließe.

»Wozu nutzt all das?«

Sie wies auf Silberteller, Wasserkannen, Teppiche, aber Abraham war bereits hinausgegangen.

Im Hof wehte der Wind so frisch wie eine Liebkosung. Abraham fühlte sich schwer, etwas stieg in ihm auf, ein tiefer Schwindel. Seine Frau hatte Recht, wozu nützte all das? Das war alles, was er ihnen hatte geben können, und er maß daran die perfekte Eitelkeit. Sein Sohn hatte kein Kind, niemanden, an den er sein Wissen weitergeben konnte. Er vertrieb, so gut er konnte, dieses Gefühl, daran schuld zu sein. Yaffuda war noch jung, er konnte sich noch verlieben, denn das war eine unvorhersehbare

Sache. Der Frühling war mild, und mit dem Frühling kam das Fest, bei dem die Mädchen tanzten und bei dem man in den Haaren der Jüngsten regenbogenfarbene Bänder befestigte. Er würde sein Mädchen sehen, die Schönste, die Reizendste von allen. Liebe ergriff ihn, ein einfacher und reiner Stolz.

»Guten Tag, Maître.«

Joan zog Wasser aus dem Brunnen hoch. Abraham lächelte als Antwort, beugte sich vor und schöpfte ein wenig Wasser mit der Hand. Es war grün und kalt.

»Guten Tag, Joanito.«

Er liebte diesen Jungen, wie man jene liebt, denen man Gutes tut. Er wollte ihn über seine letzte Unterrichtsstunde ausfragen, als er Schritte und eine vertraute Stimme hörte.

»Friede sei mit dir, Abraham.«

Salomons Ausdruck, als er unter dem Portal hindurch auf ihn zukam, war noch beunruhigter als gewöhnlich.

»Ich muss mit dir sprechen.«

Ohne zu antworten, ging Abraham vor Salomon in den inneren Hof, wo eine Steinbank auf sie wartete.

»Es passiert so viel, Abraham. So viel Schlechtes.«

Abraham betrachtete seinen Schwager ein klein wenig gereizt. Wenn Salomon diesen Ausdruck eines geprügelten Hundes aufsetzte, dann wollte er über Religion sprechen.

»Wir haben Angst, Abraham.«

»Das ist nicht neu.«

Es gab Besseres zu tun, als sich dies anzuhören. Er griff automatisch nach seinem Kompass in der Tasche und drehte ihn wieder und wieder zwischen seinen Fingern.

»Der Rat hat mich gebeten, mit dir zu sprechen.«

Abraham fühlte sich zu erschöpft, um einen Rest Wut vorzutäuschen. Seine Wut war an Entkräftung gestorben.
»Priester sind mit einem Kreuz in die Synagoge von Gerona eingedrungen. Sie haben die Rollen der Bundeslade mitgenommen und verbrannt.«
Salomons Hände zitterten und auch seine Stimme.
»Das haben sie früher auch in Toledo gemacht und in Sevilla. Und jetzt machen sie es in Aragon.«
Abraham hörte mit so bedrücktem Herzen zu, dass er Mühe hatte, Luft zu holen.
»Wir haben nur zwei Kopien des Buches.«
»Von Hayyims Hand?«
Salomon schüttelte als Zeichen der Verneinung den Kopf. Er komme nicht wegen Hayyims Arbeit, wie genau und wertvoll sie auch sein mochte.
»Ich spreche von den Rollen der Alten. Sie sind in der Snoga nicht mehr sicher.«
Abraham würde nicht im Call wohnen und könne dies daher nicht wissen, aber es verginge kein Tag, an dem keine Steine gegen irgendeine Mauer oder Tür geworfen würden.
»Die Schriften kommen von so weit her …«
Er könne die *Sepharim* bei seinen Karten und wertvollen Unterlagen aufbewahren, die der König im Fall von Unruhen beschützen lassen würde. Abraham lächelte gegen seinen Willen: dass man ihn darum bat, die Rollen aufzubewahren, ihn, einen Abtrünnigen, den man gerne exkommuniziert hätte, wenn man die Möglichkeit gehabt hätte! Das Leben nahm Wendungen, die ziemlich überraschend waren. Salomon wartete ängstlich und aufrichtig, die Männer des Beth Din hatten ihren Boten richtig ausgesucht. Abraham stand auf, konnte aber kaum

Zustimmung signalisieren. Der Schmerz pulsierte wellenartig und stechend durch seinen Arm. Er wollte sich zurückhalten, sah die Steine des Hofes, hörte seinen Kompass wegrollen.

»Abraham!«

Seine Gedanken versanken in dunklem Wasser an seiner Wange, die Linie der Pflastersteine verschwand langsam. Er hörte einen Schrei, eine Art Schluchzen, jemand hielt ihn zurück, jemand hielt ihn fest.

»Wo ist Yaffud?«

Tausend Gedanken bestürmten ihn, verzweifelte Wassertropfen, die verrannen, ohne dass er sie zurückhalten konnte. War es bereits vorbei, sein Sohn, seine kleine Tochter? Bilder vermischten sich zärtlich, im Verlauf eines Sturms aneinander gereiht, der Blick einer Frau, ein kleiner nackter Fuß, Cédatar, die am Tag ihrer Hochzeit lächelte. Das Übel brach los, er hörte Schreie, fernes Aufheulen, dunkle Gestirne drehten sich sanft, und Worte hallten wider, die er nicht sagen konnte.

»Yaffud …«

Sein Sohn war da. Er sah ihn nicht, aber er spürte seine Wärme, hörte seine Stimme, das war alles, was ihm blieb, um zu gehen.

46

Sie trugen ihn ins Haus. Cédatar schrie und klammerte sich, halb angezogen in ihrem Hemd, das ihre bloßen Arme zeigte, an die Männer, wodurch es fast unmöglich wurde, die Treppe hinaufzukommen. Die Stufen zogen sich hin, waren zahllos und mühsam. Schließlich legten sie ihn in seinem Zimmer auf das Bett. Eine Hand hing unbeweglich herunter. Niemals mehr würde sie nach der Luft greifen, um sie von sich zu werfen.

»Abraham …«

Cédatar zog das Kopfkissen nach oben, hob das aschfahle Gesicht an, sprach wie mit einem Kind, und jede ihrer Gesten war unerträglich. Dann richtete sie sich auf, schaute Salomon mit unsicheren Augen an und war voller Angst.

»Es ging ihm gut. Er hatte nichts …«

Sie sprach leise wie an einem Krankenbett und ebenso vorwurfsvoll wie bekümmert. Wie konnte er sie so zurücklassen? Was sollten sie jetzt tun? Yaffuda hatte sich auf den Boden gesetzt, ohne ein Wort, ohne einen Blick, und hatte die Hand, die herunterhing, in seine genommen.

»Wir müssen den Moreh benachrichtigen …«

Sie klammerte sich an diese Idee, wie ein Ertrinkender sich an einen Strohhalm klammert. Yaffuda antwortete nicht. Er hielt die Hand seines Vaters, warm und vertraut. Bis jetzt waren sie ungeachtet alles anderen zu zweit ge-

wesen, von jetzt ab würde er seinen Weg allein gehen müssen.
»Er hat das Schema nicht gesagt ...«
Salomon beugte sich über den jungen Mann, um ihn zu trösten. Wenn er das Schema nicht gesagt habe, dann habe er sich nicht gehen sehen, und das sei ein Geschenk.
»Wir müssen es unten sagen ...«
Cédatar weinte in kleinen, kurzen Schluchzern, allein diesem einen Gedanken zugewandt. Sie müsse ihren Kragen zerreißen, die Spiegel abdecken, das Wasser aus allen Gefäßen schütten, die Fenster schließen und Eier kochen für die Besucher, die kommen würden. Unfähig, nichts zu tun, kam und ging sie und zerstreute ihren Schmerz, da sie keine Kraft fand, um ihn zu ertragen.
»Ich gehe hinunter.«
Keiner antwortete ihr, die Worte schwebten im Raum. Sie war allein im großen Raum, in dem ein Feuer den Rest Holz verbrannte. Die Glocken des Klosters läuteten Mittag ein, und sie war erstaunt darüber, dass es bereits so spät war. Es war merkwürdig, sie glaubte, die Zeit sei eingeschlafen.
»Wir sind hier, Doda.«
Das waren ihre Kleinen, Joshua und Samuel, die von ihrem Vater benachrichtigt worden waren. Sie drückten sie an sich, und sie spurte ihre Angst durch ihre Umarmung hindurch. Sie trat zur Seite, lächelte, so gut es ging, um die beiden zu beruhigen. Sie waren groß geworden, es war schwer zu glauben. Joshua ähnelte Salomon so sehr, dass sie nicht glauben konnte, dass sie alt und Abraham tot war.
»Wir müssen die Fensterläden schließen.«
Die jungen Leute gingen hinaus, und sie blieb allein mit

ihrer stechenden, schlecht verborgenen Furcht zurück. Abraham konnte nicht ohne die Worte gehen, die die Tür zum ewigen Weg öffneten, aber man brauchte zehn Männer, die sie in seinem Haus sagen mussten. Würden sie kommen? Seit sechs Jahren war Yaffuda nicht mehr in die Snoga gegangen, sechs Jahre des Exils und der Verachtung. Sie stand auf, ermattet vor Angst, holte ihre schönste Tischdecke heraus, deckte den Tisch, legte die hartgekochten Eier darauf, das Brot dahinter, die Früchte davor, und dann setzte sie sich und ließ die Hände auf den Rock sinken, nur um sogleich wieder aufzustehen. Sie hatte nichts zu tun, wusste nicht, was sie sagen sollte, und ging die Treppe wieder nach oben. Yaffud saß mit aschfahlem Gesicht an derselben Stelle vor dem Bett. Abraham schien zu schlafen, erleichtert und so ruhig, dass sie ihn darum beneidete.

»Er kann so nicht gehen ...«

Yaffuda antwortete nicht. Sie spürte, dass er allein sein wollte, aber sie konnte sich nicht dazu durchringen, diesen Gedanken aufzugeben. Ein leises Klopfen an der Tür ließ auch ihr Herz schneller schlagen.

»Dass seine Seele im Beutel des Lebens verschlossen bleibe.«

Sechs Jahre waren vorbei, hatten ihre Gesichter gezeichnet, ihre Augen schwächer werden lassen, aber sie waren gekommen, der Moreh Nifosi, Hayyim ibn Rich, Jacob und Isaac Bellshons, Moïse Saportas und viele andere, die das Zimmer füllten.

»Mein armer Abraham, was hast du uns angetan?«

Isaac weinte hemmungslos. Als der Gesang des Gebetes ertönte, waren sie zu zehnt und hielten einander an den Händen.

47

Das ganze Land spürte die Wut, die die Mauern rissig werden ließ, den Wind, der an die Mühlen zerrte und die Erde füllte. Joan war in schlechten Wollstoff gekleidet. Er hatte seinen Mantel aus gutem Tuch nicht angezogen, denn er wusste, dass man in den Schluchten für viel weniger tötete. Aufgebrachte Männer nahmen die Straßenränder ein, waren genauso schlecht wie der Boden, als ob die Härte des Steines in ihnen aufgestiegen wäre. Der kleine Weg brannte in der Hitze, der junge Mann spürte die Röte der Sonne, ein nasses Rinnsal rann seinen Rücken hinunter. Die Stadt wölbte sich neben ihm wie ein dösender Hund, den die Sonne einschläferte. Er erklomm rasch den Hügel und bog ab, sobald er die Zypressen sah, die Wächter der Nacht, die auch am Tag dastanden. Er wusste, dass sein Maître in diesem von Steinen gesäumten Feld schlief. Er wusste nicht, ob er dazu berechtigt war, dort einzutreten, und er stellte sich diese Frage auch nicht. Die Gräber waren einfach, Steinplatten, die glatt oder mit ineinander verschränkten Händen verziert waren, fließendes Wasser, einige eckige Buchstaben, die zur Erinnerung der Menschen einen Namen festhielten. Joan konnte Hebräisch mühelos lesen. Derjenige, der nicht mehr war, hatte es ihm beigebracht. Er ging um eine Stele herum, nahm seinen Weg zwischen den engen Gräbern und hielt vor frisch aufgeschütteter Erde an. Es gab keine Platte auf diesem Grab, dazu war es noch zu früh. Der Lehm war ockerfarben und geharkt, wo man einige kleine Kiesel hingelegt hatte. Er bückte sich und hob einen davon auf, perlmutt- und rotfarben gewölbt, durchzogen von weißen Adern, zärtlich poliert. Er hatte niemals mit seinem Maître gesprochen, hatte niemals gewagt, ihm sein Herz auszuschütten. Der Kiesel in seiner Hand war warm, glatt und sanft wie eine Kinderwange. Der Tote unter der Erde würde vielleicht die Botschaft des kleinen Kiesels verstehen.

Joan ging gedankenverloren zurück zur Stadt und sah plötzlich, als er den Blick hob, eine Barriere aus zornig aufgestellten Spießen. Eine etwa hundert schmutzige Männer umfassende Gruppe drängte sich vor der Mauer zusammen. Er erkannte die Bauern in ihren ausgefransten Umhängen und näherte sich der menschlichen Mauer, die nach Wut und Hunger roch. Die um ihre Füße gewickelten Tücher waren staubbedeckt. Sie kamen aus den Dörfern im Landesinneren, waren seit drei Tagen unterwegs. Man würde sie einfach anhören müssen!

»He, du, woher kommst du?«

Ein Alter betrachtete den Jungen, als Bewegung aufkam. Oben auf der Stadtmauer beugten sich zwei königliche Offiziere über diesen Aufruhr des Pöbels. Die Menge drohte, war erregt, und alle riefen durcheinander. Sie seien Zinsbauern von Mallorca, Abgesandte von den Dörfern, und wollten den Statthalter sehen.

»Wenn man uns nicht hilft, werden wir alle krepieren!«

»Wir werden nicht die Einzigen sein.«

Ein Mann lief am Fuß der Mauer nach vorn und war so groß, dass Joan seinen Rücken sehen konnte. Ein Umhang aus Hanf lag um seine sehnigen Schultern. War das Pater Sériol, von dem man so viel sprach, ein Bauer von Pella und der Anführer dieser armen Leute? Geräusche von Eisen und Hufen vermischten sich hinter dem verrammelten Tor. Die Männer, die um Joan herumstanden, betrachteten ihn mit mürrischem Blick. Trotz seines armseligen Mantels trug er Lederstiefel und hatte helle Haut.

»Der Statthalter ist nicht da, aber der Stadtrat akzeptiert es, zehn von euch zu empfangen.«

Die anderen würden am Graben warten. Sie setzten sich, erleichtert und fast schon glücklich bei dem Gedanken, dass das Tor sich öffnen würde. Joan schlängelte sich zwischen den Männern hindurch, die vom Anschieben des Pfluges alle einseitig gekrümmt waren, als plötzlich etwas über sein Herz rutschte. Jemand hatte seinen Umhang hochgehoben und seine Schulter freigelegt. Sie war nackt. Er war kein Jude, kein Ausbeuter, der die königlichen Steuern eintrieb. Wütend und von Ekel überwältigt erschien dem jungen Mann das wulstige Gesicht der Soldaten, die das Tor bewachten wie jenes von lange erwarteten Freunden.

In der Stadt floss der Schatten von den Dächern, und der Geruch nach Meer und Wind verjagte endlich den nach Menschen. Joan durchquerte den Call mit klopfendem Herzen und dachte an seinen Maître. Er hoffte, dass er da sei, dass er ihn anlächeln würde, aber als er die Tür zum Atelier aufstieß, war der Raum leer und in eine Illusion des Friedens getaucht. Yaffuda stand hinter einem Tisch und betrachtete den jungen Mann, leicht überrascht darüber, ihn zu sehen. Das Atelier war geschlossen, und der Junge hatte dort nichts zu tun.

»Maître …«

Joan zögerte und errötete leicht.

»Braucht Ihr mich noch immer?«

Yaffuda schaute ihn überrascht an.
»Natürlich …«
Er sei der *Ranito* seines Vaters, sein kleiner Frosch, und ohne ihn wäre das Atelier nicht mehr dasselbe. Die Sonne zeichnete rautenförmige Gitter auf den Boden, und ein feiner Staub fiel von den Fenstern auf alles herab.
»Wenn Ihr wollt, mache ich sauber.«
Die Woche war schon fast um, und er musste daran denken, die Trauer hinter sich zu lassen. Yaffuda ging hinaus, dunkel, gebeugt unter seinem Hut, und er erreichte die Stadtmauer, als Joan ihn einholte.
»Maître, Ihr dürft nicht hinausgehen!«
Er hat niemals erfahren, wie der junge Mann erraten hatte, dass er zum Friedhof gehen wollte.
»Man wird mich durchlassen.«
Das dachte er, denn er wusste, dass er bei allen bekannt war und von allen geschätzt wurde, und der junge Mann senkte den Blick. Er wagte nicht, ihm zu sagen, dass sein Volk von Hass umgeben war. Wenn er kein Zeichen trug, würde jeder wissen, wer er war, wenn er ihn sehen würde.
»Ihr dürft nicht hinausgehen.«
Mit trauriger Stimme erzählte Joan von dem grimmigen Aufruhr, von der von Elend besetzten Stadt, einer Insel, die sich in eine steinige Wüste verwandle, in der die Erde verdurste und das Volk verhungere. Bauern haben Felder genommen, um der neuen Steuer, die auf die Herden erhoben wurde, zu entkommen. Der König wolle das Gold seines Krieges, die Lehnsherren das Gold ihrer Ländereien, und der Zehnt erdrücke die Übrigen.
»Sie sind draußen vor dem Tor und erwarten eine Antwort.«

Er wolle nicht daran denken, was sie tun würden, sollte

diese schlecht ausfallen. Yaffuda insistierte nicht länger. Er war des Ganzen müde. Er ging mit Joan die Straße hinunter und sah ihm nach, wie er bis zum Atelier weiteeilte. Der Call schwirrte, ein friedlicher, bekannter Bienenstock. In der von Hitze gesättigten Luft schwitzte der von der Sonne gequälte Stein der Mauern.

Sein Haus war dunkel, die Fenster verhüllt. Er vermied die Küche, stieg nachdenklich die Treppe hinauf, nahm ein Buch, blätterte die Seiten um und legte es wieder weg. Eine heftige Verzweiflung hatte ihn ergriffen. Das Fehlen des Vaters erdrückte ihn, seine tiefe Stimme, sein stets unerwartetes Lachen, seine Art, stark an seine Sehnsucht zu glauben, so dass er das Leben mit seiner Hoffnung zum Leuchten brachte. Er ging durch den Gang und hielt vor der Tür des kleinen Zimmers inne. Der Schlüssel drehte sich geräuschlos, fügsam, und er trat ein, sah die geschlossenen Fensterläden, das Zimmer, das im Halbdunkel badete. Ein tiefes Bedürfnis ergriff ihn, ein Auflodern kindlicher Liebe, und er öffnete den Vorhang des Kleiderschranks, in dem sein Vater seine Kleider aufbewahrte. Dort hing sein Mantel, den er umklammerte. Sein Herz war hin- und hergerissen zwischen Schmerz und einem Lächeln auf den Lippen, als er an Abraham dachte, der mit herausfordernder Miene und ruhmreichem Blick an besagtem Abend verkündete, dass sie niemals mehr das Zeichen tragen würden. Mit wie viel Liebe hatte er ihm dieses Geschenk gemacht! Er war so stark, lehnte sich allein gegen alle auf, getragen von einem Glauben, der so fest war, dass Yaffuda sich nicht in der Lage sah, allein genauso weit zu gehen. Er ließ den Mantel los, strich seine Falten glatt und sah zu seinen Füßen auf dem Holzboden ein rotes, abgegriffenes Buch mit ledernem

Einband. Er bückte sich, hob es zögernd auf, als sich eine Seite öffnete, die mit einem zierlichen und flachen Schlüssel, der wie ein sevillanischer Schmuck gearbeitet war, gekennzeichnet war. Griechische Worte tanzten vor seinen Augen, einfache Worte und eine runde, weibliche Eintragung auf Hebräisch. *Von ganzem Herzen.*
Er las die Zeile wieder und wieder, um sich ihrer Gegenwart zu versichern, stumpfsinnig vor Ergriffenheit. Er legte das Buch, das seine Finger verbrannte, weg, nahm den kleinen Schlüssel, ließ ihn in seine Tasche gleiten, wo er unerwartet schwer auf seinem Bein lastete. Er zog die Vorhänge zu, schloss die Zimmertür, stieg die Treppe hinunter, sah seine Mutter in der Küche, die neben einem großen Korb saß. Sie kam vom Hof, war rot bis zum Hals, denn um sich die Zeit zu vertreiben, habe sie alle Granatäpfel, die vom Baum gefallen waren, aufgelesen.
»Sie sind wegen dieser Hitze schon reif. Du wirst doch heute Abend etwas Granatapfelwein trinken, oder?«
Sie blickte mit unruhigem Gesicht zu ihm auf, war so weit von seiner Verwirrung entfernt, dass er eine beißende Schande verspürte. Die Granatapfelkörner auf dem Tisch sahen aus wie rote Tränen.
»Möchtest du etwas Milch?«
Er setzte sich und nahm den unschuldigen Strom ihrer Einsamkeit auf sich. Sie goss Milch ein, schnitt Brot ab, bediente ihn, wie man ein ungeschicktes Kind bedient. Wie alt war er in ihren Augen? Und sie in seinen? Während er sein Brot aß, betrachtete er sie und sah sie zum ersten Mal wirklich. Sie war stark gebaut, rundlich wie ein Apfel, und ihr Gesicht nahm bei jeder Gelegenheit die Farbe dieser Frucht an, etwas Feuer, etwas Wut. Ihre Stirn war mit Falten durchzogen, die Haare weißgrau, die

Nase kräftig, die Augen waren tief liegend, dunkelbraun umrandet. Sie war weder schön noch reizvoll. Sie war eine Ehefrau, eine Mutter, jemand, der beruhigte, aber sie war nicht die Begierde eines Mannes. Er war unangenehm berührt, wenn er nur ihrem Blick begegnete.
»Ich gehe nach oben.«
Er komme gerade erst von dort. Sie schüttelte den Kopf, als er hinausging. Er war so abgemagert, dass man Angst bekam.
Als er an der Galerie vorbeiging, ließ er sich von seinem Instinkt leiten, von sehr einfachen Worten. An einem sternenreichen Abend hatte sein Vater ihm seine alten Bücher anvertraut. Er hatte nicht mehr gesagt, aber seine Stimme und sein Blick waren ernst gewesen, und als der junge Mann jetzt das Kartenzimmer betrat, hatte er das Gefühl, dass ein Hauch ihn begleitete. Er stand lange Zeit unbeweglich da und betrachtete die Bücher, die wie eine verurteilte und verratene Herde aneinander gedrängt waren, dann streckte er die Hand aus, nahm einen Stapel und legte ihn auf den Boden. Die Schatulle tauchte dahinter auf, dick, mit Kupfer beschlagen und so alt, dass das Metall blau angelaufen war. Er strich mit der Hand darüber, verdrängte den vagen Eindruck einer Entweihung und legte sie mitten auf den Pergamenten ab. Der kleine Schlüssel drehte sich gut im Schloss. Das Glitzern erstaunte ihn nicht, es kam von kleinen Perlen, die zu einer langen Kette aneinander gereiht waren. Dieses Geschmeide, das einer Königin würdig war, vervollständigte lange perlmuttfarbene Tropfen als Ohrringe. In einem kleinen Lederbeutel entdeckte er vier Diamanten und fränkische Taler aus reinem Gold in einem anderen Beutel. Er lächelte traurig, leerte die Schatulle und fand, ohne

sie zu suchen, die Rille des doppelten Bodens. Eine feine Rolle lag dort, zusammengehalten von einem Seidenfaden, und seine Finger zitterten, als er den Knoten löste. Es war eine Himmelskarte, eine pastellfarbene Karte, auf der die Sterne leuchteten. Die Waage trat aus dem Tierkreis heraus, den die Venus erleuchtete. Sein Herz schlug heftig, seine Augen lasen wieder und wieder den Namen, der von goldenen Wölbungen eingefasst wurde, genauso wie jene, die die väterliche Hand zu seiner Geburt gezeichnet hatte. Eine funkelnde Klarheit stieg von den Perlen auf und umschlang seine Finger. Am Rand der Karte, genau wie bei seiner, war ein Datum eingetragen: das des zwanzigsten Tages von Tishri, im Jahr 5142.

48

Yaffuda blieb lange Zeit im dunklen Zimmer und war traurig. Wer war Rachel? Eine heftige Abscheu erfasste ihn, eine spitze Rachsucht, die durch eine Art des Mitleids besänftigt wurde. Er sah seinen Vater vor sich, manchmal traurig und mit abwesendem Blick, er hörte den Tag der bitteren Vertraulichkeiten, an dem er so wenig gesagt hatte, und fühlte sich verraten und getäuscht wie das Spielzeug einer Geschichte, die nicht die seine war. Er schloss die Schatulle, legte sie zurück ins Versteck und stapelte die Bücher wütend aufeinander. Er wusste nicht, was er tun oder was er sagen sollte. Ein kleines Mädchen war nach der christlichen Zeitrechnung am 8. Oktober 1382 geboren worden, und dieses Datum war das eines traurigen Jahres, jenes des Mikwe. Kannte er endlich den Grund für sein verpfuschtes Leben? Tief in ihm behielt die Enttäuschung die Oberhand über den Schmerz. War er jemand, dem man glauben, in den man sein Vertrauen setzen konnte, ohne dass es mit Füßen getreten wurde?

Er ging hinaus, wusch sich und zog ein feines Tuch an, denn heute Abend war Sabbat. Er ging hinunter und fand seine Mutter, die voll zögernder Hoffnung auf ihn wartete.

»Bist du bereit?«

Bestürzt senkte sie sofort den Kopf als Zeichen der Zustimmung. Sie trug bereits einen Umhang, ein schwarzes Dreieckstuch bedeckte ihre Schultern, das sie hastig über ihre Haare zog. So wie sie ihre Trauerkleider zurechtzupfte, erinnerte sie an einen Berg in Bewegung. Sie griff energisch nach seinem Arm. Als sie hinausgingen, wusste er, dass sie glücklich war, ihn diesen Weg einschlagen zu sehen, wenngleich er vor Bitterkeit erstickte. Draußen war der Himmel hartnäckig und tauchte den heranbrechenden Abend in eine brütende Hitze. Yaffuda dachte einen Moment lang an all das, was Joan ihm gesagt hatte, an die verwüsteten Felder, an die Granatäpfel, die in seinem Hof herunterfielen, an das Elend, das ihn umringte und ihn so wenig berührte. Mein Gott, wie alt er sich fühlte! An den Mauern rann der Staub herunter, ein brauner Nebel schwebte über den Pflastersteinen und verdeckte die Fugen der Steine. Die Weinreben entlang der Spaliere vertrockneten und wurden braun, die Feigenbäume auf dem Platz der Aljama wurden gelb, und es kam ihm so vor, als ginge es ihm ähnlich, als sei er trocken und tot, während die Glocken, die in der Ferne läuteten, ihr mitreißendes Zwiegespräch weiterverfolgten.

»Geh bitte langsamer.«

Er lief schnell und hatte sie fast vergessen, obwohl sie die ganze Zeit sprach. Er ging durch diese Hitze, mit trübseliger Seele, die kälter war als das Meer.

»Bringst du mich zum Eingang der Frauen?«

Sie wagte kaum, ihn dies zu fragen, aber er stimmte mit einem Blick zu.

Sie kamen auf dem Platz bei der versammelten Menge an. Heute Abend sprachen die Männer leise. Die Neuigkeiten erwähnten den Rabbiner von Sevilla, den man eingesperrt habe. Yaffudas Ankunft lenkte sie einen Moment von ihrer Angst ab. Wenn er wieder unter ihnen weilen würde, würde alles gut werden. Sobald er seinen Neffen sah, kam Salomon auf ihn zu, ihm folgte der Rabbiner und dann eine Gruppe Männer, die den Maître des Kompasses umringten und mit ihm über seinen Vater sprachen. Er fühlte sich inmitten dieses gierigen Geredes wie ein Bach ohne Wasser. Er entschuldigte sich mit wenigen Worten und begleitete seine Mutter zur Tür der Frauen, wobei er sich einen anmaßenden Masten vorstellte, der so viele Schleier zu tragen hatte.

Cédatar trug einen sehr würdevollen Ausdruck zur Schau, um sich der Gruppe, die sie erwartete, stellen zu können. Leah Saportas hatte sich nicht verändert. Konserviert durch die Bosheit nickte sie beständig und gurrte vor scheinbarem Mitgefühl.

»Meine arme Cédatar, wir sind nichts ... Aber du hast deinen Sohn, auf den du dich stützen kannst.«

Leah beobachtete diesen gesegneten Sohn und schätzte ihn ab, während sich ihr Kropf aufblies. Ein freier Mann, noch jung und sehr reich.

»Der Allmächtige segne dich, Yaffuda.«

Er murmelte eine undeutliche Antwort, ohne sich um die schwarzen Augen zu kümmern, die ihn anblickten. Einige sanfte Augen vergaßen seine Trauer, aber er sah weder die vollen Lippen noch das freundliche Lächeln, sein Blick huschte zu den Kindern, die mitten auf dem Platz herumhüpften und mit begeisterten Schreien durcheinander rannten. Die Tür der Frauen öffnete sich, und er sah, wie sich die Belagerung der Röcke, die ihn umringte, auflöste.

»Bis nachher, mein Sohn.«

Seine Mutter bedachte ihn mit einem stolzen Blick, seine Mutter, deren naives Vertrauen er betrog.

Es war angenehm unter dem Gewölbe, zwischen den

großen Pfeilern, eine Frische schwebte in der Luft und sank langsam von den Steinfriesen auf sie herunter. Yaffuda saß neben Joshua und Samuel an seinem alten Platz am Rand der zweiten Reihe. Rechts neben ihm war der Platz leer. Er empfand so viel Traurigkeit, gemischte Gefühle, dass er automatisch betete, aber die Worte drangen nicht bis zu seinem Herzen vor. Früher war er über das Buch seines Vaters hinweg Nathans spöttischem und verschwörerischem Blick begegnet. Er hatte vorher Hayyim ibn Rich begrüßt, der sich steif und aufrecht hielt und der nicht weniger abwesend war als er selbst. Er saß am selben Platz, aber wo war der Junge von früher, der die anderen mochte? Neben ihm saß ein junger, unbekannter Mann, und er musste sich anstrengen, um zu begreifen, dass es sich um Moïse Bellshons handelte, Isaac Bellshons ältesten Sohn. Er erinnerte sich an einen lebhaften Jungen, der früher mit den anderen zwischen den Bänken spielte, während alte und weise Texte Israel wiegten.

Der Vorhang der Frauen war geöffnet. Er ließ seinen Blick über die Bänke der Frauen streifen, nicht ohne ein paar charmante Lächeln zu ernten. In der vierten Reihe hatte eine andächtige kleine Frau den Kopf gesenkt. Er sah kaum ihre mit einer blauen Haube bedeckte Stirn. Neben ihr war ziemlich viel Platz frei, und dann kam die bunte, korpulente Hannah Bellshons. Als Mensch der Zahlen sagte sich Yaffuda, dass ein Kind nicht so viel Platz auf einer Bank in Anspruch nahm. Der Vorhang wurde zugezogen, als er eine Bewegung wahrnahm. Zwei kleine Mädchen schlichen zum Schatten, wo sie nach dem Gebet spielen konnten. Da er sie nicht sehen konnte,

richtete er sich auf und begegnete einem besorgten Blick unter blauer Haube, und er wusste in diesem Moment, dass sie es war. Eine heftige Übelkeit überfiel ihn, und die Anstrengung, die er aufbrachte, um sie zu beherrschen, ließ seine Finger erzittern. Er sah seinen Vater vor sich, wie er Bücher kaufte, um dieser Frau zu helfen, sah seinen Vater, aschfahl, als er vom Tod ihres ersten Mannes erfuhr. Tausend Einzelheiten kamen ihm in den Sinn, mit winzig kleinen Genauigkeiten, die zu einer Wahrheit wurden, wenn man sie vereinte.

»Einen friedvollen Sabbat.«

Er hatte den Gottesdienst nicht wahrgenommen, aber er war bereits vorbei. Er ging mit Salomons Söhnen hinaus und wurde sogleich von Kartografen, Buchmalern und einer Menge anderer umringt, die ihm ihren Respekt entgegenbrachten. Er trat zur Seite und betrachtete von Zeit zu Zeit die Frauen am anderen Ende des Platzes und die Kinder, die spielten oder sich an den Röcken ihrer Mütter festklammerten. Er musste es einfach wissen, musste endlich aufhören, ein Narr zu sein, ein gefälliger Esel, den man an der Longe führte. Er spürte nur das Verlangen, sich zu nähern. Aber er musste Moïse Saportas ertragen, der seine dickbäuchige Wichtigkeit vor ihm schaukelte. Auf den Fußspitzen stehend, streckte der Tuchmacher seinen Bauch hemmungslos nach vorn.

»Ein Schiff ist im Hafen eingelaufen, nicht wahr?«

Alle schauten denjenigen an, der alles über Boote und über diejenigen, die sie segelten, wusste. Die *Sant' Vicent* hatte zwei Stunden vorher auf der Reede Anker geworfen und kam von Barcelona.

»Was weiß man von der Stadt, Ser Cresques?«

»Sie ist ruhig, alles ist in Ordnung.«

Eine vage Erleichterung ergriff die gebeugten Schultern. Alles war in Ordnung. Sie tauschten ein paar Banalitäten und einige Wünsche aus, bevor sich die Gruppen auflösten, denn jeder hatte es eilig, die Freude des Essens am Sabbat wiederzufinden. Yaffuda entschuldigte sich kurz bei jenen, die mit ihm sprachen, denn es gebe jemanden, mit dem er sprechen müsse.

»Ser Mosconi!«

Simon war fast schon bei seiner Frau angelangt. Er blieb stehen, weniger überrascht über den barschen Zuruf als darüber, dass der Maître des Kompasses näher kam.

»Ich habe Euch nicht ausreichend gedankt.«

Der Arzt war zu Abrahams Bett geeilt, aber es war zu spät gewesen. Den einzigen Trost, den er spenden konnte, war der, dass ein plötzlicher Tod den Schmerz tötet.

»Ich bestehe darauf, Euch für Eure Umstände zu bezahlen.«

»Keine Ursache …«

Der Kartograf war damit nicht einverstanden. Er würde nach dem Sabbat bei ihm vorbeikommen, um ihn zu bezahlen. Das sei ganz normal, und es sei ihm wichtig.

»Friede sei mit Euch, Ser Mosconi. Und mit Euch, gnädige Frau.«

Sein Blick war scharf, und Myriam hielt ihm nicht stand. Der Kartograf schaute kurz auf das Mädchen, das sie an der Hand hielt. Sie hatte glatte Wangen, eine feine Nase, einen Kirschmund und sehr dunkle Augen. Eine Lockenkaskade, die durch ein Band zusammengehalten wurde, fiel über ihren Rücken.

49

Es war erst der zweite Tag im August, aber die Becken in der Unterstadt waren bereits ausgetrocknet. In der Oberstadt gaben einige Brunnen noch wertvolles, grünliches Wasser, das man auf dem Rücken transportierte. Bei Tagesanbruch hörte man den Stock der Wasserträger auf den Pflastersteinen klopfen, und ihr Ruf hallte wider wie der von Krähen auf kahlen Feldern. Die Trockenheit lag schwer wie ein Fluch auf der Stadt, und es verging kein Tag, an dem die Straßen sich nicht mit einer traurigen Menschenmenge füllten, die einer Statue folgten. Aber der Himmel blieb stumm, unerbittlich und blau.

Der Kartograf stieg die Treppe hinunter, bereits müde von der Anhäufung der Gewohnheiten, die ihn erwarteten. Seine Mutter schien noch nicht auf zu sein, was gut war. Somit musste er sich nur die Stille anhören und sich zu seiner Existenz gratulieren. Seit vier Jahren lebten sie nun schon so, vier Jahre eines erdrückenden Lebens. Sie führte das Haus, und er arbeitete im Atelier. Sie waren wie Kreisel, die von Kindern angetrieben wurden, sie drehten sich, solange sie der Bewegung folgten, und fielen um, sobald sie einen anderen Weg kreuzten.

»Yaffud!«

Sie hatte ihn gehört und durchquerte eilig den Hof.

»Kannst du mich zu Leah begleiten?«

Sie wisse, dass er zu tun habe, aber sie sei so erschöpft, dass sie bestimmt auf der Straße zusammenbrechen

würde, wenn sie allein dorthin ginge, und er würde nicht weit entfernt davon vorbeilaufen, um zum Atelier zu gehen.
»Ich werde nicht bleiben können.«
Das verstehe sie. Sie nickte und hing auch schon an seinem Arm.
Die Tür der Saportas' öffnete sich, Leah empfing sie, reichte die Hand, den Arm voll unwiderstehlicher Autorität.
»Es ist schön, euch zu sehen. Aber kommt doch herein …«
Er tat, wie geheißen, durchdrungen von Langeweile und von Wut, die bald von einer unüberwindlichen Lust, zu fliehen, besiegt wurde. Seine Mutter und Leah lächelten einander mit leicht geneigtem Kopf an.
»Du kennst Na Vidal, Yaffuda …«
Sie war eine kleine, lebhafte Frau, wie eine Amsel und genauso gebaut, mit runden, glänzenden Augen und spitzem Mund. Ein Schönheitsfleck befand sich an ihrem Nasenrand. Ihre vier Töchter umringten sie, waren aneinander gedrängt, erröteten und schauten nach unten, aber es ist gut, bescheiden zu sein, wenn es erforderlich ist.
»Und du kennst Na Vidals Töchter, nicht wahr?«
Wie hätte er sie kennen lernen sollen? Er empfand plötzlich die Angst eines Schmetterlings, lebend aufgespießt zu werden.
»Freut mich sehr …«
Die jungen Mädchen glucksten fröhlich, wie man es ihnen beigebracht hatte. Wo hatte man diese kleinen Gänse hergeholt?

»Ich muss mich verabschieden.«
»Holst du mich später wieder ab?«

»Das kann ich leider nicht, ich habe viel zu tun.«
Der Ton war barsch, fast schon verletzend, und er ging, gereizt, denn er wusste bereits, was ihn erwartete, wenn er nach Hause kommen würde.

Der Call war in der zunehmenden Hitze sehr beschäftigt, das Atelier war in Aufregung. Im Hafen drängten sich die Schiffe, und die Kartografen arbeiteten, zeichneten oder feilten an Kompassen in jedem Raum des alten Hauses. Es war unnötig, die Zimmer in einem Haus, in dem keiner mehr wohnte, geschlossen zu halten. Mehr als zwanzig Kartografen arbeiteten zurzeit für den königlichen Maître des Kompasses. Der Infant Don Juan hatte den Thron bestiegen, denn Pierre IV. von Aragon war im selben Jahr wie Abraham gestorben. Die Väter gehen ... Yaffuda vertrieb diese Erinnerung, indem er in den Raum trat, in dem man den Brunnen mühsam plätschern hören konnte als beständigen Wasserstrahl. Er las seine Berechnungen, die auf dem Tisch lagen, machte sich daran, sie fortzuführen, und war im Frieden der Zahlen fast schon glücklich.
Als er zu sich zurückkam, war es Essenszeit, keine Ruhezeit. Cédatar erzählte von der angenehmen Zeit, die sie bei Leah verbracht hatte. Na Vidal habe Honigpfirsiche mitgebracht, eine wahre Köstlichkeit. Yaffuda hatte sein Mahl beendet und wollte gehen, als sie zu reden begann.
»Fällt es dir so schwer, dich etwas zu amüsieren? Bist du nicht der Maître in deinem Haus?«
Er war es so wenig, so schien es ihm zumindest, aber er sagte es nicht und er hoffte, dass sie sich damit begnügte.
»Hast du gesehen, wie hübsch Tamar ist?«
Tamar? Er wisse nicht, welche so heiße. Cédatar hörte

mit ihrem affektierten Gehabe auf und wurde stattdessen ärgerlich.

»Also wirklich, ich verstehe dich nicht!«

Das verlange er auch gar nicht. Er verabscheue die Art, mit der sie um ihn herumkreise.

»Ich habe anderes zu tun, als mir das anzuhören.«

Er ging in den stickigen Hof hinaus, glaubte sich frei und wurde sich sogleich seiner fälschlichen Annahme bewusst, denn sie war ihm mit ausgebreiteten Händen, erhobenem Gesicht und fast schon bittend gefolgt.

»Ich wollte nur, dass du sie siehst. Es sind charmante junge Mädchen, und wenn die Älteste dir nicht gefällt, dann kannst du eine andere wählen.«

Sie sprach von diesen charmanten jungen Mädchen wie von den Äpfeln in einem Korb.

»Ich möchte keine Frau, versteh das doch.«

Natürlich verstünde sie das, sie sei alt, aber sie sei nicht taub.

»Glaubst du, dass das Leben ist?«

Sie starrte ihn an, mager und gelb, wie er war, vertieft in seine Zahlen, in Karten und Papier.

»Das ist alles nur Staub.«

»Es würde mir reichen, wenn man mich in Ruhe lassen würde.«

»Du glaubst, dass dein Vater die Karten für die Schiffe zeichnete?«

Dass er nichts hören wollte, verpflichte sie nicht dazu, zu schweigen.

»Für dich hat er sie gemacht, Yaffud!«

Er ging, ohne zu antworten, durch den Hof, verärgert darüber, dass er ihren lästigen Blick nicht vergessen konnte, als ein Staubwirbel ihn einhüllte. Eine Gruppe Reiter kam durch die Straße und drängte ihn gegen eine Mauer. Er hatte kaum Zeit, um einen Schritt zu machen, als eine Hand nach seinem Ärmel griff.

»Maître!«

Es war Joan, außer Atem und aschfahl.

»Geht nicht hinunter, schließt Euer Haus!«

Die Stadt würde angegriffen, Bauern würden ankommen, und es seien mehr als dreitausend auf dem Weg von Andraxt, und sie würden bald schon die Tore erreichen.

»Das Parlament hat Pater Sériol töten lassen.«

Dieser Mann war ihr Oberhaupt, er war tot, von hinten erdolcht. Yaffuda konnte nicht begreifen, was man ihm sagte. Ein Wagen kam an seiner Tür vorbei, die Pferde tänzelten unruhig und blieben an seiner Schwelle stehen.

»Wir müssen Euch in Sicherheit bringen. Nehmt nur das Wichtigste!«

Soldaten umringten ihn. Er könne seine Leute mitnehmen, was ihm wichtig erschien, aber er müsse sich beeilen.

»Das ist ein Befehl des Königs.«

»Ser Cresques!«

Ein Tempelritter verbeugte sich, andere trugen leere Truhen, die der Maître des Tempels schicken ließ, damit er seine Pergamente und Bücher in Sicherheit bringen konnte, all das, was ihm wichtig erschien. Yaffuda bewegte sich nicht, war erstaunt, fast schon stumpf. Cédatar, die zur Tür ihres Hauses gerannt kam, hielt sich am Türstock fest und war stumm vor Entsetzen.

»Wir haben Befehl, die Oberstadt zu halten, Ser Cresques. Habt keine Angst, wir werden Euer Haus beschützen.«

Yaffuda sah den Tempelritter an, machte einen Schritt

nach vorn, als ein Lavastrom seinen Kopf in Brand setzte. Und die Unterstadt, das Atelier seines Vaters, Salomon, die Jungen? Er hatte keine Zeit, diese Frage zu stellen, denn das Blei verschluckte sie, das Läuten der Glocken, die den Himmel zerrissen.
»Es ist Zeit, gnädiger Herr.«
Ohne dem Soldaten zu antworten, lief er los, schwankte im Heulen der Sturmglocken. Joan stürzte bereits los, rannte, so schnell seine Beine ihn trugen, und verschwand an der Biegung der Straße.
»Sie und die Euren …«
Aber der Kartograf hörte nicht. Er rannte jetzt auch und befahl den Tempelrittern, alle aufgerollten Pergamente des großen Saales einzupacken.

Auf dem Platz der Feigenbäume schlugen Fäuste ans Holz, die Türen öffneten sich vor den noch nicht gänzlich angekleideten und verstörten Menschen. Die Alten, die mühsam von ihren Bänken aufgestanden waren, verstanden nichts und blieben zitternd mit ihren Gehstöcken stehen. Einen Augenblick vorher war alles noch so friedlich gewesen. Yaffuda sah alles, ohne etwas zu sehen, und eine bleierne Hitze umschloss sein Herz.
»Kommt sofort zu mir hoch!«
Er nahm die Straße, hielt vor den alten Lorbeerbäumen an. Ein Gatter quietschte, als er hindurchging, eine Tür öffnete sich, ohne dass er anklopfte. Eine Frau stand vor ihm, eingehüllt in ein Tuch, und ihre Arme umschlossen ein kleines Mädchen.
»Beeilt euch!«
 Die Totenglocke zerriss die Luft. Sie rannten mit aller Kraft, aber sie geriet schnell außer Atem, da sie das Kind

trug. Er blieb stehen, ergriff Rachel und nahm mit brennendem Herzen seinen Lauf wieder auf. Sie klammerte sich an ihn, ihre kühle Hand war um seinen Nacken gelegt. Schreie drangen von der Straße herauf, Menschen stürmten aus den Häusern und wurden von den Rittern, die vom Hafen hochkamen, gegen die Mauern gedrückt. Sie liefen zur Zitadelle, die Tore der Stadt hatten nicht gehalten.

»Schnell, schnell!«

Sie drängten sich auf dem Wagen zusammen, beeilten sich, kletterten die Räder hinauf. Man schob die Alten, zog die Kinder. Er ließ Myriam aufsteigen und hielt Rachel noch immer fest an sich gedrückt, und ihr Herz schlug an seinem. Er reichte sie ihrer Mutter, begegnete ihrem Blick.

»Aber was ist denn los?«

Moïse Saportas kam zitternd in Beinkleidern und Hemd nach draußen. Wo war Leah? Sie machten auf dem Wagen Platz für ihn. Sie waren vielleicht fünfzig Menschen, Greise, Frauen und Kinder, die von ein paar Männern umringt wurden. Der Soldat, der als Kutscher diente, schickte das Gespann auf die Straße, setzte es mit einem Quietschen der Räder in Bewegung. Joan rannte außer Atem zu seinem Maître.

»Ich bin nicht durchgekommen.«

Die Tempelritter bewachten alle Straßen unterhalb des Klosters. Sie schauten einander bestürzt an. Die Glocken waren still, und die Stille schmerzte bis auf die Knochen.

»Ser Cresques!«

Man bot ihm ein Pferd an. Er nahm Joan hinter sich auf die Kruppe und stürzte hinaus auf die Straße, als ein Grollen von berstendem Holz zu ihnen vordrang. Aus allen Straßen um sie herum rannten Leute zusammen, Bürger, Christen, die die Zitadelle in ihrem Schoß aufnehmen würde. Das Fallgatter war hochgezogen, die Tore offen. Yaffuda sah von weitem seine Mutter, wie sie in einem Wagen einen Korb an sich presste. Um sie herum trugen die Menschen Stoffbündel, und eine kupferne Menora tanzte über ihren Köpfen.

Funken brannten auf dem Pflaster, während die große Glocke der Kathedrale erneut ertönte. Menschen kamen unter seinen Hufen hervor, und Yaffuda hielt sein Pferd zurück, da er nicht wusste, wie er sich in diesem Gemenge verhalten sollte, als ein Soldat auftauchte, nach den Zügeln griff und ihn hinter sich herzog und rasch in die Mauern hineinführte. Er stieg mitten im Hof der Umfriedungsmauer ab, mit Beinen, die wie abgestorben waren, suchte nach dem Wagen und entdeckte ihn, als dieser mit einem letzten Ruck stehen blieb. Man reichte einander die Hände, setzte die Kleinen auf dem Boden ab. Die Greise stiegen benommen herunter und drängten sich aneinander.

»Weißt du, wo Leah ist?«

Hannah wusste es nicht. Sie drückte Sarah an sich und musste nach Luft schnappen, weil sie deren Haare vor dem Gesicht hatte. Bedienstete kamen an, trugen Ser Cresques' Gepäck weg, ohne sich um die Ankömmlinge zu kümmern, ohne sich ihrer Gegenwart bewusst zu sein. Sie warteten, blickten erstaunt zum blauen Himmel. Männer in den Türmen riefen sich etwas zu, ein Offizier brüllte, dass man das Falltor herunterlassen solle, und ein langes Quietschen ertönte. Moïse Saportas schaute Cédatar an, die sich an ihren Korb klammerte. Sie sei da, doch wo sei seine Frau? Sie wusste es nicht, ihre

Stimme versagte, eine eisige Schlange hatte sich um ihren Hals gelegt. Yaffuda sah sie, kam näher, und sie umschlang ihn wortlos. Sie war so ängstlich, dass sie es nicht wagte, ihn anzuschauen oder zu sehen, was seine Augen dachten.

50

Zusammengekauert hinter den Zinnen schossen die Armbrustschützen, Steinplatten hagelten auf die Angreifer hinab, die sich noch bewegten, menschliche Ameisen voller Überheblichkeit. Llobera bediente die Geschosse, verärgert darüber, dass seine Landsleute es gewagt hatten, den Platz, der ihm übertragen worden war, zu besetzen. Wenn es kein Pulver mehr geben würde, blieben noch Pech, Steine und die Klinge seines Schwertes. Die Bauern schrien, und ihre Schreie klammerten sich an die Steine, bevor der Wind sie im Meer ertränkte. Die Luft war weiß vor Hitze und Gewalt und wurde vom spitzen Sirren der Pfeile zerrissen. Die Bettler klammerten sich an die Mauern, sie waren noch immer sehr erregt, aber was konnten sie schon ausrichten, bewaffnet mit Gabeln und einigen bei den Straßenhändlern gestohlenen Lanzen?

Sobald er die Neuigkeit erfahren hatte, war der Ritter vor das Tor von Andraxt geeilt, wo die hungrigen Wölfe sich versammelt hatten.

»Geht in Frieden zurück nach Hause, bevor es zu spät ist!«

»In Frieden, so wie Sériol!«

Die Menge grollte böse, spuckte Worte aus wie Gift. Die Reichen haben ihn getötet, und sie würden sich über ihr Elend lustig machen, wenn sie davon schlemmen konnten. An diesem Tag würden sie Rache nehmen, die Mutter der Engel sei mit ihnen sowie alle Erzengel Gottes.

»Heute erheben wir die Steuern. Das kannst du deinem Maître sagen!«

Der Mann nenne sich Anton Cigar und sei der Gesandte des Marktfleckens von Pella, was er in einem Ton des Hochmuts vortrug und dabei gleichzeitig den königlichen Ritter musterte. Llobera wollte ihn ergreifen, ihm die Zähne einschlagen, als Sagarriga ihn fluchend auf den Hafen aufmerksam machte. Leichter Rauch stieg auf, Bauern, die Handelsschiffe in Brand gesteckt hatten, kamen zu hunderten.

»Nieder mit Llobera!«

Andere Bettler rannten vom Herzen der Stadt herbei, bewaffnet mit Eisenhaken, und das gesamte Volk lehnte sich auf wie ein schlecht dressierter Klepper.

»Für die Kleinen und für Gott!«

Eine Klinge hatte seine Wange gestreift, sein Pferd war mit einem schmerzvollen Wiehern zusammengebrochen, die Brust von einem Spieß durchbohrt. Sagarriga hatte ihn hinten aufsitzen lassen, und sie waren mit heftigen kreisenden Schwertbewegungen hinausgeritten, aber Llobera de Callès hatte seinen Platz verlassen. Bei diesem Gedanken verkrampfte eine unehrenhafte Schande seine Kiefer. Er floh, während die Verräter den Ankömmlingen das Tor öffneten. Er hatte die Zitadelle erreicht, ohne dass es ihm gelang, dies als tatsächliches Ereignis zu begreifen, während das Sturmläuten auf sein Erstaunen niederprasselte. Zwei Stunden waren vergangen, vielleicht drei, aber er konnte weder die beißende Erinnerung dieser überstürzten Flucht noch das Gefühl des unglaublichen Verrats vertreiben. Mit einer gereizten Bewegung wehrte er sich des Kratzens, das ihn störte und das von der Hiebwunde herrührte, die sein Gesicht zerteilte. Es hätte nicht

mehr viel gefehlt, und sie hätten ihn getötet. Seine Verachtung besänftigte seine Wut nur schlecht.
»Bestückt das Geschütz!«
Es gab nur eines, eine alte Bombarde, die von den Schiffen des Königs vergessen worden war und die sie auf den Turm gezogen hatten. Ihr Donner zerriss die Luft und wurde von dem Aufheulen des Viehs verlängert.
»Gnädiger Herr …«
Ein junger Geistlicher stand zitternd auf der Stadtmauer und zog vor Angst den Kopf ein. Er hatte bereits zweimal angefragt und war wie ein Hund abgefertigt worden. Llobera drehte sich um, sein Blick wie feuriges Brennen. Die Zeit hatte seinen Lauf verfolgt, und die Sonne steckte den Himmel in Brand. Die Hitze fiel über den Hügel, das Schloss, die Stadt, ein großes Niederschmettern der Ziegel.
»Die Leute des Parlaments verlangen nach Euch …«
Die Richter hatten sich im Ratssaal eingeschlossen wie Schaben, die das Licht scheuen. Es waren diese Rechtsverdreher, die sie hierher gebracht hatten. Auf ihren Befehl hin war Pater Sériol ermordet worden.
»Grober Kies, bis nichts mehr geht.«
Sagarriga nickte, wies auf das brennende Fass, bevor Llobera dem Jungen, den man ihm geschickt hatte, folgte. Er stieg die Treppe schnell hinunter, ging durch den Hof, um den Donjon zu erreichen, und sah in der Ferne eine in braunes Tuch gehüllte, groß gewachsene und vertraute Silhouette.
»Messire de Llobera!«
Menschen scharten sich um ihn, ein dicht aneinander gedrängter Kreis beunruhigter Bürger.
»Hinter diesen Mauern habt Ihr nichts zu befürchten.«

Er ging weiter, außer sich vor Wut. Der Schweiß brannte in seiner Wunde, und er teilte die Menge mit dem Arm, als ein Mann, der ihn anstarrte, seinen Lauf stoppte. Er erkannte ihn kaum wieder, so hart war sein Blick.

»Ich muss wissen, was Ihr vorhabt, gnädiger Herr.«

Wenn die Stimme des Maître des Kompasses vor Wut zitterte, so würde er sich nicht mit Worten abspeisen lassen. Die Seinen befänden sich in der Unterstadt, mehr als fünfhundert, ohne Waffen und wie Vieh gekennzeichnet, und seit jeher würde man ihnen erzählen, sie seien durch den König geschützt. Llobera zeigte auf seine Männer auf den Zinnen. Was sonst könne er tun, als die Stellung zu halten? Die Aufrührer seien mehr als fünftausend, ohne das niedere Straßenvolk mitzuzählen, und er habe höchstens hundert Männer in der Zitadelle.

»Hier wird Euch nichts geschehen …«

Yaffuda richtete sich auf, anders, als er bisher gewesen war, so dass er auf sonderbare Weise seinem Vater ähnelte.

»Mein Onkel, meine Cousins, alle meine Kartografen sind dort unten in dieser Falle. Ohne sie, gnädiger Herr, ist die Sache eindeutig: Ich kann keine Karten mehr zeichnen.«

Das sei keine Drohung, sondern eine simple Tatsache. Aragon würde von jenen, deren Kehle es durchschneiden ließe, keinen Ruhm erwarten können. Llobera spürte, wie er unter dem Blick, aus dem jegliches Vertrauen gewichen war, erbleichte. Er hatte sein Bestes gegeben, hatte ihn in Sicherheit bringen lassen, sobald der Brief des Königs ihn erreicht hatte. Er wollte es sagen, es herausschreien, um das Donnern des Pulvers zu übertönen, aber der Kartograf wartete seine Antwort nicht ab. Er wandte sich wieder den Seinen zu.

Der Soldat setzte seinen Weg, gequält von Sorge, fort. Wenn er versagt hatte, was sollte er dann machen? Dieser verfluchte Brief war um die Mittagszeit angekommen, als es bereits zu spät gewesen war. Der König hatte ihn darum gebeten, seine Juden in Sicherheit zu bringen. Er sprach von einem Massaker in Barcelona am 25. Juli. Der Brief hatte eine Woche gebraucht, um über das Meer zu ihm zu gelangen, genauso lange, wie das Feuer brauchte, um sich auf Mallorca auszubreiten. War es ein Zufall, dass der Aufruhr an genau diesem Tag ausgebrochen war? Er erstickte an der Ungewissheit, erklomm aber dennoch die Stufen, ging durch den ersten Saal, ohne sich umzublicken, und trat in den zweiten ein, in dem die Erinnerung der Mauren schwebte. Das Licht warf geteilte Sonnenstrahlen auf die Mosaike. Dunkel und vorsichtig versammelten sich die Talare der Bürger weit weg vom Fenster.
Der Alkalde der Stadt kam als Erster näher, ein entschlossener Mann, der zitterte, aber mutig genug war, um sich um die anderen zu sorgen.
»Gnädiger Herr, wir müssen wissen …«
»Der Platz wird standhalten. Er ist nicht in Gefahr.«
Er war des Wiederholens müde, aber mit Äxten bewaffnete Bauern konnten keine Burgen einnehmen.
»Die Schrotladungen, gnädiger Herr …
Sie hatten Angst, dass der Hauptmann ihr Haus in Brand setze. Llobera hielt seine Gereiztheit nur mühsam zurück. Ob sie anstelle von Don Sagarriga Krieg führen wollten? Er nahm seinen Helm und seine Eisenhandschuhe ab, setzte sich schwerfällig hin, wischte den Staub aus seinem Gesicht, und schätzte die, die ihm gegenüberstanden, ab. Der Alkalde, der Senechall, der Landvogt, der Richter des Präsidials, der ehrwürdige Abt von Sant-

Francech, der den alten Bischof vertrat, und ein junger Priester mit sanften Augen. Dies war der kleine Rat der Stadt, den er anhören musste. Er ließ sie stehen, damit keiner vergaß, dass er in Abwesenheit des Statthalters die rechte Hand des Königs war. Schließlich bat er sie, sich zu setzen, die Kirche zu seiner Rechten, die Geschworenen des Hofes zu seiner Linken, eine besonnene Reihenfolge, und alle schwiegen, nicht weniger besonnen.

»Ihre Majestät verlangt, dass Ihr diese Stadt schützt, nicht wahr?«

Der Abt wies mit bleicher Hand auf den Brief, der auf dem Tisch lag, mit dem großen, blutroten Siegel von Aragon. Llobera nickte. Der König bat ihn tatsächlich darum, und der Ritter hatte die notwendigen Maßnahmen getroffen.

»Die Tempelritter haben den Befehl erhalten, die Oberstadt zu halten.«

Keiner würde es wagen, sich gegen die Kreuzritter aufzulehnen, man konnte nicht gleichzeitig dem König und der Kirche trotzen. Die Oberstadt würde hinter ihrem Wall aus Klöstern standhalten, und die Tempelritter von Montessa würden nicht schwach werden, dessen konnte man versichert sein. Die schwarzen Kutten bewegten sich in einem Murmeln der Erleichterung.

»Gott schütze sie!«

Llobera machte eine müde Geste, Gott habe in diesem Moment sehr viel zu tun.

»Seigneur Llobera …«

Richter Mansara war einer jener dicken Männer, die wegen eines Nichts erröteten, und es wäre untertrieben, zu sagen, dass er hochrot war, als er die Frage stellte, die ihm auf den Lippen brannte.

»Haben wir ausreichend Verpflegung?«
Die Zitadelle war voller Menschen. War Hauptmann Sagarriga darin unterrichtet worden, so viele Menschen hereinzulassen? Dies wurde nicht gesagt, aber so laut gedacht, dass Llobera vor Verachtung lächelte. Er bot eine wegwerfende Handbewegung als Antwort. Der König würde bald seine Schiffe senden, und sie würden nicht lange fasten. Die Oberstadt mit ihren Häusern und ihrem Besitz und ihr Leben hier in der Festung würden beschützt werden.
»Was bleibt, ist die Unterstadt …«
Der Abt hatte eine so sanfte Stimme, dass sie über der Luft schwebte. Llobera starrte unvermittelt den Betrüger an, der die dunklen Fäden in der Hand hatte, ein Prälat des Hofes von runder Leibesfülle, eisigen Augen und honigsüßer Stimme. Die Unterstadt würde bezwungen und geplündert werden, das wussten sie alle. Der Abt seufzte, bevor er mit ausweichendem Blick und honigsüßer Stimme fortfuhr.
»All das hätte nicht stattgefunden, wenn diese Trockenheit nicht geherrscht hätte, die die Armen belastet.«
Sollte das heißen, dass Gott es so gewollt habe?
»All das ist kein Zufall, gnädiger Abt, und es gibt hier keinen, der es besser wissen müsste als Ihr!«
Llobera musterte den Mann, angewidert von diesem Holzkreuz, das man schwenkte und dabei gleichzeitig beschmutzte. Zwanzig seiner Männer seien mit durchschnittener Kehle am Tor gestorben, weil die Kirche das Volk seit Monaten, seit Jahren aufheize, indem sie auf seiner Angst und auf seiner Wut herumritten. Das Kloster von Sant-Francech verstecke halb verrückte Prediger. Ob man glaube, dass er auf diese Farce hereinfallen

würde? Llobera brauste gegen seinen Willen und gegen alle Vernunft auf, als der Lärm von Steinen und Feuer die Luft zerriss. Das Zischen von Pfeilen, Schreie als Echo, ein kreischender Schmerz drangen durch das Fenster herein.

»Für die kleinen Leute! Und für den König!«

Der Angriff ging weiter, Hunde bellten, während Leitern aufgestellt und geschrien wurde, dass sie den Steuereintreibern, den Juden, ans Leben wollten! Alle würdigen Mitglieder des Parlaments starben fast vor Angst. Wie viele würden in der Straße überlebt haben? Aber sie waren außer Reichweite, man wird nicht ohne Unterscheidungsfähigkeit reich. Der Rauch erfüllte den Raum, als sich plötzlich Don Manserra vor Angst schreiend erhob.

»Wenn es welche auf dem Platz gibt, dann gebt sie doch heraus!«

Das Volk war auf diejenigen schlecht zu sprechen, die die Steuern erhoben, die Bösen, die sie mit Steuern überzogen. Llobera war aufgestanden, verließ den Tisch des schönen Rates, als ein Donnerknall die Männer erschütterte, eine so heftige Gewitterwut, dass sie zitterten und durch den Rauch nach Luft schnappten. Sagarriga ließ das Pech ausschütten, ein brennender Strom prasselte auf den Graben hinunter. Wilde Schreie drangen herauf, das Aufheulen von Verdammten.

»Diejenigen, die auf dem Platz sind, stehen unter meinem Schutz.«

In der heißen Luft schwiegen die Richter des Parlaments mit gesenkten Köpfen. Das schreckliche Echo des Kampfes wurde nach und nach schwächer, Röcheln drang zu ihnen herauf und noch unerträglicheres Weinen.

»Ich werde niemanden herausgeben, meine Herren, nicht

einmal die Verrückten, die Pater Sériol erdolchen und seinen Körper durch die Straßen von Pella tragen ließen.«
Ein stöhnendes Durcheinander drang zu den Fenstern herauf und konnte nur schwer von der sanften Stimme des Abtes übertönt werden.
»Es ist richtig, jene zu beschützen, die innerhalb der Mauern sind. Aber was ist mit den anderen, meine Herren?«
Llobera antwortete nicht, er hörte das Geschrei, das die Stille zerriss. Sagarriga schoss nicht mehr. Ein leises Zischen erinnerte als Einziges an die Bogenschützen auf dem Wall, als plötzlich ein Schrei laut wurde, ein Befehl, der von hassvollem Brüllen aufgenommen wurde.
»In die Stadt!«
Die Angreifer fielen wütend und schreiend über Mallorca her und übertönten mit ihrem Brüllen das Geräusch der Hufe.
»Sie gehen?«
Die Richter sahen sich erstaunt vor Erleichterung an. Sie wagten nicht, zu glauben, dass es zu Ende sein sollte, aber sie setzten eine dem Anlass entsprechende Miene auf. Die Stimme des Seneschalls erhob sich nur schwach, aber jeder konnte ihn hören.
»Sie werden über den Call herfallen.«
Er hatte eine tränenerstickte Stimme, denn die Juden von Mallorca waren einfache und friedliche Leute, Handwerker und Händler mit Frauen und Kindern. Die Luft füllte sich mit der Stille, die aus dem Graben stieg und von langen Klagen unterbrochen wurde. Der Abt seufzte, während er seine Hände betrachtete, und dann brachte er in wenigen Worten zum Ausdruck, was eine neue, den Umständen entspringende Idee zu sein schien. Pater Joham,

der zu seiner Seite saß, war der erste Pfarrer des *barrio del mar*, der sich hatte hinreißen lassen. Seine Anhänger waren arme Leute, die sich schnell zur Wut hinreißen ließen, aber er bot sich an, sie zur Vernunft zu bringen, wenn die Juden nur ihrem ketzerischen Glauben absagen würden.

»Tatsächlich glaube ich, dass wir diese Unglücklichen retten können, wenn wir sie bekehren.«

Alle Blicke richteten sich auf den jungen Priester am Ende des Tisches, während der Abt Llobera mit einer unerträglichen Milde beobachtete. Der Ritter hatte seinen Helm und seine Handschuhe wieder an sich genommen. Es war nicht der richtige Zeitpunkt für ihn, um dieser Messe beizuwohnen, aber der Abt ereiferte sich erneut mit ausgestreckten Händen.

»Diese Juden werden sterben, und wir können sie retten, diese verlorenen, verdammten Seelen, für die wir am Tag des Jüngsten Gerichts Rechenschaft ablegen müssen.«

Llobera kannte diese Beredsamkeit des Kirchenvorplatzes nur zu gut. Auch wenn der Papst und der König Zwangsbekehrungen verboten, so gab sich die spanische Kirche diesem Gedanken dennoch hin. Wenn es keine Juden mehr gäbe, würden alle in ihren Reihen und nach ihrem Willen leben, und alle würden ihr Steuern bezahlen. Sie hätte die alleinige Gewalt.

»Ich halte es für eine abscheuliche Sünde, sie mit Zwang zu konvertieren.«

»Gnädiger Herr, glaubt Ihr, dass wir eine Wahl haben?«

»Und wenn sie nicht konvertieren wollen?«

Der Abt machte eine Bewegung, die die Grenze seiner Barmherzigkeit anzeigte. Llobera betrachtete den Brief des Königs, der zu spät angekommen war, die dunkel gekleideten Männer, die ihn umringten, und den alten Seneschall, der ihn flehentlich ansah.

»Wir müssen uns beeilen, wenn wir ein paar von ihnen retten wollen …«

Seine Stimme zitterte vor Erregung, und alle nickten. Wenn Pater Joham gleich aufbräche, würde er die Brüder Saint-François erreichen, und das Massaker könnte mit Gottes Hilfe und mit etwas Glück verhindert werden.

»Ihr müsst uns verstehen, gnädiger Herr.«

War er ein Mann, der ein Massaker an so vielen Leuten zulassen konnte? Er gab sich geschlagen und stimmte zu; es war das schwerste Zugeständnis in seinem Soldatenleben. Er konnte nicht sprechen, noch nicht einmal ein einziges Wort sagen. Der Aufruhr würde sich über den Call hermachen, aber Mord, Vergewaltigung und Raub würden unter dem Deckmantel Christi versteckt werden. Die Oberstadt würde verschont bleiben, die Plünderung beherrscht werden und das Blutbad entschuldbar sein.

51

Die Hitze nahm zu, wurde unerträglich. Beißender Staub stieg von den Mauern auf, die das Brummen der Meute in der Ferne verdrängten. Manchmal wurden unheimliche Schreie hörbar, doch sie wurden immer zaghafter. Llobera ging mit verschlossenem Gesicht durch den Hof, aber die Menge der Flüchtlinge umringte ihn, und er konnte sie nicht vermeiden. War der Angriff vorüber? Wie lange würden sie hier bleiben? Und jene dort bei der Mauer, diese Juden, was taten sie in der Zitadelle? Fragen regneten auf ihn herunter, die er aber mit einer Armbewegung wegwischte. Er wisse nicht, wie lange sie aushalten müssen, er sei keine göttliche Zeitangabe. Er wies die Bürger schonungslos zurück und kam zum Turm, den er, zwei Stufen auf einmal nehmend, erklomm, erleichtert darüber, wieder in der brennenden Stille der Zinnen zu sein. Als er näher kam, drehte Sagarriga sich nicht um. Er schaute die Stadt an, die glänzenden Dächer, die vergoldeten Glockentürme.

»Sie werden sich gütlich tun …«

Die Bauern liefen hinunter, wie ein Strom sich verbreitert, der menschliche Abschaum floss schreiend und von Spießen durchsetzt zum Meer, noch wütender, weil sie besiegt waren. Ohne zu antworten, beugte sich der Ritter über den Graben. Etwa dreißig Körper lagen dort unten, Sensen lagen hier und da, durch die Schreie der Vögel hörte man kaum das Stöhnen der Männer, während in der Ferne das laute Trommeln des Gebrülls grollte.

»Was wird aus ihnen werden, gnädiger Herr?«
Sagarriga wies auf zwei Gruppen im Hof, die ein paar Ellen trennten. Die eine war wichtig, bunt angezogen und gesprächig, die andere unbedeutend und braun gekleidet.
»Sie werden sich nicht untereinander mischen.«
Das Unglück behält seine Privilegien bei, solange es welche hat. Der Ärmste der Christen würde es nicht ertragen, in Gesellschaft eines Juden zu schlafen.
»Wir müssen sie in den zweiten Hof bringen.«
Das war jener der Ställe. Man konnte die Tiere bei dieser Bruthitze über Nacht hinausbringen und den Juden ein paar Heuballen geben. Llobera sagte nichts, er betrachtete den Graben, und der Sieg bekam einen bitteren Geschmack. Er hatte in anderen Schlachten schönere Stunden erlebt. Er beobachtete erneut die Straßen, die sich sternförmig um die Zitadelle ausbreiteten und die jetzt grau und leer waren. Bis auf die stummen Glockentürme sah man nichts hinter den Mauern. Ein Mann, der es eilig hatte, lief durch die geheime Ausfallpforte, es war ein Priester, der einen braunen Wollstoff trug.
Im Hof sprachen die Menschen in eng gedrängten Gruppen miteinander. Der Angriff sei abgewehrt worden, jetzt müsse man abwarten, ob der Hunger sich einstellen würde. Ein übles Gemurmel erhob sich bis zu Lloberas Stiefeln, aber er gab vor, es nicht zu hören. Ohne in die Gesichter zu schauen, die ihn anstarrten, ging er langsam die paar Meter, die ihn von den Juden trennten. Sie hatten sich nicht bewegt, standen eng gedrängt da, Greise, Frauen, Kinder und eine Hand voll Männer. Er hielt mit schwerem Herzen vor Ser Cresques an, trotz der Nachricht, die er ihnen brachte.

»Sie haben den Angriff gesprengt.«

Aber sie wendeten sich voller Wut gegen die Stadt. Ein dröhnendes Geräusch, ein fernes Rasseln erfüllten die Luft, als sie sich anschauten. Worte waren unnütz. Llobera schluckte seine beruhigenden Worte hinunter und er hielt dem Blick, der auf ihm ruhte, nur schwer stand.
»Ich werde Euch zu Euren Gemächern führen ...«
Es war keine Frage, den königlichen Maître des Kompasses im Stall des zweiten Hofes unterzubringen.
»Ihr könnt Euch etwas erholen.«
Es war offensichtlich, dass der Kartograf bei den Seinen bleiben würde. Er sagte ihnen leise ein paar Worte, und die Menschen des Calls standen mühselig auf. Die Kleinen waren erschöpft von der Hitze und schliefen mit geballten Fäusten und hochroten Wangen. Man musste sie wecken, ihnen aufhelfen, und einige begannen an ihre Mütter geklammert zu weinen. Die kleine Schar folgte dem Ritter unter den empörten Blicken durch den Hof. Die Gemächer, zu denen er die Juden führte, waren seine eigenen, oben im Donjon, große Räume mit purpurfarbenen Säulen, Zedernholzdecken und erleuchtet durch Fenster, von denen aus man das Meer sehen konnte. Die hintereinander liegenden Räume waren überraschend kühl in dieser erdrückenden Hitze, angenehm mit Teppichen und Anrichten ausgestattet, alles, was zehn Jahre Dienst bieten konnten, aber seine Gäste wussten damit nichts anzufangen. Als Llobera dem Blick des Maître des Kompasses, den dieser auf die Kinder richtete, begegnete, erklärte er, dass er Wasser, Milch und alles, was sie benötigten, würden bringen lassen.

Die Zeit verrann langsam, der Lufthauch spielte in den leichten Vorhängen, die sich an den Fenstern wölbten.

»Wo ist sie?«

Moïse Saportas saß auf dem Boden, und seine kleine zitternde Stimme traf sie ins Herz. Die Frage hallte im Raum wider und zerquetschte ihre Brust. Wo war Jacob für Hannah, Simon für Myriam, wo waren Salomon und die Jungen? Wo? Dieses kleine Wort klebte in ihren Gedanken, um alle anderen Fragen zurückzudrängen. Sie saßen im großen Saal, unfähig, sich voneinander zu lösen und den Raum, der ihnen gegeben wurde, in Anspruch zu nehmen. Sie wollten sich nicht einrichten, nicht bleiben. Eine bittere Schande erfasste sie, sobald sie sich ansahen.

»Ich schaue nach, ob es Neuigkeiten gibt.«

Joan wusste nicht, wohin er sollte, wo er sich setzen sollte, und Yaffuda stimmte mit angespannter Miene zu. Als der junge Mann durch die Tür ging, verfolgte Hayyim ibn Rich ihn einen Moment lang mit Blicken. Dieser Heide war in Ser Cresques' Auftrag gekommen, ihn zu holen, und hatte geholfen, seine Frau mitzuziehen, die nichts von alldem verstand. Er senkte seinen Blick auf Rebecca, die mit ihrem Vater sprach. Alles würde gut werden, alles würde in Ordnung kommen … Mein Gott, wie oft hatte er das schon gehört?

»Glaubst du, dass sie sich an der Snoga vergreifen werden?«

Laut Mosse Rimos, der seine Frage selbst beantwortete, war das unmöglich. Woanders, in Kastilien vielleicht, aber nicht in Aragon. Die Synagoge war aus Stein, sie war solide gebaut, ihre Türen ließen sich mit Eisenstangen schließen. Die Ihren seien bestimmt in der Snoga. Der König würde übrigens, und dessen seien sie sich gewiss, seine Schiffe schicken, wenn er davon hören würde, doch Schläge an der Tür reichten aus, um sie aufschrecken zu lassen. Es waren nur junge Pagen, die mit Krügen und Körben beladen waren und die stillschweigend einen Tisch deckten, um die Geschenke des Sire de Llobera auszubreiten. Als sie hinausgingen, bewegte sich keiner, nur Yaffuda bedankte sich bei ihnen. Er stand mit dem Rücken an die Mauer gelehnt am Fenster, und das Licht fiel auf all jene, die er hierher gebracht hatte. Seine Mutter hielt ihren Korb so, wie man ein Baby hält. Sie kümmerte sich nicht um die Milch oder das Brot, sie, die ihn in der schwersten Trauer mit Nahrung überschüttet hatte. Sie bewegte sich nicht, saß mit leeren Augen auf einer Bank. Was würde ohne Salomon und ohne die Kinder aus ihr werden? Er wusste, dass ihre Seele an diesem Faden hing, als er sie beobachtete, ohne dass sie ihn sah. Eine ferne Erinnerung beschäftigte ihren Traum. Andere Gesichter schauten zu ihm auf, fahl vor Angst, und er zählte automatisch, dass sie sechsundsechzig waren, fünfzehn Kinder, zweiunddreißig Frauen, etwa zehn Greise und eine Hand voll Männer, denn die Männer arbeiteten unten in den Straßen, als die Glocken geläutet hatten. Der Gedanke an sein Atelier erfüllte ihn so intensiv, dass er die Schatten auf dem Boden zu sehen schien, das Kreuz der Fenster. Er glaubte, die lustigen Stimmen und die Feile auf dem Kompassstein zu hören. Was war davon übrig? Ob Salomon den Schlüssel zur Tür mit den Edelsteinen hatte, den, den er immer an seinem Gürtel trug? Angst ergriff ihn und war so schmerzhaft, dass er den Kopf senkte, um sie vor jenen zu verbergen, die um ihn herum waren.

»Ser Cresques …«

Die Männer schauten ihn an, suchten ihre Zukunft in seinen Augen und waren beruhigt durch den Namen eines

Mannes, der keine Furcht kannte. Abraham war aber weit weg, der Rabbiner war nicht da und auch kein anderer belesener Mann. Es gab nur ihn, den Maître des Kompasses, der so viele Dinge wusste und der ihnen sagen würde, was sie tun sollten. In der Schande, hier zu sein, in der Angst und Beklemmung wandten sie sich an ihn, den unfreiwilligen Moses dieser menschlichen Herde.

»Wir werden etwas essen und trinken.«

Sie standen wie auf Befehl auf und halfen ihm, denn er war wenig vertraut mit dem Teilen des Brotes und dem Eingießen des Wassers. Die Frauen halfen mit. Man drängte sich um den Tisch, Hände reichten einander die Töpfe weiter, zunächst die Milch für die Kinder. Es gab keine andere Lektion, man musste leben.

Die Aprikosen, deren Geschmack die Gaumen erfüllte, waren reif. Einige kleine Jungen ließen von den Röcken ihrer Mütter ab und machten sich mutig auf, die anderen Zimmer, in denen sie spielen konnten, zu entdecken.

»Nimm das, mein Liebling.«

Myriam reichte Rachel, die aufgewacht war, eine Frucht. Unbeweglich schaute sie ihre Mutter an, ohne ein Wort zu sagen, mit gerunzelten Brauen und sehr ernst für ihre neun Jahre. Sie hatte rosafarbene Wangen vom Schlafen, ihre Haare waren zerzaust, Locken, in die man seine Hand vergraben konnte. Myriam zog sie an sich, um ihr Kleid und ihre Haare zu glätten, eine wunderschöne widerspenstige Flamme. Als sie sich aufrichtete, traf sie ein aufmerksamer und sehr sanfter Blick.

52

Der Himmel war bleich und von dieser zerbrechlichen Farbe, in der das Blau noch zögert. Alles schien zu schlafen, kein Geräusch der zur Ruhe gekommenen Stadt war zu hören, die so willenlos wie ein gesättigtes Raubtier war, aber ganz hinten von der Reede stiegen kleine Dreiecke auf, die sich kaum von diesem perlfarbenen Horizont abzeichneten. Die Boote des Königs kamen näher, fünf Kriegsschiffe, während ein beständiger und feiger Strom Menschen durch alle Pforten strömte. Die aufrührerische Gruppe floh, und Llobera betrachtete die Flucht, über das Morgenrot gebeugt und gereizt vom Warten.

Das grausame Fest hatte fünf Tage gedauert, fünf Tage Schreie, Saufgelage und unsinnige Verfolgungen auf offener Straße. Ohnmächtig hatte er das Feuer, dessen intensiver rötlicher Schimmer Rubin und Purpur auf die Hügel warf, betrachtet. Die Unterstadt ging in Flammen auf, der Hafen loderte, das Wasser brannte, und die menschliche Meute wälzte sich im Bier und amüsierte sich. Der Ritter schlug mit der Faust gegen die dicke Wand, die keinen Millimeter nachgab. Der Wind wehte um die Stadtmauer, und die Stadt roch nach Pest. Wie viele Tote zersetzten sich seit fünf Tagen unter der schwarzen Sonne? Der Geruch wehte zu ihm herüber, war unerträglich, oder war es etwa sein eigenes Verfaulen, das er roch? Er war Ritter und hatte nichts unternommen und sie gewähren lassen. Wütend brüllte er seinen Befehl zu den Zinnen.

»Bewaffnet euch! Wir befreien die Stadt.«
Die Soldaten bedeckten sich mit Eisen, holten die Pferde und mussten eiligst diejenigen aussondern, die nichts fürchten. Sie hatten unten im Hafen weiße Segel gesehen.
Die Juden sahen die Ritter des Königs hinter dem sandfarbenen und mit blutroten Markierungen versehenen Stander des Königreichs herreiten, der kaum flatterte. Dann rückten sie vor, zehn Männer, die so merkwürdig und lächerlich auf der Zugbrücke wirkten und so bleich waren, als würden sie aus dem Staub hervorkommen. Sie liefen, einen Schritt vor den anderen setzend, hatten es eilig und wurden doch von der Angst zurückgehalten, waren benommen von der Stille, als der widerliche Hauch des Todes zu ihnen aufstieg. Er versteckte sich hinter diesen furchtlosen Steinen, die sich nicht verändert hatten, den goldenen Mauern, den verschlossenen Balkonen, den geschlossenen Türen. Die gesamte christliche Stadt erzitterte unter seiner nicht greifbaren Gegenwart, und als sie durch die Straßen kamen, wagten sie es kaum, weiterzugehen. Sie folgten Yaffuda, als ob sie das Echo eines jeden seiner Schritte wären, als ob sie der Schatten seines Willens wären. Erstaunt spürte der Kartograf diese Last auf seinen Schultern, dieses absolute Vertrauen, das der Hoffnungslosigkeit entspringt.
Das Feuer hatte den kleinen Platz der Aljama verschont, die Bänke der Greise und die gestreiften Stoffe, die nur leicht vor den Türen rauschten. Nichts war da, niemand, Scherben eines kaputten Topfes, zerrissene Wäsche, die aus den Häusern floss. Und dennoch bewegte sich etwas bei Mosse Rimos, ein herumirrender, unerschrockener Hund, den man mit Steinen verjagen musste. Auf den Stufen erzitterte ein kleiner Kreis aus Stoff, den Mosse

aufhob und auf dem er eine weiße, Stich für Stich aufgestickte Borte entdeckte.

»Samuel ...«

Es war die Kappe seines kleinen Sohnes. Doch wo war er? Im Haus selbst war nichts anderes als ein Holzkreisel, der auf einem Stuhl lag.

Sie nahmen den Weg wieder auf, zogen den Pergamentmacher mit sich mit und liefen zur Snoga hinunter, liefen, ohne die Pflastersteine zu sehen, die Füße eingehüllt in einen Ascheschnee, und waren so beunruhigt, dass sie nicht zu sprechen wagten, aus Angst, ihre Stimmen zittern zu hören. Die bescheidenen Fassaden der Straße der Juden waren immer mehr mit schwarzen Spuren versehen. Vom Call war nichts mehr übrig geblieben, von seiner Handelsfreude, von dem Geschwätz, noch nicht einmal die Erinnerung an Lachen und Gesten von früher. Im Schatten einer halb offenen Tür sahen sie einen kleinen und nackten Fuß, erstaunlich weiß in der Blüte des Fleisches. Das junge Mädchen schien zu schlafen, ihr Gesicht war von einer kindlichen Anmut. Ein widerlicher Geruch hüllte sie in die undurchdringliche Schande, dies zu sehen und selbst am Leben zu sein.

Sie machten, Gott weiß, wie, drei weitere Schritte und entdeckten andere Körper, die verrenkt und grotesk auf den Boden geworfen worden waren. Éphraïm Vidal würde nicht mehr unterrichten, der junge Moïse Bellshons würde das Heilige Buch nicht mehr lesen. Wo waren die anderen, wo waren die Ihren? Mit schmerzendem Herzen brannte jeder darauf, zu sich nach Hause zu rennen, aber er war unfähig, die kleine Truppe, die ihm Halt gab, zu verlassen. In Jacobs Atelier, von dem nichts übrig war, wartete ein Tuch, das an einem Nagel an der Tür hing. Erst da warfen sie sich nach vorn, wurden von einem Strom der Angst getragen und kamen ungläubig und zerstört am Rand einer verkohlten Hölle an. Das Dach der Synagoge war eingestürzt, die Steine und die von den Flammen verzehrten Körper lagen auf dem Platz herum. Wohin sie auch gingen, überall war dieses schwarze Blut, dieses Gemetzel, dieser bestialische Wahnsinn und das schreckliche Bewusstsein, inmitten des Todes zu stehen.

Hinter diesem Massengrab schien das Meer rosafarben, und der Himmel war sanft. Eine vollendete Ruhe legte sich über die ausgestreckten Körper. Viele schienen so zu warten, die Augen himmelwärts geöffnet, aber es waren weniger als hundert. Die Überlebenden gingen an den Reihen entlang und wagten es nicht, ihre Blicke auf den blutleeren Gesichtern ruhen zu lassen. Jeder hielt einmal an, erkannte einen Bruder, einen Cousin, ein Kind, aber die Tränen, das Aufstöhnen und selbst der schreckliche Geruch, der von den Leichen aufstieg, all das wurde vom Wind fortgetragen und aufgelöst. Vor Yaffudas Füßen lag Isaac in seinem blutgetränkten Tuch und war weit entfernt von dieser Qual. Ein Ausdruck der Erleichterung, fast schon des Friedens, zeichnete seine Züge, seinen grauen Bart. Der junge Mann kniete nieder, um seine kalten Hände zu nehmen und sie über seinem Bauch zu falten. Er schloss schmerzerfüllt die Augen des Toten, richtete sich auf, lief an der letzten Reihe, der letzten Familie, die auf dem Sand lag, entlang. Ein Mann, den er kaum kannte, eine Frau, die er in einer Türschwelle hatte lächeln sehen, drei junge Mädchen, alle eingeschlafen und

stumm. Die Schönste hieß Tamar. Ein Schmerz ergriff ihn plötzlich, das Aufreißen einer Wut, die so heftig war, dass

er schreien wollte. Wo war Salomon? War es möglich, dass er in diesen stinkenden Resten verschwinden würde, die die Soldaten ins Feuer werfen würden? Und die Jungen, die Kinder, die im Haus so viel gesungen und gelacht hatten? Er lief los, ohne zu wissen, wohin, allein, getragen von einer wilden Verzweiflung, schreiend, ohne es zu hören und ohne die Steine unter seinen Sohlen zu spüren. Er nahm die zerstörten Säulen, die gesprungenen Arkaden und das mit Asche bedeckte Atelier kaum wahr. Er trat durch die zerstörte Tür ein, lief den Flur entlang und erreichte endlich den kleinen verwüsteten Raum, in dem noch einige Lederstücke rauchten. Hier hatte er mit einem Herzen voller Liebe gezeichnet und versucht, sein Bestes zu geben. Er ging wieder hinaus und klammerte sich an den Rand des Brunnens.
Das Wasser war sanft und erfrischte sein Gesicht, er trank davon, und es rann wie eine Quelle durch ihn, aber als er sich aufrichtete, krampfte er sich zusammen, und etwas riss ihm den Magen heraus. Er ging mit weichen Knien ein paar Schritte bis zum Mandelbaum, bei dem noch die Bank seines Vaters stand, und er setzte sich. Tausend aufwühlende Erinnerungen verschlangen sich ineinander, Esthers Haus, das hier und da zerstört war, die Balken, die zum Himmel aufragten. Ein junges Mädchen in einem blauen Kleid sah ihn an, ein Parfum nach Rosen, das so unwahrscheinlich war, dass er lächelte. Er erinnerte sich an ein Apfelessen und an Isaac, der väterlich und gut gewesen war und der in ebendiesem Moment in der Sonne und im Wind ausgestreckt dalag. Yaffuda wischte sich die Augen ab, um den Garten mit der offenen Mauer zu betrachten, der verschont geblieben war. Die Idee seines Vaters kam ihm in den Sinn, fern und zärtlich, aber sie

reichte nicht aus, um seinen Schmerz zu lindern. In diesem Augenblick glaubte er an nichts mehr. Die Vergangenheit schien lebendiger zu sein als die Gegenwart.

»Maître!«

Er hörte Joans Ruf und schreckte auf.

»Sie sind im Tempel!«

Er rannte los, ohne zu wissen, welchen Weg er wählen sollte, sein Herz klopfte wie verrückt, er murmelte ein paar Worte, Gebete, Dank. Sie waren im Tempel beim Freund seines Vaters. Er wartete nicht auf Joan, der hinter ihm herlief, als er auf eine offene Tür zueilte.

Er hielt auf der Schwelle des Portals inne, ergriffen von einem plötzlichen, quälenden Zweifel. Er sah nur Unbekannte, Soldaten, Tempelritter, die grau vor Staub waren. Ein sehr alter Mönch kam auf ihn zu, doch er hörte ihn kaum, so sehr schnürte ihm die Angst die Luft ab. Er war nur mehr ein Hauch, eine zitternde Hoffnung.

»Wir haben getan, was wir konnten.«

Was sollte er antworten? Er folgte dem alten Mann, das Herz wie in einem Schraubstock, und er sah sie, wie sie im Kapitelsaal herumirrten, wo die Tische an die Wände geschoben worden waren und einen Holzwall bildeten. Sie waren hier, menschliche Schatten, die nicht ruhig stehen bleiben konnten. Er wischte sich über die Augen, sah Stroh, das auf den Steinplatten ausgebreitet worden war, schritt vorwärts und fühlte sich plötzlich ergriffen, denn er wurde von einer stürmischen Begeisterung mitgerissen. Joshua drückte ihn, ebenso Samuel, der zugleich lachte und weinte. Die Doda … Er erahnte das kindliche Wort auf ihren Lippen und lächelte nun ebenfalls, sagte, dass alles in Ordnung sei. Jetzt kamen alle näher, um seine Arme, seine Hände anzufassen. Er trat mühsam zur Seite, um sie anzustarren, wie dreckig sie waren, voller Stroh, sogar in den Haaren.

»Ser Cresques …«

Sie sprachen seinen Namen, versicherten sich, dass er sie hörte, und fanden nach und nach den Mut, mehr zu erfahren. Wer war mit ihm in der Zitadelle in Sicherheit? Namen fielen ihm ein, er sah einige angespannte Gesichter aufleuchten und wagte es nicht, die anderen anzuschauen. Salomon war nicht unter ihnen. Er suchte Joshuas Blick und wartete auf den Hieb, als er eine vertraute und gebrochene Stimme hinter sich hörte.

»Du bist da, mein Sohn.«

Das war der Hauch eines Gebetes, das in den Wind geworfen und erhört wurde, ohne dass Zeit dafür gewesen wäre. Er drehte sich um, war zutiefst bewegt und sah ihn, verschwollen und unkenntlich. Er nahm ihn in den Arm. Er war so schwach, dass er glaubte, ein Stoffbündel zu drücken, und schmutzig bis zu den Knien. Er presste ihn an sich und lachte, glücklich darüber, ihn so zu sehen, als er einem Blick begegnete, der in seinen Augen das verlorene Vertrauen suchte.

»Ich konnte nicht anders …«

Salomon starrte ihn kurz an und schaute dann weg.

»Die Kinder waren dort, die Kinder, weißt du.«

53

Das Gras des Klosters leuchtete im Licht fast schon blau. Ein leises Gebet drang zu ihnen herüber, eine ruhige Wehklage, die dem sicheren und ewigen Frieden, den der Himmel verströmte, ähnelte. Yaffuda drückte Sire Montferrats Arm als letztes Zeichen seiner Dankbarkeit. Zweihundert Juden hatten im Kloster Zuflucht gefunden, ebenso seine Karten, die ihm heute Morgen gebracht worden waren. Er wusste nicht, wie er dem großen Maître danken sollte, sagte ihm dies auch, und entlockte dem alten Mann eine vorsichtige Regung. Im Alter wurde die geringste Bewegung zu einer Qual. Montferrat war grauhaarig, zusammengesunken, zitternd, aber in seinen Augen spiegelte sich noch immer das Leuchten des Himmels wider.

»Wie geht es Eurem Onkel?«

Er versteckte sein tiefes Mitleid nicht, und der Kartograf antwortete mit sorgenvollem Blick. Die Tage gingen vorüber, aber Salomon erhole sich nicht, er sei wie ein Schatten. Montferrat seufzte. Er ging mit gemessenem Schritt, stützte sich auf den jungen Mann und eröffnete ihm den Kern seiner Gedanken. Zwangsbekehrungen würden überall in Spanien stattfinden, gemäß einem Befehl, der so oder so ähnlich klang: zum Weihwasserbecken oder in den Tod mit den Juden … Eine Ketzerei habe sich des niederen Volkes bemächtigt, ein Irrsinn, der den Hass und die Lust schüre. Die Kirche sei gespalten, einige verurteilten diese Vergewaltigung der

Gewissen, andere wiederum predigten sie als neuen Kreuzzug.

»Gott kann nichts dafür, das ist ein Irrsinn der Menschen. Sagt ihm, er soll das Vertrauen nicht verlieren.«

Als sie das Tor des Hofes erreichten, ließ der alte Mann Yaffudas Arm los. Er könne nicht weitergehen, er müsse vernünftig sein und sein Herz schonen, sonst sei das Ende nicht mehr weit. Es sei so schwer, das Leben hinter sich zu lassen, wenn man alt sei … Diese Vertraulichkeit schwebte leise zwischen ihnen.

»Euer Vater war jemand, der die Menschen trotz allem geliebt hat. Das ist eine seltene Tugend, die ich nicht immer geteilt habe.«

Montferrat lächelte, erschöpft von einem solch kurzen Spaziergang. So unglaublich dies jetzt auch scheinen möge, er sei jung und verrückt gewesen, habe viel gekämpft und sich geschlagen, um in diesem Frieden anzukommen, in dem nichts mehr wichtig sei.

»Er sagte, dass man Wissen nicht besitzen kann, dass derjenige es anderen weitergeben müsse, der es innehabe. Denkt daran und bringt Euch in Sicherheit, mein junger Freund.«

Yaffuda lief die Straße hinauf, ergriffen von dieser Ansicht und verärgert darüber, was sie verbarg. Der König hatte ihn darüber in Kenntnis gesetzt, dass er ihn in Barcelona erwarte, wann immer er es wünsche, um ihn zu beschützen. Er wusste nur zu gut, was dieser Schutz bedeutete. Er hatte ihn erlebt! Seit zwei Monaten brannte Spanien, ohne dass man ihnen etwas gesagt hätte, arme Tölpel, die man mit schönen Versprechen beruhigte. Es war an der Zeit, Reue dafür zu zeigen! Die Seele gespalten von Bitterkeit und Wut, überquerte er die Schwelle seiner Behausung und musste innehalten, erstaunt über so viel Staub. Die Fenster wurden mit heftigen Hammerschlägen geöffnet, und Männer im Lendenschurz reichten einander die Ziegel weiter. Er ließ die Gemeinschaftsräume und die Ställe, die er nicht mehr brauchte, umbauen, um dort sein neues Atelier zu errichten. Eines Tages würde er das Haus seines Vaters wieder aufbauen. Momentan waren davon nur noch der Garten, der Brunnen und das Bad übrig.

»Komm und sprich mit ihm, bitte!«

Seine Mutter kam mit erhobenen Händen auf ihn zu, so verärgert, dass sie über die Steine hinwegsprang.

»Er wird sie noch alle verrückt machen!«

Salomon wiederhole den ganzen Tag, dass er sich für seine Söhne habe bekehren lassen, damit sie leben konnten. Das könne so nicht weitergehen.

»Wo ist er?«

Er war in Abrahams Raum, verloren zwischen all den Truhen, und wirkte wächserner als eine gegossene Kerze. Yaffuda näherte sich ihm, und er war erschüttert, das Ausmaß seiner Qual zu sehen.

»Gott sei Dank, dass du das nicht erlebt hast …«

Er sprach mit Abraham, als ob er anwesend wäre. Er sei allein in der Snoga gewesen, umringt von jungen Leuten, habe als Einziger die Heilige Schrift gekannt. Ein verrückter Mönch habe draußen gebrüllt, sie angefleht, herauszukommen und Christus anzunehmen. Das Geräusch von Holz, das man an den Mauern entlang aufschichtete, halle immer noch in seinen Ohren wider. Jemand habe nach seinem Arm gegriffen, jemand habe gesprochen, er habe nichts gehört.

»Erinnere dich daran, was mein Vater gesagt hat, Salomon. Was unsere Stirn befeuchtet, erreicht unser Herz nicht.«
Es stimme, Abraham habe dies gesagt, aber er habe die Schande nicht gekannt, nur mehr ein Stück angsterfülltes Fleisch zu sein, das so verloren war, dass es sich ins Knie biss. Ja, Salomon erinnere sich. Ständig tauchen Bilder auf, um ihn zu strafen. Er war versteckt im Schatten einer Tür gewesen, zusammengekauert und unfähig, das Zittern seiner Beine zu unterdrücken. Was tat er hier, was war passiert? Er lehnte an einer Mauer, in den Winkel einer Tür gedrängt, und ein kindlicher Reflex ließ ihn den Blick senken, damit man ihn nicht sah. Die Menge näherte sich, und er konnte das Rasseln ihres Atems hören. Es waren Fischer, Leute vom Hafen, deren Holzschuhe über das Pflaster klapperten, aber er hörte nur das Klopfen seines Herzens und ein lautes Keuchen. Sie waren vorbeigegangen. Sein Magen krampfte sich vor Schreck zusammen, ein Gedanke kam in unregelmäßigen Abständen zurück und verzehrte ihn vor Angst. Wo waren seine Kinder und Cédatar und Yaffuda? Unfähig, auch nur einen Schritt zu machen, hatte er sich im Schatten zusammengekauert, gebeugt und so zitternd, dass er weinte, als der Abend kam. Er hätte hinausgehen müssen, hinunter, um sie zu suchen, aber er sei hier geblieben, zusammengekauert, ohne sich zu regen und nur an sein Leben, das eines alten feigen Mannes, denkend.
»Du weißt nicht …«
Man trage ihnen etwas nach, den Juden, ohne dass er verstehe, warum, und ohne dass er wisse, warum. Er habe hasserfüllte Schreie gehört und dann diese frische Stimme, eine Kinderstimme.

»Hier ist einer! Ein alter Mann!«
Sie seien um ihn herumgestanden, und er habe nur ihre groben hölzernen Leinenschuhe gesehen. Braune und blaue Ärmel und Beinkleider haben sich vor ihm bewegt. Während sie ihn weggezogen und herumgeschubst haben, habe ein Mann hämisch gelacht und ihn mit ausgestrecktem Arm von sich weggestoßen. Der Schlag, der ihn zurückschleuderte, ließ den Lehm der Mauer herunterrieseln.
»Friss, *Schueta!* Dreckiges Schwein!«
Er habe Erde im Mund gehabt, er sei auf allen vieren am Boden gewesen und habe sie lachen hören.
Ein Faustschlag sei auf ihn niedergedonnert, er habe ein Licht gesehen, und ein roter Kreis habe seine Stirn erfüllt.
»Schema Israël …«
Er sei dieses Gebetes nicht mehr würdig.
»Hörst du mir jetzt endlich zu?«
Yaffuda schüttelte ihn schonungslos. Es gebe nur eine Aufgabe, nur ein Gesetz, das Leben zu retten, das von Gott gegeben war und das die Menschen zwar nehmen, nicht aber erschaffen können.
»Es ist nur Wasser, Salomon.«
Wasser auf einer Stirn. Aber den Glauben der Kreuzträger anzunehmen, das würde bedeuten, zu bekennen, dass Jesus von Nazareth der Messias sei, und die Erlösung für die Kinder Israels anzuerkennen, deren Stunde noch nicht geschlagen habe. Er sei ein Verräter, wozu es leugnen, er habe Angst gehabt. Rauch stieg unter der Kuppel auf, verdeckte die Steinfriese und brannte in ihren Augen. Sie haben auf die Soldaten des Königs gewartet, so lange sie konnten, aber sie seien nicht gekommen.
»Ich habe mich von Israel abgewandt …«

»Nun gut, du hast gesündigt, aber das Heilige Buch sagt, dass derjenige, der sündigt, immer noch zu Israel gehört.« Eines Tages würde Salomon wieder zu den Seinen kommen. Maïmonides selbst riet in seinem *Führer der Verirrten* zur Nachsicht. Man müsse dem Gerechten, der sich in der Verfolgung bekehren ließ, verzeihen, wenn sein Herz dem Allmächtigen treu bliebe.

»Sie haben mich gezwungen, den Namen zu ändern.«

»Wen glaubst du damit täuschen zu können, Salomon?«

Salomon Corchos hieß ab jetzt Viladeste, aber es gab keinen Juden, der nicht im Innersten seines Herzens diese Stadt im Osten bewahrte, jene Stadt ihres immer wieder erneuerten Gebetes, nächstes Jahr in Jerusalem.

»Soll ich dir die Wahrheit sagen, Salomon Viladeste? Du bist nur ein alter Narr!«

Yaffuda lächelte und Salomon gegen seinen Willen ebenfalls. Es war ein Name der Überheblichkeit, aber er hatte ihn so mit Abraham geschrieben ... Als das Feuer den Dachstuhl in Brand gesetzt habe, habe er seine Söhne und alle diese Männer, Frauen und Kinder, die zu jung waren, um zu sterben, hinausgeschickt. Er sei konvertiert, aber der Allmächtige sei immer noch in seinem Herzen.

»Ich hoffe auf seine Vergebung.«

»Die hast du bereits.«

Yaffuda öffnete eine Truhe, holte in Leder eingewickelte Seekarten heraus und dann die schweren Rollen, über die Salomon mit zitternder Hand strich. Das Silber der Sepharim leuchtete sachte, als sie einander anschauten, zu ergriffen, um die außergewöhnliche Ironie auszukosten, die es gewollt hatte, dass die Rollen der Tora in einem Kloster Zuflucht gefunden hatten.

54

Myriam zog die Decke hoch und wartete, bis die Atmung des Kindes regelmäßiger wurde, und dann schloss sie die Tür des Zimmers. Rachel schlief jetzt bei ihr, denn sie hatte nachts Angst. Sie musste lange mit ihr sprechen und die Kerze brennen lassen. Sie vergötterte ihren Vater, und das war nur normal, denn er liebte sie so sehr. Er schaute das kleine Mädchen mit schief gelegtem Kopf auf eine ihm eigene Weise an. Myriam dachte liebevoll an dieses Gesicht und an die innige Freude, die es damals ausdrückte. Eines Tages würde dieses Bild durch ein anderes ersetzt werden.

Simon lag mit blau angelaufenem Gesicht ausgestreckt am Strand. Er hatte keine Stiefel mehr an. Er lag neben dem jungen Moïse Bellshons, der so schön war, denn der Tod hatte die Gnade nicht aus seinem Gesicht weggewischt. Sie waren mehr als hundert, die um den Moreh im Sand lagen. Es schienen viele hier ausgestreckt zu liegen, aber es war nur die Hälfte ihrer Toten. Die anderen waren verschwunden. Die Soldaten unterhielten aufgrund der sich ausbreitenden Epidemie zwei große Feuer auf dem Platz Gomila, die einen goldenen Schatten auf das Meer warfen.

Sie hatten die Ihren beerdigt, und die Erde des kleinen Friedhofs sah aus wie ein umgepflügtes Feld. Myriam sagte sich, dass sie wenigstens das hatte, ein Grab, an dem sie sich sammeln konnte, zu dem sie Rachel, wenn sie groß war, bringen konnte. Dann hatte die Zeit ihre Tage verschlungen, erdrückt vor Arbeit. Man musste aufräumen, helfen, gesund pflegen, wenn etwas nicht heilen wollte, und den Leuten zuhören. Ihr Haus war verschont geblieben, aber die Menge hatte sich bedient, hatte ihren Schmuck mitgenommen, ihre Silberteller, bis hin zu ihren auf dem Kamin stehenden Töpfen mit dem Einkaufsgeld. Sie hatte alles mit viel Wasser gewaschen und die Bellshons bei sich aufgenommen, deren Haus zur Hälfte zerstört war. Die beiden Mädchen spielten zusammen, und sie kochte mit Hannah, große Tafeln wurden unter den Feigenbäumen gedeckt, wo sie aßen. Jeden Tag waren sie etwas weniger still und glücklich darüber, zu leben und zusammen zu sein.

Der erste Monat war vergangen, die Bellshons waren in ihr Haus zurückgekehrt, das Leben nahm seinen gewohnten Lauf. Myriam saß in ihrer Küche und lauschte der Stille der Nacht, die von keinem vertrauten Schritt gestört wurde. Simon fehlte ihr, sein Lachen, seine Blicke. Als er sie geheiratet hatte, war Abraham in ihrem Herzen gewesen, und er war dort geblieben und ihre Seele war ihm jeden Freitagabend treu, aber Simon wiegte Rachel in seinen Armen, wirbelte sie herum und brachte sie zum Lachen. Er hatte ihr keine leidenschaftliche Liebe gegeben, aber eine geduldige und sichere Zärtlichkeit, einen Zufluchtsort der Ruhe. Er war da, er liebte sie. Jetzt war sie allein und sah die Tage ihres Lebens vorbeiziehen, bis sie in der kalten Einsamkeit ankommen würde. Sie stand auf und wollte die Asche der Feuerstelle verteilen. Wie würde sie das Holz für den Winter bezahlen können? Sie betrachtete das Feuer, das langsam ausging, als ein leises Klopfen sie aufschreckte. Jemand rief sie. Sie öffnete, die

Kerze in der Hand, und als er in seinem schwarzen Mantel eintrat, ließ er eine verlorene Erinnerung in ihr aufleben.

»Ich hoffe, dass ich Euch keine Angst eingejagt habe.«

Sie lächelte und schüttelte den Kopf, denn sie hatte ihn gegen ihren Willen erwartet. Sie ging vor ihm her in die Küche. Die Kerzenflamme war sanft, alles war sauber, aufgeräumt und roch nach Wachs oder Lavendel. Sie antwortete mit leiser Stimme auf die Frage, die er nicht stellte.

»Sie schläft …«

Na Mosconi hatte einen charmanten Ausdruck im Gesicht, den die Zeit nicht verwischt hatte, kleine Falten um die Augen, silberne Strähnen an den Schläfen und dasselbe Lächeln. Yaffuda wagte es nicht, sie anzuschauen. Verlegen und etwas ungeschickt sprach er von Simon, einem guten Mann, der in Frieden ruhen konnte, und von den Sorgen um sich und um Rachel, die sie sich nicht zu machen brauche. Dann schwieg er, wusste nicht, was er sagen sollte, ohne sie zu verletzen, und legte das auf den Tisch, was sein Mantel versteckte. Auf dem glatten Holz wirkte das kleine Kästchen riesig.

»Das kann ich nicht annehmen.«

Wenn sie errötet war, so war er es nicht weniger. Sie dürfe ihn nicht falsch verstehen, das käme nicht von ihm. Er reichte ihr einen Schlüssel, den sie nicht nahm, und öffnete dann selbst das Kästchen. Sie sah die Perlen durch einen Nebel der Tränen und wollte alles mit einer Geste von sich schieben.

»Es ist für Rachel, Na Mosconi.«

Er rollte ein goldenes Pergament aus, und sie schwiegen lange.

Als er ging, begleitete sie ihn und schaute ihm nach, wie er in seinem schwarzen Mantel die Straße hinauflief. So viele Dinge waren zurückgekommen. Zärtlichkeit erfüllte ihr Herz. Sie hatte das Gefühl, dass man ihr vergeben hatte und dass sie sich wieder erinnern durfte. Man hatte ihr Abraham mit tausend Kleinigkeiten zurückgegeben: seine Hand, die die Luft hielt, wie man Haare hielt, sein Lächeln, wenn er sie ansah, sein schamloser Blick. Wenn sie sich an ihn erinnerte, umschloss eine zärtliche Wärme ihre Schultern und floss in ihre Hände hinunter. Er presste sie an sich, er versprach, dass er immer da sein würde. Er liebte sie, machte sich nichts daraus, dass sie einfach, verlassen und unfruchtbar war. Zu jener Zeit war sie in Abrahams Augen eine andere.

Sie hatte gelitten, für diese leidenschaftliche Liebe bezahlt, und sie bezahlte manchmal auch jetzt noch dafür, wenn sie ihre Tochter ansah. Nachdenklich und beruhigt setzte sie sich an den Tisch und öffnete das Kästchen, das er ihr schicken ließ. Die Perlen waren sanft, die Tränen einer Braut. Sie strich darüber, wohl wissend, dass sie sie eines Tages Rachel schenken würde. Ein ferner Tag, ein glücklicher Tag … In der Zwischenzeit konnte sie sie nicht in diesem geschändeten Haus lassen. Sie hatte eine plötzliche Eingebung, griff nach einem Milchkrug, legte den perlmuttfarbenen Schmuck hinein und ging ohne Kerze nach draußen. Sie beugte sich über den Lorbeerbaum und nahm seinen wilden und bitteren Duft wahr, den ihrer Jugend. Erde zerbröckelte unter ihren Händen, als sie den Tontopf hineindrückte und dabei die Blätter erzittern ließ.

Rachel schlief im Zimmer. Sie hatte sich nicht bewegt,
war in ihrem Traum zusammengekauert, aber morgen

früh würde sie weinen. Es würde noch etwas Zeit brauchen und Spiele und Lachen mit der kleinen Sarah, damit sie die Abwesenheit des Vaters nach und nach annahm. Myriam entkleidete sich, schlüpfte ins Bett und löschte die Kerze, bevor sie ihre Arme um den zerbrechlichen Körper ihres Kindes schlang. Ein neuer Friede war ihr angeboten worden, fremdartig, vielleicht ein Sakrileg, aber sehr sanft. Sie dachte mit sehr viel Zärtlichkeit an die beiden, zwei Väter, die ihre kleine Tochter inmitten der Nacht, in die sie verschwunden waren, beschützen würden.

55

Ein Glockenstrom ertönte vom Himmel, ein fröhliches, glückliches Klingen, das von einem Enthusiasmus getragen wurde, den selbst der kalte Regen, der auf die Stadt niederprasselte, nicht verderben konnte. Lange erdige Bäche stürzten die Straßen hinunter und mischten sich mit den Schritten, die zur Kathedrale gingen. Ein nebliger Nachhall verlor sich über dem Gefolge, und man sah kaum die weiß gekleideten Schatten mit bloßen Häuptern im Regen, gebeugt von der Schande oder der inneren Andacht. Die Orden umringten die Büßer in Messgewändern und Spitzen, Gold- oder Silberkreuzen, die im heftigen Wind flatterten. Eine Flotte von roten und violetten Standarten hinter der großen Oriflamme von Aragon, die sich in diesem Stofffeuer drehte. Der Titelhalter des Königs wartete auf dem Vorplatz neben dem zitternden Bischof, den Prälaten, den Maîtres aller Orden, zufrieden und geschützt vom Steinbogen. Als die Prozession näher kam, breitete Abt von Sant-Francech die Arme aus, um all die Gläubigen in der Kirche Gottes zu empfangen.

Llobera schämte sich zutiefst, trotz dieser allgemeinen Freude, oder vielleicht war es genau wegen dieser Freude. Er konnte den Gedanken einer eisernen und geschickten Falle, die sich langsam geschlossen hatte, einfach nicht loswerden. Im ganzen Land war es dasselbe, überall erklangen die Glocken, und es gab zu tausenden Bekehrungen. Der König war vor der Gefahr zurückgeschreckt.

Die verrückte Welle, die sich erhoben hatte, drohte seinen Thron mit sich zu reißen. Bald würden nur noch ein paar Juden in Aragon leben, wenn es überhaupt noch welche geben würde. Mit schmerzlich betrübtem Herz suchte der Ritter nach dem Blick desjenigen, den er so sehr bewunderte, nach dem Mann, der so viel wusste. Er erkannte ihn in der bleichen Menge kaum wieder, rasiert, mit kantigem Gesicht, erstaunlich jung und glatt, bleicher als die Morgendämmerung, die ihn aufputzte. Der Maître des Kompasses von Aragon würde sich bekehren, nichts hatte dies verhindern können, weder das Ausmaß seines Wissens noch seine unschuldige Sanftheit. Er lief mit den Seinen nach vorn, bereits gebeugt, bevor er dazu gezwungen wurde, durchnässt niederzuknien und das Weihwasser zu empfangen.

Alle Juden der Stadt waren da. Die Bekehrten des Aufruhrs mussten ihre volle Zugehörigkeit zum Volk des Kreuzes erneuern, denn sie waren in aller Eile und in einem Eimer getauft worden, was nicht ausreichte, um über die Reinheit ihrer Absichten Aufschluss zu geben. Sie knieten mit den anderen, im Zentrum des Kirchenschiffs, umringt von den Bruderschaften, den Orden aller Klöster, dem Parlament im Talar und der gesamten Stadt. Die Lieder der Danksagung ertönten um sie herum, während der Weihrauch und die Inbrunst der anderen auf ihre Schultern wie auf Opfertiere herabfielen.

»In Gottes heiligem Namen, auf dass dieser Tag ein Tag der Freude sein möge!«

Der Abt streckte seine Hände aus, segnete die Versammlung mit glorreicher Geste. Die Glocken stimmten ein feierliches Geläute an, alle standen auf und wurden dem

Licht des Tages übergeben. Die Menge ging mit gemessenem Schritt nach draußen und löste sich auf dem Vorplatz auf. Der Regen hatte zugenommen, eine Gnade, die es erlaubte, so schnell wie möglich nach Hause zu eilen. Llobera suchte mit beklommenem Herzen nach dem Blick des Kartografen: Augen, die noch grauer waren als gewöhnlich und die sein unglückliches Lächeln streiften, ohne sich jedoch dort aufzuhalten.

Die neuen Christen liefen wortlos die Straße des Tempels hinauf. Sie stießen genauso wortlos ihre Tür auf und wagten es kaum, einander im Saal vor dem Feuer anzuschauen.

»Jetzt haben sie endlich, was sie wollten.«

Joshua glühte vor Wut, während diese schäbige Eindeutigkeit widerhallte. Ein paar Bauern waren mit großem Trommelwirbel auf dem Platz Gomila gehängt worden. Bernat Matheu, Joham Bofi, Romeu Cifre, die Anführer des Aufruhrs, als eine Art Gerechtigkeit, aber in der ruinierten Stadt teilte ein Graben die Menschen, und die Angst und das Misstrauen hatten die kleinste Nachsicht und das geringste Zeichen der Akzeptanz zerstört. Die Juden wollte keiner mehr. Yaffuda schaute ins Feuer, er hatte sich bekehren lassen und hatte seine arme Mutter mit hineingezogen. Was hätte er anderes tun sollen? Ende September war der Erlass des Hofes von Mallorca durch die Straßen gebrüllt worden, man hatte sie auf dem großen Platz versammelt, damit sie es besser hörten, und es ängstigte sie, zusammen zu sein und doch nur noch so wenige zu sein. Jeder Jude, der älter als sieben Jahre war, wurde dazu aufgefordert, zwischen der Religion Christi und einer dicken Dunkelheit zu wählen. Sie hatten keine Rechte mehr, weder jenes, zu lernen, noch jenes, zu praktizieren, zu besitzen oder zu verkaufen, zu bauen oder zu mieten, anzukleiden, zu frisieren, die Christen zu behandeln, Kleidung aus Seide zu tragen, Gold anzufassen – alles wurde mit Hängen bestraft. Wenn sie sich nicht bekehrten, konnten sie ihr Haus nicht renovieren und ihren Beruf nicht wieder aufnehmen. Diejenigen, die sich im August bekehren ließen, mussten das Sakrament erneuern, das sie im Oktober erhalten hatten, sowie all jene, die es wünschten. Für die anderen blieb nichts außer Beschimpfungen und Dreck. Jetzt waren es nicht mehr die Nadelstiche der Vergangenheit, sondern eine tägliche Ablehnung, die jegliche Zukunft zerstörte. Die Stadt übergab ihnen ein Viertel, aus dem sie nicht mehr herauskonnten und in das die Christen nicht hineingehen würden. Ein Hagel von absurden und beleidigenden Hirtenbriefen überschüttete sie. Sie mussten eine Kapuze und ein gelbes Zeichen tragen, damit man es besser erkennen konnte.

»Ihr werdet sterben, wenn ihr so stehen bleibt!«

Cédatar protestierte, als sie regennass vor dem Feuer standen, weil sie noch nicht die Kraft gefunden hatten, abzulegen. Abraham irrte sich sehr. Dieses Wasser hatte das Herz befeuchtet. Yaffuda sah ihn wieder vor sich in seinem Mantel ohne Zeichen, stolz auf seine geistige Eroberung. Sein Vater drückte ihn lachend, gab ihm dieses Geschenk, und er hatte auf seinen Namen verzichtet. Er hieß jetzt Rives, eine Wahl, die vorgab, ihr stummes Bündnis aufrechtzuerhalten, denn die Ufer waren der Grund für ihr Leben, doch diese Suche nach Karten, nach Wissen und Nachforschung war nur der Vorwand, den seine Angst gefunden hatte.

»Ich gehe nach draußen!«

Die Tür fiel hinter Joshua zu. Samuel tat es ihm gleich, und sie liefen mit großen Schritten durch den strömenden Regen und waren auch schon verschwunden. Sie würden irgendeine Dummheit machen, dessen war sie sich sicher, und aus Angst wagte sie nicht, zu beten.

Ein *Converso*, das war er jetzt. Er konnte dieses Wort nicht aus seinen Gedanken streichen und erinnerte sich an Blicke, die sich trübten, wenn ein Verräter vorbeiging und alle voller Verachtung waren. Es hatte ihn diesen ganzen langen beschwerlichen Sonntag, dem ersten, an dem er nicht arbeitete, gequält. Die noch längere Nacht war vorüber, und der Regen rann an den Fenstern herunter, die das Licht in genauen Rauten einteilten. Er zeichnete mit sicherer Hand und bedrücktem Geist.

»Er hat sie!«

»Er hat nichts, und das weißt du genau.«

Yaffuda verließ die ausgezackte Krümmung, die er geduldig zeichnete, und wischte sich über die Augen.

»Sich zu nehmen, was ihnen nicht gehört, schreckt die Mitmenschen nicht ab!«

Er musste sie beschwichtigen. Er legte seinen Kompass weg und warf einen fast schon verzweifelten Blick auf Salomon. Joshua hörte ihm nicht zu, er hörte auf nichts und niemanden. Er litt, war außer sich vor Wut und erdrückt von einer solchen Bestürzung, dass er Gott, der dies zugelassen hatte, verabscheute, ebenso wie die Menschen, die das gemacht hatten. Die Wunde war weit davon entfernt, sich zu schließen, und wurde tagtäglich weiter aufgerissen.

»Was ist los?«

Joshua zuckte mit den Schultern, und Salomon erklärte mit müder Stimme, dass man seit heute Morgen blaue Edelsteine suchen würde. Das sei in dem Durcheinander des neuen Ateliers nicht weiter erstaunlich, selbst der Prophet Jesaja würde hier seinen Bart nicht wiederfinden. Die Tür ging auf, und ein nasser Wind ließ die Karten aufwirbeln.

»Der Pergamentmacher hatte nur drei.«

Joan wischte sich das Gesicht ab, über das das Wasser strömte, und schwenkte eine kleine Rolle, betrübt über eine solch magere Ausbeute, aber der Laden von Mosse Rimos war fast ganz niedergebrannt. Die Stille, die ihm antwortete, war vielsagend.

»Weißt du, wo die blauen Edelsteine sind?«

Joshuas Stimme war genauso hart wie sein Blick. Er wollte nichts hören, weder schöne Worte noch die Erinnerungen, die sie verbanden. Sobald Joan genug wissen würde, würde er sie verraten. Da sein Vater ihn scharf anstarrte, hielt er mit Mühe die Beleidigung, die auf seinen Lippen brannte, zurück.

»Ich weiß es nicht, ich habe sie nicht genommen.«

»Und dennoch nimmst du viel!«

»Joshua!«

Salomon hatte kaum den Namen ausgesprochen, als sein Sohn bereits draußen war und die Tür wütend zugeknallt hatte. Joan stand reglos zwischen den beiden Männern und streckte immer noch die Pergamente aus.

»Beachte das nicht, mein Junge.«

Der junge Mann antwortete nicht, aber Yaffuda hatte noch kaum die Krümmung auf seiner Karte zu zeichnen begonnen, als er vor ihm auftauchte.

»Maître …«

Die Worte kamen nicht, sie waren schwierig. Der Kartograf hob den Blick, der auf diesem fünf Fuß großen Jungen verweilte, dessen Haare weniger blond waren, doch die Augen waren immer noch blau. Eine Wunde war aufgegangen, die auch die Zeit nicht heilen würde. Joan war daran nicht schuld, aber er war ein Gläubiger, einer von denen, die die Ihren wie Tiere abgestochen und die anderen zur Schande und zur Lossagung gezwungen hatten.

»Ich glaube, es ist besser, wenn ich gehe.«

Wie sollte er bleiben, wenn eine solche Spannung das Atelier erfüllte? Yaffuda seufzte, er liebte den jungen Mann, den *Ranito* seines Vaters.

»Das denke ich auch.«

Joan spürte Tränen aufsteigen. Er hatte auf eine Ablehnung oder wenigstens auf einen Einspruch gehofft. Wenn sein Maître da gewesen wäre, derjenige, der seine Hand über ihn hielt, dann hätte er ihn bei sich behalten.

»Weißt du schon, wohin du gehen wirst?«

Joan schüttelte erbärmlich den Kopf. Er habe unter diesem Dach geglaubt, es gäbe kein anderes. Seine Mutter sei schon lange tot. Sie habe ihm, übrigens unerwarteterweise, ein paar Silberstücke hinterlassen, das Vermögen der Armen, die er ausgegeben habe, um sich zu kleiden und Schuhe zu kaufen. Er habe schön sein wollen für die Messe in Santa Eulalia, als er den jungen Mädchen das Wasser gereicht habe.

»Sag mir, was du gerne machen würdest.«

Die Stimme des Jungen wurde heiser, als er zugab, was er für ein großes Geheimnis hielt.

»Ich würde gerne zur See fahren.«

Das könne er unbesorgt tun, denn er trage das Kreuz.

Yaffuda lächelte und wischte sich wie sooft über die Augen.

»Du brauchst ein wenig Bart …«

Joan war fast zwanzig Jahre alt, aber er sah noch nicht so alt aus.

»Gehe zu Don Borenas, an Bord der *Sant'Isidoro* auf der Reede von Pi. Gib ihm das hier.«

Die Feder eilte und kratzte über das Blatt.

»Maître …«

Joan errötete. Es gab so viele Dinge, die er nicht sagen würde. Seine Augen leuchteten wie die blauen Steine, die man verloren glaubte.

»Du wirst das hier brauchen.«

Yaffuda hatte nach einem Beutel in einer Schublade gegriffen. Der junge Mann wurde hochrot und lehnte mit einem Kopfschütteln ab.

»Das ist nur eine Anzahlung, Joan. Du wirst mir deine Aufzeichnungen bringen, wohin auch immer deine Reise gehen mag, und ich stehe in deiner Schuld. Unsere Matrosen sehen zwar das Richtige, aber sie zählen falsch.«

Da der junge Mann zögerte, ließ Yaffuda den Beutel in seine Tasche gleiten.

»Du weißt, dass die Juden ihr Geld nicht gerne verlieren. Pass also auf dich auf …«

Die Augen des Jungen wurden feucht. Er ließ so vieles hinter sich, bis zurück zu seiner ersten Erinnerung. Grünes Pulver, das überall verstreut war, und ein Astrolabium, das auf dem Boden quietschte.

»Ich werde es nicht vergessen …«

 Der Maître verlangte nicht so viel. Plötzlich sagte sich Joan, dass er die Welt sehen würde, die auf der anderen

Seite des Meeres sehr groß war. Ein fast schon fröhlicher Funke ergriff ihn, sein Geist setzte die Segel. Er würde gehen, aber er würde zurückkommen und die Maße von der kleinsten Bucht mitbringen. Yaffuda hatte sein seltenes Lächeln im Gesicht, ein Licht auf dem Wasser. Natürlich würden sie sich wiedersehen.

56

Als Salomon das Atelier schloss, war sein Sohn zurückgekommen. Joshua hatte von Joans Abfahrt erfahren, und Samuel war darüber erleichtert. Wie verbittert sie doch waren, weit entfernt von den fröhlichen Kindern, und Yaffuda erkannte sie kaum wieder, als er sie ansah! Die Zeit war verflogen, jene Zeit der Festessen und der weißen Tischdecken und der angezündeten Kerzen. Ein Bild stieg in ihm auf, eine kleine blaue Flamme, die schmerzte. Esther hatte bestimmt bereits vom Tod ihres Vaters erfahren. Wo war sie jetzt? Als er durch den Hof schritt, wehte ein kalter Wind von den Hügeln herunter und wirbelte die Blätter des Granatapfelbaums .

»Der Winter wird dieses Jahr früh kommen.«

Sie verließen ihn mit diesem Satz, den man überall im Call hörte. Ob die Häuser jener, die kein Dach mehr über dem Kopf hatten, wohl vor der großen Kälte wieder aufgebaut wären? Nachdenklich schloss er seine Tür, aber kaum, dass er sie geschlossen hatte, eilte Cédatar auf ihn zu und war so durcheinander, dass er darüber lächelte. Sie komme von Leah, die ihr unter äußerster Verschwiegenheit etwas anvertraut habe. Die Saportas würden mit den Ben Saïds, den Vidals und einigen anderen nach Afrika gehen. Als er den Mantel auszog, schwirrte sie mit aufgeregtem Blick um ihn herum.

»Wusstest du das, Yaffuda?«

Er antwortete nicht. Seine Seele amüsierte sich beim Gedanken an die Frauen und ihre großen Geheimnisse. Er wisse es, natürlich, er habe ihre Reise mit Giovanni Doria ausgehandelt. Die *Santa Marco* würde in drei Tagen mit einer außergewöhnlichen Ladung an Bord nach Tlemcen auslaufen. Als er schwieg, versperrte sie ihm den Weg, und obwohl sie klein war, kam er nicht an ihr vorbei.

»Du hast mir nichts gesagt …«

Das war kein Vorwurf, kaum eine Feststellung. Er hatte keine Zeit, den Mund zu öffnen, als er von einer Sintflut fortgetragen wurde, die Noah selbst ertränkt hätte.

»Sie fahren als Erste, um unseren Weg dort vorzubereiten. Wie es scheint, lebt eine gute Gemeinschaft in großem Frieden in dieser Stadt, denn die Mauren respektieren unseren Glauben.«

Sie unterbrach sich, lächelte wissend und sah ihn von unten an.

»Ich hätte nichts gesagt, wenn du es mir erzählt hättest, weißt du …«

Daran dürfe er nicht zweifeln, sie könne schweigen! Sie würde ein paar Koffer packen, um bereit zu sein, wenn es so weit sei, denn sie wolle ihre Laken, einige Teller, die ihrer Mutter gehört hatten, und ihre alte Menora mitnehmen, ein paar Dinge eben. Sie müsse ihn nicht mehr mit Jaime, seinem christlichen Vornamen, ansprechen, und es sei ein Glück, das sie kaum glauben könne.

»Wir werden nicht gehen.«

Sie drehte sich mit runden Augen um, war in ihrem Elan unterbrochen worden. Und warum würden sie nicht gehen? Wegen des Königs von Aragon, der sie entweder verbrennen oder zwangsbekehren ließ? Hass umgebe sie, daran gebe es keinen Zweifel, und er würde immer da sein.

»Sie werden wieder damit anfangen, Yaffuda, diejenigen, die das gemacht haben, kümmern sich nicht um Christus!«
Sie zeigte mit beiden Händen, worauf sie gierten, auf die wertvollen Gegenstände, die das Zimmer füllten. Sie kam und ging, war aufgeregt und erbittert und zog dermaßen an ihrer Silberkette, dass sie fast keine Luft mehr bekam. Sie müssen gehen, einen Zufluchtsort im gelobten Land der tausend Orangenbäume finden.
»Warum sollten wir hier bleiben? Wegen deiner Karten, Yaffud?«
Er nickte wortlos, ging ein paar Schritte, um ihrem Blick auszuweichen, und war verstimmt, einmal mehr lügen zu müssen. Na Mosconi würde nicht mitreisen, sie blieb mit ihrer kleinen Tochter in dem Haus, in dem sie schon immer gelebt hatte. Er konnte sie nicht zurücklassen. Im Innersten seines Herzen vertrieb eine Erinnerung den ganzen Rest. In einer von Gewalt und Angst erfüllten Straße trug er ein kleines Mädchen, und eine kühle Hand lag auf seinem Hals.
»Es ist anscheinend schön dort …«
Cédatar träumte von einem schönen und üppigen Land am Ufer des Meeres, wo die Luft mild war und wo ihre Freundin sein würde. Sie würde nicht für sich sprechen, denn sie sei alt, aber man müsse an jene denken, die jung waren, an die Kinder. Ob er die Wut gesehen habe, die Joshua verschlang? Sie stellte sich stur und starrte ihn an, aber er betrachtete sie mit endgültigem Blick. Er würde nicht gehen.
»Also wirklich, ich verstehe dich nicht!«
 Er sei jung, es sei an ihm, gehen zu wollen, um ein gutes Leben zu finden, statt mit dieser langsamen Agonie fort-

zufahren. Sie wollte gerade erneut aufbrausen, als sie seinem traurigen Blick begegnete, und sie griff mit vor Enttäuschung weichen Knien nach seinem Arm.
»Du wirst also hier bleiben? Du wirst das Atelier am Tag des Sabbats öffnen?«
Er führte sie zum Feuer und setzte sich neben sie. Er war sich der Kränkung, die er ihr soeben zugefügt hatte, bewusst. Er erklärte ihr mit gemäßigter Stimme, dass er überwacht würde, sich in einem engen Gefängnis befände und dass es keinen Kapitän gäbe, der verrückt genug war, ihn an Bord zu nehmen. Sein schöner, hochtrabender Titel sei eine Kette, eine Hundeleine. Sie nickte und glaubte ihm dennoch nicht, denn er war reich genug, um ein Boot und eine ganze Besatzung zu kaufen. In Wahrheit wollte er nicht gehen. Sie hörte seinen Lügen zu, war nachdenklich und erstaunt. An welche Hoffnung klammerte er sich noch nach so vielen Jahren?
»Yaffud, sag mir die Wahrheit, gibt es hier jemanden?«
Ihr Blick las so sehr in seinem, dass er nach unten schauen musste. Wie sollte er ihr sagen, dass es jemanden gab, ein kleines bisschen Frau? Der Gedanke an Rachel pochte in ihm, sie brauchte ihn so sehr. Er schüttelte verneinend den Kopf, log seine Mutter an, unendlich verächtlich, und war überrascht, als sie lächelnd seine Hand drückte.
»Vielleicht hast du Recht. Der Allmächtige allein kann sagen, was uns der morgige Tag bringen wird!«
Sie hatte ihn allein gelassen, und er schaute ins Feuer, in die rote Farbe der Flammen, ein glühender Busch mit sanften Haaren, ein Streicheln über seinen Hals. Das Schicksal hatte ihm ein Kind anvertraut, sein Leben hatte wenigstens dies. Er stand da, und sein Körper war aufgewärmt und erschlafft vom Feuer, als das Geräusch einer

zitternden Glocke ihn innehalten ließ. Seine Mutter eilte beunruhigt zu ihm, und er näherte sich mit wenigen Schritten der Tür.
»Jehuda, mach mir auf.«
Es gab nur wenige, die ihn so nannten. Der Besucher berührte die Mezuzah, sagte ein paar vertraute Worte und war so bleich in der blauen Klarheit, dass er wie eine Erscheinung aussah.
»Ich musste dich sehen.«
Yaffuda ließ ihn in das warme Zimmer eintreten, in dem sich der vergangene Ruhm von Abraham ausbreitete, aber Hayyim ibn Rich sah nichts davon. Er legte ein viereckiges Paket, das in einen Hanfstoff eingewickelt war, auf den Tisch und wandte sich mit Bedauern davon ab.
»Ich weiß nicht, wie ich es dir sagen soll, Yaffuda.«
Hayyims Blick klebte an seinem Gesicht, um den Mut zu finden, weiterzusprechen.
»Nathan ist gestorben.«
Sein Junge, sein Sohn. Der Vorname klang vertraut, und der Tod erschien unmöglich vor diesem Feuer, in dieser friedlichen Wärme. Nathan war in Barcelona gestorben, um den Namen des Allmächtigen zu bewahren. Die schmerzhaften Worte klammerten sich an diesen kaum glaubhaften Grund, an diesen letzten Stolz. Er war nicht für nichts gestorben, sein Körper sei den Straßenhunden überlassen worden. Eingeschlossen in die Festung und von der Bekehrung in die Enge getrieben, habe er sich von der Festungsmauer gestürzt.
»Du weißt, wie er war. Er hat noch nie das gemacht, was man von ihm erwartet hatte.«
 So war er, etwas verrückt und einfach wunderbar. Hayyim lächelte, sein Herz war zerrissen, denn allein die

Tatsache, dass er selbst lebte, war grausam. Gelähmt vor Schmerz gelang es Yaffuda nicht, das zu hören, was er sagte. Er sah Nathan vor sich, unter einem Pinienbaum und von der Sonne überflutet, er hörte das triumphierende Echo seines Lachens widerhallen.
»Und Esther? Und das Kind?«
Cédatar war näher gekommen und hatte es gewagt, diese Frage zu stellen. Yaffuda wartete mit klopfendem Herzen auf den Hieb.
»Ihretwegen bin ich gekommen.«
Sie seien gewiss am Leben und bekehrt, das behaupte die Gemeinschaft von Saragossa, die Einzigen, die geschrieben haben.[29]
»Wirst du sie holen?«
Das könne er nicht. Er würde nach Afrika gehen, um zur Religion seines Vaters zurückzukehren. Als Erinnerung an seinen Sohn. Das Feuer knackte im Kamin und zerriss die Stille mit seiner Samtpfote.
»Ich komme, um dich zu bitten, dich um sie zu kümmern.«
Yaffuda wusste nicht, was er sagen sollte. Sein Herz, das vom Schmerz verschlungen wurde, flog gleichzeitig aus seinem Gefängnis hinaus.
»Ihr habt euch wie Brüder geliebt, Nathan und du. So haben Abraham und ich uns früher geliebt.«
Er sprach mit freiem Herzen und gab unverblümt zu, dass er sich verraten gefühlt habe, als Abraham von ihm weggegangen sei und ein anderes Atelier eröffnet habe, das noch dazu erfolgreich war. Er habe ihn fast gehasst, aus verletzter Eitelkeit, aus Eifersucht, und er sei daran verzweifelt, weil er ihn noch immer bewunderte. So viele Dinge hätten sich ereignet, bittere und dumme Dinge, die

sie getrennt haben. Von alldem gäbe es nichts mehr, außer einem Kind.

»Ich weiß, dass es eine Last für dich ist, aber es gibt keinen anderen, der zur Familie gehört, Jehuda.«

Hayyim lächelte traurig.

»Ich weiß, dass er gewollt hätte, dass du es bist, der sich um sie kümmert.«

Der Gedanke an Nathan schwebte zärtlich und leicht zwischen ihnen. Der Kloß in seiner Kehle war zu groß, als dass Yaffuda hätte sprechen können, und so nickte er, das Herz schmerzerfüllt und überflutet mit Hoffnung. Hayyim drückte seine Hand, es war abgemacht.

»Mein Enkel hieß Hariel.«

Hayyim hatte ein weniger leiderfülltes Lächeln im Gesicht.

»Ich weiß nicht, wie er jetzt heißt. Wenn du ihn gefunden hast, dann gib ihm dies von seinem Großvater.«

Er zeigte auf das Paket, das auf dem Tisch lag und wo ein weißer Stoff mit schwarzen Streifen gefaltet war.

57

Das Bug teilte das graue Wasser, das Holz stöhnte, und das Segel knallte im Wind. Männer rannten durch die Takelage, um es herunterzulassen, Seile schlugen auf die Brücke, ohne dass irgendetwas davon die unbewegliche Silhouette, die dem Meer lauschte, stören konnte. Bitter, schäumend, gesäumt von der Gischt und vom Toben – noch nie hatte er das Meer schöner gesehen. Der Wind griff nach seinem Umhang, und manchmal spritzte das Wasser in feinem Nebel darauf. Ein Gedanke kam ihm in den Sinn und brachte ihn zum Lächeln. All seine Bemühungen, gut auszusehen, wurden von diesem heftigen Wind zunichte gemacht.

»Du siehst sehr gut aus, mein Sohn!«

Wie lange schon hatte er diesen Ausruf mütterlichen Stolzes nicht mehr gehört? Das war am Morgen dieser Abfahrt gewesen, als er die Treppe herunterkam und etwas verwirrt darüber war, dass er sich zu so viel Oberflächlichkeit hatte hinreißen lassen. Er trug einen mit grauweißem Pelz gefütterten Umhang, ein mit flämischem Tuch posamentiertes Gewand, und er hatte sich frisch rasiert. Er lachte, sah zehn Jahre jünger aus, hatte klare Augen, und die Freude umspielte seine Lippen und kam bei jeder Gelegenheit zum Vorschein.

»Das machst du gut, sehr gut …«

Mehr sagte sie nicht, ihre Augen strahlten wie die Sonne, und er lächelte, denn er fühlte sich durchschaut. Amüsiert, leicht lächerlich und beunruhigter als ein Page an seinem ersten Arbeitstag wollte er gehen, als sie ihn zurückhielt. Er müsse einen Korb mitnehmen, die Überquerung würde den ganzen Tag dauern, und man wisse nicht, was er auf diesem Boot zu essen bekommen würde. Er ergriff den Henkel, er hatte nicht die Zeit, unendlich lange zu schwatzen. Unten im Weidenkorb lagen die Mandelkuchen, die ihr so gut gelangen und die hart wie Steine waren.

»Das ist für den Kleinen.«

Sie zweifle nicht daran, dass er sie, kaum dass er die Füße auf den Kai gesetzt habe, finden würde. Bewegt und überhäuft mit der Gegenwart, griff er nach seinem Kartografenkoffer und schritt in den gesponnenen Nebel hinaus. Der November war kalt, und er war mit seiner Mutter übereingekommen, dass sie ihn nicht bis zum Hafen begleiten würde. Aber sie lief bis zum Portal mit ihm mit, mit einem Krug bestückt, den sie so heftig über den Pflastersteinen schwenkte, dass sie beinahe alles voll gespritzt hätte. Er würde über das Wasser fahren, aber das würde ihn wieder zu ihr zurückbringen.

Das sprudelnde, wellige Wasser unter seinen Füßen verbarg einen weniger bitteren Abgrund als den, den er seinem Herzen getragen hatte. Er atmete die Meeresluft ein und war erstaunt darüber, hier zu sein, im mittleren Alter und zwischen dem Himmel und dem Wasser.

»Es wäre vernünftig, wenn Ihr Euch unterstellen würdet, Messire.«

Llobera schrie fast. Sein Umhang flatterte im Wind wie eine Fahne im Kampf. Er kam näher, geheuchelt gutmütig, suchte nach einem Punkt, um eine Konversation zu beginnen. Seit der Besetzung der Zitadella hatten sie nicht mehr miteinander gesprochen.

»Ich wäre nicht böse, wenn ich meinen Bruder sehen könnte.«

Erstaunt erfuhr Yaffuda, dass er einen Bruder hatte, und Neffen und eine ganze Familie in einem alten Schloss in Léon, und er dachte einen Moment lang, dass er so wenig von demjenigen wusste, der so viel von ihm wusste.

»Wenn Ihr krank werdet, Ser Rives, wird mir das Ihre Majestät nicht verzeihen.«

Der Maître des Kompasses lächelte leicht und verbeugte sich. Der Bann war gebrochen. Er folgte Llobera in die purpurfarbene Kabine, die durch das Kohlenbecken vollständig verraucht war. Der König hatte dem Maître des Kompasses seine Galeere schicken lassen, als er erfuhr, dass dieser ihn sprechen wollte. Eine verkrampfte Stille machte sich zwischen ihnen breit. Wenn der Kartograf Llobera auch einen Brief übergeben hatte, in dem er um eine Audienz beim König bat, so hatte er doch nichts über den Grund dieses Besuches gesagt, und der Blick des Ritters war vor Angst getrübt. Er hatte sein Bestes gegeben, aber es hatte nicht viel gefehlt und Aragon hätte seinen ersten Kartografen verloren.

»Wir werden bald im Hafen einlaufen …«

Was auch gut sei, denn Llobera sei nicht seefest. Ohne zu antworten, betrachtete Yaffuda die gekrümmte Bank, auf der kein Pergament lag. Eine bittere Erinnerung stieg in ihm hoch und quälte nachts seine Seele. Wenn er dem Infanten Nathans Namen gegeben hätte, um die fernen Küsten und Inseln aufzuzeichnen, wäre er gefahren, würde er dann noch leben? Zwei Schiffe der Expedition von Urena waren im ozeanischen Meer untergegangen.

Damit musste er sich trösten und die Last der Ungewissheit tragen.

»Ich bin mir sicher, dass der König sich sehr über Euer Kommen freut.«

Dies war ein merkwürdiger Augenblick, mitten auf dem Meer. Der Kapitän wagte es nicht, nach dem Grund dieses unerwarteten Besuchs zu fragen, aber sein Blick fiel unaufhörlich auf das flache Kästchen, das der Maître des Kompasses mit seiner Hand schützte. Yaffuda erahnte die unzähligen Vermutungen: eine neue, geheime Karte, der Weg des Goldes der Schwarzen von Guinea, die Straße nach Indien, obwohl der einzige Schatz, den es enthielt, ein jüdisches Tuch war, das für einen kleinen Jungen bestimmt war. Hohn oder Schicksal, Yaffuda zögerte, welche von beiden Perspektiven er wählen sollte.

»Vielleicht kann ich Euch in Barcelona helfen, Ser Cresques.«

Der Name war von allein gekommen, was ihn am meisten rührte. Er lächelte und beugte sich zu Llobera.

»Ich muss dem König ein Gesuch vortragen.«

Der Ritter hörte mit leuchtenden Augen zu, so glücklich war er darüber, dass er ins Vertrauen gezogen wurde. Es reichten übrigens wenige, einfache Worte, die von jeglichem Gefühl bereinigt waren. Sein Cousin, Nathan ibn Rich, sei in dem Aufruhr im Juli in Barcelona gestorben. Da er sein einziger Verwandter sei, müsse er seine Frau und seinen Sohn finden. Als er nachdenklich schwieg, vertraute ihm der Ritter an, dass er den fröhlichen Jungen nicht vergessen habe, den er damals mit zum Hafen von Pi gebracht habe.

»Sie sind bekehrt, soviel ich weiß, aber ich kenne ihren Namen nicht.«

Eine junge Frau, ein siebenjähriges Kind, das würde im Register der Kirche festgehalten worden sein. Llobera lächelte so vertrauensvoll, dass die Angst nach und nach das vorsichtige Herz Yaffudas verließ. Aber er wusste, dass sein Leben von so wenigen Dingen abhing, dass er sich davor fürchtete, zu hoffen.

»Vielleicht sind sie nicht mehr in Barcelona?«

Wenn sie nicht mehr in Barcelona wären, dann blieb ihm nichts anderes übrig, als ganz Aragon auf den Kopf zu stellen. Der König würde ihm helfen, das sei gewiss, und er ebenfalls, soweit es in seiner Macht stünde.

»Wir werden sie finden, Ser Cresques.«

Es war kein Zufall, der diesen Namen erneut erklingen ließ, dessen waren sich beide bewusst. Sie waren einander so nahe wie noch nie zuvor. Das Leben hatte sie miteinander verbunden, die Karten, die Geheimnisse, die Ehre, das Geld, aber dieser Augenblick war anders, es war ein neues Aufeinandertreffen, ein Einverständnis. Das Schiff ächzte, schlingerte und teilte geduldig die Wogen, als man leicht an die Tür klopfte und sie mühsam aufstanden.

»Wir kommen an, gnädige Herren.«

Als sie hinaus auf Deck traten, wehte der Wind ihre Umhänge wild umher. Der Kapitän näherte sich ihnen und erklärte ausführlich, dass sie an der Reede entlangfuhren, obwohl der Kartograf dieses Ufer mit geschlossenen Augen hätte zeichnen können. Die Küste verjüngte sich, ein verschwommenes Band nahm nach und nach Farbe an, blaue Bäume, schroffe Klippen, kreischende Möwen, und auf alldem lag ein salziger Regen, der von den Rudern aufgeworfen wurde, die die Wogen mit gleichmäßigen Schlägen teilten. Yaffuda spürte, wie ein sanfter und mächtiger Atem ihn erfüllte, der ihn derart verwirrte, dass er sich mit wenigen Worten entschuldigte. Er musste allein sein, stieg eilig die Treppe bis zum Heck hinunter und lief gebeugt bis zum Bug vor, wo das Meer hoch aufpeitschte. Er drückte das flache Kästchen, das das Schicksal der Seinen aufgerollt in einem Stück Stoff zu enthalten schien, an seine Brust. Einen Gebetsmantel, der dem Sohn die Erinnerungen des Vaters weitergab. Ein Kind und nach ihm so viele Menschen.

Die Galeere fuhr durch die Mündung hinauf, deren trübes Wasser sich langsam mit den grünen Wellen vermischte. Er konnte bereits die Umrisse der ockerfarbenen roten Häuser sehen, die sich wie Nester an den Felsen klammerten, kleine Mauern, Strände, Streifen des Mondlichts, die auf den Wellen ruhten, und er wartete ungeduldig ab, erstaunt darüber, dass der Gesang der Hoffnung wieder in ihm aufstieg.

Danksagung

Sobald ich mit dieser Erzählung begonnen habe, bin ich mit der Schwierigkeit konfrontiert worden, den Judaismus, und vor allem den mittelalterlichen Judaismus, zu erwähnen, über den ich nur sehr wenig wusste. Obwohl ich mich auf unsicherem Boden befand, habe ich die ständige Unterstützung von Gérard Nahon, dem emeritierten Studienleiter an der *École pratique des hautes études* im Bereich der Religionswissenschaften, erhalten. Ich habe das Vergnügen, ihm meine Dankbarkeit und meine Zuneigung sowie meine Bewunderung für seine geduldige Gelehrtheit und seine unendliche Freundlichkeit auszusprechen. Dieses Buch hat uns das Band einer ehrlichen Freundschaft weben lassen, wofür ich Herrn und Frau Nahon von ganzem Herzen danke.

Es ist mir ebenfalls wichtig, Michel Vergé-Francheci, dem Direktor des *Laboratoire d'histoire maritime* des CNRS (Centre National de la Recherche Scientifique) an der Universität Paris IV, Musée de la Marine, meinen Dank auszusprechen. Sein beeindruckendes Buch *Henri le Navigateur* war für mich eine Quelle der Eingebung und eine Fundgrube an Informationen.

Ganz herzlich danke ich auch Dominique Bourel, dem Leiter des französischen Forschungsinstituts in Jerusalem, und Professor Henry Mechoulan, dem emeritierten Forschungsleiter des CNRS. Ich danke von ganzem Herzen Josep M. Corbera für seine Nachforschungen in Barcelona und Frédéric Razdeff an der Bibliothek von Lausanne für seine wertvollen Informationen.

Ich werde meinem Verleger, Laurent Laffont, für seine enthusiastische Unterstützung immer dankbar sein und danke auch dem ganzen Team des Verlags JC Lattès für die herzliche Betreuung. Was soll ich zum Schluss meinem Mann und meinen Söhnen, meiner Mutter, meiner Familie und meinen Freunden, die mich auf dieser langen Reise begleitet haben, anderes sagen, als dass ich sie innig liebe!

Anmerkungen und Fußnoten

1 Bedingt durch den Krieg von Grenada war jeglicher Handel zwischen Christen und Muslimen verboten, aber es reichte aus, wenn die Zuwiderhandelnden eine angemessene Strafe bezahlten, damit man die Augen verschloss.

Mallorca, das damals noch nicht Palma genannt wurde, war ein Hafen mit großer Wassertiefe und deshalb ein unumgänglicher Anlegeplatz mitten in der Seestraße, die es den genuesischen, katalanischen und gaskognischen Schiffen ermöglichte, bis nach Flandern und zu den nördlichen Staaten vorzudringen, um dort die Gewürze des Orients zu vertreiben und die luxuriösen Stoffe zu importieren. Seine Lage inmitten des westlichen Mittelmeers erlaubte es, die afrikanische Küste zu erreichen, wo viele Handelskontore eröffnet worden waren, die sich vorrangig um den Goldhandel kümmerten, dessen einzige Quelle Afrika war. So hielten sich die Dorias ebenso wie viele italienische Reeder auf Mallorca und in Barcelona auf.

2 Die Geraden, die auf Seekarten gezeichnet wurden, auch Windstriche genannt, waren Richtungslinien, die ein Netz bildeten, das über bekannte Punkte lief, die von dem Festland aus gemessen wurden. Der Kurs ergab sich aus dem Winkel, den die Linie mit der Nord-Süd-Achse bildete, die von der Nadel des Kompasses angezeigt wurde. Die Entfernung wurde durch den Maßstab der Karte angegeben.

Wenige *Portulane* haben uns erreicht (was die mallorquinischen Karten betrifft, so waren es in etwa zehn), und es ist schwierig, herauszufinden, inwiefern diese Seefahrt sowohl technisch als auch empirisch war. Die Portulane weisen die Häfen auf, die vom Land aus notiert und verzeichnet wurden, ebenso wie die

Umrisse der bekannten Küsten: das Mittelländische Meer, das Schwarze Meer, Spanien und Italien, die Britischen Inseln, der Norden Europas ... Auf diesen Karten erstreckt sich ein Liniennetz, das von einem oder zwei Punkten ausging. Diese Richtungslinien, die Windstriche zeigen die Distanzen und die Winde an, indem sie sich darauf beschränken, zwei Angaben zu liefern, um von einem Punkt zum anderen zu kommen: Die Strecke, der man gemäß dem Winkel, den sie mit den Nord-Süd-Achse bildete, folgen musste und die auf der Karte durch die magnetische Nadel dargestellt wurde, und die Strecke, die man in der jeweiligen Richtung hinter sich bringen musste. Die Windstrichkarten stützten sich auf eine Windrose, die zwölf Richtungen anzeigte, sechzehn, was die mallorquinischen Karten betraf. Jede Karte hatte ihren eigenen Maßstab und ihren Kompass.

Die geringe Abweichung des magnetischen Pols im Mittelmeer erlaubte darüber hinaus eine Standortbestimmung mit der magnetischen Triangulation. Wenn man bereits einen Punkt auf einem Plan kannte, dann konnte der Seefahrer einen anderen bestimmen, wenn er den Azimuten kannte (der V-förmige Winkel, der über einen gegebenen Punkt mit dem Meridian des Ortes läuft, in diesem Fall die Nordrichtung des Kompasses) und seine Distanz. Um den Punkt auf dem Meer zu bestimmen, benutzten die Seefahrer ebenfalls die im Zenit stehende Sonne und den Winkel, den sie auf einem Trigonometrie-Tisch oder auf einem Marteloggio-Tisch bildeten. Obwohl die Berechnung der Breite möglich war, so war sie nur auf dem Land sicher, und man wusste nicht, wie man die Länge berechnete. Die Seefahrer verfügten über eine Auflistung der Entfernung zwischen verschiedenen Häfen und konnten so die Entfernung, die sie an einem Tag oder in ein paar Stunden zurücklegten, mit Hilfe der Sanduhr bestimmen. Nicht nur die Winde, sondern auch die Strömungen, die Klippen und alle anderen bekannten und erfassten Angaben wurden auf der Portulane vermerkt. Die Geschwindigkeit eines jeden Schiffes wurde allerdings an Bord gemessen. Jeder Lotse und jeder Kapitän setzten darüber hinaus natürlich die Kenntnis des Meeres und ihres Bootes ein, die auf Erfahrung beruhte.

3 *Moreh sdèdeq* oder *Moreh horaab* war der Name, den man üblicherweise dem Rabbiner in den jüdischen Gemeinschaften im Norden Afrikas gab. Diese Anrede bedeutet »Meister«.

Die Bedeutung des Wortes *Call* ist nicht sicher, aber der Ausdruck »Calle del Cal« gibt einen möglichen Sinn an. Der *Cal* ist eine Abkürzung des hebräischen Gahal, eine Gemeinschaft oder ein Zusammenschluss von Gläubigen und im weiteren Sinn die Synagoge. Der Call war zu jener Zeit weder aufgezwungen noch geschlossen. Die Juden wohnten aufgrund einer religiösen Wahl und einer immer stärker werdenden Segregation beisammen, aber sie hatten dennoch das Recht, jedes Haus in den Städten von Katalonien zu mieten oder zu besitzen. Die Zeit der Gettoisierung war noch nicht gekommen.

4 Der katalanische Name für das jüdische Viertel.

Der Brauch, eine *Mezuzah* im Türrahmen zu befestigen, stammt aus dem biblischen Gebot: »Du sollst die Worte, die ich Dir heute sage, schreiben an die Pfosten Deines Hauses und an Deine Tür.« Das Pergament beinhaltet zwei Auszüge, den ersten Paragraphen des »Schema«, das jüdische Glaubensbekenntnis, das die folgenden Gebote beinhaltet: Gott zu lieben, die Tora zu studieren, zweimal täglich das Gebet der Schema zu lesen, um die Einheit mit Gott zum Ausdruck zu bringen, die Tefillin des Gebetes zu tragen und eine Mezuzah an seiner Tür anzubringen. Der zweite Auszug, der Teil des täglichen Lesens der Schema war, verbindet den Wohlstand und das Glück mit dem Respekt für die Gebote.

5 Die Mezuzah, wörtlich »Türholm«, ist eine kleine Pergamentrolle, die nach altem Brauch an dem Türholm einer jüdischen Behausung befestigt wurde. Zu dieser Zeit hatte man sie am häu-

figsten in einen kleinen Hohlraum gesteckt, so dass sie noch sichtbar blieb und man sie mit den Fingern berühren konnte.

Nachdem Papst Clemens den Templerorden 1312 unter dem Druck von Philippe dem Schönen zerschlagen hatte, fanden die Templer Zuflucht in Aragon, Kastilien und Portugal, wo viele Orden von Soldatenmönchen bereits den Regeln der Templer folgten. Der 1326 gegründete Orden von Notre-Dame de Montessa hat seinen Namen durch die Besetzung von Valencia erhalten. Der Orden bestand hauptsächlich aus Rittern, die aus dem Orden von Calatrava stammten, und so trugen die Ritter von Montessa den weißen Mantel des Ordens von Calatrava mit einem schwarzen Kreuz. Als der Orden so gegen 1400 mit dem Orden von Saint-Georges d'Alfama vereint wurde, entschieden sich die Ritter von Montessa für ein rotes Kreuz und ein Abzeichen.

6 Ein Orden gemäß der Templerregel. Der Orden von Montessa hatte auf Mallorca eine Komturei, einen Verwaltungsbezirk, und eine bewaffnete Flotte.

Marco Polos Bericht, der aus dem Jahr 1298 stammte, hat keine sofortige geografische Anwendung gefunden. Seine Zeitgenossen sahen darin hauptsächlich eine romanhafte Erzählung. Auf Französisch verfasst, wird *»Das Buch der Wunder«* im XIV. Jahrhundert eine neue Betrachtungsweise erfahren, denn es wurde nach und nach zu einer Referenz insofern, als China betroffen war. Es wurde von Angelino Dulcert für seine mallorquinische Karte von 1339 benutzt und ebenfalls von Abraham Cresques.

7 Francech de Perellos, der königliche Maître der Navigation und Kammerherr, der sich gut mit der Astronomie auskannte, war ebenfalls für die königliche Bibliothek zuständig. 1372 kaufte er für Pierre IV. von Aragon Marco Polos Buch *»Das Buch der Wunder«*.

Karl V., ein Mann des Studiums und dem Krieg nicht sehr zugetan, hatte Du Guesclin, der den Engländern Poitou, Aunis und

Saintonge abgenommen hatte, mit der Kriegsführung beauftragt. Die englische Krone besaß immer noch Calais, Cherbourg, Brest und Bordeaux sowie Aquitanien. Frankreich erstreckte sich nicht bis in die Provence, und die Bretagne wird erst 1524 mit der Hochzeit der bretonischen Herzogin Anne französisch. Ende des XIV. Jahrhunderts fehlte es Frankreich vor allem an Häfen, und es war von spanischen oder italienischen Staaten abhängig, die seine Versorgung mit Luxusartikeln, aber auch mit Basisgütern sicherten. Zu Aragon, dessen Küsten sich von Montpellier bis nach Valencia erstreckten, gehörten darüber hinaus auch Sardinien und die Hälfte von Sizilien, was ihm eine mehr als privilegierte Position im westlichen Mittelmeer verschaffte.

8 1375 besitzt Frankreich nur wenige Häfen am Ärmelkanal und eine Öffnung zum Küstenstrich des mediterranen Languedoc, das stark von den Aragoniern kontrolliert wurde.

Gemäß dem Talmud bestand das Gericht des *Beth Din* zur Zeit des zweiten Tempels aus drei Richtern, die über bürgerliche Angelegenheiten entschieden, und aus dreiundzwanzig Richtern, wenn die Gemeinschaft mindestens einhundertzwanzig erwachsene Männer zählte. In der Epoche, die uns interessiert, nehmen die Statuten, *Takanot*, die 1327 in Barcelona angenommen worden waren, diese Struktur wieder auf. Sie legten fest, dass die Gemeinschaft durch einen Rat von dreißig Mitgliedern repräsentiert wurde, der alle drei Jahre neu gewählt wurde. Dieser Rat bestimmte und wählte drei Berater – Néémanim –, die die Richter des Beth Din, die Empfänger und Verwalter der Wohltätigkeitseinrichtungen waren. Diese relativ autonome Verwaltung einer jeden Gemeinschaft – Aljama – wurde vom König gegengezeichnet, denn die Juden waren nicht nur seine Untertanen, sondern sein Besitz. Allein der König sicherte diese Rechte sowie einige andere Privilegien, aber diese Unterstützung musste meistens bezahlt werden.

9 Das Beth Din ist ein Gericht nach jüdischem Recht.

Das Wort *Snoga* war der umgangssprachliche Ausdruck für Synagoge. Es setzt sich aus dem alten kastilischen oder jüdisch-spanischen Wort *Sénoga*, das vom spätlateinischen Synagoga abstammt, und aus dem Wort *Escola*, Schule, zusammen. Das Ergebnis dieses Vermischens gibt die Doppelfunktion der Synagoge wieder, ein Ort der Religion und des Studiums. Die Juden von Spanien sprachen ein leicht altertümliches Spanisch, das Juvendéco oder Ladino, in dem einige abgewandelte hebräische Wörter benutzt wurden. Diese Sprache wird später von Christopher Kolumbus benutzt, was es erlaubte, die Hypothese zu untermauern, dass der genuesische Kartograf einer bekehrten jüdischen Familie angehörte, die Ende des XIV. oder Anfang des XV. Jahrhunderts aus Spanien vertrieben worden war.

10 Dieser Name kann der der Azoren sein, den die Karthager und die Phönizier zitierten. Sie werden 1427 von den Portugiesen »wiederentdeckt«. Die mallorquinische Karte von Gabriel de Vallsecha, die 1439 erstellt wurde, gibt Diogo de Silvès als Entdecker der Azoren an. 1375 sind diese Inseln Teil der Legende.

11 Dieser Name wurde der jüdischen Gemeinschaft in Spanien gegeben. Dieses Wort, das vom arabischen *djema'a*, Versammlung, abstammt, erinnert an die Toleranz der Prinzen Almoravides, die den guten Ruf Spaniens für die drei Religionen im XV. und XVI. Jahrhundert festigten. Die Mehrzahl der Juden floh ab 1148 unter dem Druck der Almohades, fundamentalistisch-religiöse »Fanatiker«, aus Andalusien.

12 Snoga oder Esnoga ist der sephardische Begriff für Synagoge.

Im Jahr 150 unserer Zeitrechnung erstellte Ptolemäus in siebenundzwanzig Karten den ersten Weltatlas, den er in vertikale und horizontale Linien aufteilte, indem er achttausend Punkte markierte, die er, gemäß den Aussagen der alten Seefahrer, auf den Längen und Breiten platzierte. Dreihundertfünfzig Meilen waren dort, gemäß den Berechnungen mit astronomischen Koordinaten, eingetragen. Der Äquator kennzeichnete für Ptolemäus den nullten Breitengrad gemäß den griechischen Astronomen, die nachwiesen, dass die Sonne, der Mond und die Planeten fast senkrecht über den Äquator zogen. Was den Längengrad betraf, so hatte Ptolemäus freie Hand, ihn zu platzieren, wo er wollte. Er ließ also die erste vertikale Linie über die Kanarischen Inseln, die vor der afrikanischen Küste liegen, verlaufen. Es ist anzumerken, dass uns Ptolemäus' Karten nicht erreicht haben, aber ein paar Kopien seiner *Geographie*, die am Ende des XI. Jahrhunderts in Byzanz erstellt wurden, haben ab dem XII. Jahrhundert für sehr viel Aufsehen gesorgt. Der achte und letzte Teil seiner *Geographie* enthält Hinweise, wie man eine Weltkarte erstellen kann, die es den Geografen des XV. Jahrhunderts ermöglichte, eine Kopie seiner Karte zu erstellen.

13 Gemäß dem Gesetz verbeugt oder kniet sich ein Jude nur vor Gott, woher auch der Beiname des »Volkes mit steifem Nacken« kam.

14 Als Ptolemäus den ersten Weltatlas gezeichnet hatte, ließ er die erste vertikale Linie über die heutigen Kanarischen Inseln verlaufen.

15 Der katalanische Atlas ist der erste, auf dem Madeira abgebildet wird, das von den Portugiesen erst 1419 »entdeckt« wird.
Der katalanische Atlas gehörte laut der Bestandsaufnahme, die 1380 von Jean Blanchet erstellt wurde, zur Bibliothek von Karl V. Er wird Abraham Cresques zugeschrieben und wird gemeinhin auf 1375 datiert, das Datum des immerwährenden Kalenders, den er enthielt. Einige glaubten, dass der Kartograf zusammen mit seinem Sohn drei Jahre gebraucht habe, um dieses Vorhaben zu Ende zu führen. Es ist tatsächlich erwiesen, dass der Infant Juan von Aragon im Dezember 1373 einen Brief geschrieben hatte, in dem er von einer Karte von Abraham Cresques sprach: »Noch nie haben wir eine so schöne Karte gesehen.« Der katalanische Atlas besteht aus sieben Velinen, die mit Farben sowie Gold und Silber bemalt und auf Holzrahmen gespannt wurden. Die beiden ersten sind eine Sammlung von kosmo-

grafischen, astronomischen und astrologischen Texten, die nachdrücklich auf die Kugelgestalt der Erde hinwiesen und Anweisungen bezüglich der Schifffahrt, der Gezeitentafel oder der Berechnung der Zeit während der Nacht gaben. Ein Mann, der die Tierkreiszeichen trug, war darauf abgebildet ebenso wie ein rundes Gemälde, das von den vier Jahreszeiten eingerahmt wurde und auf dem die sieben bekannten Planeten abgebildet waren und das Muster ihrer Konstellation lieferten. Die vier folgenden Veline stellten die Karte selbst dar, die man von Nord nach Süd, von links nach rechts und vom Fernen Osten bis zum Atlantik las. Alles, was man sich damals seit Marco Polos Bericht vorstellte, war auf dieser Karte festgehalten, auf der man bunte Inseln mit ungewissen Umrissen sehen konnte. Im Gegenteil dazu sind auf den beiden ersten Velinen die atlantische Küste, die Westküste von Afrika und das Mittelmeer mit ungeheurer Präzision dargestellt. Der katalanische Atlas ist jedenfalls der erste, auf dem Madeira dargestellt wurde. Im äußersten Westen, bei der Windrose, befand sich eine Legende, die von den mysteriösen Inseln, den *Beneventurades,* sprach, sowie eine Darstellung der mythischen Inseln von Brasilien ... In diesem wunderbaren Dokument, der Summe der mittelalterlichen Geografie, vermischt der katalanische Atlas das Wissen mit der Legende, das Konventionelle mit der Furchtlosigkeit. Wir haben das Glück, ihn in der Nationalbibliothek in Paris bewundern und so den Traum jener, die ihn geschaffen haben, teilen zu können.

16 Die Existenz eines christlichen Herrschers in Afrika, von Priester Johannes, wird damals für gesichert gehalten.

Der Mythos des Priesters Johannes taucht im christlichen Orient ab 1122 auf. Laut der ersten Erscheinung dieser Person handelte es sich um einen Eroberer des Landes Nubien, dunkelhäutig und christlich, dessen Königreich sich im Süden von Ägypten befand. Ab dem XIII. Jahrhundert verbreitet sich die Legende eines Herrschers von Äthiopien, dem Priester Johannes, einem Christen, der durch die Ausdehnung des Islam vom Rest der Christenheit abgetrennt worden wäre, ebenso wie der Wunsch, mit ihm zusammenzutreffen, um den Einfluss des Islam auf Afrika zu unterbinden. Der mallorquinische Kartograf Angelino Dulcert hat das Königreich des Priesters Johannes von 1339 an in Äthiopien platziert, und man muss darauf hinweisen, dass dieser Priester Johannes zu dem Zeitpunkt als Weißer dargestellt wird, denn das Schwarze bedeutet für die mittelalterlichen Geister das größte Übel. Sein Königreich wird von den einen als ein gesegnetes Land, das alte irdische Paradies der Bibel, beschrieben, während die anderen es als verfluchtes Land, das von einer feindlichen Natur umgeben und mit Monstern bevölkert ist, dargestellt wird. Was bleibt, ist, dass dieses Königreich, das auf dem alten Weg des Goldes des Sudans lag, als reichstes Land der christlichen Königreiche galt, was das allgemeine Interesse daran nährte.

17 Es handelte sich vermutlich um Timbuktu.
Die Darstellung von Tembuch, vermutlich Timbuktu, im katalanischen Atlas hat viele Fragen aufgeworfen: Die Stadt, die ohne Turm erbaut wurde, wird als ausgedehnter Komplex unter einem Ziegeldach dargestellt. Es scheint, dass Abraham Cresques sich auf die Beschreibung von Ibn Battùta stützt, der in dieser Stadt das Grab des Dichters Abu Isak al Sahari al Gharna-Ti platziert. Darüber hinaus erwähnt der katalanische Atlas die Pilgerfahrt des Königs Mussé Melly nach Mekka, dessen Reichtümer die Gemüter bereits ein Jahrhundert zuvor erregt haben. Man muss sich auch den Beitrag von Al Idrisi in Erinnerung rufen. Der Einfluss dieses arabisch-sizilianischen Forschers und Kartografen des XIII. Jahrhunderts auf die mittelalterliche Geografie war beträchtlich, besonders auf die Darstellung von einigen Bergketten (Pyrenäen, Atlas...). Er hat eine zweckmäßige Geografie der moslemischen Welt gezeichnet, die darauf abzielt, die Handelsstraßen sicherzustellen, indem er die Berichte der Reisenden mit den griechischen Quellen, die sich in seinem

Besitz fanden, verglich. All diese Elemente, die die Bedeutung der arabischen Geografen in der geografischen Gesamtheit, die der katalanische Atlas darstellt, begründen, zeigen eine neue Vision: den Willen, sich vom Legendären und Genormten zu entfernen, um die Welt in ihrer Wirklichkeit zu beschreiben.

18 Der Cavo von Buyetter ist in Wahrheit das Cap Bojador, das die Portugiesen erst 1443 umfahren werden. Der Atlas von Abraham Cresques ist die erste mittelalterliche Karte, die von ihm berichtet. Buyetter kommt vom arabischen Wort Buyetder, was so viel bedeutet wie der Ort, an dem die Stämme wachsen. Die Portugiesen haben Buyetder erst in Boiador und dann in Bojador beziehungsweise in Boçador umgewandelt, wie die Italiener, die seit dem Beginn des XV. Jahrhunderts c. de Buçedor schrieben.

19 Das traditionelle Bad ist eine Grundeinrichtung der jüdischen Gemeinschaft, genauso wie die Synagoge. Das reinigende Wasser der Mikwe muss eine fließende Quelle haben und darf nicht von Menschenhand vergossen werden.

20 Die Karten wurden nach der Anzahl der Figuren, die darauf abgebildet waren, bezahlt. Eine Karte für den Hof konnte bis zu sechzig mallorquinische Pfund kosten, also zirka hundertfünfzig Gulden, ein kleines Vermögen.

21 Ramon Lull schrieb diese Abhandlung über die Seefahrt, das Buch *Libre de Navegar,* 1286.

Man kann nicht von der verschiedenartigen und bunt gemischten Gesellschaft von Mallorca im XIV. Jahrhundert sprechen, ohne den beträchtlichen Einfluss von Ramon Lull und seine tolerante Gesinnung zu erwähnen. Ramon Lull wird 1235 auf Mallorca geboren und ist zugleich Theologe, Philosoph und Dichter. Er interessiert sich genauso für die Medizin wie für die Astronomie und wird als einer der ersten Alchemisten beschrieben. Im Jahr 1265 unternahm er zahlreiche Pilgerfahrten, bevor er sich in der Einsiedelei von Puig de Randa niederließ wo er beschloss, sein Leben der Bekehrung der Juden und Muslime zu widmen. Durchdrungen vom Humanismus, preist Lull eine sanfte Evangelisation, die, wie er meint, nur dann stattfinden kann, wenn man perfekt die Sprache jener spricht, die man konvertieren möchte. Nach Jahren des Studiums der arabischen, hebräischen und lateinischen Sprache gründete er 1276 eine orientalische Sprachschule in Miramar, um dolmetschende Missionare auszubilden. Er bereiste Europa und Afrika, um dort Schulen aufzubauen, und starb laut einer Legende in Bougie, wo er von Muslimen, die er zu bekehren versuchte, gesteinigt wurde. Andere behaupten, dass er nach Mallorca zurückgekehrt sei, wo er an einer Krankheit gestorben sein soll. Was bleibt, ist der »erleuchtete Arzt« und der »Anwalt der Ungläubigen«, der in der Kirche des Klosters Saint-François in Palma de Mallorca ruht.

Die Bücher von Juda Léon Mosconi werden von Israël Lévi im »L'inventaire du mobilier de la bibliothèque d'un medecin juif de Majorque« zitiert, *Revue des Études Juives*, XXXIX, 1899, S. 245–249.

22 Jedes Gemeinschaftsgebet benötigt die Anzahl von zehn Männern. Der *Minyan*, bei dem man unbedingt zu zehnt sein muss, wird auf verschiedene Arten erklärt und erinnert an Abrahams letzten Versuch, zehn Gerechte zu finden, um Sodom und seine Bewohner zu retten »Vielleicht wird er zehn finden…« (Genesis 18, 32), aber auch als Zahl, die dem Wort *Edah* zugeschrieben wird, das die Bedeutung von Vereinigung und Kongregation hat.

23 Im XIV. Jahrhundert strebte Aristoteles' Denken danach, nahezu universell zu beeindrucken.

Obwohl die Kirchenväter in Bezug auf Aristoteles, einen heidnischen Philosophen, besonders vorsichtig sind, erreicht seine Metaphysik nach und nach das gelehrte Milieu. Im Lauf des XIV. Jahrhunderts findet sie immer breitere Anerkennung, vor allem, weil Aristoteles' Beschreibung der perfekten Welt, die sich aus sieben Kugeln zusammensetzt und deren Zentrum die Erde ist, es erlaubt, griechische mathematische Anwendungen mit der biblischen Version der Schöpfung in Einklang zu bringen.

Aristoteles' Ideen verbreiteten sich durch Muhammed ibn Ahmad, genannt Averroës, der 1126 in Cordóba geboren wurde. Er wurde von seinem Vater, dem Kadi dieser Stadt, in Rechtsprechung und Theologie unterrichtet. Er übernahm das Amt seines Vaters und bekannte sich zu einer offenen Philosophie. Stark von Aristoteles beeinflusst, stellte er fest, dass eine materialistische Physik, die den Forschungen und der menschlichen Intelligenz entspringt, den Geist der Menschheit hervorhob, der den Geist des Einzelnen überstieg und sich dem göttlichen Schöpfer näherte. Er wurde für seine Schriften verdammt und floh nach Marrakesch, wo er ein Amt als Magistrat ausübte, bevor er 1198 starb. Averroës schrieb eine medizinische Abhandlung, aber er wurde hauptsächlich für seine bekannten Kommentare zu Aristoteles berühmt, denn seine Ideen drangen nach und nach in die arabischen und jüdischen und im Mittelalter schließlich auch in die christlichen Schulen vor.

Was den berühmten Mediziner und Astronomen Moïse Maimonides betrifft, der unter dem Namen RaMBam bekannt ist, dem Akronym des Rabbiners Moïse ben Maïmon, so wurde er um 1135–1138 in Cordóba geboren. Er musste 1148 aufgrund des religiösen Fanatismus der Almohaden mit den Seinen fliehen. 1160 lässt sich seine Familie in Fes nieder, wo er Medizin studiert. 1165 mussten sie aber erneut fliehen. Dieses Mal zieht die Familie von Maimonides nach Fostat (der alten Stadt von Kairo), wo er seinen Beruf erfolgreich ausübte und zum Leibarzt des Wesirs von Saladin, Al-Fadil, wurde. Er starb 1204 in Ägypten. Es existiert aber ein Grab von Maimonides in Tibériade. Mainonides übte aufgrund seiner *Mischneh Torah* (»Wiederholung des Gesetzes«, A. d. Ü.), die den Talmud studiert und erklärt, beträchtlichen Einfluss aus. Seine philosophischen Auffassungen stützen sich auf Aristoteles' Ideen, deren Erbe er ist. So stellt er die Apologetik der menschlichen Vernunft als Mittel, um zu Wissen und zum Glauben zu gelangen, dar.

24 Séfarad bezeichnet Spanien.
Sephardim war der Name, den man einer aus Jerusalem verbannten Gemeinde gab. Es war vorhergesagt worden, dass die Verbannten die Städte des Südens besitzen würden. Seit dem Ende des VII. Jahrhunderts wird Sephardim zur geläufigen hebräischen Bezeichnung, um die Iberische Halbinsel zu benennen. Gemäß der Legende haben die Juden Spanien seit der Epoche von König Salomon bewohnt. Ohne dass man darüber Gewissheit hätte, kann man annehmen, dass sie sich dort schon seit sehr langer Zeit niedergelassen hatten. So sind sie dort während des gesamten Zeitraums der westgotischen Invasion gegenwärtig, die 711 mit der arabischen Eroberung endet.

25 Das traditionelle Schächten.
Die *Schechita* oder das rituelle Schächten unterlag der genauen Befolgung eines Brauchs, der den Tieren einen weniger grausamen und schnelleren Tod zugestand, gemäß den impliziten Geboten der Tora. Maimonides, der spirituelle Meister der spanischen Gemeinschaften im XV. Jahrhundert, betrachtet das rituelle Schächten als positives Gebot der Tora und zitiert den Talmud, laut dem Moses die Regeln der *Schechita* erhalten hatte, als er die Gebote auf dem Berg Sinai empfing. Im Mittelalter war in Spanien eine Steuer erhoben worden, die den *Schochet*, der mit dem Schächten beauftragt war, bezahlen sollte.

26 Das Leviratsgesetz: »Und das Erstgeborene, das sie gebärt, soll den Namen des verstorbenen Bruders tragen. So wird sein Name nicht aus Israel gestrichen werden.« (Dt 25, 6)

27 Der Erdumfang betrug laut Strabo 252 000 Stadien, 39 600 Kilometer, und übertraf damit die Messungen von Ptolemäus, die bereits beeindruckend waren.
Die *Geographie* von Strabo (64 v. Chr. – 21 n. Chr.) nimmt die Arbeit von Eratosthenes von Cyrène, der im III. Jahrhundert

v. Chr. die ersten Messungen auf der Erde vornahm, die daraufhin unzählige Male von den Griechen und den Arabern verwendet wurden, wieder auf und vertieft sie. Er gibt ihr einen Wert von 252 000 griechischen Stadien, wobei ein Stadium 157 Meter umfasste, also 39 600 Kilometer. Dieses Maß, das dem 40076-Kilometer-Umfang, der uns heute bekannt ist, am nächsten kommt, erschien gewaltig. Ptolemäus gab dem Maß in seiner Abhandlung der Geografie einen Wert von 180 000 ägyptischen Stadien, wobei ein ägyptisches Stadium 210 Meter entsprach, die Erde also einen Umfang von 37 800 Kilometer haben sollte. Diese Berechnung war nicht weniger umstritten. Die arabischen Abhandlungen, die oft übersetzt wurden und sich im mittelalterlichen Spanien verteilten, hielten sich an etwa 33 000 Kilometer Umfang, und die Mehrzahl der christlichen Gelehrten glaubte, dass der Umfang der Erde 30 000 Kilometer nicht überschritt. Man muss sich die Bedeutung dieser Debatte bewusst machen: je größer die Erde war, desto geringer war die Gefahr, in den Abgrund zu stürzen, wenn man sich vom »aufgetauchten Grund« entfernte, der sich am höchsten Punkt befand.

28 Das Papsttum übte unerlässlich Druck auf die christlichen Staaten und die Handelsschiffe aus, damit sie Missionare an Bord nahmen. Dies war in gewisser Weise die stillschweigende Gegenleistung dafür, dass die neuen Inseln anerkannt wurden. 1369 hatte Papst Urban V. mit der Bulle des 2. September die Bischöfe von Barcelona und Tortosa bereits darum gebeten, die Evangelisationsreise der Franziskaner auf die Kanaren zu genehmigen. Man wusste, dass die Guanches ihre lebenden Gefangenen vom Abgrund des Ginnamars in die Tiefe stürzten, was die Reise weit weniger attraktiv machte als zuvor …

29 Saragossa hat einen ähnlichen Aufruhr wie den in Mallorca im August 1391 erlebt, aber wie es scheint, war diese Gemeinschaft besser beschützt worden, als das anderswo der Fall gewesen war. Den wütenden antisemitischen Predigten von Fernand Martinez, dem Erzdiakon von Ecija, die das Elend des niederen Vol-

kes beinhalteten und dem Hass, der aufgestachelt wurde, folgten die Massaker von 1391, die in Sevilla begannen und sich dann rasch über ganz Kastilien zogen. In Cordóba, Jaen, Ubeda, Baeza wiederholten sich dieselben Szenen der Plünderungen und des Mordens. Die Aljama der Ciudad Réal wird zerstört, die von Toledo vernichtet. Aragon wird bald von dieser kollektiven Raserei angesteckt. Im Juli und im August sind die Calls von Saragossa, Barcelona, Lérida, Gerona, Valencia und Mallorca die Bühne derselben Szenen von Mord, Vergewaltigung und Plünderung. Den Juden bleibt keine andere Wahl, als zu fliehen oder abzuschwören. Man versah sie mit dem hebräischen Beinamen »die Ashkenazim«, die Gottesfürchtigen, denn einige zogen es vor, mit den Ihren zu sterben. Diejenigen, die die Möglichkeit hatten, flohen nach Navarra, nach Frankreich oder Portugal, andere versuchten, in den Norden Afrikas zu gelangen, aber die Mehrzahl hatte keine andere Wahl und musste sich zwangsbekehren lassen.
Es ist schwierig für die Historiker, eine genaue Bilanz der Opfer zu ziehen, denn die Chroniken der Epoche, die von diesem Grauen berichteten, sprechen von mehreren tausend Morden. Wenn genaue Zahlen bekannt sind, dann sind sie nicht ganz so hoch: vierhundert Opfer in Barcelona, zweihundertfünfzig in Valencia, achtundsechzig in Lérida ... Aber die Überlebenden brachen zusammen und konnten sich die Gewalt dieses auflodernden Hasses nicht erklären. Als Hasdai Crescas, Philosoph und Rabbiner von Saragossa, die Massaker des Sommers 1391 beschreibt, in denen er seinen Sohn verloren hat, sagt er von den Hinterbliebenen: »Der Herr hat Mitleid mit uns gehabt, aber was bleibt, sind nur unsere Körper. Die Angst erfüllt unsere Herzen, und unsere Blicke sind auf Gott gerichtet.«

Biografische Angaben

Die Ereignisse, die in diesem Buch geschildert werden, haben alle stattgefunden, mit Ausnahme der Liebesgeschichten. Die wenigen biografischen Elemente, die uns bekannt sind, haben es erlaubt, die Struktur dieser Geschichte zu weben, ohne dass man aber von einer exakten Biografie sprechen könnte. Dieser Bericht bleibt Versuch, sich der Realität eines Moments und eines bewusst zu werden und sie erneut aufleben zu lassen. Dabei stellte sich heraus, dass es im XIV. Jahrhundert wirklich eine Kartografenschule in Mallorca gegeben hatte, aber es ist wichtig, zu betonen, dass uns die Beziehungen, die die Cresques, die Bellshons, die Corchos, die zu Mécias und Joan Viladestes wurden, und die Ibn Richs, aus denen Gabriel de Vallsecha hervorging,1439 die berühmte Weltkarte von Améric Verspuce entwarf, nicht bekannt sind. Wir wissen nur, dass diese Kartografen, die miteinander befreundet oder verwandt waren, einander sehr nahe gestanden haben mussten, denn sie waren alle Mitglieder der Aljama von Mallorca.

Die Figur von Abraham Cresques bleibt vage, auch wenn die Schönheit des katalanischen Atlas und das Ausmaß seines Wissens unsere Bewunderung hervorrufen. Ein paar Auszüge aus dem Archiv der Krone von Aragon bezeugen jedoch, dass es sich um einen Menschen gehandelt haben muss, bei dem sich die Lorbeeren und die Schwierigkeiten vermischt haben. Da er als »Astrologe, Maître der Weltkarten und der Kompasse« an das Haus des Infanten Juan von Aragon gebunden war, erhielt Abraham Cresques am 12. April 1381 die Erlaubnis, ein Bad für die Juden zu eröffnen. Der Kartograf, der mit Ehren überhäuft wurde, wurde vom Tragen des Zeichens freigestellt. Dadurch wurde er zur Zielscheibe jeglicher Art von Eifersucht. Als er aus seiner Gemeinde verbannt wird, wird Abraham der Kauf von koscherem Fleisch untersagt, und König Pierre V. von Aragon muss einschreiten, um diesen Ausschluss aufzuheben. Der Maître des Kompasses behält seinen Titel bis zu seinem Tod im Jahre 1387 bei und soll, wenn man der Legende Glauben schenkt, mit seinem Kompass in der Hand gestorben sein.

Auch wenn man Yaffuda Cresques die anonyme Karte von Paris zuschreibt, so stand er doch lange im Schatten seines Vaters. Das Datum seiner Geburt wie auch das seines Todes ist unbekannt, aber es ist erwiesen, dass er schon sehr jung mit seinem Vater zusammengearbeitet hat. In einem Brief vom 26. April 1379 und in einem anderen vom 15. Juli 1381 gibt der Infant Juan von Aragon Karten bei »einem Juden, unserem Bediensteten, dem Sohn von Cresques Abram, der Jude in der genannten Stadt ist« in Auftrag. Als sein Vater starb, überträgt sich dessen Aufgabe auf Yaffuda, und dieser wird von König Juan I. von Aragon zum Maître des Kompasses ernannt. Ob er reich war und in einem herrschaftlichen Haus in der Straße des Tempels gelebt hat, bleibt offen, aber er hat die Raserei des Massakers von 1391 erlebt, die ihn zu konvertieren zwang.

Er wurde also zu Jaime Ribes oder Riba, musste nach Barcelona ins Exil, wo er das schwierige und geheime Leben der ersten Marranen führte. Trotz seiner Karten und seiner Arbeiten hätte man Yaffudas Bedeutung bestimmt vergessen, wenn nicht ein junger portugiesischer Prinz am Vorabend einer Abfahrt, die die Geschichte dieser Welt verändern würde, einen sehr alten Kartografen zu sich zitiert hätte …

Bibliografische Angaben

Auch wenn wichtige Arbeiten, die die Juden von Spanien betreffen, publiziert worden sind, insbesondere zum fünfhundertsten Jahrestag ihrer Vertreibung aus Spanien, so werden gegenwärtig noch viele Nachforschungen angestellt. Diese Bibliografie der konsultierten Nachschlagewerke ist also weit davon entfernt, vollständig zu sein, wofür ich mich hier entschuldigen möchte.

Geschichte, Kartografie und mittelalterliche Geografie

Beaujouan, G., *L'Astronomie dans la péninsule ibérique à la fin du Moyen Âge*, Agrupamento de Estudios de Cartografia Antiga, Coimbra, XXIV, 1969.

Carrère, C., *Barcelone, centre économique à l'époque des difficultés*, 1380–1462, Vol. 1.2. Éd. Mouton & Co, Paris–La Haye, 1967.

Cuoq, J., *Recueil des sources arabes concernant l'Afrique occidentale du VIIIe au XVe siècle*, Paris, 1975.

Devisse, J., »Routes de commerce et échanges en Afrique occidentale en relation avec la Méditerranée«, *Revue d'histoire économique et sociale*, n°s 1–3, Paris 1972.

Dufourcq, Ch., E. *L'Espagne catalane et le Maghreb aux XIIIe et XVe siècle*, Paris, 1966.

Ibn Battuta, *Voyages d'Ibn Battuta*, texte arabe accompagné d'une traduction, 4 vol. Éd. C. Defremery et B. R. Sanguinetti, Paris, 1969.

La Roncière, M., et Mollat du Jourdin, M., *Les Portulans. Cartes marines du XIIIe au XVIIe siècle*, Paris, 1984.

La Roncière, C. Bourel De, »Une nouvelle carte de l'école cartographique des juifs de Majorque«, Comité des travaux historiques et scientifiques, *Bulletin de la Société de Géographie*, Paris. 1932, p. 113–118.

– *Chefs-d'oeuvre de la cartographie espagnole conserves à la Bibliothèque nationale de Paris,* Paris, 1935.

– *La Découverte de l'Afrique au Moyen Âge, Cartographes et explorateurs*, Mémoires de la Société royale de géographie d'Égypte, V, VI et XIII. Le Caire, 1925–1927.

Léon P. (Sous la direction de), *L'Ouverture du monde* (XIVe – XVIe siècles), vol. dirigé par Bartholomé Bennassar et Pierre Chaunu, t. I, de *l'Histoire économique et sociale du monde*, Armand Colin, Paris, 1977.

Fall, Y. K., *L'Afrique à la naissance de la cartographie moderne. Les cartes majorquines, XIVe – Xve siècles, Karthala*, Paris, 1982.

Herman, Z., *Peuples, mers, navires*, Massadah, Tel Aviv, 1964.

Mollat du Jourdin, M., *Grands voyages et connaissances du monde du milieu du XIIIe siècle à la fin du XVe siècle*, 2 fasc, Sorbonne, Paris 1966–1969.

– *Les Explorateurs du XIIIe au XVe siècle, premiers regards sur des mondes nouveaux*, JC Lattès, Paris, 1984.

Pérez, J., *Histoire de l'Espagne*, Fayard, 1996.

Sesma Munoz, A. et Sarasa Sanchez, E., *Cortes del Reino de Aragon, extractos y fragmentos de procesos desaparecidos*, Valencia, 1976.

Vergé-Franceschi, M., *Henri le Navigateur, un découvreur au XVe siècle*, Éd. Du Félin, Paris 1994.

Judaismus und die Geschichte des jüdischen Volkes

Amador de los Rios, J., *Historia social, politica y religiosa de los judios de Espana y Portugal*, rééd., Madrid, 1960.

Baer, I., *Die Juden im christlichen Spanien*, I, Aragonien und Navarra, Berlin, 1928.

Chouraqui, A., *Histoire des juifs en Afrique du Nord*, Hachette, Paris, 1995.

Ifergan, M. et Tobias, M., *Crescas, Un philosophe juif dans l'Espagne médiéval*, Cerf, Paris, 1995.

Kayserling, M., »L'Archidiacre Ferran Martinez et les persecutions de 1391«, *Revue des Études juives*, n 76, t. XXXVIII, avril–juin 1899.

Kriegel, M., *Les Juifs à la fin du Moyen Âge dans l'Europe méditerranéenne*, Pluriel, Paris, 1979.

Leroy, B., *Les Juifs dans l'Espagne chrétienne*, Albin Michel, Paris 1993.

– *L'Espagne au Moyen Âge*, Albin Michel, Paris, 1988.

Nahon, G., *Les Juifs dans l'histoire de France*, Leyde, 1980.

Roth, C., *Histoire du peuple juif*, Éd. De la Terre Retrouvée, Paris, 1963.

Sacher, A. L., *Histoire des juifs*, Flammarion, Paris, 1973.

Suarez, F. L., *Les juifs espagnols au Moyen Âge*, trad. Française, Paris, 1984.

Wigoder, G., *Dictionnaire encyclopédique du judaisme*, adapté en français sous la direction de Sylvie Anne Goldberg avec la participation de Véronique Gillet, Arnaud Sérandour, Gabriel Raphael Veyret, Le Cerf, Paris, 1993.